2017年度国家社科基金项目
（17BWW055）中期成果

The Entail

限定继承权

【英】 约翰·高尔特 / 著
闫惠、石梅芳 / 译

天津出版传媒集团
百花文艺出版社

图书在版编目(CIP)数据

限定继承权 / (英) 约翰·高尔特著；闫惠，石梅芳译. -- 天津：百花文艺出版社，2019.8(2020.4重印)
ISBN 978-7-5306-7595-3

Ⅰ. ①限… Ⅱ. ①约… ②闫… ③石… Ⅲ. ①长篇小说-英国-近代 Ⅳ. ①I561.44

中国版本图书馆CIP数据核字(2018)第292994号

限定继承权
XIANDING JICHENGQUAN
(英)约翰·高尔特著，闫惠、石梅芳译

责任编辑：张 雪　　**装帧设计**：郭亚红
出版发行：百花文艺出版社
地址：天津市和平区西康路 35 号　**邮编**：300051
电话传真：+86-22-23332651（发行部）
+86-22-23332656（总编室）
+86-22-23332478（邮购部）
主页：http://www.baihuawenyi.com
印刷：山东百润本色印刷有限公司
开本：787×1092 毫米　1/32
字数：300 千字
印张：17.625
版次：2019 年 8 月第 1 版
印次：2020 年 4 月第 2 次印刷
定价：56.00 元

如有印装质量问题，请与山东百润本色印刷有限公司联系调换
地址：山东省聊城市高唐县光明路东首路北
电话：(0635)3961359
邮编：252800

致陛下

国王陛下：

因有幸蒙受您最深切的仁慈和屈尊之意，本书作者得以将其作品奉于您足下。

本书是系列文集中的一本，作者试图描绘出陛下所主宰的最为古老和忠诚的一部分领土上，那些独特的人物及其行为。它涵盖了上个世纪的大部分时光，即苏格兰历史上最繁荣的时期，陛下您卓越家族的统治格外辉煌的时期；它从陛下您愉快地参观皇室祖先曾居住过的神圣庄严的宫廷写起，继而恭敬地记录下了作者和他的全体同胞向身居霍利鲁德的国王陛下表达的无上敬意。

他以有幸成为陛下最尽职、最忠实的臣民和仆人为荣。

一八二二年十二月三日，爱丁堡

第一卷

第一章

克劳德·瓦金肖是基托思顿修–瓦金肖家族唯一幸存的男性继承人。他的祖父——家族中的最后一位领主——被当时吸引了众多苏格兰乡绅投资其中的达连湾探险计划[1]所诱惑，将他唯一的儿子，克劳德的父亲，送到了一艘停泊在卡茨达克补充给养的轮船上，并在他身上押上了价值超过全部家产的赌注。因为不想以这个领主家族的详细记载劳烦读者，我们将力求简洁，故略去克劳德童年的家族史。就在克劳德的父亲漂泊海外，克劳德刚刚一岁的时候，他母亲听说自己的丈夫和许多同伴被困在海岸边蚊虫肆虐的沼泽地带，因贫病交加而丧生后，悲伤过度以致撒手人寰。此后，老领主变卖了基托思顿修村的房地产，带着孙子克劳德退居到格拉斯

① 十七世纪九十年代，苏格兰人计划在达连湾登陆，在南非创建一个贸易殖民地，从而打通大西洋和太平洋之间的贸易通道。

哥，在卓盖特大街的艾尔德巷租了一间备用房的顶层居住。在这场变故中，他唯一能留下的仆人，更确切地说，唯有一个仆人他不能遣散，这就是曾做过他儿子保姆的上了年纪、体弱多病的玛吉·多比。四十多年来，她一直在他的宅院中辛勤地劳作。如今，玛吉把当年照顾克劳德父亲的那片爱心丝毫未减地转移到了小克劳德身上，特别是在她的主人遭遇灭顶之灾后，也就只有她能照顾小克劳德了。

即使在玛吉最美好的年华里，她的魅力也不过体现在温和善良的性格上；而如今，她为这祖孙俩操劳忙碌，人更是已经扭曲得不成样子。时光让皱纹逐渐爬上了她的脖子，又压得她的身体几乎弯成了一个圆环。然而，年迈衰老、弯腰驼背的玛吉依然拥有可以赢得一个更为宽厚慷慨的孩子的喜爱的素质。她的父亲曾是基托思顿修村的一位小学校长，在他的教导下，玛吉——用当时的话来说——在被送到这世上找面包之前，已经学到了一些超出寻常妇女家务范畴的知识。因此，她不仅能教这个孩子读书、写字，甚至还能教他一些算术知识，特别是加法和乘法口诀。玛吉还知道许多神怪传说和浪漫传奇。当年她那栩栩如生的讲述曾激起小克劳德父亲的探险兴趣——谁料他竟踏上了一段梦魇般的探险之旅。不过性情不太乐观的小克劳德对这些故事不屑一顾，他从小就觉得伦敦市长惠廷顿和他的那只猫[①]的故事远比威廉·华莱士爵士对苏格兰的功绩有趣；在他看来,《带上你的旧披风》要比《切维·切斯》合乎情理一千倍。至于那些沉闷乏味的歌谣,《森林中的花朵》比《树林中的婴儿》好听,《吉尔·莫里斯》比《死亡与夫人》更令人厌倦。

孤独的老领主没能在这所偏僻简陋的小镇居所里安享天年,他容貌和举止上的变化很快就显现了出来。他曾经忙忙碌碌、精力充沛、交际广阔;但自从听到儿子遇难、家财尽失的消息那天起,他就变得沉郁且倦怠,无论是生人还是熟客一概避而不见。

有时,他会沉默地呆坐整整一天,甚至注意不到小猫般蹦跳嬉闹着的孙子;有时他也会去抚摸那孩子,以超过祖父的深情去爱抚他;可是当孩子紧紧拥抱他的双膝时,他却又怒气冲冲地将孩子推开,烦躁地匆匆离开房间。他那令人尊敬的仪态不见了，衣服开始松松垮垮地挂在身上;他的脸上失去了血色,面容憔悴枯槁,腿瘦成了芦柴棒。不到一年的时间,他已不情愿甚至做不到在无人搀扶的情况下从那把老扶手椅上站起来——他从早到晚地坐在上面,将他那白发苍苍的头垂在胸前。一天晚上,当玛

---

① 一个古老的英国童话,讲的是孤儿惠廷顿到伦敦寻找机会,靠一只猫积累下第一桶金并进而开始做起布料生意,发了大财,连国王也要向他借钱。后来他甚至连当三任伦敦市长。

吉准备扶他去就寝时,发现他已去世多时了。

葬礼之后，玛吉带着身无分文的小克劳德搬到了盐市的一间阁楼里，靠织袜子勉强维持着自己和这个小孤儿的衣食用度——年老体弱、腰弯背驼的她无法靠纺线挣来更多的钱。置身这样的处境中,玛吉曾一度被贫困压迫得喘不过气来,但她依旧对命运充满信心,时刻保持着整洁得体的外表。

只有在夏季那些宁静的安息日夜晚，她才会尽情欣赏这里的乡村美景;她总是牵着小克劳德的手,沿着怀特希尔的山顶散步。她喜欢这样的散步,或许是因为这让她又回想起了很久以前的那些幸福美好的日子；当她把属于小克劳德祖先的丘陵和土地指给他看时,总是勉励他,要千方百计地把它们从新主人手里夺回来。她的告诫通常在描绘克劳德的祖先留给子孙的恢宏家产中结束。

一天下午,正当她描述着克劳德家的祖产时,格拉斯哥市长高伯斯和他的夫人来到了这里。

市长大人是个养尊处优之人，他和夫人此行的目的是为他们一直商议修建的乡村别墅选址。这对夫妇相貌富态,举止庄重,与这位丈夫的官员身份很是相配。

高伯斯夫人穿着一件黄色绣花锦缎外衣，华丽地绣满了花朵,其中几朵牡丹花格外醒目,看上去雍容华贵;但是她那造型生动的褶裥袖口和图案繁复的蕾丝荷叶裙边,连同她宽大的羊毛围巾和时尚的女帽,以及白貂皮镶边的蓝缎子披风,作为当时备受格拉斯哥贵妇们追捧的华丽服饰,恐怕只有某位卓越画家的传神之笔才能加以展现。

高伯斯市长本人的衣着与他的尊贵身份以及他夫人的阔绰装扮极为相称:的确如此,即使他没有戴着彰显尊贵的金链子,也不难断定他是一位对自己的权威表现低调的重要人物。尽管这已是潮湿闷热的七月,他还是在黑丝绒官服外面披了一件深红色斗篷。他的脸上带着一种高高在上的自得神态,充分显示出他在自己和别人家的丰盛餐桌上的具体收获。他一边走,一边以一位官员的庄重神情摇晃着手中的金头手杖。

看到显示格拉斯哥气派和繁荣的如此精彩的范例,克劳德充满了好奇和敬畏,但玛吉马上指责了这个少年流露出的艳羡态度。

"他们不值得一看,"她说,"你要是见过基托思顿修的最后一位夫人——你那极受人尊敬的祖母和她的两个妹妹,你会大开眼界的。她们穿着带有裙撑的漂亮长裙,手拿羽扇,仨人站成一排,整条卓盖特大街无人能比!她们是真正血统高贵的夫人,不是你现在看到的这种新晋的夫人。对她们来说,随处走动、被雨水浇个透湿都是很轻浮的行为;若是看到格拉斯哥市政官,她们一定会紧闭房门不出面的——不，克劳德，我的孩子，你一定要把眼光从这束缚你的小镇放出去，你永远都要记住，矗立在这儿的丘陵本该是你自己的；只要你能做到衣食无忧，去找寻比那位所罗门一般的高伯斯市长的荣耀辉煌更可靠的东西，它们就有可能回到你手中——嘿，先生们，他现在是多么骄傲呀！但是如果明天我听说这位尼布甲尼撒二世已经去喂猪了，带着离婚文书被赶到破产后的贫瘠牧场上，我可一点儿都不会觉得奇怪！”

第二章

沿着山顶漫步一周之后，高伯斯市长和夫人朝玛吉和克劳德坐着的地方走来。当他们靠近时，玛吉站起身来，因为她认出了高伯斯夫人是基托思顿修昔日的一位拜访者。而玛吉自己的体形如此引人注目，以至于见过一次，就很难被遗忘，于是这位可敬的夫人，几乎与此同时对市长大人说道：

“哎呀！市长先生，如果我没认错的话，那女人是基托思顿修的驼背保姆吧？我一直想知道老领主被那达连计划骗了之后怎样了，可怜的人啊！唉，这对他的儿媳瓦金肖夫人来说不是天塌了吗？她原本身体不错，但一听到这个噩耗，她就崩溃了，生命便如同蜡烛般地熄灭了。嗨！玛格达莱妮·多比，到我这儿来，我想和你说说话！”

玛吉听到这声刺耳的召唤，便领着克劳德来到了市长夫人面前。夫人立刻问道：

“你一直在基托思顿修做保姆吧？领主的土地被拍卖之后，境况如何了？”

玛吉眼中含泪，礼貌地回答道，领主已经过世了。

“过世了?！”高伯斯夫人惊呼起来，“这怎么可能？我还猜想他只是到了晚年，身体不大好了呢。他是在哪儿去世的，可怜的人啊！”

玛吉从市长夫人同情的语气中得到些许安慰，回答道：“自从我们被迫来到格拉斯哥，领主的身体就一天天地不行了。”她发出了抽泣般的叹息声，继续说道：“领主实在是在极为艰难窘迫的处境中去世的，把这个无依无靠的孩子留给了我。”

此时还在四处张望为别墅选址的高伯斯市长听到这儿，不禁转过身来打量着小克劳德，并把手伸进口袋里说：“这就是基托思顿修留下来的那个孩子吗？我确信，你能怜悯这孤儿，是做了件富有同情心的好事，也是他的幸运。来，我的孩子，给你六便士。”

“六便士?！先生！”市长夫人惊呼道，“对基托思顿修这样的人六便士可拿不出手，因为我们本该这么称呼他的，虽说他现在只有领主名分但已经没有土地了；可怜的孩子，我真为他难过。要知道他母亲还是我父亲这边的一个亲戚，怎么说也是血浓于水呀！”

慷慨在某种意义上是格拉斯哥地方官的必备素质之一，和他的所有继任者们一样，同样具备这种素质的高伯斯市长并没有对妻子炽热的仁爱之心感到不快，尤其是当他得知克劳德还与他们有些亲缘关系的时候。相反，他深情地说：“我真是考虑不周，丽兹，我亲爱的；但你知道我没有这样的本事，让我在听说一些亲戚之前就了解他们的详细情况。我敢肯定当这世上需要慷慨仁爱之士时，没有谁比我更具恻隐之心了。”

然而，高伯斯夫人并没有回应丈夫的话——的确，她能说什么呢？因为经验已经告诉她这评价再恰当不过了——于是，她又问玛吉：

“你们现在住在哪儿？靠什么生活？”

“全靠上帝的怜悯，”诚实的玛吉谦卑地回答说，“我们住在约翰·辛克莱家的一间阁楼里。我靠织袜子勉强挣口吃的；但克劳德是个东跑西颠的男孩子，我能挣到的那点儿东西不够他吃的：一个小伙子的胃口就是穷人家里不断长大的魔鬼呀！”

市长和他的妻子仁慈地交换了一下目光，市长夫人接着说：“先生，你一定要帮帮他们。这不会给我们的家造成多大损失的。”

结果，市长夫妇邀请玛吉当晚就带着克劳德前往他们在布里奇大街的房子居住。“我想，”高伯斯夫人又说，“我们哈格豪克的旧衣服正适合给他穿；玛吉，保持住你的善良之心吧，我们不会让你们再受冻挨饿了。可是令我不解的是，在此之前你怎么没想过向我们求助呢？”

“不”，这位老妇人回答说，“我绝不能那么做——不到万不得已，我是不会为了自己去乞讨的——我怎能给这个家族抹黑呢？上帝安排你们真心赐予我的任何帮助，我会非常感激地接受下来，但是我希望上帝永远不要让我去寻求施舍；虽说克劳德现在是个负担，可是只要他能活下去，他就能靠自己的力量有所作为的。”

高伯斯市长和夫人对她的自强自立大加赞赏；在这次相遇之后，玛吉的境遇因市长夫妇不断的善意相助而大为改善。毫无疑问，如果高伯斯先生仍健在的话，他会资助克劳德步入商界，但他的猝然离世让人们发现他的境况并不像他们想象的那样宽裕，而他的遗孀则发现自己不得不改变慷慨大度的习惯。

而玛吉又开始和贫困苦苦抗争，直到克劳德长到了十一岁，玛吉觉得他完全有能力找点事情做了。于是，她委婉地向高伯斯夫人提出请求，希望她能够资助克劳德一基尼，让他打点行装出去闯荡。高伯斯夫人爽快地答应了她的请求，同时也建议她先去向克劳德的亲戚克里斯蒂娜·海瑞迪奇小姐求助。

“她家境富裕，”高伯斯夫人说，“因为她父亲，温迪瓦斯的老领主，留给了她五百英镑的家产，而她表哥基利克兰提勋爵——我家宅子的十五位常驻房客之一，每当他骑马巡游时就住在这里——是她父亲的财产继承人，允许她住在原来的房子里。如果你能说动她，她一定会帮这孩子大忙的。”

玛吉听从了高伯斯夫人的建议，第二天便去了温迪瓦斯；但我们必须把那座大宅子和它的女主人留到下一章再表，因为在克里斯蒂娜小姐自己看来，即使到了今天，对我们这一代人来说，她也算是一位举足重轻的人物。的确，在时光流逝了五十多年后的今天，考虑一下她在我们记忆画廊中所处的位置，我们依然得承认她不是等闲之辈。

第三章

就在我们从文法学校学到今后理应去庆祝的那些大事的那个夏天里，我们可敬的亲戚，老哈沃斯爵士夫人，带我们乘上她已故丈夫留给她的摇摇晃晃的敞篷马车，去完成她对克里斯蒂娜·海瑞迪奇小姐一年一度的拜访。当我们以崇敬的心情设想着那座雄伟壮观的宅邸和它年迈的女主人时,脑海中依稀出现这样一幅画面:一座围墙刷得雪白,不对称设计的高大宅子,有着高高的旋转楼梯;低矮的拱形门上方是巨大的石雕穹顶,在拱门两边有编结的花饰造型垂落下来。当地一直将这种雕刻楼梯归功于皮克特的雕刻家,因为他们曾完成了格拉斯哥大教堂的主要装饰。

穿过中世纪的拱门,爬上螺旋形楼梯,我们被引领进一个气势恢宏的高大房间里。这房间三面墙壁上的凹进之处都有着镶了几十块黄色玻璃的狭长窗户,那玻璃比牛角透明不了多少。墙上都挂着壁毯,上面绣着各式各样逼真的形象,个个神态好战斗勇,面目阴森恐怖,在浮动的幽暗阴影中皱着眉头。

这次拜访让我们有机会一睹旧时贵族会客厅里的真实情景。其中给我们这些年轻人留下最深刻、最鲜明印象的,莫过于克里斯蒂娜小姐本人的外貌和举止了。

她提前得知了哈沃斯夫人的到来,于是在用祖传绣品装饰的长靠椅上摆好姿势准备迎接。当我们这位令人尊敬的亲戚走入房间时,她才站起身来。唉!我们后来才意识到此生再也看不到如此庄严正规的接待仪式,甚至连它的一半都无法达到。

克里斯蒂娜身着紫色热那亚丝绒缝制的、富有宫廷气派的拖地长裙,她的衬裙在裙箍的扩展下,几乎延伸到双臂平举的范围。带褶裥的袖口坠着铅块儿,垂在她的肘部。这裙装与英联邦同龄,她母亲曾穿着它陪伴丈夫去参加苏格兰联邦议会——结束了这一王国的独立与贫困。但在如此巨大的时间跨度里,有谁会猜出克里斯蒂娜小姐高高的巴比伦塔造型秀发和眼眉处那些闪闪发光的小垂饰,不过是用来遮挡她快要掉光的头发和眉毛的。

也许她对可怜的玛吉和克劳德的欢迎仪式不像对我们这么隆重吧,他们这次拜访的实质性收获不过是半个克朗。高伯斯夫人听说后,义愤填膺地大声谴责了铁公鸡般的克里斯蒂娜小姐,然后迅速从她的亲朋好友那里筹到一小笔钱,使玛吉得以为克劳德购买并装备上一个行囊。在父亲手下工作的马鞍铺学徒詹姆斯·布莱德送给克劳德一条挎在肩上的皮带;就这样,带着他精心挑选的虔诚又幽默的宗教小册子、窗帘环儿、袖扣,连同简要分类的缝衣针、别针和顶针,女用紧身带和吊袜带,还有一大堆民谣和好听的新歌,克劳德·瓦金肖开始积聚起他的财富来。

他的销售范围最初只局限于附近的几个村子,因为他头脑精明、能说会道,很快就赢得了农妇们的好感。随着时间的推移,西部村落没有哪个小贩比他更受欢迎,尽管每个小贩都自诩最有人缘、最为厚道本分。

他的成功实现了玛吉最乐观的期望，高伯斯夫人本以为他会深深记住并报答这位重情义的老人吃苦受累将他抚养成人的恩德。然而，每当这位热心的夫人问起克劳德是否从他的经营所得中拿出点儿孝敬她时，玛吉只能回答："我希望这可怜的孩子别傻到只想着我这样的人。他难道不是在拼命赎回他祖先的土地吗？你知道他出身高贵，我不过就是他的仆人。"

尽管玛吉这么宽宏大量地说着，但当她后来卧床不起、形容憔悴、孤零零地在那间阁楼里挨过余生，只有高伯斯夫人的偶尔探望和仁慈关照才给她带来些许安慰时，她仍然时常期望克劳德在边境周围的生意兴隆之时，能偶尔想到她孤苦无依的处境。但这只是她一闪而过的念想，其中最迫切的情感莫过于在她去世之前能否见他一面的焦虑。每当她感觉这种焦虑驱使她去埋怨他的冷漠无情时，她都会面向墙壁，恳求仁慈的上帝保佑他的努力能换得生意兴隆，保佑他永远不会因为想到她这样一个累赘而让生意受损，因为上帝是乐于把她带到这世界上来的。

在卧床不起大约两年之后，玛吉去世了。而此时的克劳德正在尼斯河和泰恩河之间他的辖区里，赢得了自命清高的媳妇们和讨价还价的姑娘们的一致认可，生意蒸蒸日上。边境城镇的集市上，没有谁比克劳德更出名，摆出的商品种类更齐全。有人认为他选取那片遥远的城镇作为他生意往来的场所，是出自对自己家族昔日盛况的崇敬。但作为忠实于事实的历史学家，我们不得不提醒读者，克劳德热衷于追逐世俗利益，绝不会沉溺于这样浪漫的事情。实际上在其他许多乡村做过尝试之后，他发现边境城镇是最有利可图的地方，这里的顾客也是最善良友好的——这在一个小贩的处世哲学中可谓举足重轻。

第四章

玛吉去世大约二十年后，克劳德带着五百英镑回到了格拉斯哥，他买下了一座带有门廊的房屋底商——就在今天股票交易所的地址上，开了家布料店，安顿下来。他早年确立下来的——也许是他那年迈慈爱的老保姆一直珍视并从他身上唤醒了的——要赎回祖传家业的决心已成为一种习惯。这是支撑着他，让他一丝不苟、兢兢业业、过分节俭、诚实守信的唯一目标或动力了。这个决心就是推动他向前的人生准则。落脚在格拉斯哥几年后，他用积蓄买下了葛瑞皮的田产——他家祖产的一部分。

再次凝望家乡起伏的山峦，他本该产生远航的水手回家的感觉，或者像是离家多年的父亲走近孩子们的居所时，那种既兴奋又带着几分怯意。可是这些感觉并未在他的心中掀起多大的波澜。相反，这个坚韧执着的小贩捧起自己新近购入的产业上的泥土和石块时，流露出了深切而贪婪的满足感，虽说这只是他的祖辈产业当中最寒冷、贫瘠的那部分土地。与此同时，他暗暗下定了决心。他决心娶妻、生子、限定财产的继承，他的子孙绝不能再有曾让他们的父祖生活困顿、孑然一身地活在世上那样的轻率行为。这个决心与他此刻心中涌动的情感一致——这种情感，若不是产生于如此卑鄙龌龊的心胸，可能必然该有那么几分因德行高尚油然而生的自豪感。当晚，克劳德仔细盘算了一下，在自己的野心所能达到的范围内，哪些女性财产继承人有望成为他妻子。最后他决定向格丽兹·西皮尔——普里兰领主玛拉基·西皮尔的独生女儿——求婚。

他和这位领主间有点儿亲戚关系，他购买田产那天发生的一件事让他想到了这位小姐。她父亲当时在格拉斯哥参加法官巡游活动；每当法官们巡游这座城市，他都会因为与邻居或房客发生争执，请法官裁决。在听到克劳德赎买田产的消息之后，他还特意登门拜访，祝贺他赎回了这么一大片家产。

“老弟”，这老领主迈步走进克劳德的布料店，就把手从柜台上伸过去，热络地拍着克劳德的肩膀，“有人告诉我说你做了笔愚蠢的买卖，买下了葛瑞皮那块地。的确，那块地有的地方过于寒冷；但你不必为此烦恼，格拉斯哥越来越兴旺了，我知道你脑子里赚钱的点子也不比别人少。可如今你有了房子，不能没个媳妇吧？我敢保证，你不可能只冲着我家大门含情脉脉地看上一眼就走吧。我女儿格丽兹和你血肉相连啊；从小到大她没有任何品行不端之处，正像《诗篇》里说的，是‘他们骨中的骨’。”

克劳德以他一贯谦恭的举止回答说：

“别开玩笑了，领主，我娶您家小姐？不，不，我如今可高攀不起普里兰这样的地方。您不要拿这么严肃的话题说笑吧。的确，当初如果不是我祖父老糊涂了，把基托思顿修的全部家产送上一艘装些闲七杂八物品的货轮运往达连湾，我可能还有资格看看格丽兹小姐；但您知道，我还远没达到考虑掌控命运的时候，我的能力还差得很呢！”

“无稽之谈！”老领主高声说道，“你不是我们的兄弟吗？如果不是你自己胆怯，我们的格丽兹肯定不会对你不理不睬的。男子汉，找个星期六，跨上匹马，来我家相看相看她吧！”

就是这一微妙的暗示让葛瑞皮想到了格丽兹·西皮尔小姐；而当他发觉他已被认定是格丽兹小姐合适的婚

配人选，只要他愿意就可能把她娶到手时，他推迟了这次拜访，直到他把附近其他领主的家底摸了个遍，看有没有更好，换句话说，更富裕的人选。在此过程中，他到底是遭遇了令人反感的接待，还是没能打听到满意的结果，我们不得而知；但正像我们说过的，就在他成为他买下的这块土地的法定拥有者的那天当晚，他下定决心去拜访普里兰家；为了不显得唐突，第二天他通过埃尔邮递公司为他传送一封书信，告知普里兰领主他要去拜访的意图，并表示如果方便的话，他打算在那儿留宿一夜。这封信通过邮差约翰尼·瑞森送达，在随后的一周里他得到了热情洋溢的回复。克劳德于是派人去请裁缝柯尼利奥斯·鲁克——一位谨慎可敬的老人，特隆教区的长老之一。

“快到这边来，柯尼，”这位求婚者说，“我正想向您打听一下格林诺区新教会进展如何呢。”

“进展如何？瓦金肖先生！恐怕我们孩子的孩子也不会听到结果的——一场对苏格兰教会精神极端而又世俗的变革，”这位长老回答说，“他们是要模仿伦敦某个高级教士的巴别塔的式样，而且已经用天主教名圣·安德鲁为它命了名——真是件让人恼火的事，瓦金肖先生；但上帝已经出面干预了，正如那些修建巴别塔的人被混乱了语言，再也干不下去一样，这些人因为缺少资金而遭受重创，无法实现他们偶像崇拜的意图了——上帝的名字永远神圣！但基尔法迪先生可不是这样，他在上个安息日上午为安德森先生布道的演讲中，不是为这种虚荣浮华的生活极尽溢美之词吗？你不认为当他说到世界第七奇观——戴安娜寺庙时，如此着力地详述以弗所的偶像崇拜者以至于当他转头看着劳里·丁威迪和埃顿市长时，他们竟对修建这种不合常规的超级建筑的罪恶无动于衷？瓦金肖先生，你会明白，我不是个预言家，但我能预见过不了多久，格拉斯哥传播福音的牧师们就会伴着史前石柜中传来的嘘嘘哨音被禁锢住身心，生活变得奢靡，那七头怪兽将在每道清泉的源头排布下它的合唱队。”

这一预言在我们这个时代，我们这一代人身上已大体实现；然而此刻，它只是让这个狡诈的布匹商人说道：

“柯尼，毫无疑问，这世上的人们就像是狐狸的幼崽，总是越老越狡猾。但我相信在这样的事发生之前，我们一定会得到消息。不管怎样，用真实而神圣的话讲，‘这个时代充斥着邪恶’，让我们心怀希望，一种革新精神可以与地球同在，人类的子孙永远不会被彻底消灭。”

“不会的，感谢上帝，”裁缝柯尼利奥斯说，“即使是那些生活在地球末日的幸存者也会得到拯救的。”

“鲁克先生，这对我们所有人来说，是个大大的安慰，”克劳德回答说，“但，说到幸存者，我有块儿极好的蓝色布料；压在手里很久了，飞蛾都生出来了——不知您能否给我做件外衣?

这幸存者于是被拿到柜台上，柯尼利奥斯仔细检查后说:“用针缝缝的事,不成问题,保证能做得很好。”于是布料交到他手里,严格约定好周五前完工。带着缝制这件外衣所需的所有辅料,柯尼利奥斯离开了克劳德的布店,回家后告诉妻子瓦金肖先生对上帝的虔诚敬意令他很受启发;“他的话语,”他说,“显然有悔悟结出的果实,也有着对来生的预言,还蕴含着永久流传、人人都能领会的正直与平和的美德。

“我这个人有什么说什么”，这位令人尊敬的妇人回答说,“他连拿八都不如——十足的寒酸穷鬼、卑鄙小人,我没法认可你的话，因为他连五英镑都不肯借给市长先生的遗孀——高伯斯夫人,为她的儿子购置些行装,去弗吉尼亚克罗斯市政官手下任职。听人说,当年若是没有高伯斯夫人的大力援助,可没有他的今天哪！”

第五章

克劳德体面地穿上了柯尼利奥斯为他缝制的、当时对一个有着四十七岁这样一个处事谨慎的年龄的成功布匹商最为时尚的外套后,便打发店里的伙计乔克·格莱格到盖洛盖特大街上的马贩子罗伯·华莱士那里去送信，通知他在第二天早上七点钟之前将租给他的马匹准备停当，几天前，这位求婚者已为此事和罗伯打过招呼了。

于是，周六早上七点钟的时候，罗伯亲自骑马来到坎多雷格大街科克伦家田垄的入口处（克劳德当时暂住在那里）。这位求婚者，穿着裁缝刚刚为他缝制的漂亮衣服，手持一条从他的朋友兼顾客市政官默多克那里借来的长长的银头鞭子，在手拿凳子的乔克·格莱格的陪同下来到路口。

“瓦金肖先生，我琢磨着，”马贩子罗伯说，“你不大适合用踢马刺吧？那只能用在有把子力气的脚后跟上。”

“罗伯，那我们就不用那玩意儿了，我尽力而为吧。”克劳德一边应承着，一边试图甩出个漂亮的响鞭，但不幸的是，这一鞭透过他深蓝色的皮毛镶边套裤抽到了他自己的腿上——他选择这条套裤是因为他经过仔细考虑，觉得这么短的行程，实在不值得去买双靴子。

罗伯把马拉近，乔克把凳子摆好，克劳德把右脚伸进了马镫里，罗伯和碰巧被吸引到近前的一些学院学生，还有路过此地的各色人等都不约而同地爆笑起来，令克劳德颇为气恼。当然啦，没有谁光凭直觉就知道怎么骑马，这毕竟是克劳德第一次跨到一匹四足动物的背上。

等他爬上马背，坐到马鞍上，罗伯把马牵到大街中央，这马神情严肃地向前走去，穿过卓盖特大街，走向斯托克韦尔小镇。这马一度的确很为它的骑手着想，因此，尽管克劳德俯下身去，重重地压着它的脖子，双膝紧紧夹着它的肚子，但它还是过了桥，又走过了前面的一座座建筑，并没有引来公众对它身上的骑手的任何特别程度的钦佩。但稍一松懈，昏头昏脑的克劳德就鲁莽地觉得有必要试试市政官的鞭子，而这匹马接受了他的指令，开始加快步子，慢跑起来。“天哪，这就是他们说的骑马吗？”他喊叫起来，此时他的舌头都快被咬穿了。但令人吃惊的是，当他们到达卡斯卡特时，克劳德在马鞍上已是应对自如了；尽管在马背上不停地颠簸，他始终高贵地保持着身体的平衡。然而，一进村子，所有的狗，以令人恐惧的架势，从各个农舍里冲出来，狂吠着追赶起这匹慢跑的马来，这可怜的动物无奈，只得越来越快地奔跑起来，试图甩掉它们。惊心动魄的犬吠声和马背上的乘客的喊叫声，惊动了村民们，一时间，几乎每家门前都站出了头戴法兰绒帽子的老婆婆，怀抱婴儿的母亲和簇拥在她们身旁的孩子们。看到克劳德崭新的衣服和夸张的骑马姿势，围观者一致认为他可能是和格拉斯哥市长大人身份不相上下的一位要人。

他们中有几个乡下的坏小子，看出这骑手尊贵的屁股其实是极不习惯坐在这马鞍上的，于是生出邪念，鼓励并怂恿这群狗更加凶猛地进攻克劳德的马；虽然他们心存恶意，但克劳德依旧坐在马鞍上，直到所有的狗都退出了这场追逐，只有一条魔鬼般的小猎犬紧追不舍；没有什么能比得过这桀骜不驯的小杂种狗锲而不舍的精神了：它一门心思地紧跟其后，伺机猛咬马的脚跟。克劳德不敢大着胆子往后看，唯恐失去平衡，跌落马下。好几次他极为真诚地呵斥那条狗，试图用市政官默多克的银头鞭子轰走它，但这小猎犬就是不肯放弃。

没人说得清这场进攻持续了多长时间，因为很快一个生活中人人期盼的好运气便将此事做了了断。市政官这条长长的鞭子，在克劳德的一次乱抽乱打中，令人兴奋地绕在了这小猎犬脖子上，并打了个结。与此同时，这匹马撒了欢儿地向前跑，速度快得像昔日那些习惯了从伦敦赶往坎特伯雷圣托马斯贝克特圣地的朝圣者（为简洁起见，用粗俗些的话形容，这匹马最终成了个流浪汉），克劳德用他鞭子的一端拖着那条小猎犬，就像渔夫钓到一条鳜鱼但却不能将它拖离水面，直到他碰见了约翰尼·瑞森——每周到格拉斯哥执行公务的埃尔郡邮差。

“我的主啊，是瓦金肖先生！”这邮差叫道，他把马牵到一旁，“以上帝名义，您这是要去哪儿，您身后拽着什么？”

“看在上帝的分儿上，约翰尼，”这痛苦不堪的布匹商惊恐得脸色发白，浑身都被汗湿透了，回答说，“看在上帝的分儿上，拦住这该死的畜生！”

克劳德发出这祈求时的恐惧语调和痛苦声音令这位埃尔郡邮差立刻动了恻隐之心，他以一名乐善好施者的满腔热情跑向克劳德，一把抓住了马缰绳。克劳德在同一时间得以丢下那条拖着被勒死的小猎犬的鞭子，而在试图离开马鞍，跳到地面时，他一下子跌坐在地上，那件崭新的外衣也在惊惶奔逃中被揉搓得失去了光彩。然而，他很快挣扎着站了起来，但双腿“突突”地抖着几乎站不住。他弯着身子，双脚尽量叉开，因为有好一阵儿其他任何姿势都令他完全不能忍受这种犹如圣·塞巴斯蒂安殉难时的痛苦——他在此时此地真的感受到了。

他对这位邮差说的第一句话便是：“约翰尼老兄，这是天底下最粗野的畜生了！用捶布机捶打两个染坊的布匹也没它把我害的惨。我想我是再也坐不下了！”

一辆带篷马车的出现，吸引了二人的眼球，于是他们的谈话戛然而止。马车上坐着刚刚开完教会会议，准备返回他们在埃尔郡各自教区的三个教长；因为当时无论是四轮邮车还是驿站马车，都算不上是格拉斯哥的豪华交通工具。三位教长中的一位正是布瑞黑尔的基尔法迪先生，上周日学识渊博的他曾在特隆教堂做了一场有关戴安娜寺庙的讲座；他认识克劳德，当他眺望窗外时看到这一幕，便命令车夫停了下来，说：

“哎哟，这不是瓦金肖先生吗，你受伤了？骨头没事吧？”

“没事，”克劳德强打精神回答说，“没事；感谢上帝，赞美上帝——我想骨头都没事；但我身上遭的罪真是别提了！”

大家商量了一下，结果令人极为满意。克劳德被邀请和教长们一起坐在马车上，并接受大家的劝说由邮差约翰尼·瑞森把他的马骑回去送还罗伯·华莱士。就这样，这场灾难总算没有带来更大损失，克劳德被送到了普里兰家的大门口。老领主整个上午都在焦灼地向外张望着等候他。看到马车到来，他走出屋子，站在门前迎接他。

第六章

普里兰家的宅院建在一座荒凉的小山顶上。它的历史并不久远，是玛拉基的父亲建造的；但它所在的地点是一座古堡的遗址，古堡残存的一些材料在建造这所宅子时被派上了用场；因为当年没有请来技艺高超的雕刻家重新设计房屋过梁的样式和装饰，这宅子显得比它的实际建造年月要古旧得多。

正如这一居所已最大限度地改变了其原始特色，他的主人也极力向现代化靠拢。但不管人们怎样认为他祖先的英勇姿态在他身上已有所减弱，他仍然以毫不衰减的活力，继承下了他们疾恶如仇的精神；如果国家进步这一强制性因素使他不能在与人争执和人身攻击方面显得卓尔不群的话，那些记载了格拉斯哥市政官员巡游和最高民事法院调解记录的有关苏格兰教士座谈会的书籍中，有足够的证据证明他在这些场合多么坚韧不拔，不仅为民众心目中正确的事情慷慨陈词，也为民众心目中错误的事情据理力争。

在相貌上，玛拉基·西皮尔没有多少那个时代的绅士们引以为豪的英勇神态和高雅气质。他是一个面貌严厉、脸色赤红的粗俗村夫，少许白发稀疏地散落在圆圆的头顶上。他有一双灰色的小眼睛，转动灵活，目光犀利。他讲话快而含糊，尽管他使用的文字被中肯地串联在一起，依然让人觉得他表达的意思有种说不出的晦涩难懂。他平素的装扮是大大咧咧、不修边幅的，他常戴一顶严丝合缝的蓝色扁平无边呢帽；但此刻当他出门迎接克劳德时，他穿戴上了朝圣日才会派上用场的西装和礼帽。

一番寒暄之后，他注意到克劳德走路一瘸一拐、很不自在的样子，便问道："葛瑞皮，你这是怎么了，怎么走起路来僵直疼痛的样子啊？"

“嗨，我遇上件倒霉事，”克劳德回答说：“马贩子罗伯·华莱士租给我的这么匹恐怕从没人骑过的顽劣的马。就是对不共戴天的仇敌，我也不会发出比骑在这畜生背上一天更严厉的诅咒了，尤其当他是我这样根本不习惯骑马的生手！”

最后这句话是克劳德在心里暗暗叨咕的，领主根本就没听到；否则他很可能以他的客人为代价，纵容一下他的幽默了——克劳德此刻跛脚的姿态极有可能激发他一向喜欢的刻薄的调侃。

当走到山丘顶部房屋坐落的地方，夫人（附近的佃农对西皮尔夫人的特别称呼）和格丽兹小姐走出房间和这位亲戚相见。

我们不大清楚这位面色苍白，忧郁纤弱的夫人事先是否从领主那里得知克劳德此行的目的，但她是带着礼貌和友好的敬意迎接他的。格丽兹小姐当然对此事一无所知，因此没有任何未婚少女春心萌动的尴尬和脸红羞涩的焦虑；相反，她以一个老熟人的轻松和自如接待了客人。

这里读者很自然地期待着我们描写一下格丽兹小姐的容貌魅力及她优雅的精神境界；但无论她对这二者的拥有程度如何，她都已经获准进入了一个登巴顿郡少女小心谨慎地主动献出自己童贞的岁月；事实上，尽管有着她作为财产继承人的全部预期利益的帮助，她也没有像她那态度坚决的恋人所期盼的那样给他留下很温柔的印象。但我们为什么要赘述这些细节呢？让这个家庭成员的举止和德行去说明一切吧，我们继续讲述后面发生的事。

第七章

“格丽兹，”当他们走进餐厅，领主对他的女儿说，“给瓦金肖先生拿一个你床上的靠垫来，他还不习惯坐在我们这种硬邦邦的椅子上。”

格丽兹小姐笑着去执行父亲的命令，而她母亲继续用好奇的，有点儿猜疑的眼神从头到脚打量着克劳德，正如他们刚刚被引见相识时那样，时而有一片红晕从她那一贯苍白的、心事重重的面颊上泛起，比身体偶感微恙而发烧时更红、更热。但是，她的注意力很快就被一个端着青灰色大盖碗走进来的女仆所吸引，转移到了房间中央的大圆餐桌上，男仆约翰·卓皮当天早上就领主的某件逮捕和冲突事宜被派去找基尔马诺克镇的律师盖博瑞尔·比格了。但是，因为评论家们认为无论多么优雅地详细描述任何宴席菜品都是缺乏教养的表现，所以我们绝不能擅自罗列出当时用明亮的锡铅合金盘子端上来，很快就堆满了餐桌的一连串苏格兰佳肴。我们的读者必须努力运用他们的想象力去猜想为这次宴会刚刚宰杀的绵羊的头和躯体以怎样丰富多样的形式被端上来，还有那丰满、可口、多汁的哈吉斯和上好的肥母鸡。而表面轻颤的乳浆，盛在一个大大的潘趣酒瓷碗里，使餐桌中央平添了几分优雅。餐桌上还有果冻、小甜饼、小果馅饼和布丁等作为点缀。

等到餐桌摆得满满的，格丽兹小姐抱着一个靠枕回来了，这是她自己的一把扶手椅上的一个靠垫，她边将它摇晃、拍打几下，使之重又饱满起来，边说，"到这儿来吧，瓦金肖先生，我相信你会觉得这个座位安全舒适的——我知道在马背上颠簸是怎样一种难受的滋味。看在上帝的分儿上，有一次爸爸带我骑马去埃尔郡看劫匪被执行绞刑，回家后三天多的时间里我就好像坐在麻梳上一样。"

当餐桌布被撤去，女士们告辞离席，老领主在餐桌上向他的客人伸出手臂，再一次由衷地握紧了他的手，说：

"是啊，葛瑞皮，"他说，"真高兴在这里看到你；而且，如果我没说错的话，格丽兹是个不错的求爱人选——她难道不是个可爱又善良的姑娘吗？她会成为一个一流的妻子。教区里没有哪个姑娘比她更知道怎样持家了。老弟，听听她如何痛骂那些只想住在牛棚马圈，使她们的主人穷困潦倒的懒惰仆妇会让你心里舒坦的；我相信格丽兹能让她们把房子收拾得干净漂亮，能让纺车嗡嗡地转个不停。”

“不错，领主，”克劳德回答说，“有个节俭的女人做妻子挺舒服的；但您知道现在时兴的不是两个一无所有的人搭伙过日子——妻子和丈夫一样也要拥有些什么投入到这个家庭中——而且，尽管格丽兹小姐完全没什么可挑剔的，但这依然对她和将要得到她的男人是件重要的事，您能稍微给我点儿暗示她将拥有什么吗？

“她难道不是我的独生女儿吗？这就是她能得到这个家庭全部财产的依据，没必要告诉你更多的了。”

“您的话一点儿不错，领主，”这求婚者随即质疑说，“但夫人身体虚弱，恕我直言，万一她发生不测，谁知道您的第二次婚姻会是什么结局？”

“你多虑了，”领主回答说，他随即语气更加轻快地补充说，“我内人的确身子单薄，但她还不是个转不动的齿轮。”

于是，以这种微妙且善解人意的方式，这场婚姻的目的被挑明了；毋庸赘言，只需交代此后仅仅一个月出头的时间里，格丽兹小姐就成为葛瑞皮太太；又适时地为她的丈夫生下一个儿子作为继承人，这婴儿在受洗时得教名查尔斯。

得到孩子出生的消息，领主特地骑马到葛瑞皮家中为他的女婿贺喜;根据那个年代的时尚,当天下午他们坐下来,品尝瓶装的混合啤酒时,克劳德就一个一直压在他心头的话题谨慎地试探起他的岳父来。

“领主”，他说,“您知道基托思顿修的瓦金肖家族是个很古老的家族，要不是我祖父老糊涂了上演了那出闹剧,稀里糊涂地把我父亲送到了达连湾,那些郁郁葱葱的丘陵和辽阔的土地如今本该都是我的;就为这个,不能再让子孙后代再出现这样的闹剧，我打算限定葛瑞皮这份家业的继承人。”

“这是个很好的想法，”领主回答说,“我和你一样也想限定普里兰这份家业的继承人。”

“我听您说起过此事，”克劳德继续说道,“如今孩子出生了,又是个男孩,我们可以付诸行动了。”

“我完全赞成，”领主回答说,“再没什么比这更合我心意的了;可是,因为我希望保住自己家族的姓氏——在苏格兰再没有比这更令人尊重的了，所以我只能立约规定,等查理成了我的继承人之后,他要随西皮尔家族的姓氏。”

“领主,您不会这么不讲道理吧,”葛瑞皮回答说,语气有些急促,“您不能蛮不讲理到要这孩子放弃自己父亲的姓氏——瓦金肖,而改姓西皮尔吧?!”

“我就是准备这么做的，”领主说，“因为我没有儿子继承我的家产，我自然希望通过我的独生女儿使西皮尔家族从我这里延续下去。”

克劳德语气坚决地回答说：“我想，瓦金肖家族永远不会同意这样一件让祖先蒙羞的事情！”

“普里兰家族的土地，”领主反驳说，“值不少钱呢！”

“我当初就是这么想的，否则我怀疑它的继承人就不是瓦金肖家族的一员了！”克劳德的语气越发执拗起来。

“好啦，好啦，”领主让步说，“我们别再争吵下去了，按你的意愿为你的家产确立继承人吧，我的家业将限定继承给你们的二儿子；你可绝不能再反对啰！”

“二儿子？大儿子才刚六天大！我坦白告诉您吧，如果您不把家业限定继承给我们的大儿子，也就是查理·瓦金肖，并写上瓦金肖的姓氏的话，您可要当心，我可说不好我们的二儿子会是怎么一种情形。”

“普里兰是我自己的家产，我绝不希望它离我而去，也不会把它卖掉，所以得到它的人，必须改姓西皮尔。这事就这么定了，葛瑞皮，你我不要再为此争执了。”

克劳德好几次想和领主再讨论一下这个话题，希望能劝说他改变想法，但他丝毫不为所动。然而，克劳德的内心深处，还是那么坚定不移地预想着他的后辈儿孙可能会有不检点的行为，于是他确立了查尔斯为继承人。在此后相当长的一段时间里，领主很是坚决地对查尔斯没有任何偏爱的举动，一心想着把他的土地留给他们的二儿子。他这么做是因为他明白再生出一个男孩的希望渺茫，而若是换作他人，会采取完全不同的处事方式。

然而，到了在查尔斯出生之后的第三个年头上，克劳德传信儿给领主说，或许是某种不可思议的天命在起作用吧，瓦金肖夫人再次怀孕了，并补充道："那么，领主，就按您的意思办吧。"于是，他们的二儿子沃尔特一出生，接受完洗礼，普里兰的土地就写在了他的名下，条件是他改姓了西皮尔——正如他外祖父一直打算的那样。

第八章

在沃尔特出生后的几年里，克劳德家没有什么大事发生。他继续坚持着使家业得以扩展的节俭之风。他勤劳的妻子与他相比毫不逊色——她在这几年里又为他生下一个女儿和另一个儿子，还饲养了无数的牛羊和鸡鸭，所得的收益，按她的话说，足以供给全家人的吃喝了。在夫妻俩的共同努力经营下，葛瑞皮成了当时格拉斯哥首屈一指的富户之一，于是不断有人劝说他投资更有价值的土地。这些机遇颇为令人心动，但葛瑞皮依旧随时准备赎回可能被出售的祖产的任一部分。

然而克劳德从家业日益兴旺中获取的满足感里却夹杂着一丝焦虑。正如一杯成功的美酒，无论是真的满满的，还是泛着泡沫，有了这丝焦虑，总会变得苦涩。他的领主岳父在对普里兰限定继承的契约里明确指出在两种情况下，他仍保留有取消继承的权力：一是他的妻子先他而亡；二是葛瑞皮年幼的两个儿子夭折或拒绝使用西皮尔这一姓氏。这一权力，无论是就当时的形势而言，还是就其自身来说，都是合情合理的；这无争的事实，令苦思冥想的克劳德尤为烦恼。因为在夜晚时分夫妻俩摸黑坐在炉边时——这女人不会做针线活儿，克劳德也不喜欢看小说，房间里只有他们两人，当然不必点蜡烛，而且几乎夜夜如此——他经常对妻子说："格丽兹，我在想，什么才能让你父亲停止插手家产继承的事情啊！我毫不怀疑他会有法子把我们的财产全部夺走。你看啊，如果你母亲不在了——可怜的女人，她总是看上去有气无力的，你父亲肯定会再娶妻子，毫无疑问，他们会再有孩子，那我们还能有什么呢？"

对此，可敬的葛瑞皮太太会同样由衷地回答说："当家的，我在想，你不必为这事如此焦虑；因为虽然在人们心中我妈一直是弱不禁风的样子，但这么多年来我没看出她的健康有过什么麻烦；病痛对她来说就像是水对皮革的作用一样——反而使她的生命更加坚韧了；我对她这娇弱身子的耐久力比对我爸的健康更有信心；所以我们不必为这个或那个的死亡带来的后果自生烦恼了。”

“可是，”克劳德回答说，“你忘了他还插手瓦蒂和乔迪他们的事呢。喏，假如你父母都死了，不在了，这些嫩甘蓝般的孩子们，他们的生命还掌握在上帝手中呢，这样的事不是不可能发生。如果查理对于他父亲通过联姻所得的土地连刀刃般宽窄的一条都得不到的话，这不是世间最冷酷无情的事情了吗？但即使上帝愿意留给瓦蒂一条生路，看到普里兰这样美好的家产注定要交给他不也是件令人难过的事吗？我确信他弟弟乔迪如果活到有主见的年龄，一定会因为他的愚钝，以法律手段取代他的继承人位置的。”

“当家的，听你这么说真让我吃惊，”夫人喊叫道，“你总是这么厌恶瓦蒂这孩子！我相信他和其他几个孩子一样像你；而且他是个好脾气的孩子，每天从早到晚像团棉絮般靠在门边轻声歌唱；不像查理，整天在地里疯跑，夏天时让灌木丛和荆棘把衣服划出口子，把小猫小鸟折磨得没了气。”

“歌唱？格丽兹，我听你把那叫作歌唱可真替你难过，”孩子们的父亲回答道，“不过是‘啦啦啦’的几声罢了，就前前后后地又是鞠躬又是猫腰的。这家伙似乎都没有布谷鸟的进取精神，布谷鸟还比他多会一个音符，但也不过只会两个。”

“虽说如此那也是天真的歌唱，我只是希望他的兄弟们不要比他唱的再糟糕了。可是当家的，我看得出，因为我爸让瓦蒂做了普里兰的继承人，你就对这孩子心存恶意。你唯恐人们不相信我们的小瓦蒂是愚笨的，这是绝对的事实。”

“你真是笨呀，老婆——我们在这儿不是严肃地谈论着我家的大事吗？想到瓦蒂或是任何一个我们的孩子，不如这世上其他人家的孩子，我的心里就非常难受。可是格丽兹，你知道人的能力有大小之分，我们不得不承认瓦蒂这可怜的孩子的能力不如我俩，我们分给他的才能少了点儿。”

“哦，我曾听到过这样的话——如果说上帝把我们家人的才智表现为负责任的小好人和好表演的人，那我认为瓦蒂分到了最大的一杯；因为无论接受哪种教育，他都比查理进步得快，能够一字不落地把他的问题表达出来，甚至像‘第十诫禁止什么？’这样的问题他都能说出来。而我从来无法让他的哥哥问出比‘什么是圣灵的召唤’更难的问题。当然，我不否认他哥哥在回答《妈妈的教会问答手册》上的问题时好一些；但那些问题和答案的确是太短了。”

“格丽兹，这正是困扰我的地方，”这位父亲回答说，

“因为这孩子能把任何东西背下来，但他终归只像一本书，因为他学到的任何东西都是死记在心里，他的智力不过如此。但这也有点儿让我满意，因为你父亲这个不可理喻的老顽固，说什么也不肯把普里兰传给查理，他将在他选来作为继承人的这个傻东西身上受到惩罚！”

“上帝引导我们；这个傻东西难道不是你自己的孩子？”这位愤怒的母亲喊道，“老人在处置他的土地和财产上是有些慌乱，但因为这个就把这无辜的孩子说得还不如只小牛犊吗？只要我还活着，你就没权利冤枉我的孩子；所以，我劝你，做事小心着点儿！”

“格丽兹，你真是个榆木脑袋！”

“当家的，你也不过是个铃铛舌头！”

“好了，好了，可我说的不都是为咱家好吗？”克劳德说，“你知道我们活在世上，有责任为彼此着想，有责任把大家聚拢到一起。我们作为父母必须保证自己的家人都好好的，一旦有一点儿疏忽，我们的牛车最终会陷在泥沼里，我们辛劳节俭获得的积蓄毁于一旦，那才是大不幸呢！”

“你总是那么说，”葛瑞皮太太回答道，“都是为这个家好，却不为孩子们着想——我永远都搞不懂，难道查理、瓦蒂、乔迪和梅格不都是我们的孩子吗？

“我的家人，”克劳德郑重地说，“是基托思顿修瓦金肖家族的后人。让我告诉你，格丽兹·西皮尔，如果不是因为他们的缘故，咱们之间永远不会有什么查理或瓦蒂让我们争论不休。”

“我不是要否认你的出身,我从没对你的家世说过一句轻视的话,但就是不明白你怎么会因为几个尸身早已腐烂的古老先人就把自己活泼快乐的孩子变成过继的孩子一般,因为我知道在亚伯拉罕生以撒之前,就不该这么办。”

“闭嘴吧,妇道人家,闭嘴吧。和你谈论这种远远超出你的理解能力的事情简直就像拍水和敲钟一样白费工夫。快去屋里准备晚饭吧！”

就这样，葛瑞皮和他妻子之间的谈话总是自然而然地上升为争吵,以感情的决裂而告终。而后只有通过克劳德专横的命令,打发格丽兹去完成某项家务,在干活的过程中,夫妻间的口角才渐渐被遗忘掉。

第九章

与此同时,葛瑞皮和普里兰家仍然保持着友好交往,这一点可以通过他们各自家人的品格和性情合情合理地预料到。然而,在上一章提到的对话发生后不久,玛拉基出事了。那天,他在格拉斯哥输了一场官司——他被指控长期以最无情的顽固态度对待他的一个佃户，当他骑马返回时，被一场突如其来的暴风雨击倒在麦恩斯旷野上。这样的暴风雨无疑是管辖这一方土地的神灵故意发动的，为的是让这位疲倦的旅行者看不到周围可怕的景色。玛拉基被雨水浇得浑身湿透，随之而来的感冒和心中的愤怒引发了高烧，到第五天上，他就一命归西了。

他的葬礼是按当时的风俗举行的；选定出殡的那天是个阴冷的大风天，还伴着雨夹雪；但如此恶劣的天气也没能阻止死者的朋友们从四方聚集而来。在人们对出席此种场合携带的必需品力求节约的日子里，远道而来的宾客们大大超出了预料。宾客们被带进了餐厅，带进了每一个能铺上厚木板招待客人的房间。谷仓被用来招待佃农，而另外一大群客人——来自邻近教区的所有族人——则聚集在房前的草地上。

领主在生前也算是慷慨豪爽，交友甚广；因此，正像他的亲朋好友所预料到的那样，他葬礼上的一应之需没有丝毫短缺：供给室内宾客的小茴香蛋糕和葡萄酒的数量在当时算是最丰足的了；而烟斗、酥饼和禁得起任何测量棒浸入检验的白兰地酒被不限量地分发给谷仓和草地上的客人们。

基尔法迪先生，教区的牧师，为餐厅里的客人们做了饭前祷告；其他房间里的年长者，以同样的方式，扮演了相似的角色。我们说不准是否可以大胆推断户外的客人们也进行了饭前祷告。托斯先生,伯都顿教区的牧师,的确反复宣称他自己真的做了感恩祷告；但他拿不出任何令我们满意的证据。是啊,人们在狂风和雨夹雪中饮酒的时候,没有理由期望他人密切关注某位祈祷者;因此我们也就不在这一点上纠缠了。

布瑞希尔教堂墓地距离普里兰宅院有着相当远的路程,而当时灵车在那片乡村还不是很流行;就在领主家忙着招待这群宾客之时,他自己的一辆马车被拉了出来,他的棺椁停放在上面,准备运往墓地。谁知道呢,或许是因为担任殡仪执事的工匠托马斯·凯比内特的疏忽吧,他和他的手下一直在手忙脚乱地为大群的客人提供着茶点；要么就是担任车夫之职的老家人约翰·卓比,像其他许多客人一样喝多了,我们不必停下追究。然而,由于某种无法解释或永远没得到解释的情形，一桩蹊跷事就这么发生了:全体送葬宾客努力排成整齐的一列,缓步朝教堂墓地行进，运送丧葬用品的货车里的人们认为拉着棺材的马车在后面,而跟在后面的人们犯了一个同样的错误,认为那马车在他们前面。于是,双方都忽略了棺材和马车还停在领主家大门口这一简单事实，极尽庄严肃穆地行进到教堂墓地门前,止住了脚步。待到前面的绅士们分列两厢，为即将抬过去的遗体让开道路时，这一疏忽才被发现。只有迅速返回领主家中,运回遗体,葬礼才得以顺利举行。

但此时的天气几乎已经由整整一上午的阴寒和大风变成了暴风雪。狂风在树林和树篱间咆哮——雨夹雪已经愈演愈烈,成了模糊视线的漫天大雪,以至于当这群人回到领主宅院时,他们中的大部分人需要再吃喝一顿,这一顿当然是在户外草地上招待的;这些人大方、自由地参与其中,但很快就像他们刚刚出发时那样,招架不住狂风的凌厉攻势了。托马斯·凯比内特小心谨慎地让驮着棺材的马车走在前面,但队伍再次朝教堂墓地出发之时,据说已不像上一次行进那么恪守礼仪了。不仅如此,还有一个不可掩盖的事实是,队伍中不止两三个人,发现自己无法与暴风雪搏斗,或是自愿倒在路上,或是被暴风雪掀翻在路上。当这支队伍再次到达教堂墓地门口时,托马斯·凯比内特的每个汗毛孔都在冒汗, 不停地用外衣袖子擦着他的秃脑袋,他的手下把棺材从马车上移下来,放在棺材杠上,亲戚们各自根据与领主关系的远近,排列在棺材两侧,把它抬了起来。然而,这些抬棺者不知是因为踩在脚下小路的基石上或是墓穴上,还是出于其他的原因,走起路来踉踉跄跄, 站在一侧的亲戚会用力压向另一边的亲戚,以至于棺材一度在杠上滚动起来,但总算没出事,直到右边的亲戚猛地倾斜了一下。把棺材杠从左边亲友的手中抽了出来,所有的抬棺人像遭遇了一个可怕的大浪,全被掀翻到了地上。

但这次事故很快就得以摆平；跟随的邻居们把这些摔倒的亲戚们扶了起来，托马斯·凯比内特带着他的手下,把棺材抬到墓穴中安放。在将棺材架在横跨在墓穴两端的两条厚木板上之后，把绳索塞到旁边离得最近的亲友手中，这样他们就可以将领主缓缓地放到他最后的床榻之上了。殡仪执事和他的助手随即抽出木板,而木板的移动引发的棺材的猛烈倾斜，狠狠地拽了那些抓着绳索的亲友们一下,以至于他们随着棺材,头朝下栽到了墓穴里。幸运的是,除了那具遗体没人被埋到墓穴里;因为凭借着现场最好的救助,活着的人都被拉了上来,从而得以极其欢快地回到各自的家中。

第十章

在这场葬礼之后检查领主文件的时候，古得镇知名书记员的父亲，出席领主葬礼的律师基尔列文先生在仔细阅读死者生前立下的那份契约时，发现对克劳德的二儿子沃尔特有利的是,这份文件作为一份限定继承契约,在几个关键点上不够完善,尽管作为一份财产让与遗嘱,它在其他方面还是有效的。像所有类似案件一样,法律顾问的意见因此立刻得到采纳；基尔列文先生的猜疑得到了确认，沃尔特被认定是这份田产的继承人，但被裁决没有法律义务采用他外祖父的姓氏——这位老绅士最为迫切期望强加到沃尔特身上的义务。

涉及如此重要细节的文件条款怎么会被设计得出现这样的纰漏，有待于那些犯下这样疏忽之错的法律界绅士们去解释。这一发现在克劳德身上起到的作用是诱使他去请求我们的老夫子——如今已故的律师吉尔伯特·奥密特先生帮助审查一下他自己起草的葛瑞皮限定继承契约，结果也被发现存在缺陷，很容易被宣布无效。的确，当人们考虑一些律师从他们自己犯下的错误中获利多少时，他们几乎会有失公允地猜疑他们时常着眼于未来，为自己开创工作机会。但是，有些法律错误造成的痛苦要比这个错误更大；因为，当这位老人提出了一个相关的普通问题而被告知他仍有权力剥夺他长子的继承权时，他没有感到丝毫不安，而是表达出最由衷的满意。我们清楚地记得当时的情景：坐在奥密特先生办公桌的对面，他在抄写着当时九十二岁高龄的克里斯蒂娜·海瑞迪奇小姐添加到她的遗嘱中的一份附录，目的是把查尔斯·爱德华王子[①]在她的房子里过夜时用过的床架和毯子指定为祖传

① 肯特公爵爱德华（1767-1820），英国维多利亚女王的父亲，乔治三世的第四子，同时也是肯特公爵。

遗物。查尔斯王子当时刚刚完成对格拉斯哥这座忠诚而又神圣的城市的征税使命，为此这座城市的治安法官和地方议会后来受到了国会如此值得称颂的保护。那时，我们对于后来人生阅历如此令人悲哀地教给我们的人性的奥秘并不是很了解，只记得克劳德的话当时听上去怪异又刺耳，特别是当他用尖利、可以说是贪婪的声音问道，让沃尔特和他共同订立一份契约，将普里兰与葛瑞皮的遗产结合起来，从而形成一份和当年的基托思顿修同样广阔美好的家业是否可行？

“奥密特先生，”他说，“您可能从人们的传言中听到过，我是如何被我祖父骗去了应得的祖传家业；而现在，既然上帝愿意把它交还到我手里，让我把普里兰和葛瑞皮的遗产结合起来，从而恢复我家的祖业，我很乐于和瓦蒂妥善地解决这一问题，实现这一理想。”

奥密特先生以一种长期体验各种心机的人所能达到的冷静和有条不紊的举止（虽说任何一个擅长观察的人都能做到这一点，律师们则表现得更为出色）回答克劳德说：

“沃尔特不到法律规定年龄时，不能采取任何行动。当然，当这孩子成年后，如果他真有这样的意愿，这样的安排不会遇到法律上的障碍；可是，处理这件事情要慎重，因为这种不因任何过失，仅仅因为确立次子为继承人能换来一片更大的田产，就剥夺长子继承权的做法实在太匪夷所思了！”

无论奥密特先生的这番告诫当时在克劳德心中留下了怎样的印象，当时他并没做出什么反应；他只是心事重重地把文件收起来，用线绳捆扎好，走出奥密特先生办公室，回到家，他吃惊非浅地看到阿兰·卓格霍恩先生的木质四轮马车停在门前，这是第一辆诞生于格拉斯哥的四轮绅士马车。根据有关克里兰市政官值得称颂的历史记载，这辆马车是卓格霍恩先生自己的工匠制作的，这工匠是个木材商人、木匠和工匠。马车后来由当时住在格拉斯哥的基尔法迪先生和夫人买进派作日常使用。由于和普里兰家的教区联系，这对夫妇认为有必要去探望并慰问一下刚刚失去老父亲的葛瑞皮太太。

第十一章

可敬的基尔法迪先生是位个子矮小、身材笔直、面色严峻、性情干练的男士。

他长着红鼻头，带着涂成白色的假发和一顶大大的三角帽。他的夫人是位丰满、端庄、不苟言笑的中年妇人。她的一举一动都充分显示出她正享受着一位乡村教区牧师妻子的无上尊严。

根据那个年代的苏格兰礼节，她穿上了哀悼的素净服装;但那天的天气寒冷昏暗,她披上了冬天穿着的镶有灰兔毛边儿的绿缎子斗篷，她的手礼节性地从斗篷上为它特设的孔洞里伸出来，彼此拥抱着安睡在一只她自己缝制的、绣有一束鲜花的大大的黑缎子暖手筒中——那是她大约三十年前绣的,是她最后一件,也是最完美的一件绣品。尽管这些绣出的花朵不大像是花神弗洛拉盛开的后裔,倒像是森林中开放的野花,但它们和牧师夫人要表现的花朵还是有着相当大的相似度，以至于将玫瑰花误认为是百合花的风险确实不大。此时我们禁不住巧妙地推测:绘制出装饰克雷格兰兹地区住宅起居室的、被闻名遐迩的密西·卡宁汉姆小姐定价如此之高的标志性月份图画的画匠在描绘十一月份的庄重代表时，心目中一定有基尔法迪夫人的形象。

牧师先生在以得体的同情话语询问了哀悼者的健康状况后,虔诚地说道:“真可谓世事无常啊！”他说,“瓦金肖夫人,上帝赐予您和您的家人的这一天命,是我们所有人在这世上不得不诚挚寻求的。我们不该在这样的事情面前过于消沉,要相信永恒。因为短暂易逝的人生哀痛之后迎来的将是欢乐的时光。我相信,并因此希望你很快从这次沉痛的打击中振作起来,在照顾好孩子们的同时,找一项愉快的活动消遣一下，暂时忘掉失去可敬的老父亲的痛苦。我很欣慰地听说，他去世时的境况比人们想象的要好，想想他生前已陷入的法律纠纷。正像人们所议论的，他离去后牵扯土地的债务全清了，还留下了一大笔闲钱。”

“基尔法迪先生，您很清楚，”瓦金肖夫人回答说，“我父亲是个非常受人尊敬的人，我不能否认他留给了我们一些储备金——感谢上帝！因此我们必须心平气和地一切都按照他喜欢的去做，以他崇尚的亲切好客的方式举办庆典、招待宾客，以拯救我们可怜的有罪的灵魂。但这次为我父亲办后事花费了我丈夫一大笔钱；因为我父亲是一家之主，我们必须为葛瑞皮和普里兰的仆人准备全身孝服来哀悼我父亲；教会的祭坛前面也挂上了很不错的黑布，下个安息日你们就会看到，二十便士一厄尔呢，是我丈夫店里最贵的布料了；但是考虑到我父亲生前的身份，我们只有这么做才能让他觉得体面。”

“我明白了，”牧师妻子打断了她的话，“你弄到了一块品质一流的斜纹布；毫无疑问也是瓦金肖先生自己店里的布料，瓦金肖太太，你能得到这样的布料真是太棒了。”

“不，夫人，”瓦金肖妻子回答说，“您不知道我遇到了件多么倒霉的事。您知道，当我父亲撒手西去时，我正在普里兰，赶忙派人从格拉斯哥——我丈夫的布店里去取我的孝服衣料，这些你们很自然会想到的。我让家里的莫莉·垂明斯做好准备，只等箱子一到，就开始缝制孝服。谁知那天却下起了瓢泼大雨，弄得我在宝迪·斯罗根马车上的所有东西都被浇了个透湿，黑绉纱和斜纹布都像布丁皮儿一样软塌了。那情形真是惨得没法说，我不得不给基马诺克发了封特快专送邮件定购了我穿的孝服，也就是速度够快吧，费用上完全是蚀了本。可是，基尔法迪先生，在这寒风呼啸的旷野上，所有东西都要的是最好的；可以说我丈夫不得不以双倍的费用为我父亲操办这次葬礼，但当他从我父亲留下的积蓄中得到他应得的那一份，他应该很知足地觉得这件事不算糟糕。”

“瓦金肖夫人，您的话，”牧师回答说，“非常有见地；因为那天的葬礼上有人说，您父亲普里兰留下的闲置资金可能不会少于三千英镑。”

“不，基尔法迪先生，没有这么多；但我承认不少于两千英镑。”

“一大笔钱，一大笔钱，”这位精神抚慰者感慨着，这种场合通常接下去可能进行的精神境界的内容本该是些思索性的见解；但就在这时候，逝者的继承人瓦蒂，咚咚咚地跑进来，哭着说，

“妈妈，妈妈，梅格·缀克斯不肯给我一块儿姥爷葬礼

上的面包,可你带来了三四块儿带糖皮儿的燕麦蛋糕,还有两块儿像泥炭一样大的细砂糖香饼。”

牧师和他的妻子的沉稳镇静，正像基尔法迪夫人自己后来常说的,受到这一“野蛮闯入”的极大考验;但随着瓦金肖夫人订了面包和葡萄酒,答应沃尔特一起分享,周围很快恢复了宁静。来访者于是意味深长地彼此交换了一下目光；基尔法迪夫人在她的缎子暖手筒里活动活动了手——主人在接受那场葬礼的剩余食品的特别款待时,一直把它放在膝头,起身说道:

“喏,瓦金肖太太,我希望,当您来普里兰看望老夫人——您老母亲的时候,别忘了给我们家来个信,而且一定要带这孩子一起来，他是个精神境界单纯美好的孩子——大家一定都是这么认为的。”

“上帝将他交与我们时就是这个样子,”瓦金肖夫人回答说，虔诚地看着基尔法迪牧师,“我父亲对他慷慨的馈赠对我是个很大的安慰。”

基尔法迪先生于是问道:“那么说他真的得到了普里兰的财产？”

“的确是这样,先生,但我想要等他到了能独立判断事情的年龄才能得到这么好的一份家产。”

“那还早呢,”牧师有点狡黠地回答说,因为沃尔特能力上的缺陷比他母亲想象的更明显；但她没觉察出基尔法迪先生话里的讽刺意味，她的注意力此刻被吸引到大门口。她的丈夫走进来，显然是被思绪困扰着，手里还拿着他从奥密特先生办公桌上拿走的文件。

第十二章

经验教会瓦金肖夫人，正如它教会大多数已婚女士一样，每当丈夫情绪不好的时候，能让他接受并化解自己苦恼的最好办法就是让他独处，或是按俗话说的，让他回到自己那去。因此，瓦金肖夫人此刻并没有苦苦追问丈夫烦恼的根源，而是把基尔法迪夫人拉到一旁，并退到了另一个房间里，把丈夫交到了可敬的牧师先生手中。基尔法迪先生缓缓走到他身旁，说道："瓦金肖夫人能以顺从天命的精神承受住了这一沉重打击，我甚感欣慰，能正确地用心灵承受上天的惩罚对我们所有人都很重要。尽管普里兰领主有着各种过失——当然没有哪个人是没有过失的，但他还是有些高尚的品质的。可怜的人啊，纠缠于一群人性扭曲的佃户当中，自有他的苦恼。但他如今解脱了，正像我们都希望的那样，奔赴了邪恶者不再侵扰、疲倦者安心休憩的乐土。不用说，你的二儿子被选作普里兰的继承人，你一定有些失望，但那算不上是一件无法补救的烦心事,你不必为此过分忧虑。”

“不,感谢上帝,”克劳德回答说,“不是不可补救,吉比·奥密特已经告诉我了;但我现在烦恼的是如何补救,因为我的大儿子是个好小伙子,我不愿把他推出继承人的行列。基尔法迪先生,这真是个不可思议的遗憾,上帝竟不愿意把瓦蒂造就得和他哥哥一样。”

牧师先生不太明白他的话,说道,“瓦金肖先生,当你考虑一件事情时,必须要遵循法律规定,虽说可能无法像你盼望的那样,把两块儿地的领主身份合到一块儿,但它还是属于你们自己家呀。”

“这一点我不反对,”克劳德回答说,“但我就是想把这两块田产合为一块,因为如果这一想法能实现的话,我肯定能用普里兰换回德芙希尔和基托思顿修,这两块地和葛瑞皮就是我的祖先留下的遗产;至于奥金克劳斯先生,这两块地现在的领主,是埃尔郡人,我隐约觉得,只要法律允许,他不会不愿意做这个交换的。”

可敬的基尔法迪先生回答道:“我不敢说自己通晓人类的法律知识;但我觉得不是没有这种可能;不过尽管如此,瓦金肖先生,你必须为你的儿子沃尔特留一处田产,他毕竟是他外祖父的继承人。你如果不这么做,就等于把毒蛇和鸡蛋一起放入鱼篓。”

“这正是这件事让人为难的地方,基尔法迪先生,因为我不愿留下一份割裂的遗产；最糟糕的是，虽说瓦蒂反应有些迟钝，但还没迟钝到一眼就能看出来的程度；而且让这件事更为棘手的是，即使瓦蒂有些弱智，他的弟弟乔迪，根据法律和常理，仍会排在查理前面继承普里兰的土地。总之，除了通过协议把葛瑞皮和普里兰合起来，我看不出有别的解决办法，所以我会即刻采取行动，只是想到可怜的查理我的心就不好受。您认为一个人忽视他的长子算是有罪吗？您知道雅各就得到了祝福和他哥哥的长子权。”

基尔法迪先生，尽管性情中有少许的世俗杂念，但仍不失为一个诚实虔诚的长老会牧师；此刻，他怒火中烧，不由得斥责起这个冷酷无情地拨着如意算盘的卑鄙父亲。

“瓦金肖先生，”他严厉地说，“我看不出你这两个儿子的事情和雅各和以扫的故事有什么可比性；而且，你怀疑自己想做的事情可能有罪，本身就清楚地证明了这念头是非常罪恶的；因为，哦，老弟，这的确是一个我们无法宽恕自己的邪恶的打算。但是你被这想法迷住了心窍，可能不会从《圣经》描述的行为中对你无端剥夺长子的继承权，只为了传给后世儿孙一大片田产这样高傲的幻想萌生歉意，我要告诉你，我们神圣宗教的奥秘之一就藏在雅各的那碗粥里，把自己的事情和上帝的事情混为一谈是亵渎上帝的表现，因为他做的事情，他允许人类做的事情，是超出人类理解范围的，所有与上帝明确指出的方向背道而驰的人们都有灾难在等待着他们。比如，他可以按照自己的意愿结束他人生命，但他难道没要求过人们不能自杀吗？瓦金肖先生，瓦金肖先生，你必须要遏制这种不洁的罪恶，你必须要和魔鬼较量，猛击它的臀部，直到它松开把你拖向这样可怕罪行的魔爪。嗨，老弟，你正在受到诱惑去做这样的事情！当你看到你的人生结局是由长着角的魔王，坐在你的胸膛上，用开掘罪恶意识的红头手钻钻透你可怜身躯的关节和骨髓，该是多么糟糕的景象呀！”

脑海中浮现出的这一情景让克劳德浑身战栗，他抓住斥责他的牧师的手说：“有时我们无法阻止邪恶念头在心中产生，我们不知道在内心深处，它们从何而来。”

“你不知道它从何而来？我告诉你它来自哪里——它来自地狱；这邪恶念头就是魔鬼菜园中的苹果树上坐着的贪吃者，那些受诅咒者的灵魂就是成为它们肉体的尸体。”

“天哪！基尔法迪先生，”克劳德四肢颤抖着喊叫起来，“您耐心些，别说得这么可怕，您说得我汗毛都立起来了！”

“汗毛！哦，老弟，这对你还是好的，如果你宝贵的灵魂直立起来，而且不仅直立起来，还倒向尘埃，那时你将缩在一个角落里，用记载着耶稣福音的陶瓷碎片刮去如麻风病人般溃烂的罪恶，直到你在对生活的忏悔中净化了自己。”

这些可怕的谴责在日后有修养的人们听来可能是非常严厉的，但那时在警告人们走向歧途的危险方面，谴责是比规劝和引导人们的精神更能奏效的说服手段，任何场合使用起来都毫无顾虑，它用宗教和热情提供的最生动的比喻来加强人们警醒的力度。然而，尽管有着如此雄辩的有力帮助，他们付出的努力常常是徒劳无功的，而基尔法迪先生这次努力产生的结果不过是让克劳德一时间对自己的行为犹豫起来，尽管在分手前，他表示出深深的悔悟——用他自己的话讲，他不该屈从于他可以不受约束地把田产传给他喜欢的继承人这种想法的诱惑。

第十三章

在普里兰领主去世的时候，葛瑞皮家，我们前面提到过，有三个儿子和一个女儿。长子查尔斯，正像他父亲和基尔法迪先生提起过的，是个健康、大度、胸怀坦荡、快乐无忧的孩子。克劳德对这个孩子怀有他那感情贫瘠的心胸对他人所能怀有的最深的情感；而瓦金肖夫人，出于一些大自然偶尔会扰乱哲学的无法解释的厌恶心理，几乎有些憎恨她的大儿子，但她把全部粗野的爱意都倾注在沃尔特身上——因为在他出生后人们观察到的最初迹象毋庸置疑地指出他秉承的敏锐及理智和他母亲一样少得可怜。

三儿子乔治此时还太小，看不出什么特别的性格特征，但是，在后来的人生历程中，在他平庸和无精打采的外表下，他那不屈不挠、精于算计和坚忍执着的性情显示出他与他父亲的心灵和思想是多么的相像。克劳德的女儿在洗礼时获教名玛格利特，她的母亲给她起了个优雅的昵称——梅格；因为我们的叙述过程要求她从我们的视线消失一段时间，我们可以先在这里简要概括一下她的性格。论相貌，她没有什么特别让她自命不凡的地方；论成就，她也达不到出类拔萃的程度；事实上，她的优点主要在于她有着与生俱来的节俭和治家的嗜好；她曾获得的全部基础教育来自一个叫珍妮·赫珀尔的跛脚女人——她拄着一支拐，走街串巷地教导这个教区的继承人，那支拐和她踩在地板上的声音清楚地发出了三个单词“一镑十”的读音。珍妮教给孩子们阅读、编织、针线活儿和类似于写作的课程；在她的教导下，梅格坚持学习到了十六岁花季，那时她父亲的心胸变得如此开阔，以至于考虑他攒下的钱也可以给女儿花一些，于是经人劝说送女儿去爱丁堡待了三个月,主要是学习礼仪。正像她母亲说的,有了寄宿学校教育,我们就十全十美了。

但是,回到我们有必要关注其成长历程的长子查尔斯身上,没有什么比他的青春萌动期更给人以希望了,尽管他父亲暗地里打算把他排除在继承人队列之外。这主要归功于他的外祖母。在她的丈夫——玛拉基领主活着的时候她一直郁郁寡欢。从婚礼的那天起,她的精神就处于消极的顺从状态,如此安静,如此忧郁,以至于生活中感受更多的是沮丧,而不是满足。在领主去世后不久,她的健康和精神开始重新绽放活力;令人称奇的是,领主下葬不到半年,她看上去已经是个快乐的老妇人了,愉快地和朋友们交往,她的幽默也能给大家带来快乐了。

在转年的夏天她搬到了格拉斯哥,当时约莫十岁的查尔斯为就近上学被送去和她一起居住。对于父亲没受过多少教育,母亲脾气秉性大大咧咧的小查尔斯来说,这是件特别幸运的事情;因为他的外祖母曾在年轻的时候被人们公认注定要生活在一个更为高尚优雅的生活圈子里,而绝不仅是做普里兰领主家的主妇而已。

她的父亲是爱丁堡的一位职业律师,曾出席过上一届苏格兰的议会,然而,最终却因言辞极为犀利地反对联邦政府,而遭到当时执政党的排斥。结果,虽然有着公认一流的天赋和才能,她父亲只能徒有其名地闲待在国会大厦里；而当初他若能谨慎精明一些，本可以名利双收的。

如此一来他无奈享有的这种闲暇就都被花在培养女儿身上，当时没有哪个父亲比他对女儿更加温和体贴了，这样一直到了女儿二十岁这年。她的魅力如同娇艳的花朵魅力绽放，追逐赞美者络绎不绝。然而，如同这可怜女孩的优雅和智慧给男人们的心灵带来越来越大的愉悦感一样，她的父亲希望看到她成家的愿望也变得越来越焦灼迫切；以至于他不断地追问女儿那些绅士是否向她求了婚，或是否有人真诚地向她谈到了爱情，这令她的生活徒增了许多烦恼，使她完全享受不到一个年轻女子在自己的青春魅力征服了男人的心而使他们大献殷勤时感受到的单纯的快乐。

此时玛拉基·西皮尔恰好在爱丁堡，在攻读律师执照期间隔三岔五地吃吃喝喝；因为他本无心从事律师行业，所以和同学们在一起的时候，酒瓶就取代了报纸评论和杂志的位置。他是个健壮、粗野、善骑、行为举止不受约束的家伙。他的钱财和交际几乎让他和社会名流站在一处，而他的举止和爱好又使他只有和下九流待在一起才觉得快乐。不幸的是，他当时就是追求这不幸女孩呼声最高、情感最为炽烈的一个，以至于一天晚餐之后，他被红葡萄酒和白兰地醉得满脸通红，在她父亲面前，大胆求婚，承诺一生一世把她捧在手心里。这老父亲大喜过望地抓住他的手，尽管这可怜的女孩儿想到自己要嫁给这样一个粗鄙之徒时,心都要碎了,但一个多月后她还是被劝说得屈从了自己的命运。

她父亲的行为在当时很是不可思议,但此后不久,他便撒手人寰，再也无法看到他宝贝女儿沦落的悲惨处境时,秘密被揭穿了:原来他当时已经走到了山穷水尽的地步,祖传的家产也消耗净尽,临终前他痛苦地乞求女儿的原谅，承认担心女儿留在这世上受穷的忧虑搅乱了他的理智,当时一心只想着保护好她,不让她遭受可怕的匮乏之苦。如此令人心酸的真相告白本该使她的丈夫收敛严厉的本性,对她更怜爱几分,但却起到了相反的作用。他觉得自己在某种程度上被欺骗了，虽说他娶了她的确不是图谋财产,但他怒斥她是他父亲这一卑鄙阴谋的同伙。这更加深了她委屈地答应做他新娘的悲哀，而且给她的整个婚姻生活笼罩上了绵延不绝、挥之不去的忧郁阴影。

因而丈夫的去世让她感到的是一种奴役状态的解脱。那一刻已是黄昏时分了,但并没妨碍她内心深处的光亮在夜晚放射出来,闪耀着祥和喜人的光泽,足以告诉世人她本可以生活得更幸福。这光亮照在查尔斯身上就像夏日的夕阳慈爱地呵护着小苗，如果说记忆的泪水时而会伴随着她的教导,那它们就像是和蔼可亲的露珠,使那小苗开出的花朵更精致,花朵的香气更清新。在她的呵护下,查尔斯与生俱来的情感得以完善升华。如果还不能断言他天生具备诗歌创作的才能,那他似乎也很快就学会用一个诗人的全部温柔和智慧去感受一切了。在这方面,他那天真无邪的情感能唤起他的外祖母青少年时期曾梦想得到的、早已消失了的幸福感,而且,在这样的回忆可能激发起的情感的作用下,她或许把过多的劝勉用于教导查尔斯要珍视爱情,把它放在为尘世幸福和人类快乐之首。"爱情,"她常对还不大懂得这个词的含义,仍感到好奇的查尔斯说,"就像象征它的火焰一样;它来自天堂,一旦在两个忠诚的胸膛中点燃,就会越烧越猛,越烧越亮,直到火焰交织在一起,不断升高,直扑它的源头。"然而这些浪漫教导的不足之处是没能教会他在这世上要扮演小心谨慎的角色,而恰恰是这一点能让他了解别人对他命运怀有的恶意,从而极力避免他父亲无时无刻不在策划、只等时机成熟便付诸实施的剥夺他家产继承权的可悲后果。

第十四章

查尔斯适时地进入一所学院学习,在求学期间和一个同龄青年结下了深厚友情。这年轻人名叫科林·法泽兰斯，是他所在的法泽兰斯家族唯一的男孩。查尔斯当时差不多十八岁，被他的好友邀去在埃尔郡的法泽兰斯家府邸住了好几个星期。他很快就有机会感受到他外祖母那些关于爱情和忠贞的说教的影响。

科林唯一的妹妹，从看到她的第一眼起，查尔斯就被她出众的美丽和才情所深深吸引。她的聪慧甚至比正值妙龄的优美形体更为可爱。伊莎贝拉·法泽兰斯身材高挑，举止优雅，但这优雅中又带着几分柔弱，一副需要保护的样子。她这羞怯的天性所唤起的情感无一例外地将爱慕者对她的敬意转化为一缕柔情，柔情在激情澎湃的查尔斯·瓦金肖心中，很快就演化为了爱情。

随后一连几年，查尔斯都能过上几周有伊莎贝拉在身边的幸福时光。二人在独处的自由时光里很快便敞开了心扉。毫无疑问，那时照耀在他们充满希望的未来之路上的阳光已被阴云笼罩。但当时的一切却显现得极为顺利。查尔斯的家世和前景得到了伊莎贝拉父母的认可，而伊莎贝拉在查尔斯的父亲看来是出乎意料地令人满意。此刻似乎只有时间是阻挠他们爱情的唯一对手；但命运却与时间联手加害这两个年轻人，真爱的道路从来不会长久顺畅。

伊莎贝拉的父亲是那批不幸参与了埃尔郡银行的密西西比计划的领主之一。就在这对恋人的希望如同初春晴好的早上花蕾绽放的苹果树枝般喜人之时，这一计划不可避免的悲惨命运如同一场严霜袭来，永远摧毁了他们的幸福。法泽兰斯破产了，而他的破产对冥顽不化的克劳德来说便是一个充分的理由去命令查尔斯断绝掉两家喜结秦晋之好的念头，虽然他自己曾认为这是上天赐予他儿子的最令人羡慕的运气。然而家境败落的伊莎贝拉只让查尔斯越发地怜爱；他父亲的禁令让他此刻充满了爱与悲哀交织而成的神圣热情的内心感受到的只是世俗的干预。

“这不可能，”他说，“即使我能屈从你的要求做出这样的牺牲，荣誉以及使生命有价值的各种情感，都会阻止我的行动。不，先生；我觉得伊莎贝拉和我是天作之合，任何人的干预都无法将上帝和上天如此真诚地结合在一起的两个心灵分开。你命令我断绝这份感情的理由，是让我更加执着地珍惜这份感情的最强有力的论据。你告诉我她穷了，一定会一贫如洗。先生，那不是在告诉我她不仅拥有我的爱，还拥有我的怜惜吗？你说他父亲一定会被扫地出门。天哪！在这样的时候我会离开伊莎贝拉？一个与我素不相识的人，在遭遇这样的逆境和危难之时，都有权得到我能给予的任何庇护；而伊莎贝拉——在这场掀去了她父亲屋顶的风暴中——反而没有权利得到我在多次誓言中向她提到的要让她一生无忧的庇护了？！”

“行了，行了，查尔斯，”这顽固的老者回答说，“滚吧，接受这笔没有嫁妆的交易吧，看你怎么过活！但你要记住我的话——当贫穷来到门前，爱情就跳窗而逃啦！”

“的确，”查尔斯说，语气又镇静了些，“我们不能指望着过上我常常梦想着过上的那种生活了；但尽管如此，您不会反悔在她父亲境况还好时，您常常提起的让我入股田产的承诺吧？”

“这我们可要说两句，”克劳德回答说，“让一个年轻、聪明、机敏的人入股田产是一回事；而让一个穷困潦倒、即将拖家带口的人入股田产是另一回事。不过，查理，只要你答应把你们小儿女的亲事往后推迟一两年，我就不会食言。也许慢慢儿地你就明白我对你说的话了；不管怎么说，这段时间里可能会找到点儿补救的办法；你和贝儿·法泽兰斯岁数还都不大，一两年还是等得起的。”

克劳德讲这番话的时候流露出长辈在深思熟虑之后，极为庄重沉着的神态，父子俩进一步深谈之后，查尔斯最终同意只要父亲立刻答应他能享有家族田产的股份，他就按父亲的意思把婚事推迟一两年，他想着如果十二个月后，他依旧执着于这份情感，他就可以和贝儿自由地结合了。在这一安排中，父子俩各有自己的盘算。父亲认为这一年中伊莎贝拉受家境困扰在外貌上必然有所改变，这会减弱爱人对她的激情；儿子过分相信自己对家庭的贡献,认为虽然法泽兰斯家宣告破产了,但过去很多类似事例表明，在他着手把自己名下的田产分出来卖掉以改善家境的奔忙中,一年的时光就会悄然流逝的。再说贝儿家那边，从法泽兰斯先生的银行经营被判定为不可挽救之后,他就强打精神,为女儿不受贫困之苦而奔波,即使心底里他仍抱有他这么做或许没有必要的幻想。他带着女儿来到了格拉斯哥,在拜访克劳德家的布店前,为她在当时很有名气的一家女装裁缝店——玛丽小姐服饰店谋了份差事,找到了一个栖身之所。随后当他焦急地等待着那位不屈不挠的小贩克劳德,并告诉他这一情形时,克劳德由衷喜悦地称赞这一决策的审慎，因为他猜测自己的儿子一想到和如此落魄的伊莎贝拉交往自尊心会受到打击。查尔斯听到这个消息感受如何,我们在此不表,对于后面发生的事情，也不准备提前揭开面纱——那一刻出现在这对恋人再次相会之时，那时他们的前景暗淡下来,内心充满焦虑与愁苦。而此刻他们分手前下定的决心毋庸置疑地证明了他们纯洁无瑕的爱情，二人约定在这推迟的一年中振奋精神接受命运的挑战。

第十五章

和伊莎贝拉分手后，查尔斯心事重重地回到了坐落在克莱德河南端、卡斯金山脚下的葛瑞皮。过桥之后，他走上一条穿越田野的大道，这大道一直通往拉瑟格伦，从那儿延伸到高地，途中每个崎岖蜿蜒处，都有着富饶丰美、异彩纷呈的景色。

已是入秋时节，初升时发出灿烂光辉的太阳在这个季节的宁静夜晚，通常在邓巴顿郡和阿盖尔的远山背后结束他一天的行程。一层有着如同雾霾而不是蒸汽的，丝带般质地的薄雾从克莱德河上飘来，使周围的景物变得柔和，而远处的景物在西部天空的金色阳光照耀下闪闪发光，左边的城市像是用亮光镀出了一道金边儿，每个窗子都闪闪发光，像是来自房间的灯光照亮的。树木和树篱开始变色，不时就能看到一簇黄色的叶子，或是像一堆堆炽烈的余烬般的花楸的红色浆果，加上一捆捆的玉米，临近田地里收割的农民，这一切都表明了夏天已完全过去，收获的季节到来了。

平静弥漫在这大自然的画面上——周围数不清的成熟与宁静的景象似乎在抚慰人的心灵，启迪温柔的思绪，唤醒愉快的回忆；如果说这对恋人分手时的某种情感不完全与当时的彬彬有礼相一致，那么它还和大自然广为施予的仁慈是如此的和谐，以至于查尔斯感到他的决心和舍己精神随着一种奉献的情感，夹杂着炽热的爱情得到了升华。“不过是很短的时间——几个月——我们就能获得幸福了，”他大声对自己说，“我们的幸福会更加珍贵，因为我们要用为谨慎和职责做出的牺牲去换取它！”

但查尔斯和伊莎贝拉过高地估计了他们的毅力。他们对这个世界的本来面目都缺乏经验；很快，伊莎贝拉脆弱敏感的神经就无法承受她经历的磨难和屈辱了。

伊莎贝拉的部分差事是把为玛丽小姐的顾客们缝制的服装送到她们家中，尽管那个年代格拉斯哥的女士们在礼服和头饰的风格及时尚方面可能不比今天的女士们更难伺候，但她们中的一些人不像我们所有公平正直的当代人这样毫无疑问地愿意以一颗同情之心对待家境衰败的伊莎贝拉。结果，这不幸的姑娘经常委屈地遭到讥讽和非难。尽管这些是针对她的女主人的品位和疏忽的，但它们给伊莎贝拉年轻又娇弱的心灵带来的痛苦丝毫不减。尽管如此，伊莎贝拉依然与她身处的严酷环境苦苦抗争着，但她的敏感强于她的勇气，她的容貌泄露了她的感受——她很快就显出憔悴了。

每当伊莎贝拉在晚上去完成这讨厌的差事时，查尔斯就陪伴着她，帮她抱着沉重的硬纸盒，愉快地数着这延迟的一年已经过去的日子，并向她保证她家的不幸只会使他更爱她来为她鼓劲儿。意外发生在一个星期六，查尔斯没能及时赶到他们的约会地点——玛丽小姐服饰店的楼梯脚下——在他赶到之前伊莎贝拉就已经走了，带着大名鼎鼎的尼科尔市政官的妻子贾尔维夫人的一件新礼服。这位夫人就是当年那位给可敬的地方法官照明引路，将他带到监牢的小姑娘梅蒂。在那个难忘的夜晚，这位新教执事的儿子，在监牢里找到了他的亲人罗伯·罗伊。[①]

此刻的梅蒂已是个成熟的妇人；当年那个淳朴、卑微、赤脚的小姑娘已成为面颊红润、光彩照人、穿高跟鞋的阔太太。她很清楚市政官的钱包有多大多鼓，不过她对自己如今的境况还有些过于在意，大概是因为想起了她以前只是个地位卑微的婢女。她定做的这件衣服是件价格不菲的礼服；不仅使用的顶级豪华浮花织锦要比玛丽小姐服饰店做过的任何时装都要多出好几码，而且用这些织锦来装饰的褶边袖口和荷叶裙边款式如此奢华，让我们不由得怀疑格拉斯哥后来是否出现过更为华美的时装。这件礼服可不是为普通场合定制的，而是要在安德森市长在他第八任市长任期结束之时和夫人筹办的宴请地方官和夫人们的晚餐会上大出风头。这样看来，贾尔维夫

---

① 此处的贾尔维、梅蒂和罗伯·罗伊都是苏格兰小说家瓦尔特·司各特的历史小说《红酋罗伯》中的人物。

人特别看重这件礼服也就不足为奇了；不料，她刚一试穿，可怜的伊莎贝拉就发现这礼服不合适，站在那儿浑身哆嗦起来，而这位高级市政官夫人看到如此华丽的一件礼服兴致勃勃，她兴高采烈地大声称赞着褶边袖口的剪裁和荷叶裙边的褶痕。在审视完这件礼服在身体两侧的下垂效果后，她又在房间里庄重地走了几步，看看它在身后的拖地情况，当贾尔维夫人双手各执一片礼服的前襟，往胸前并拢时，突然发现它们几乎是无法合为一处的。

伊莎贝拉的心怦怦跳着，手哆里哆嗦地走到夫人身边，将衣身抚平，想使礼服再舒展些；但一切努力都于事无补。惊愕得如同木雕泥塑般的贾尔维夫人一声不响，仿佛是罗德之妻，当她回头望去，想到了她丢下的漂亮衣服，瞬间变成了盐柱。

“噢，克里斯托尔！”这是昔日名噪一时的梅蒂能说出的第一句话。“噢，克里斯托尔！我的上帝，我能不发火吗？你的主人，老朽的魔鬼，我还能叫她什么，闯下这塌天大祸应该用荨麻狠狠地抽打！我的礼服毁了——我这么好的锦缎完全被她糟蹋了——而且不可补救！滚出去！你这个贱货，把你的脏手拿开，别瞎掺和我的事！这种行为足以激怒上帝的选民；我是一个活人，我有很多话要说，我会按古老的礼仪即刻到各位老爷面前控诉。这件衣服光面料就花了五百二十多基尼呀。如果上帝和人类之间有法律和正义的话，她是要为此付出代价的，或者我要让她皮肉受苦，方解我心头之恨！过来，丫头，帮我脱下来。本来挺漂亮的一件衣服。赶快拿走，拿走！离开这个房间，从我眼皮底下消失。你怎么敢带给我这样的耻辱？回来，让我再看看，还能不能再补救一下？”

“我拿回店里试试。”伊莎贝拉说着，胆怯地帮贾尔维夫人脱下礼服，又小心翼翼地折叠起来。

“试试?!”市政官夫人听了，怒火复燃，“说得好听，这么昂贵的礼服竟然沦落到试试的境地；玛丽小姐是怎么想的，这会儿派你这么个蠢货过来？时间这么宝贵，你赶快给我放下，让她自己到我这儿来，别再废话了！”

这个颤抖着的、被吓坏了的女孩放下那件走了霉运的礼服，眼含泪水，匆忙离开了贾尔维夫人的房间，从市政官宅邸飞跑出来，在街上遇上了一路找寻而来的她的爱人。于是，伊莎贝拉立刻激动地宣泄出她的全部恐惧与委屈，诉说着她在这种处境中的无助与悲苦。查尔斯当即下定决心，不惜一切代价，立刻娶贝儿为妻，宁可面对由此引发的父亲的不满所造成的最糟糕的局面，也不让贝儿继续被人这样侮辱。于是，两人约定立刻成婚，并且在随后的周一举行了婚礼，查尔斯陪伴她住进了他在此期间准备出的一处住所。

第十六章

婚礼次日的清晨，查尔斯感到焦虑、疑惑和踌躇。他本打算直奔父亲那儿，说明原委，如果可能的话，劝说他宽恕他们这一次，因为事出突然，看上去是查尔斯行为草率，不计后果，但查尔斯觉得如果考虑这件事的起因和动机，他只该受到表扬。尽管如此，这毕竟只是他自己的想法，他有些担心这位老绅士不会用和他完全相同的眼光看待这件事；这丝疑虑引发的情感让他开始犹豫，最终决定还是找个中间人调停一下。

查尔斯早就觉察到老夫人——他的外祖母在他父亲心目中一直是个极有尊严的人物，并从他目睹的这种尊严产生的效果得出结论：外祖母的优越感是完全得到大家认可的。在这种想法驱使下，他考虑了一下当前这件事情的利害关系和独特之处，决定恳请她老人家来干预一下此事；因此，当他离开伊莎贝拉后，没有按原计划前往葛瑞皮，而是去了老夫人的住所，当时只有她自己在家里。

查尔斯走入客厅的那一刻，老夫人就觉察出有什么东西在他心头重重地压抑着他的情感，于是便问道："查理，你在为什么事情烦恼？是你做了错事你父亲责备你了，还是你做了什么你不敢讲的事情？"外祖母的这几句话，触动了查尔斯心中那根敏感的绳索，此刻，它正死死勒在他的心上。

“我确信，”查尔斯回答说，“我没做错什么，可不知为什么一想起这件任何一个能感受会思考的人都会赞同的事情就觉得害怕。”

“是什么事情？”老夫人关切地问道，“说出来，孩子，如果是件好事，让我来解劝解劝你，不要庸人自扰；如果是件坏事，也告诉我，说不定我们很快就能想出补救的法子呢。”

“贝儿·法泽兰斯……”查尔斯只说出了她的名字，就说不下去了。

“这可怜的姑娘命苦啊，”这位可敬的老夫人感叹道，“查理，我为你们俩难过，你父亲如此心狠以至于用这种方式阻拦你们的婚事。但他一直以来就是一个交易者；唉！这个世界就是由交易者组成的；一颗拥有真挚情感的心在男人和女人共同的市场上不是多么值钱的物品。可怜贝儿这可爱的姑娘！我真希望自己能帮她改变命运；因为我担心她脸皮太薄，很难长期忍受玛丽小姐服饰店老板的暴躁脾气；更为糟糕的是，还要受那些傲慢的顾客们的刻薄讥讽。”

“她再也无法忍受她们了，我也不会让她接着忍受了！”这位新郎回答说，在外祖母这番话语的鼓励下，他将自己这次的草率行为和盘托出。

西皮尔夫人这次没有立刻回答，而是心事重重地坐了好一会儿，看得出，她很悲伤——她接着说："查理，我的孩子，你不该把这件事告诉我。虽说我很愿意，但我帮不了你。去你父亲那儿告诉他吧，如果他不愿做你希望他做的事，那么我可怜的孩子，你就勇敢地相信上帝吧，尽管人类使出种种手段，该跳动的心脏上帝一定会让它跳动的。"

"其实，"查尔斯直截了当地回答说，"我已经这样做了，因为贝儿和我昨天成亲了。我无法忍受看着她再被那些钱包鼓鼓的、穿上件新袍子就趾高气扬的贵妇们呵斥讥讽，沮丧得抬不起头来！"

"成亲了？查理！"老夫人吃惊地加重了语气，话音中夹杂着悲哀，"成亲了！这是注定要走的一步呀。唉，你的痛苦完全能够向我表明你已意识到这么做的后果。那你下一步准备怎么做呢？"

"没什么大不了的，姥姥，您只要在我父亲那儿为我们说句好话。"这位单纯的年轻丈夫依旧头脑简单地回答说。

"我会为你说情的，查理，我可以，而且很高兴、很自豪地给予你我全部的支持；但你父亲，查理——上帝宽恕我，因为他是你的父亲——我一想到他，心头就笼上黑暗和疑惑。”

“我的想法是，”查尔斯回答说，“我们不给他增添负担：能简简单单地过日子我们就知足了；我只希望我的妻子能拥有她自己的家，特别是她现在已经是我的人了，那么，如果我父亲乐于接纳她，把她看作是自己的儿媳妇，我不要求他赠予我们什么，只想以一个诚实正直的公民身份尽我最大努力去工作。”

这位善良可敬的老妇人被查尔斯这番话时的真挚坦率深深打动；她向查尔斯保证说如此明智谨慎的决定是不会不让他的父亲以同情的目光看待他这一宽厚仁慈的鲁莽行为的。“那么你先回到贝儿身边，”她说，“劝说她，安慰她；我现在马上动身去葛瑞皮帮你们说情，天冷也不怕，到黄昏时分带着你的漂亮新娘过来，我相信会给你们俩带来喜讯！”

查尔斯兴高采烈地对外祖母的善良和偏爱表达了感激之情，但他仍对外祖母承担起的这项使命是否会取得成功心存疑虑。但不管怎么说，外祖母的话给了他希望，这希望是作用于伊莎贝拉和他自己前途的魔力，是明亮的光辉，是葱绿的草木，是五彩的颜色，使他们期望中的未来充满更美、更亮的希望，而不像他们注定要经历的那样。

第十七章

克劳德坐在窗前，突然发现岳母缓慢地朝自己家走来,便对妻子说,

“以上帝的名义,格丽兹,这么冷的天是哪阵风把你妈从城里吹来的？”

“我希望,”葛瑞皮夫人回答说,“查理没出什么事,他答应我安息日在外面吃晚饭,不回来的。”

她一边说着,一边迅速跑到门外迎接她的母亲,脸上的表情难掩对儿子的担心。而老夫人几乎没理睬女儿,径直走进葛瑞皮坐着的餐厅，一声不响地拉过一把椅子坐下,解开斗篷,搭在椅子背上。

“出什么事了,岳母。”克劳德说着,从窗前的座位上起身,朝老夫人走来。“您这是怎么了？看上去心烦意乱的。”

“是啊,瓦金肖先生,正是有事我才来你们这儿的,”她回答说,“我可怜的查理！”

“他怎么了？”查理的母亲大声问道。

“他出了什么不幸吗？”他的父亲问道。

“我希望这不是件不幸的事,”老夫人说,稍稍恢复了镇静。“不过,我猜想,葛瑞皮,你听了不会太满意的。”

“到底怎么了？”这位父亲厉声喊叫着,感觉被折磨得

不行了。

“他跌断了腿吗？”这位母亲问道。

“快闭上你那张聒噪的嘴吧！格丽兹！”葛瑞皮领主没好气地喝止了她，“不瞎扯会死啊？”

“他遇上的事要比跌断了腿麻烦得多，”外祖母紧接着说，“他的心都要碎了！”

“一定是太脆弱了，”克劳德哼了一声，说道，“但又何必这么东拉西扯的呢？告诉我们出了什么事？”

“作为一个父亲，瓦金肖先生，”老夫人严肃地回答说，“我觉得你对查理是关注的；但我也要坦白地对你讲，我怀疑你并没有看清这个可怜孩子的温和的本性；为此，我怀疑并担心我要对你说的不会让你很满意。”

克劳德没作任何回答，而是在岳母右边的一把椅子上坐下来，他的妻子此时也在母亲左边的椅子上落了座。老夫人继续说道：

“同时，瓦金肖先生，你又是个通情达理的人，我要讲的这件事是你必须要容忍的事。一句话，就是说考虑到法泽兰斯家的不幸，你应该允许查尔斯和伊莎贝拉成亲，因为这姑娘的处境太可怜了——像她那么一个温顺文雅的女孩儿哪里受得了格拉斯哥贵妇们的责骂和驱遣！”

她停顿了一下，希望克劳德能做出点儿反应，但他仍旧默不作声。而瓦金肖太太开口了：“是啊妈妈，我也是这么说——因为你知道阻挠一段真情是件可怕的事。不是这样吗？当家的。你应该想想当初如果一切都准备就绪了而我父亲阻止了我们的婚礼你那脆弱的心灵该是怎样一番感受？”

“这两件事还是有些区别的，”普里兰领主遗孀冷淡地对她的女儿说，“你和瓦金肖先生不像查理和法泽兰斯小姐这么年轻，这是其一；再说，也许你们的性格也不大相同。不过，瓦金肖先生，婚姻大事由天定；人类是无法逆转上帝授意发生的事情的。查理·瓦金肖和贝儿·法泽兰斯是他们的造物主撮合成的一对儿，妨碍他们的幸福是不对的。”

“我确信，”克劳德这次打破了寂静说，“我绝不是一心阻挠他们的爱情。我只不过想考验他们一年，看看他们是不是只是早恋而已。”

西皮尔夫人摇着头说，“你很谨慎，但你不能把老年人的脑袋安在年轻人的肩膀上。一句话，瓦金肖先生，你希望这样一对情投意合的年轻人像你希望的那样等上这么长时间是没有道理的。雅各求娶拉结的年代早就过去了！”

“我不过是让他们等上一年，”克劳德回答说。

“一年的时光对爱情来说漫长得无法想象；不过咱们现在长话短说，本来在我们猜测之中的事情现在成了现实，这两个相爱的孩子自己完婚了。”

“不可能！”克劳德大喊一声，惊得从椅子上站了起来，随即又跌坐下来。

“哎呀，”瓦金肖太太说，“我没听错吧？我们的查理已经是结了婚的人了！是一家之主了！”

老夫人对自己女儿的这些话和她继续说出的意思差不多的后面的话不加理睬，而是目不转睛地斜视着此刻在深深的震怒中焦躁不安的克劳德，说道：“你不说点儿什么吗，瓦金肖先生？”

“我能说什么呢？”他回答说，“我对他抱有更好的希望，我觉着这一年的时间能让他冷静下来，我确信贝蒂·波道尔小姐是个更好的人选。”

“贝蒂·波道尔小姐！”外祖母喊叫道，“她是个十足的弱智。”

“好了，好了，”葛瑞皮说，“现在她是什么都无所谓了，查理把自己的人生变成了一团乱麻，只能自己为难去了！”

“只要你帮上他一把，也没什么可为难的，瓦金肖先生。他是你的长子，难得的善良孩子。”

“我肯定是要帮他的，这点用不着怀疑；但他甭想，其他人也甭想我会为他做我原打算为他做的事情，如果他要不是这么性急、自作主张的话！”

“说得是呀，瓦金肖先生，”老夫人满意地说，很高兴自己这么容易就调解成功了；心中充满了为那两个孩子捎回喜讯的信使的自豪，她很快就告辞回到格拉斯哥了。但她刚一出门，克劳德就焦躁地失去了常态，噌的一步奔向他的保险柜，迫不及待地打开，贪婪地抓住他的所有地契，随后他心事重重地关上保险柜，又回到座位那儿，默默地坐下。

“你怎么了？当家的。我妈在这儿的时候你没这么心烦呀！”他妻子问道。

“我绝不会鲁莽行事——我绝不会鲁莽行事！”他这样让人琢磨不透地回答着。

“哎，妈妈，妈妈，”沃尔特喊叫着，冲进屋来，“您觉得怎么样，我们的查理也像我爸一样有媳妇了！”

“滚！你这个大叫大嚷的呆子！”克劳德盛怒之下狂喊了一声，吓得沃尔特一溜烟儿地逃掉了。

“这种诱惑真是太可怕了，所有的好处都汇聚到这么个白痴身上。”当克劳德转过身朝窗户走去时，他用焦虑不安的语调低声说道。

“可不是嘛，”他的妻子说，“听到查理不管不顾办出这么不听话的事来真让人觉得可怕。”

“是呀，是呀，”她的丈夫说，“许多人以比这轻得多的罪过就剥夺了他们儿子的继承权，取消了他们的继承权！”

“就是嘛，”葛瑞皮太太回答说，“基尔马开柯不就只把咒骂留给他那个和英国船长跑了的独生女儿，而把全部家产都留给了他的侄女贝蒂·波道尔吗？”

“要不是出了这么件逆事，她拥有的一切本有可能变成咱们家的。我一想到因此造成的损失，想到当我把查理提给她时，她父亲是多么高兴——这些就足以让我用无情的手段来惩罚这个忤逆不孝的恶棍——他这是要伤透我的心呀！”

“哎呀！当家的，可你这烦躁的样子在我看来可不太正常啊！”瓦金肖太太说，对他的狂躁焦虑很是吃惊。

“这个浑蛋！这个浑蛋！”克劳德连声说着，很快走到了房间的另一端，“造成这样的损失！听不进劝告！非要参与这种艰险异常的角逐！我应该，我要让他知道惹我不高兴的后果。贝蒂·波道尔的嫁妆本来是比葛瑞皮还要好的——但他要因此受到惩罚——我看不出有什么能阻止一个父亲像他的儿子一样一意孤行——我不会就此罢休的！明天我就去找基尔列文先生。”

“别太固执了，当家的，镇静点儿。”他妻子不知所措地说，听丈夫提到律师的名字有点儿警觉起来。“你自己镇静点儿吧，格丽兹，少管我的事，”他这么回答着，又用不如刚才自信的语调补充说，“我从没想过他会这么利用我。我确信我过去一直是纵容他的。”

“是太宠他了，”瓦金肖太太打断他说，“我常对你说有朝一日他会让你心烦意乱的，你看我的话应验了吧。”

克劳德用极其厌恶的眼神怒视着她，因为那一刻他人性中善良的情感又同情起查尔斯来，几乎征服了让他决心剥夺查尔斯的继承权，并把葛瑞皮和普里兰的土地继承权都赋予沃尔特的贪欲，正如我们在上文中提到的，他心里早就有了这打算，始终没有放弃，之所以迟迟没有实施是出于一种羞耻感，连同感情和对天理的些许崇敬；然而，所有这些都不再和他的良知紧密相连，因为这场仓促的婚姻在世人的眼中给了他去做长久以来渴望去做的事情的一个理由。这次他没理睬妻子，而是走到屋外，在房前的草地上走来走去有半个小时之久，脚步时而又快又急，时而缓慢沉重。然而，他的脚步慢慢变得规律起来，最终变得沉着坚定，这表明在这个问题上经过思想斗争后他已下定了决心。

第十八章

那个蕴藏法律疑点的深渊，法律文书撰稿人基尔列文先生的办公室，位于盖洛盖特大街麦维尼巷的麦格雷戈尔地产办公楼一楼两间隐蔽的房间里。外面的一间是职员工作的地方，里面的一间是咨询更为隐秘的法律事务的地方。克劳德在和岳母那次有趣的会面转天就造访了这个地方，我们在上一章已向读者隐约提及。他吩咐家人比往常提前一个小时准备好早饭；吃罢早饭，他立刻奔向那张写字桌，取出所有地契，放进钱袋里，没和妻子打招呼，就从餐厅角落里拿起每天存放在那儿的礼帽和手杖，正像我们在上文中说过的，去咨询律师基尔列文先生了。

世人通常不都认为律师的职业有利于保持性格的单纯或性情的良善；但这印象毫无疑问是那些无法达到目的的当事人的险恶居心造成的。为逃避自己实施的不公正行为带来的非议，就佯称他们被判定犯有的或尝试未遂的罪恶行为或不公正行为，是他们自己或他们对手雇佣的律师的过错或流氓行径。但我们为什么要倡议修正一下对这些法律维护者的评判呢？因为我们认为像他们这样掌控着社区公民的全部忧患和利益的人，都装备有利爪来护卫自己。事实上，我们在这里拐弯抹角为律师进行辩解为的是帮助读者了解一下即将出场的基尔列文先生，经久磨炼出的职业洞察力让他早已看穿了人世间的各种隐瞒和欺诈，但这颇具腐蚀性的精神升华丝毫也没有减损他光明磊落、宽厚仁慈的人格。就在克劳德到访这会儿，基尔列文先生正指责手下的年轻人设计诱捕夜间行窃的小偷的做法过于残忍。那小偷打开办公室的窗子，窃取了他们疏忽大意之中遗忘在办公桌上的所有零钱；那几个年轻职员不仅为自己辩解，而且抗议基尔列文先生使他们的计策失败。因为，在他们巧妙地在窗户内侧搭设了一个陷阱（即摆上一张无腿儿的桌子，小偷必定要踩着那张桌子才能到达他们的办公桌）之后，他悄悄地在那张桌子底下放了一个枕头，为的是桌子倒下时窃贼不至于跌伤。

“早上好，早上好，基尔列文先生；近来挺好的？”克劳德说着，走进屋来。

“好，好，葛瑞皮；您怎么样，全家都好吧？到我这屋来吧。”这律师说着，转身打开了房门；因为经验告诉他，这个时间到访的老相识绝不只是来寒暄一下的。

克劳德走进去，坐在了基尔列文先生撰写文书时经常使用的那张桌子内侧的一把老扶手椅上；基尔列文先生跟着他走进来，对职员们说，“我奉劝你们这些小伙子，记住我一直告诫你们的，不要放纵自己去做那种以善意为初衷的恶行。设计陷阱和阴谋是极为可恶的——你们应该做的是采取预防措施不让小偷进来；而不是留着窗子，诱骗小偷进入陷阱，那无异于唆使他犯罪。所以我警告你们再别这么做了！”

说着他走进屋,关上门,在那张桌子的另一边坐下,对克劳德说:“听说您大儿子成亲了?您对这亲事还满意吧?”

“基尔列文先生，他自己酿出了好酒，自己细细品吧,”克劳德回答说,“我想对遗嘱做点更改,到这儿咨询你一下。”

“领主,这事不难;因为,我们发现您的长子出生后才实施的限定继承权不成立，您可以按自己的意愿自由地指定继承人,继承家产或转移家产都可以。”

“这是个幸运的发现呀！我曾为此生出许多烦恼;基尔列文先生,我是来和你商议一下,因为我不放心把这么重要的一件事交给那个半死不活的吉比·奥密特来办,他让我付了九英镑七先令六便士买了那张羊皮纸；但那根本就不能叫作法律文书,因为它根本一点儿用都没有,不能把我的家产合为一处;不仅如此,这老家伙早就中风瘫在床上了;所以我必须把这件事托付给你,希望你办事更牢靠。”

“我们会尽力的,瓦金肖先生;您对想做的这件事有打算了吗?”

“还没有,不过我把家里的地契都装在这袋子里带来了,您只要按它们写就行了。至于我存的那点儿活钱,我们现在不必费心；我只想把土地继承权准确可靠地写下来。”

“这再简单不过了。因为您来自古老的家族，毫无疑问您是打算把葛瑞皮传给男性儿孙；万一您的儿子们没有子嗣，再把它传给女儿的后代。”

“就是这样，就是这样。我不会改变当初的安排；只是打算把我媳妇家那份家产也变成我的家产的一部分，因为她父亲限定继承家产时写的是瓦蒂的名字，改起来要冒很大风险，所以我想把葛瑞皮的家产传承到瓦蒂名下。”

“我没理由阻止您这么做；可您要是传给了查理，您的大儿子，他的生活就有了保障，至于瓦蒂，不是我对他的才能说话不敬，也许永远不会成家的，您传承家产不也得考虑考虑嘛。”

“哦，我可不是这么想的，瓦蒂怎么就不能成家？他总能办成一件事吧，那他肯定就能有媳妇！”

“可是老天保佑，瓦金肖先生，您知道您这么做会对那个好孩子，他的哥哥造成多大的伤害吗？他如今已是成家的人，很快就会有子嗣的！您说的这样一份契约会让他一贫如洗，这太邪恶了！”

“这是理所应该的，这份家业是我自己奋斗的结果，基尔列文先生，我当然是想盖教堂就盖教堂，想盖工厂就盖工厂。”

“的确，瓦金肖先生，谁都无权干涉您处置自己的家产，但我想您可能没考虑到您这样传承家产对可怜的查理是不公平的，我一直认为他是最好的一个孩子。”

“他这儿好也罢，那儿好也罢，他本可以娶到贝蒂·波道尔小姐的，却私订终身，娶了那个没有分文嫁妆的穷酸丫头，这不是我的过错。”

“我很遗憾查理惹您不快了，但他进入的法泽兰斯家族一直享有很高的名誉和声望呀！”

“是呀，不过那是埃尔银行破产之前的事了；她那蠢货爸爸在那场投机冒险中输了个精光！”

“瓦金肖先生，那您更应该把您的家业顺理成章地传给查理呀。”

“你说得也许很对，基尔列文先生；但我来这儿不是和你商议这些的，只是商议法律事宜。我希望你按我说的起草协议；你要在协议里写明我的家产由瓦蒂和他的男性子嗣继承；其次由乔迪和他的男性子嗣继承；他们若都没有男性子嗣的话，你可以转回头把查理的男性子嗣写上，随你高兴；若他们都没有男性子嗣，就传给梅格的孩子们。”

“瓦金肖先生，”这位诚实的律师在沉默了约一分钟后说，“这么做不符合基督教精神。”

“但它符合法律规定，我希望。”

“瓦金肖先生，我可敬的好朋友，我觉得您应该仔细考虑一下这件事情,因为它关系重大呀!”

“但你知道,基尔列文先生,当瓦蒂死后,葛瑞皮和普里兰就会成为完整的一份家产了,那对我的家族来说难道不是件美好的事情吗?”

“但您为什么要剥夺可怜的查理正当合法的继承权呀?”

“我剥夺他的继承权?!是因为我祖父当年在达连灾难中倾家荡产,他才失去了继承权。他会从我这里得到我可能从祖辈那儿继承来的全部家产,可能会比现在更多;只是,我不允许他从我这儿得到任何继承权,除非看我高兴,给他点儿施舍。”

“可您想一想,他是您的长子啊!”

“是啊,那又怎样?”

“瓦金肖先生,当然是他作为孩子能分得您的一部分财产才顺应天理。”

“顺应天理?基尔列文先生。一身羽毛或两条毛腿是我曾听说过的大自然中孩子继承的部分财产,因为空中的飞禽和地面上的走兽能清清楚楚地证明。不,不,基尔列文先生,我们现在不是在自然状态下,而是在法律状态下,如果我们不能最充分地利用这种条件,那将是不可思议的。总之,你要尽快地起草这些契约,你知道,我们不能在这些事情上浪费时间,下个集市日我就把瓦蒂带来,咱们把它们落实喽。”

“瓦蒂来不来倒无关紧要，”基尔列文先生显得心事重重地说，“他不来这事也办得了。我真希望您再好好考虑一下，免得浪费了这羊皮纸。”

“基尔列文先生，羊皮纸在你手里我不担心，你会诚心诚意地把每件事做好，不过记住，如果新契约中有什么漏洞，就像那个昏庸的老东西吉比·奥密特起草的那份旧契约那样，我可要让你赔偿；为了你自己也要仔细点，保证有关瓦蒂和我的契约都准确恰当，符合所有法律规定。”

“瓦蒂的？您说‘瓦蒂的’是什么意思？”

“我不一直跟你说把普里兰和葛瑞皮连成一份家产是我的想法，瓦蒂像个没长大的孩子似的，不就和我分不开了吗？你知道他外祖父契约中的漏洞，虽说土地已经完全属于瓦蒂了，但没把瓦蒂和土地捆绑在一起，所以瓦蒂可以把土地带走，因为这份契约允许他这么做，而且他现在已经过了二十一岁了。所以，我想让你为他也起草一份文件，这份文件的内容是瓦蒂同意通过限定继承，让普里兰和葛瑞皮用同样的方法治理。”

“瓦金肖先生，这属于我的职责范围，我一定在此事上遵从您的意愿，”基尔列文先生说，“但我实在记不起从前撰写哪份协议的书面合同有这么心烦意乱过。您没有权利在瓦蒂身上行使权威；这孩子实在不该被叫来执行您提出的协议。他不该被打扰,而只应在这世上慢慢耗尽他的时光,尽可能不在众人注视之下生活。”

“基尔列文先生,听你这么不喜欢这孩子,我可不爱听,当初普里兰的遗产遭到他的表哥的争抢,不是你自己克服了别人克服不了的重重困难，向爱丁堡的十五位律师有力地证明了他是一个智力水平值得称赞的年轻人，让他们心服口服的吗？”

“真是可悲呀,瓦金肖先生,您竟然用我对当事人恪尽职守的真诚来攻击我！不过，您既然铁了心了要这么做,我也就不再说什么了,我会尽力按照您的要求起草一份简洁明了的限定继承权契约——相信今后人们不过把我看作是这其中一个无辜的代理人；但我要再次请求您慎重考虑这件事给那个已是一家之主，不久就要添丁进口的好小伙子查理带来的后果——您正在对他做着一件很可怕的事情！”

“好了,好了,基尔列文先生,我不是说了吗,别多管闲事了,还是把契约写得牢靠些吧,也许我在你的心中很坏,但也比不上查理带给我这么多希望,又让我竹篮打水一场空！”

“当然上帝有力量，”这可敬的律师虔诚地回答说，“会把这一切补偿给他的。”

“也许我也有力量，因为这份契约写好后，我还要麻烦你再动动手为我那些可动产和闲置的银钱写份遗嘱，但我希望你先把这份契约写好吧。”

“老兄，领主，听到这些我很高兴，可您知道去年您为葛瑞皮清理残存账目时曾告诉我您手头剩不下什么了——现在我听到您又有条件为孩子们尽到称职父亲的责任了，很为您高兴，只是我必须说，作为兄弟和朋友，我不赞同您出于对查理这样一个既优秀又勇敢的孩子的偏见生出把家产限定继承给一个弱智孩子的荒谬念头。然而，事已至此，我们就不多说了。八天后的周三契约会起草完毕，我会多加小心，保证它们符合您的愿望。”

“不只是多加小心，你如果没能做到的话，就要承担赔偿损失费用的风险。因为你只有写得让我称心如意了，我才能决定到底是出一个普拉克呀，还是出半个便士。不管怎么说，过得愉快，基尔列文先生，周三我们十点钟之前在这儿见面。”

说着，克劳德从椅子上站起来，目不斜视地离开了律师办公室。当他走过外面的房间时，甚至没看一眼办公桌旁的职员们。他们互相间使了个眼色，看着克劳德以他在做小贩穿行在边境上时手抓拨浪鼓养成的习惯，用背到身后的左手攥紧钱袋，脚步沉重地从他们身边走了过去。

第十九章

周六晚上，已经为限定继承权的新契约提出要求的葛瑞皮心事重重、沉默寡言，他的妻子看到他这么心烦，就说：

“当家的，我在想，虽说查理自己选定的这段婚姻让你怎么也高兴不起来，可你知道，现在生米已经煮成了熟饭，我们只能将就了。”

对葛瑞皮太太一生中发表的最明智的几个言论之一，克劳德报之以并不清晰的愠怒，听上去与其说是咆哮，倒不如说是呻吟和叹息。葛瑞皮太太继续说道：“但是，这可怜的孩子，穷光蛋一个，需要帮一把啊！我就是希望你别对他太苛刻了——你在你那小金库里找找看，看角落里有没有多余的几个便士，都捡起来，一个也别落下。”

“我想到了，格丽兹，我的太太，”克劳德这次回答妻子时，声音比平时和蔼了一些，“我们明早打听一下查理的住处去看看他；之前我希望他别这么任性；事已至此，这一切都是他自己的过失；但我们空手去也不好看，我准备了五张二十英镑的钞票，打算送给他。”

“五张二十英镑的钞票，当家的！那就是一百英镑呀！嘿，当家的，我原以为五十英镑就是你能拿出的没法想的一大笔救济了。我希望你这不是在过世之前分家产。上帝保佑我们！你这回可真是慷慨了一把呀；但如果我没说错的话，这一百英镑到了查理手里都不富裕，因为那法泽兰斯家的宝贝女儿可不是给穷小子当老婆的主儿。尽管如此，想到你这么宽厚善良我还是觉得高兴，这也没什么好纳闷的，查理一直是你宠爱的骑士，我肯定没人说得清为什么，而你总是瞧不上我们可怜的好脾气的瓦蒂。”

“快闭上你那张愚蠢的嘴吧，格丽兹。瓦蒂就是随了他妈妈，才缺心眼儿；如果不是因为眼下这个原因不得已，这蠢货除了得口吃的不至于去要饭，休想从我这儿得到一个便士！但天命难违，笨蛋瓦蒂不是查理，这不是我的过错。争论这些都没用了，明天早上早作准备，和我一块儿去城里看看那两个年轻人。”

当天没发生其他事情，但克劳德提议当晚进行一场家庭礼拜，这让他的太太感觉有些意外。“太太，”他说，“我们现在就算是朝作古的路上走了，从今往后我们要一直想着怎样对待我们罪恶的灵魂。把仆人们都叫进来，我要读一章给你和他们听，为的是能让头脑有些转变，因为我对自己的认识也不是很清楚。但那个不为他人着想的年轻人的莽撞行为着实惹我生气，而且我这么做也实在是别无选择。”

于是瓦金肖太太把那本常年摆放在书架上，清静地度过了一个又一个神圣节日的大版本《圣经》取下来，吹去灰尘，在当天晚上布道活动之前，她又把它拿到厨房，更彻底地擦拭了一遍，很快就在仆人的跟随下赶了回来。此时，克劳德把他的扶手椅拉近书桌，把眼镜架在鼻梁上，坐在那儿等女主人把《圣经》摆在他面前准备开始朗读。因为仆人们就座时出现了一阵混乱，他随手翻开封皮，看着那张写有他自己结婚日期和孩子们出生日期的插页。瓦金肖太太看到了，说道："哎哟，查理着个什么急嘛，他还没到做一家之主的岁数呢。当家的，我们结婚时你多大了？查理可没有你那么深谋远虑！"

"格丽兹，你的嘴就不能闭上一会儿吗？在你的造物主面前，安静下来，我读一章他的圣言，注意听！"

他说这句话时的语调让周围的人不由得安静下来，心中充满敬畏，这时他又补充说："让我们读一段《圣经》，来表达我们对上帝的崇敬。"后来他的仆人们常说："他当时讲话的样子就像是一个可怕的牧师。"

正如我们暗示过的，克劳德不常在家中做礼拜，所以避开了唱圣歌这一步骤，他对《圣经》的内容也没有熟悉到根据回忆确定某一章某一段。的确，在这方面他远不如当时大多数的格拉斯哥商人，因为他们虽然远离了他们的父辈曾引发查尔斯二世复仇的苦行僧生活，但他们仍然定期在家中举行宗教礼拜仪式。然而，还是有某种借口为克劳德开脱的，他在英格兰边境生活了这么多年，无论在哪个年代或时期，那里都不是以宗教虔诚而著称的地区，尽管从很久远的时候起那里就在政府的资助下盖起了许多教会大厦，为的是使两国失去法律保护的人受益。但我们还是不要走题吧，继续说说克劳德，他以极大的谨慎和小心，虔诚地挑选着《圣经》中的章节。带着几分迷信的惊恐，他翻开《圣经》，映入眼帘的第一段文字就是《创世纪》第二十七章的第三十二节。他停顿了片刻，仆人和家人们也翻开了他们手中的《圣经》，一齐瞅着他，希望他说出他要诵读的章节。但他忽然用那只无意中翻到这一章节的手把《圣经》合上，倚靠在椅背上，一时不知自己做了些什么，那只手仍留在书页之间。

“我们都准备好了，”瓦金肖太太说，“在哪页上了？”

太太的话将克劳德从暂时陷入的沉思中唤醒，他匆忙翻开《圣经》，抬起那只翻开书页的手，他再次看到并诵读起来：

“他父亲以撒对他说：‘你是谁？’他说：‘我是你的长子以扫。’以撒就大大地战栗起来。”

当克劳德再次靠在椅背上，任凭《圣经》在面前摊开，他的太太焦急地问道：“你怎么了，当家的？你不舒服吗？”他没做任何回答，只是把手蒙在脸上，轻轻摩挲着自己的额头。

“当家的，我想，”太太接着说，“你没做过练习不大习惯,开始还是先由我们自己读上一章吧。”

“我要找到那个地方,”坐在父亲对面的沃尔特说着,在无人发觉之时,把他傻乎乎地咬着的一节小棍儿夹进了那本《圣经》。

克劳德听到了妻子的建议,迟疑了一分钟没做回答,之后,合上《圣经》,并没注意到沃尔特夹到里面的那个标记,他说:“我觉得你的提议不错,太太。先生们,你们可以在这宅院里找个地方,各自严肃地读上一章,我们明天晚上开始做礼拜,那是上帝的夜晚。”

仆人们于是退了下去;沃尔特伸手去够书桌上的那本大《圣经》,以便诵读他以小棍儿做记号的那章;但他父亲生气地狠打了他手指一下,说:

“你不是要风度没风度、要智谋没智谋吗?怎么敢在我眼皮底下把上帝的圣言偷走?看你自己那本去,记住它告诉你的话,你能看懂的!”

受到父亲严厉指责的沃尔特离开书桌;闷闷不乐地在壁炉旁找了个座位,翻开他的袖珍版本《圣经》,借助壁炉的火光,不时找出一节,含混不清地小声读着。瓦金肖太太和梅格小姐只有一本《圣经》,就把椅子拉到书桌旁;母亲把手搭在女儿肩上,俯视着女儿挑选出的一章。

尽管克劳德这会儿已从刚才的烦乱中平静下来,但他仿佛受到了神谕的警告,当他再次把手伸向这神圣的书卷，将它翻开时，他看到了相同的语句，他的内心生出强烈的敬畏，他的身体猛烈地战栗起来，以至于书桌都剧烈地摇晃起来。

“以上帝的名义，这是怎么了？”他的妻子喊叫起来，被这反常的动静吓坏了，她从书中抬起头来，脸上写满了恐惧。

克劳德大惊失色，他用恐惧的迷信的眼神狂躁地朝身后看了一会儿。但他有着与生俱来的坚定心态，他的惊恐不久就消失了，但当晚的礼拜大受影响，他自己也深受打击，以至于突然离席，走出了这个房间。

第二十章

安息日的清晨宁静晴朗，大自然中的一切清新明亮。一切都沉浸在快乐之中；那些花朵在阳光下仰望，颜色娇艳宛如开心的笑脸。就连葛瑞皮太太也被她身边活力四射、嬉戏玩闹的快乐精灵感染了。沿着门前的小路朝着通往格拉斯哥的大路，她领先丈夫几步走在前面，看着自家的狗蹦蹦跳跳地跑在前面，她说：“老科利欢蹦乱跳的，好像知道查理看我们到来有多高兴。当家的，这畜生一直和查理最亲近，它现在这样子真让我高兴；因为它整天就指着扑着点儿东西，小棍棒啊，小石子啊来耗尽它的日子。但我猜狗和人一样——就像基尔法迪先生说的，也受忘恩负义之心的影响——因为科利对瓦蒂又混又凶好像他是敌人似的，其实，你知道，科利啃的骨头都是瓦蒂找到并存起来的。”

“你就永远不能让你那张扯闲篇儿的嘴歇歇吗？我确信这向着查理的不会说话的畜生比他妈更有脑子，可怜的家伙。”

“行，行，当家的，你就这么说；可所有人都知道你是最偏心的。”

“婆娘，你的舌头，”她的丈夫呵斥道，“就像是傻鹅那嘎嘎叫的祸根——”

“哎，看哪！”葛瑞皮太太突然喊叫起来，“那边骑马跑过来的是谁？”

克劳德被她的喊叫吸引，放眼望去，颇为吃惊地看到那正是他委托起草限定继承契约的基尔列文先生。

“我们必须回去和他打声招呼。”当她定睛观看前面过来的人是谁时，瓦金肖太太说道。

“如果我这么做就会遭诅咒。”克劳德愤愤不平地抱怨说，语气的激动暴露出他的忧虑与惊恐，同时也表明了他不改初衷的坚定决心；他加快了脚步，在那可敬的律师进门前赶到了大门口。

“你好啊，基尔列文先生！——是什么事让你大清早就赶到乡下啊？”

“我骑马一溜小跑来找您，想再和您说说这件事。”

“文件起草好了吗？”

“当然——但我想那绝不是您真正的意图——不会的——瓦金肖先生，您真的必须再考虑一下！”

“行了，行了，行了！我知道你更有见识，基尔列文先生。但是很抱歉我们不能和你回去，因为我们还要赶路去看查理和他没带来一分家产的太太呢。”

“是真的，”瓦金肖太太说，“你都猜不到我们当家的在钱袋里放了什么给他们作贺礼：整整一百英镑，基尔列文先生——你觉得怎么样？”

基尔列文律师先是看了看葛瑞皮太太，又看了看领主，说：“瓦金肖先生，我错怪您了。”

“别再说什么了，按我的要求，周三之前把文件准备好。”克劳德回答说。

“基尔列文先生，我希望并相信，”瓦金肖太太说，“他说的不是他的遗嘱：我劝您在为他做事时要保证我不被忽视；别让他为了查理对现有的家产做出不公正的处置，正像我常说的，查理是他勇敢的骑士。”基尔列文先生和其他任何一位律师一样，在生活中遇到了最为困惑的时刻；但他愉快地回答说：“您别担心，瓦金肖夫人，我不会委屈您或您家中的任何一位成员。"随即,他看着她的丈夫补充说,"如果我能做到的话。"

"您也别为难,这就要谢谢您了,因为我懂得法律,那不在您的权力之内;因为通过我的结婚协议,我获得的土地和葛瑞皮连在了一块儿;我父亲在遗嘱中规定我每年从他的现金积蓄里支取一百英镑;我算着我当家的用这笔钱入股基尔马开柯家的田产每年能挣到不止一百二十七英镑;所以,我想让您和他都知道,你们别神神秘秘的,有事背着我;而且,基尔列文先生,我的权利一点儿都不能损失。"

这段话的内容让基尔列文先生更为困惑;因为他对那项抵押,也就是瓦金肖太太说的克劳德在邻居基尔马开柯家的田产入股的事一无所知,因为那项交易他是请奥密特先生办的。事实上,这是葛瑞皮狡诈的处世原则的一部分——不让他人过多地知道他的私事,即使是最能为他保密的法律咨询人员;但办理普通事物时可以雇佣任何一个在基本法律程序上值得信赖的工作人员。于是克劳德在提出限定继承的要求那天在某种程度上给这位诚实的律师留下的错误印象大部分得到了澄清;所以基尔列文先生不再执意坚持他那天大清早便从格拉斯哥赶来规劝克劳德的初衷,而是对自己的委托人未透露的财富感到极为吃惊。

这会儿，葛瑞皮和他的太太继续朝城里走去，而这位律师重新上马，思忖着他刚刚听到的话，几乎确信他如此熟悉、办事如此谨慎的克劳德正在扮演着一个非常精明审慎的角色。他猜想他一定比世人所认为的富有的多；也许是看到自己的二儿子沃尔特比白痴强不了多少的生理缺陷，断定他不仅不能很好地利用现金资财，而且可能成为欺诈者的猎物，就极为明智地决定通过他提出的限定继承权这种方式保护住沃尔特的未来资产，而用他的闲置现金补偿查尔斯。他无法满意地得到澄清的唯一疑惑，就是克劳德将他的小儿子乔治限定继承的位置放在长子查尔斯前面这个问题。即便是这点疑虑也被他赋予了合理的解释；因为根据外祖父的遗嘱，万一沃尔特去世时没有男性后裔，乔治有权作为继承人继承普里兰的田产；这些想法极为有力地促使诚实的基尔列文先生在其仁慈的内心世界中重塑起他的委托人的良好形象，这形象曾因他的要求如此严苛而大受损伤以至于促使他踏上了引发上述遭遇的乡村之行；结果，当领主和他的太太走在马路背阴的一边时，他骑马从他们身边经过。瓦金肖太太将她的衬裙提到膝盖处，仍然走在前面，她的丈夫俯身快步跟在后面，放在身后的左手抓着他的东西——前文我们已经提到，这是他做小贩时习惯手拿拨浪鼓的特有动作。

第二十一章

父母的意外登门让这对年轻人吃惊非浅；之前尽管老夫人成功完成使命给了他们希望，认为他们能够得到父母的原谅，但此后便再也听不到什么消息，还是让他们心中充满焦虑，以至于新婚的幸福感大打折扣。深知父亲冷酷天性的查尔斯几乎完全放弃了重新获得父亲偏爱的期望；当他看到妻子忧郁的面庞、逃避的眼神、瞬间的扫视以及不时抛给他的担忧的目光时，心中的这份焦灼与不安便令他越发沮丧。这老两口儿的到来开始让双方都感觉很尴尬，但气氛慢慢变得友善了。天性宽宏大度的查尔斯很快便克服了心中的焦虑，因为他总是用一颗仁慈之心去解释所有人的行为和动机；坚冰消融后，他发现自己能够和兴高采烈、心情极好的母亲搭起话来。此刻她正以一个女主人值得称颂的灵活与周到善意地取笑着她那正值妙龄、羞得满脸通红的儿媳妇。

"嗨！"她说，"查理，你们的婚礼真是神速呀。听起来真是不可思议，贝儿，喏，你不必低头，你一定不想让我用你那么长的教名称呼你吧，现在你是我的儿媳妇了。因为结婚仪式在亲戚朋友眼里不该是件冷冰冰的货物。当然了，贝儿，如果能让你们的名字连续三个安息日在教会都会被大声地喊到，这种做法要明智得多，就像我和你公爹当年那样，而不是在雾气蒙蒙、阴云笼罩的夜晚悄悄地求婚，让人觉得古怪、不合群儿。可你们已经把婚事办了；当家的想让这件事再体面些。当我们听说他把几百英镑放在钱袋里不是去做买卖而是作为一份充满祝福的礼物，作为给你们的新婚贺礼，我真觉得太阳从西边出来了！不过贝儿，你当家的查理一直得到他爸爸的宠爱，所以他这么明显的偏心，我可一点儿都不觉得奇怪，我只知道要是让他给瓦蒂这笔救济金，他就会待答不理的，或是皱起眉头来。”

这对来访的父母坐了约莫一个小时，其间大多数时候是葛瑞皮太太连续不断地说着废话，于是领主制止她说该往回赶了。查尔斯竭力挽留他们吃饭，被他父亲断然拒绝了，但不像他平素拒绝别人时那么生硬，因为当他走出房间、接近屋门时，把那张钞票递给了他，并嘱咐道：“拿着，这笔钱补贴家用吧，但你要节省，查理，我想你可能用得上，你现在是一家之主了，哪怕是半个便士，花出去之前都要两面看看。”

“整整一百英镑呢！”葛瑞皮太太兴奋地在她儿媳妇耳边大声说着——而那老者，交给查理那张钞票后，立刻转向他，好像制止他的感谢似的，说道：“查理，周三你必须和我还有瓦蒂走一趟；我的文件要做些修改；因为我们不必到教会声张此事，我打算让你和他做个证人。”

查尔斯欣然答应前往；于是，老夫妻俩告辞离开。

在回家的路上克劳德比早上更加沉默寡言；甚至满脸阴郁，动不动就发脾气；但他妻子却是兴致勃勃的；走出一段距离，估摸着他们的谈话不会被听到了，她说：

“人们一定都认为她是个阔家小姐；她要真是又有钱、又漂亮，查理还真是高攀不起人家。哎呀，不过我说当家的，你今天对她有点儿太爱答不理了吧？我觉得你可以再客气风趣点儿，毕竟我们是来给新人送贺礼来的嘛；我后悔忘了叫他们明天来葛瑞皮吃顿饭了，你知道家里正好有一扇羊；现在既然和他们完全和解了，我们也就没必有上不来、下不去的，为他们提着一颗心了；想想查理对我们俩也不是很上心；这就是他的命，我们不认又有什么法子呢？不过，当家的，让我说说对那一百英镑的看法吧。我觉得给他们一半或再少点儿会更明智些，因为查理还不太会过日子——钱到了他手里就打了水漂儿；至于他那百合花似的白皙标致的太太，她的纺锤声响再大，也比不过贝蒂·波道尔嫁妆钱袋的叮当声迷人呀。当家的，我一直琢磨着，既然查理自起炉灶、分家另过了，咱们就不能像《沃尔特有了自己的家》这首歌谣中唱的，让我们的瓦蒂向贝蒂求婚，把她的财产得过来呢？”

这一建议在克劳德听来是他妻子嘴里说出过的最明智的话；事实上正中他的下怀。对他来说，这一念头不是此刻突然冒出的，而是从他最先得知查尔斯的婚事那刻起。因为他熟知贝蒂·波道尔小姐父亲的性格，他知道对沃尔特有利的葛瑞皮田产的继承权，对她父亲来说足以弥补任何智力缺陷。于是剥夺查尔斯的继承权在某种程度上作为一种体现家族策略而非家族怨恨的行为减轻了他良心上的不安；事实上，怨恨在引发这一行为的情感中说明不了什么；因为他生活中的一切行为和思想都本着恢复基托思顿修的瓦金肖家族这一目标，为了人性的荣誉，我们可以有理由相信他极不情愿地，甚至是悲痛地谋划了这场将自己的长子献祭给代表着祖先骄傲的摩洛神的牺牲。

就在他和妻子商议着贝蒂·波道尔小姐和沃尔特的婚事返回葛瑞皮之时，查尔斯和伊莎贝拉为收到这笔在他们看来象征着父母完全谅解的意外收入而彼此庆幸。然而，尽管公爹的贺礼带给了伊莎贝拉希望，但来访时老人举止中的某种东西却让她有种心寒不快的感觉，她的内心感受到那是不幸的前兆，但她不愿为此冲淡父母到来带给丈夫的喜悦，因而极力地压抑住这个念头，和丈夫分享着他沉溺于其中的令人快乐的期待。当天下午，查尔斯的外祖母来看望他们，看到两个孩子正心满意足地憧憬着美好的未来。这一前景展现得如此突然，大大超过了老夫人最乐观的期待，以至于她也分享了他们的快乐，根据查尔斯这笔不菲的收入,他们祖孙俩推断,他父亲打算在邀请他去见证的文件和契约中，做出一些明文规定使他得以维持伊莎贝拉降生时拥有的、他自己的鉴赏品位也促使他努力进入的社会阶层。结果,他们带着为人儿女能拥有的满满的信心幸福地沉入了梦乡。就在他们酣睡之时,厄运的罗网在他们身边布下,悲苦和罪恶的魔鬼在隐蔽处盘旋，只等待命运发出的信号落在他们盲目又不设防的受害者身上。

第二十二章

葛瑞皮是以上天通常会给予一个深知自己怀有险恶用心且无从辩解的人的心情，坐卧不宁地度过了从登门看望查尔斯夫妇到和基尔列文先生约定的，使继承权限定契约生效之日之间的这段时光。与此同时,急于了解这份协议的确切内容而不由得有些焦虑的查尔斯周三一大早就动身,从他和妻子位于格拉斯哥的住所出发,去和进城途中的父亲及弟弟会合。因为比约定的时间早出门许多,他一直走到了葛瑞皮宅院近前,看到父亲站在房前绿地上,双手背到身后,心事重重地低着头。

儿子的到来将他从沉思中唤醒;他快步上前迎接他,

起劲儿地握着他的手，以这样的场合显得多余的关爱问候他年轻妻子的健康。这样不同寻常的真挚显然会证实周日作为贺礼的那张钞票引发的幻想；但是克劳德为极力掩盖他此刻的真实感受而突然表现出的这种情感很快就消失了（这感受来自于他执迷不悟地要犯下的那不可挽回的错误）；在他表示问候之时，良知以如此的困惑打击了他，以至于他被迫转身遮掩住暴露出他装出这副伪善嘴脸的尴尬。然而可怜的查尔斯却没能看到他父亲举止和面容的转变，因为他看到沃尔特身着主日服装出现在大门口，身后跟着母亲，手里拿着沃尔特最体面的一顶帽子，边走边用她的围裙裙摆抚弄平整。

“我告诉你，儿子，”她把帽子递给沃尔特时说，“自己长点儿心眼儿，因为周三在卓盖特大街那儿的人都是一帮你不认识的人；记住我一直对你说的话，别碰那儿的笔墨，除非基尔列文先生告诉你那是对你有好处的事；因为查理是你爸心中的骑士，我不是告诉你了吗，就在上个安息日，你爸送给他整整一百英镑给他那没有嫁妆的新娘作见面礼呢。”

查尔斯听到母亲的话，脸气得通红，没和她打招呼便转身而去，但朝着大门没走几步，就听母亲喊道：

“嗨，查理！有了漂亮媳妇，就忘了娘了？”

查理听出了母亲这话中责备的语气，立即转身往回走了几步，向母亲道歉，但她拦住他的话头说道："查理，千万别把这当作是雅各和以扫之间的交易去蒙骗可怜的瓦蒂；他是个随和厚道的孩子，只会照你和你爸吩咐的去做。"

查理笑了，回答说："妈，您要教训的应该是瓦蒂而不是我；因为您知道雅各是弟弟，骗去了他哥哥的长子权。"

克劳德听了这话，感觉一只带有倒刺的利箭射穿了他的身体，痛彻肺腑；心灵的自责让他用生气时严厉的语气大声说道：

"别瞎扯了，该走了！你们不知道基尔列文先生正等着我们吗？还在这儿说这种渎神的话，这样胡闹？快走，瓦蒂，你这没出息的呆瓜，让我堵心的东西；查理，我的孩子，咱们一块儿走，这缺心眼儿的赖狗会跟在我们后面的；即使他没有科利狗的嗅觉，也还是有几分它的本能的。"

他一边说着，一边加快脚步朝大门走去，右手拿着的东西随手臂摆动着，他比平日走得都快，腰板儿也更加笔直。

两个儿子，看到父亲脚步如此匆忙，连忙告别母亲，追赶父亲而去，查尔斯大声嘲笑着沃尔特那花花公子般的滑稽穿戴。

在路上这老者一直甩下他们一段距离，偶尔回头制止他们的欢笑，因为查尔斯的笑声中有种自由和快乐鞭挞着他的灵魂，而沃尔特的愚钝也从未让他感到如此令人厌恶。

当他们赶到基尔列文先生的办公室时，发现他已把羊皮纸手稿准备好放在办公桌上了；但他没有当即宣读，而是请领主随他走进内间。

“好了，瓦金肖先生，”他把门关上说，“我希望你这一步是经过慎重考虑的，因为一旦迈出这一步，根据苏格兰法律你就无法回头了。所以，我真心希望你这么做不是出于你对长子那欠考虑的婚事心存怨恨的动机或感受，有这种可能啊！”

克劳德向他保证自己丝毫没有受到这种情绪的影响；并补充说：“话得说回来，基尔列文先生，虽说我雇用你为我办理业务，我想你不该这么盘问我。依我说，你在这件事中不过充当一支笔，至于它的对错那是我自己的事。所以，我奉劝你，既然文件准备好了，就该让它们生效，为此，我把两个儿子都带来了，让他们自己做这份契据的见证人。”

基尔列文先生举起双手，又放了下去，长叹一声说：“查理不可能同意被夺去继承权，否则就像他的弟弟一样愚笨了。”

“别同意这，同意那的了，基尔列文先生，”他们的父亲回答说,“快把文件拿进来读给我听；你不必找那麻烦叫他们俩进来,那只会让他们哥儿俩不和。”

“不！这可万万不能,瓦金肖先生！”这位诚实的律师高声喊道，他的热情和质朴在他当今的业界兄弟中已颇显过时，无论这样的素质在那单纯的黄金年代曾对律师们显得多么重要;“不！万万不能,瓦金肖先生,这样做会违背我的良知;这两个孩子是这项业务的当事人,事关他们的可继承利益,告知他们实情才是正确妥当的做法！”

“基尔列文先生,”领主气急败坏地喊道,“你真是老糊涂了！遗嘱见证人有权知道我们要遗赠给后人什么,这太不可思议了！上帝啊,只要我有一口气在,查理和瓦蒂就不会明白我今天的目的！”

“好吧,瓦金肖先生,”律师回答说,“就按您的意思办吧,我保证;但是,因为这是您让我相信,您有力量补偿这份不同寻常的限定继承协议给查尔斯带来的后果，我希望如此;而且希望您尽快做到。”

“基尔列文先生,读文件吧,”克劳德对这一警告给出了如此简短生硬的回答;于是文件被拿进内室加以宣读。

文件宣读过程中，克劳德不断被办公室外间传来的查尔斯不合时宜的欢声笑语所刺痛，他正和那些职员们取笑着他幸运的弟弟;文件终于宣读完毕,确认妥帖无误后,他厉声唤两个儿子进去,当着他们的面签署了契约。

查尔斯从父亲手中接过笔，即刻便作为见证人签了名，一旁的基尔列文先生的表情是惊愕的真实写照；但是，当笔递给瓦蒂时，他拒绝去接。

“我这么做能得到什么？”这白痴想起了妈妈的嘱咐，说道，“我想知道。不给报酬，没人会在文件上签字的。”

“你就是个天生的白痴，”他父亲说，“你还想不听我的话吗？”

“你说的别的事我都会去做，但不给我好处，我不会在那鼓面皮纸上签字：不给基尔列文先生报酬他也不会为你做这样的事；为什么你就让我干呢？我不是大老远从葛瑞皮跑来做这件事的吗？我的辛苦就不值半个黑便士吗？”

听着指定的家业继承人的这番白痴言论，克劳德只得强压怒火，佯装镇定；而一旁的查尔斯坐在一把椅子上，笑得前仰后合。然而，克劳德是不会因为儿子的荒唐就停止追求他的目标的：相反，他怕这傻瓜的愚蠢程度过于明显以至于成为日后取消这份协议的理由。他从外间办公室叫进来一个职员，请他为其签名作证。沃尔特大声抱怨对他待遇不公；并说他至少希望得到一个基尼来补偿他付出的这番辛苦——他如此解释了他妈妈拐弯抹角说到的好处。

“好了，好了，”他父亲说，“闭嘴，你就能得到一个基尼;但你先要在另一份文件上签名。”于是递给他第二份协议;作为普里兰家产的拥有者,他以同样的方式,以同样的继承顺序,获得了它的继承权,正如他被指定继承了葛瑞皮一样。一个基尼的保证奏效了;沃尔特在查尔斯和职员们的见证下签了字;剥夺长子继承权的预谋就这样实现了。

第二十三章

在离开基尔列文先生办公室的时候,查尔斯邀请他的父亲和弟弟到家中做客;但老人却断然拒绝了。而沃尔特看起来很想接受邀请,要和查尔斯一起走,这时父亲回过头来,用责备的语气命令他回家去。

在其他任何时候,这件小事都可能被查尔斯忽视,而此刻,认为父亲慷慨地将家产赠予了他和他的妻子的查尔斯,被老人这样的行为和他自认为在激励着他的父爱之间的严酷的对比重重地一击;结果,他站在那儿,若有所思地看着父亲走过十字路口,身后跟着沃尔特。

葛瑞皮走出二三十步后停住了脚步,回转身,叫儿子过去,查尔斯立刻走了过去。

“查理,”他说,“我希望你婚后的玩乐不要分散了你在店里生意上的注意力；因为生意必须要上心；我想你还是写一写财务收支记录，这样我们之间的账目会清楚一些。”

这句话触动了令查尔斯感到厌恶的一段回忆，让他想起在法泽兰斯家破产之时，父亲说过的关于吸纳一个即将拖家带口的人合伙做生意要面临的种种风险的话。

“我希望，”他回答说，“先生，你的意思不会是要和我清算账目吧？”

“不，查理，不，”他回答说，“我可能会让你的处境有所改善——你可能会用得上。但我们之间还是要有账目记录，周六和你的媳妇来趟葛瑞皮，我们就此事谈一谈。”

说完这些，这老者和沃尔特再次朝十字路口走去，留下查尔斯困惑地站在那儿，琢磨不透他父亲这种行为的缘由和动机。似乎一切都无法解释，他一度想到回到基尔列文先生那儿问问财产转让契约的事；但又觉得这么做很不得体，因而极力克制住自己，他觉得刺探一件显然是要背着自己的事是缺乏教养且不光彩的。但是，这种克制和这些考虑，丝毫也无法减轻他父亲神秘的举动所引发的强烈的焦灼感；所以，当他回到伊莎贝拉身边时，显得茫然无措、若有所思，伊莎贝拉认为他这是未能实现期望，有些失落而已，一种让她觉得更符合逻辑的想法，因为从周日公婆来访，她心头便一直萦绕着一丝恐惧，似乎这场和解中潜伏着某种危险。

当被问起心情改变的原因时，查尔斯也说不出确切的理由。他描述了事情的经过，提到他父亲说了什么，以及他发出的邀请，所有这些事情似乎没有哪件是他的思想能够把握的，或是能为他那奇怪的、难以名状的忧惧辩护的——如果那种感觉可以被称之为忧惧的话，因为他的想象力无法把任何危险和这种感觉相联系，也显现不出任何令他恐惧的事情。相反，因为完全没有理由猜疑一场针对他的罪恶阴谋已酝酿出台，他颇有把握地认为他的境遇很可能会立刻改善了；但尽管如此，在他父亲矜持的举止、含糊的承诺中，有某种虚伪空洞的东西，使他对一直怀有的期望失去了信心。

就在伊莎贝拉和他坐在一起谈论着这件事情时，普里兰老夫人来看望他们，听到这一切很是焦虑，这之前她只听说了重立家产契约的事，但不知这些契约的实质和目的。我们前面已经提到，在老夫人的性格中，有着相当浓重的一种情愫，如果不是浪漫情感的话，无疑是病态的敏感。从最初见到女婿的那刻起，她就不喜欢他，这种看法使她如此厌恶与他为伍，以至于尽管至今他们的关系已保持了近二十四年，她依旧对他的人品印象很差。她认为自己的女婿是个最贪婪卑鄙的人，却不知他的贪婪不过是他追求祖传家业幻象的工具而已，他崇拜这幻象，将他视为自己生命中最重要的，几乎是唯一宝贵的东西；所以，她既无法想象出任何理由猜测到在他前来和解之后会对他的长子做出任何伤害，也无法理解她这两个孙辈孩子坦白地承认他们都感受到的焦虑，老人只能为他们当前窘迫的处境而悲叹。

与此同时，沃尔特和他的父亲正朝家的方向走去。这老汉并不理睬他的儿子；只是时而斥责他不要对树篱中的鸟儿大呼小叫，或是追赶蝴蝶，玩这种和他的年龄极不相称的游戏。

他们回家途中碰巧经过通往基尔马开柯家那条小路的路口，其家产继承人波道尔小姐和她父亲就住在这里。

"瓦蒂，"葛瑞皮对儿子说，"你自己回家去吧，告诉你妈我去基尔马开柯家和波道尔先生说说话，吃饭点儿我要赶不回去让她别着急。"

"您还是回家吧，"瓦蒂说，"瓦罐里还有只羊头，脖子那儿翻起的肉和格拉斯哥市政官家的一样。您在基尔马开柯家可吃不着，他们家的蔬菜汤太稀了，一堆堆的大麦围着盘子东奔西跑，摇头晃脑向它们的邻居问好。"

克劳德已经从大路拐到了那条小路上，但瓦蒂的这番话却远不止是惹得他心头不快；他大声地、话音中带着深重恐惧地说道："愿上帝宽恕我对这个傻瓜所做的一切！"

虽说沃尔特缺心眼儿，但也没到听不懂这句悔罪时发出的呼喊的程度；他立刻想起了母亲对他的告诫，或多或少地意识到了那些盖着印章的羊皮纸文件的危险，他先是剧烈抽泣，进而号哭喊叫道："我爸和我哥查理合伙逼我在黑文书上签字，骗走我外公给我的农场！"

葛瑞皮惊呆了，他觉得那天可能是他惹怒了上天的缘故吧，他的儿子变得越发愚笨不堪，言谈举止呈现出比往日更令人厌恶的白痴相来，他一时心头火起，几步冲到瓦蒂面前，用手杖狠狠地抽打着他，打得瓦蒂哀号着朝着家的方向逃窜而去。克劳德随即便意识到了这一举动对瓦蒂的不公与鲁莽，一霎间被羞愧、悔恨和悲痛压垮，他跌坐在挡住大路一侧的一堵干石砌成的矮墙上，双手死死地握在一起，流着痛苦的泪水忏悔，他怀疑自己已经犯下了大罪，但这只是片刻的悔悟，因为听到有人走近的声音，他猛地站起身来，捡起他在焦躁不安时扔下的手杖，沿小路朝基尔马开柯家走去；然而，没走出多远就感觉有一只手搭在他的肩上。他转回身，见是瓦蒂，把帽子折叠起来抓在手里。

"爸，"这弱智孩子说，"我逮着了一只大蜜蜂，您能帮我拿着点儿，让我把蜜挤出来吗？"

"我回家去，瓦蒂——我回家去，"这是克劳德以极其悲哀的声音做出的唯一回答，"我回家去；我今天再不敢做什么了。”他随瓦蒂退回到大路上，又一次恢复了镇定，说道：“这么傻子似的走回家去，我岂不是比你还蠢；走，按我吩咐你的，回家去，告诉你妈别等我吃饭，我也许在基尔马开柯家里多待会儿。”说着，他急转身，迈着警觉的步子，无所顾忌地晃动着手里的东西，头也不回地向前走去，一直走到基尔马开柯家大门口，在那儿遇到了看见他沿小路走来，出门迎接的波道尔先生。

第二十四章

基尔马开柯家的波道尔，像那个年代所有的领主一样，出身于一个古老的家族，从某种程度上讲是万能的亚当世家的后裔，但是究竟有多古老，没有哪位历史学家着手证明过。像所有和他有着同样血统的同年代人一样，他当然为自己的血统感到自豪；但相比起自己血液的高纯净度，他更看重自己取得的成就。然而令我们感到困惑的是，不知该称他为艺术家，还是哲学家，因为他要求用鼻烟在客厅墙壁上描绘出鸟兽的象形画像艺术领域获得这双重荣誉，当然这是毫无疑问的，他曾表示过艺术如果不是出于天赋或天才，至少是出于相当的勤奋。在二十多年的时间里，他不仅将许许多多稀奇古怪的形状覆盖到了墙壁上，而且发明出了——他的哲学原理就存在于其中——一种特别的分类法，就像是林奈的植物等级分类法一样具有原创性和普遍性。

年轻的时候他养成了吸鼻烟的习惯，随着时间的推移,像所有老鼻烟客一样,逐渐能敏锐地识别出他着迷的那种鼻烟的气味和颜色深浅及形状变化。这同时也是他这门科学的由来和原理。正如他所断言的,因为他所塑造的每一种鸟兽的本性和制成它们分别代表的鼻烟的烟草的某种特性有着相似之处;的确,若是公正地去评价他,听他运用全部的奇思妙想解释识别这些特性和本性相似之处的鉴别特征还是非常奇妙的。必须承认的是,他有时也会沾染上哲学家们常有的那种不分场合、不分对象喋喋不休地谈论自己喜欢的研究的坏毛病。但除此之外,基尔马开柯领主在其他方面是个脾气随和、毫无恶意之人。他有着如此善良和宽容的本性，以至于他允许身边的一切都生长到繁茂的程度。在他的会客室里上蹿下跳,或是在房屋向阳处晒着太阳的大小各异、年龄不同的猫的数量超出了人们想象；他的邻居们却都说基尔马开柯家的老鼠比他家的猫要难缠两倍。

他这种随和宽容的天性最明显地表现在他女儿贝蒂小姐身上。贝蒂小姐幼年丧母,父亲就允许她无拘无束地跟着仆人们疯跑，直到她因此养成的各种习惯使得后来不得不对她进行的性别归属的种种尝试皆以失败告终。

她二十出头的年纪，不能说长得不美，但她的美是那种强健运动型的。她那不加掩饰的红润的面颊，一双笑眼，雪白整齐的牙齿，她那自由快乐的脚步和神情使她完全有资格拥有查尔斯·瓦金肖送给她的绰号“开心”。她喜欢狗，喜欢马，她是比道格拉斯公爵的猎场看守人更好的射手。她大胆、吵闹又直率，当有人粗鲁地对待她时，无论是主人还是雇工，她会毫不顾忌地使用她的鞭子；因为她常常自由地和他们交往，从未感受过或假装出女孩子的温顺或娇弱。尽管如此她也不是没有女性美德的，如果她注定要成为一个运动员或军人的妻子，她可能会在跑马场上或帐篷里显示出相当大的优势来。

人们大概会猜想，这样的一个女人可能只会用最彻底的蔑视看待沃尔特·瓦金肖；然而，从童年时经常和他一起游戏，在青少年时期的嬉戏中，常把他作笑柄和玩具的经历中，她对这个傀儡滋生出一种习惯性的喜爱之情；以至于在克劳德来访之后，当她的父亲提议让沃尔特做她的丈夫，她并没有极力地反对这桩婚事；相反，她大笑着，开心地想着继续异想天开地差遣他干这干那，让他像小时候那样毫无保留地听从她的命令。一切似乎都在大有希望地向着基尔马开柯家和葛瑞皮家的财产迅速而又快乐的结合发展，事实上，大大超过了克劳德最乐观的期待，因为当他在第二天早上看到这位哲学家般的领主，手拿一个小鼻烟罐儿，来告诉他向贝蒂小姐转达他的意思后的结果时，他已做好准备听到一个最坚决的，甚至是对他胆敢提出这桩荒唐婚事表示威胁的严词拒绝。

“快进来，基尔马开柯，”克劳德说着，在门口迎接着他，“进来——今天早上你那儿有好消息吗？家里没出什么事儿吧，你看上去挺心烦的。”

“没错，”基尔马开柯回答说，“今天早上我碰到了一件很烦心的事。去年五朔节上，你应该知道，我从格拉斯哥十字路口附近的烟草商唐纳德·艾姆斯尼绅那里得到了一种鼻烟，我叫它林提。这鼻烟的粉末很是刺激，闻起来让人高兴，让你觉得在晾晒干草的日子里坐在一个漂亮的绿色山丘上，身边是开着花的荆豆丛，听着欢快的小鸟在歌唱，好像让夏天的太阳也跟着高兴似的；瓦金肖先生，这儿又有一罐儿鼻烟，我要挑战一下让普通鼻子说出它的不同，你觉得怎么样？但就我的生活而言，除了‘河马’我给不出它更好的名字。”

“你对你闺女说了吗？”葛瑞皮忍不住打断了他，对此事的结果焦灼难耐。

“说了，当然说了。”

“那贝蒂小姐怎么说的？”

“哎呀，你要是看到她的样子，听到她说的话，你就相信了，瓦金肖先生。说实话我都纳闷这闺女这种无忧无虑的欢乐性格是哪儿来的，因为她妈妈是个严肃、沉静、做事理智的女人；我们一起生活的时候我只听到她开过一次玩笑，当时我向她解释玛卡巴如何像一只夜莺，那是我在书中看到并读到的一种对玫瑰有着伟大见解的飞鸟。”

“我为此感到担心。”克劳德回答说，怀疑贝蒂小姐已经嘲弄了这一求婚。

“咱们还是回到林提和河马上来吧，”基尔马开柯继续说道，“这罐儿里的鼻烟——你尝试一下，瓦金肖先生——这是格拉斯福德先生送给我的礼物，用他上批货中最好的羊提炼出来的——你觉得怎么样？那我问问你是否能说出这鼻烟和河马有什么相似之处，河马是生活在非洲河流中的一种动物，有着两颗象牙般的长牙，根据我获得的可靠信息，要比长柄大镰刀的刀刃还长。”

克劳德认为他的求婚已经被拒绝了，不想再回到这话题上，就说他无法想象鼻烟和这些动物之间有任何相似之处来鼓励这位哲学家继续讲下去。

“你就知道这些？”基尔马开柯咯咯笑着说，以最兴奋的满足之情又吸进了一点儿鼻烟。“这种鼻烟像一匹河马，就像和它很相似的另一种鼻烟像棉絮一样；再清晰不过了；因为就在此刻我把它吸到鼻孔的时候，我仿佛看到这畜生在一个宁静晴朗的日子里在一条宽阔的大河里打滚儿嬉戏，快乐无比，河中的淤泥粘到了它的大黑脑袋上，它卧在清澈的河水中，红红的舌头围着象牙般的大牙绕动，不时舔上一下。”

“但我看不出和鼻烟有什么地方相似，波道尔先生。”克劳德说。

“那是非常奇妙的，瓦金肖先生；因为每件事物一定有某个地方让你联想到另一件事物；虽说到目前为止我还没向你指出河马身上让我产生和这种鼻烟之间的联想的特性，但你必须毫不怀疑地相信有这样一种特性。”

克劳德露出令人啼笑皆非的严肃神情回答说他认为这鼻烟更像一片草场；因为它有着刚晒好的干草的气息和味道。

“你就快得要领了，葛瑞皮；现在我告诉你它们的相似之处在哪儿。你知道干草是用大镰刀从草场上割下来的；草场位于河畔：河马的牙大得像镰刀一样；它在非洲的河流里蛰伏睡眠；这闻着像干草的鼻烟使人联想到这一切；所以它就像是一匹河马。”

在对自己成功的推理发出一阵开怀大笑后，这位哲学家从他的爱好降落回现实，接着告诉克劳德他已经对他女儿讲了，她对这桩婚事没表示反对。

“老天保佑我们，波道尔先生！”葛瑞皮呼喊着，“你有这样的喜讯要告诉我，为什么要扯这些乱七八糟关于一头野兽的废话？”

于是他们详细地谈论起婚事的必要安排，基尔马开柯完全同意这个贪婪狡猾的交易者的所有提议，直到整桩交易都安排妥帖，只剩下弄清被指定的新郎感受如何这一细节。然而，这一点自有他的父亲着手完成，而且当晚沃尔特要亲自到基尔马开柯家向正值妙龄、吵吵闹闹、活泼好动的贝蒂小姐敞开心扉。

第二十五章

“瓦蒂！”在基尔马开柯告辞后，葛瑞皮领主呼喊他寄予着厚望的继承人到屋里来。

“瓦蒂，进屋来坐坐；我想和你认真谈谈。你听见我的话了吗？基尔马开柯刚才和我……你听到了吗？你东瞅西看的，看什么呢？我是说，基尔马开柯到咱家来，他是想让你和他的女儿——”

“是吗？”瓦蒂打断他说，“我确实看到了。窗户角那儿有一只嗡嗡叫的长腿珍妮，这时爬下来一只像青蛙一样大的蜘蛛编织匠，用手臂抓住了她，带着她爬走了，一直爬到了他的窝里——我从没看到过这样的事。”

“瓦蒂·瓦金肖，这太离奇了！”他的父亲暴躁地喝道，

“我从你那儿就听不到一句中情中理的话，我本想告诉你在这世上可能会遇到的最便宜的一件事。让贝蒂·波道尔小姐做你的媳妇怎么样？”

“噢！爸爸！”

“我是说，她难道不适合做普里兰的女主人吗？”

沃尔特没说什么，而是大笑起来，他咯咯笑着搓着手，又高兴地用手拍打着大腿两侧。

“我确信你挑不出她什么毛病；周围三个郡都找不出比她漂亮、嫁妆丰厚的姑娘了。你觉得怎么样？”

沃尔特突然止住了他的狂喜；死死抓住他的膝盖，身子向前探着，严肃地盯着父亲的脸说：

“但她不会揍我吗？您不记得她把我的后背打得青一块紫一块的？我害怕。”

“闭嘴！别说这种荒唐话了！那是你们很小的时候的事了。我保证在这十里八村没有她这么活泼、这么漂亮的姑娘了！”

“我不否认她有红扑扑的脸蛋儿，几乎像甘蓝叶片上一颗颗的蜜露似的；可是爸爸——主啊，爸爸！她的手长得像熊掌似的！”

“但这一切都是你这个瘦高的大小伙子可以容忍的。我确信你东奔西走也找不着她这么合适的配偶；而且你要想想她的嫁妆，用堤坝圈起来的地，那可是打着灯笼都难找的大便宜！”

“是呀，他们也这么说；她叔叔骗了自己的独生女儿，把满满一长筒袜的金基尼作为遗产留给了她。但她会分给我一半吗？”

“这点你不用怀疑；现在，你只要把她哄好了，她把继承来的全部家产都给你我都不吃惊；我确信从没有哪个女人让你像对她似的这么喜欢。”

“是呀，不过我已经有了。”瓦蒂自信地回答说。

“是谁？”他父亲大声问道，惊讶又恐慌。

“我妈妈。”

虽说老克劳德利欲熏心，执着地推进着他贪婪的目的，听到瓦蒂给出这样认真朴实的回答，也不禁笑了；但他旋即便恢复了他不屈不挠的精神，接着说道：“不错！瓦蒂，我没想到你妈妈——但一旦你娶了贝蒂·波道尔，你很快就会爱她爱得远远胜过你妈妈。”

“第五条圣训说，‘当孝敬父母，使你的日子在耶和华你神所赐你的地上得以长久。’可在其他圣训中一个字也没提到要爱媳妇呀？”

“好了，好了，但我要说的是，我和基尔马开柯已经商定由你娶他的女儿，你今天晚上必须去向贝蒂小姐求婚。”

“可是我不会呀，爸爸；我从没做过这样的事；太奇怪了,我实在不好意思这么做。”

“上帝宽恕我吧,”克劳德自言自语地说,“但这家伙一天比一天蠢了——我告诉你,瓦蒂·瓦金肖,拿出你的男子汉气概来,今天晚上就去基尔马开柯家,你自己和贝蒂小姐说说婚礼的事。”

“当然,我做得到,还要帮她买点嫁妆。今晚我们去买一个最好的苹果派,里面有葡萄干的那种。”

克劳德惊呆了。他觉得这桩婚事完全不可能撮合成功,他呆呆地坐了一会儿,头脑似乎完全麻痹住了。但这些感受没持续多长时间;他那不屈不挠的性格,以及使他的整个精神倾注于实现同一个目标的狂热,很快就平息了所有的疑惑、悔悟和犹豫;想到就沃尔特来说这婚事算是定下来了,就召唤妻子把这个消息告诉她。

“格丽兹·西皮尔,”听到他的呼喊,格丽兹走进屋,手里抓着一只鸡的脖子,那是她为厨房女佣做晚饭准备的,不少鸡毛粘在她蓝色的毛料围裙上,围裙下遮挡着的是一件褪了色的红棉丝绸衬裙。

“格丽兹·西皮尔,告诉你瓦蒂和贝蒂·波道尔马上就要结婚了,你别吃惊。”

“不可能!”葛瑞皮太太吃惊匪浅,她喊叫了一声,跌坐下来,同时以相当程度的本能或习惯性的敏捷,将那只鸡从膝头扔了出去。

“怎么就不可能？”领主气得咬牙切齿地说，生怕她提出愚蠢的反对意见。

“这么说，当家的，这件事就快成为现实了？——再也不要和我说什么奇迹了。因为虽说这是我万分希望的一件事，但我一直寻思着贝蒂·波道尔不会接受瓦蒂，因为她是个狂暴性子，而瓦蒂是个稳重的好脾气的小伙子。哎呀，瓦蒂，你这孩子是傻人有傻福啊——先是你姥爷普里兰的家产，接着是”——她本想说，“贝蒂·波道尔这样人漂亮、嫁妆又丰厚的姑娘”。但她的话刺耳地撞击在了她丈夫最不和谐的一根心弦上，他于是打断了她的话，厉声说道：

“上天注定发生的所有事情都会发生；现在我要对你说的是，格丽兹，精心为这孩子收拾妥帖，好让他在傍晚时分去基尔马开柯家和贝蒂小姐见面，说说婚礼的事。”

“我知道，”葛瑞皮太太反驳说，“我们家的婚礼没必要感觉新鲜，因为恶魔舔吃了我的乐趣，只给我留下怒吼和咆哮，实在没什么可高兴的。当家的，当我们的孩子们改变他们的生活时，你应该学着忍住性子，情绪镇定一些，安详地和我讲话。瓦蒂，我的孩子，记住妈妈的话——‘婚姻就是一个鱼篓，’老话说，‘逮着的不是蝰蛇就是鳗鱼。’但我想来想去，怎么都觉着贝蒂·波道尔不会立刻被你抓住；她的尾巴太灵活了，不是这么容易就抓得住的。

但这是上帝的意愿，瓦蒂；我希望你和她过得幸福，彼此觉得舒服，就像你爸爸和我一样，在对上帝的敬畏中把你的孩子们抚养成人，就像我们对你那样，在你们的言谈举止中，为他们树立一个持重和诚实的榜样，直到他们到了处事谨慎的年纪，如果是上天注定的话，他们自然也会像你这样，在这世上寻找一个归宿，那么按照自然规律，就像我们被迫和你分开一样，你也不得不和他们分开。”

说完这番感伤的话，老妇人撩起围裙擦了擦眼角的泪水，这时瓦蒂高喊起来：

“哎！妈妈，有根鸡毛正随着您鼻孔出的气儿打转儿呢！”

葛瑞皮精心策划的这桩婚姻大事的宣告就这样结束了。

晚饭后，沃尔特被他母亲精心打扮好，在他父亲的陪同下，朝基尔马开柯家出发了；不提一句也算是冤枉了瓦蒂的是，无论他的智力缺陷如何，毫无疑问他的相貌——也许除了面容稍微缺了点儿精气神儿——会讨得任何一位女士的喜欢的。也许是他的举止不够坚定，仿佛已遭到一名陆军骑兵中士的进攻，从他的神态和步伐中，我们无法断定没有松懈和懒散在其中，但尽管如此，正如他母亲在他离开家门时望着他的背影说的，从总体上看，他是个“带来大便宜的好男人，有福的人才能嫁给他。”

第二十六章

基尔马开柯将葛瑞皮和沃尔特迎进家门后，就开始谈论他提到过的河马，向他们描绘他准备用鼻烟在墙上画上的一匹河马的轮廓。而克劳德拦住他的话头，小声提议说应该把贝蒂小姐叫进来，和沃尔特单独待会儿，他们俩则出去散散步，谈论一下这河马的种种好处。主人立刻听从了基尔马开柯的建议，于是，脸色绯红的贝蒂小姐咯咯笑着走进了屋，目光炯炯地从头到脚打量着向她来求婚的泰坦勇士。

“你们俩自己说说话吧，”她父亲诙谐地说，“瓦蒂，小伙子，你和她在一块儿要活跃一些；我保证她能把这儿的一切弄得一团糟噢！”

然而，这一告诫没有即刻产生作用，因为沃尔特从贝蒂出现的那刻起，就露出一副窘迫害羞的样子，把帽子在两腿间晃来晃去，眼睛盯在壁炉前叉开直立着的火钳的黄铜帽儿上；但他不时又用一种色迷迷的怪异眼神从眼角偷看她一眼，这眼神虽惹人发笑，但在一时内让贝蒂无法开口讲话。不过，贝蒂·波道尔小姐的性格中根本没有“羞怯”二字，她头脑中的优越感很快就战胜了这一新形势下产生的些许尴尬。

看到恋人的困窘，她猛地从椅子上跳起来，快步走到瓦蒂面前，摸着他的肩膀说：

“瓦蒂，喂，瓦蒂，你来找我做什么？”

“没什么。”瓦蒂回答说，并抬起头来狡黠地看着她的脸。

“你怕什么，我知道你是来干什么的，”她说，“我爸都告诉我了。”

听到这些鼓动性的话语，瓦蒂以一种与他性格不符的敏捷从椅子上一跃而起，试图抱住贝蒂；但她机敏地躲过了他的拥抱，同时，狠狠地给了他一记耳光。

“这不公平！贝蒂·波道尔！”她的恋人喊叫着，揉着面颊，一副气愤又畏惧的样子。

“谁让你乱碰我的？”这活泼的女孩大笑着回答说，那勇敢劲儿很快让她的恋人重新振作起来。

“我保证不会伤害你的，”瓦蒂回答说，“千真万确，贝蒂，我宁愿砍下我的手指也不会让你受一点儿伤害，因为我太喜欢你了——我不知该怎么告诉你有多喜欢；但如果你答应了我，我马上就让你成为普里兰夫人，我妈说我爸会给我一百英镑给你买衣服首饰和屋里的新物件儿。”

这小姐很可能被沃尔特说这番话时的态度打动了吧；她走到他身边，尽管还忍不住地笑着，但沃尔特自己都看出他欣然做出的这番许诺没有引起贝蒂的不快。贝蒂的直率让沃尔特的胆子大了起来，他抓起她的手，却把视线移开，仿佛不知道他在做着什么似的；他们就这么静静地站了两三分钟。还是贝蒂小姐首先打破了沉默，“喂，瓦蒂，”她说，“你想和我说什么？”

“没了，”瓦蒂回答说，几乎显得很英勇的样子，“现在该你说了。我已经表明我的心意了，贝蒂·波道尔——啊！你的手真美；你的胳膊真壮实——我要咬你的脸蛋儿一下了，贝蒂·波道尔——我咬了！”

“上帝保佑我！瓦蒂，你像条疯狗！”

“我要是疯狗，你就该发愁了。”瓦蒂快活地答道，说着转过身来，不顾一切地亲吻着贝蒂；瓦蒂的放肆立刻招来了贝蒂的反感，她猛地推开瓦蒂，推得他一屁股跌坐在他父亲的安乐椅上，同时他的胳膊把老绅士用鼻烟画在墙上的十多个形象都抹了下去。

虽说贝蒂小姐为捍卫少女的稳重做出的这一反应颇具男子汉气概，但她对自己恋人很有阳刚之气的大胆行为还是满心欢喜的，她愉快地说：“我告诉你，瓦蒂，放规矩点儿；夫妻是夫妻；但我只是贝蒂·波道尔，你也只是瓦蒂·瓦金肖。”

“噢，贝蒂，”瓦蒂揉着跌倒时擦伤的右胳膊肘，不太高兴地回答说，“你这婆娘也太壮了；亲你一下能把你怎么着？不过，我漂亮的小乖乖，我们别为这些事情争吵了；如果你答应嫁给我，我确信你找不到任何人能有我一半这么爱你，我会做你吩咐我做的所有事情，我一定会的——我向你保证，贝蒂·波道尔，我会的；我会给你买整个格拉斯哥最华丽的锦缎礼服，比市政官尼科尔·贾尔维夫人所有礼服上的花朵都要大得多。我们要住到普里兰的宅子里，从早到晚什么都不做，只在草坪上的两棵树之间绑上个秋千，我们彼此推着。我会尽我所能对你好的，贝蒂·波道尔，我还要给你买一个侧鞍，买一匹小马骑；当冬天到来时，在地里播种冰雹，长出霜雪，我们舒适地坐在雪爬犁上，我会给你读《圣经》中的一章，或是《派特和罗杰》——我一定会做到的，贝蒂·波道尔。"

这温柔的激情中似乎的确有某种升华精神、启迪灵感的东西；因为瓦蒂讲这番话时诚挚坚决的样子为他的面容增添了几分活力，在平素不以道德力量为主要钦佩目标的贝蒂眼中，他的确是个聪明又能干的小伙子。

"我听你的，瓦蒂，"贝蒂说，"我不反对嫁给你，但是……"她犹豫起来。

"但是什么？"瓦蒂问，仍然在智力上超出他的日常表现。

"你一定不能把婚礼催得太急了。"

"你有时间准备，贝蒂·波道尔，我向你保证，"他温柔地说，"但是当一桩买卖成交之后，越早付款越好；因为，正像学校里的校规说的，'拖延是危险的'所以，如果你愿意，贝蒂，我们可以周六去登记，在安息日第一次向大家公开宣布，接着，在下一个主日第二次公开宣布，随后的那个周日第三次公开宣布，紧接着的周二我们举行婚礼。”

“瓦蒂，我觉得，”她把手放在瓦蒂肩膀上，“我们不需要这么麻烦的宣告。”

“那如果你不喜欢，贝蒂·波道尔，我想我也不喜欢，那么我们可以在一天之内宣告完毕，周一举行婚礼，就像我哥哥和贝儿·法泽兰斯那样。”我们不必推测随着这对情侣彼此达到完美的理解又发生了些什么，因为两位老绅士的归来打断了他们的谈话；所以，不要把我们读者的宝贵时间花在不必要的探讨上，我们只交代一下，葛瑞皮认为周一就举行婚礼过于仓促，因为还要做些必要的准备；他只同意按照沃尔特提议的在随后的周六进行登记，在教堂进行结婚预告，第一个周日一次，第二个周日再一次，婚礼将在随后的那个周二举行。

第二十七章

当查尔斯和伊莎贝拉得知瓦蒂和贝蒂·波道尔要在周六去注册登记——也就是说，让教会记录下他们的名字，随后在教会理事会出版的刊物上登出他们的结婚公告的那一刻，似乎有道亮光照在了笼罩着老克劳德怪异举止的那团迷雾上。他们对沃尔特的天性是再清楚不过的了，于是像当时周围所有的人一样，推断这场婚姻完全是他父亲的计谋；他们还推测等到沃尔特的婚姻财产协定昭然于众之时，他们自己会得到什么样的安排也就一见分晓了。与此同时，查尔斯准备好了父亲要求的收支清单，在周六和妻子去葛瑞皮用餐时带在了身边。

那天的天气在严冬时节里算是温和的，只是空气中弥漫着灰蒙蒙的薄雾，使周围的所有景物都笼上了一层悲戚之色。心怀忧郁的鸟儿们不再叽叽喳喳地鸣叫；因近来高地雨水增多而水位上涨的克莱德河，以其嘶哑的嗓音在寒冬里幽怨地奔流轰鸣。周围景物的肃穆引发了这对前往父亲家中的小夫妻心中的愁怨；查尔斯不止一次说起他感受到了以前从未有过的一丝忧郁。

他说："伊莎贝拉，但愿我们俩的这件事能风平浪静地过去，因为你的缘故，我近来变得爱焦虑了。我不是个迷信的人；但不知怎么——我心中时常涌起一个念头，觉得自己不会活得长久——我似乎感到自己把握不住这个世界——我怀疑，一个小小的打击，就能轻而易举地将我击落。"

"我必须承认"，他的妻子温柔地回答，"我们俩都有理由为我们的轻率感到懊悔。我不该如此脆弱，以至于在生活中稍微遭遇一点儿困苦就反应如此强烈；但事情既然已经发生了，我们必须尽力承受住这种焦虑，我的确觉得你在其中陷得过深了。我的意见是，我们不要再谈论你父亲的意图了；而是要尽我们的所能增加收入，无论通过什么途径来维持我们全家的生活。”

“我亲爱的贝儿，你说这话完全是出于一片好心，可你要知道我父亲不是一个能听进劝说、和我们想法一致的人；他如果想取消我的家产继承股份，我一点儿也不觉得吃惊，到那时我们靠什么生活？”

聊着这令人焦虑的家务事，他们走到了葛瑞皮宅院近前，并在房前的绿地上遇到了玛格丽特和乔治——自从他们的婚礼之后就一直没见到他俩。梅格小姐（当时人们都这么称呼她）在这段日子里和他们母亲那边的一家亲戚——格伦葛洛马格罗查的坎贝尔一家去了阿盖尔郡。而乔治也和他的几个朋友打猎远足，住在了普里兰，那儿的宅子当时碰巧没被租出去。查尔斯和伊莎贝拉受到了弟弟妹妹的友好接待，特别是梅格小姐，显示出了姐妹之情，因为尽管在很多方面她与她的母亲非常相像，但她要热心肠的多。

在致以问候和欢迎之后，梅格小姐向他们描述起已经开始为沃尔特的婚礼进行的准备工作。

“哎，你们猜怎么着，”她笑着说，“那天我爸爸给了他十英镑，让他到格拉斯哥给他的新娘买件礼物，你们肯定猜不着他送了件什么礼物给她——一个摇篮——一个桃花心木摇篮，装有包脚的，摇动的时候不会吵醒孩子。”

“但这个摇篮不会花去整整十英镑吧？”查尔斯被这一细节所吸引，问道，“剩下的钱他是怎么花的？”

“别的东西他都看不上眼，于是就把剩下的钱系在了头巾角上，可当他准备回家，挥起头巾包在头上时，那头巾恰好抽到了河边一棵歪七扭八的树上，于是头巾里所有的钱——八个基尼，三个半克朗和十八个便士，嗖嗖嗖地就飞到克莱德河的河中央去了。他现在还没从丢钱的悲伤中缓过劲儿来呢。”

没等众人对这一不幸事件发表评论，只见新郎走出屋门，看上去很兴奋的样子，喊道：“你们看我得到了什么？”晃动着另一张十英镑钞票——在基尔马开柯和他的新娘到来之前，他的父亲为安抚他而交给他的；他们也是被邀请来吃晚饭的。

那天，为这一喜庆场合身着艳丽服装而来的伊莎贝拉手里拿着一双用纸裹着的红色摩洛哥羊皮鞋，这种鞋在当时领主们的女儿中非常时兴；因为通往葛瑞皮的道路低洼泥泞，她就根据那个年代的习俗，穿着一双质地低劣一等的鞋前来。偏巧，沃尔特的眼睛盯上了伊莎贝拉手中的鞋，他走到近前，也没和嫂子打声招呼，就轻轻地从她的手中拿走了那个包裹，打开来，审视着那双鞋，双手各执一只，有一臂的距离，说道："贝儿·法泽兰斯，这双漂亮的红皮鞋你要卖多少钱？我想买给贝蒂·波道尔。"

随后是几分钟的沉寂；但是当查尔斯·瓦金肖夫人几乎重又恢复了镇定，她说道："你肯定不愿给你的新娘买双旧鞋子吧？我平时常穿这双鞋。沃尔特先生，给她一件二手的礼物是不吉利的；而且，我觉得她穿着也不会合适的。"

这个小插曲使得查尔斯和他的妻子的情绪和那天家中喜庆的气氛和谐一致了几分；这群人一边戏弄着沃尔特，开着他的玩笑，一边进了屋。但他们刚一落座，他们的父亲就说道：

"查尔斯，你有按我的吩咐把账本带来吗？"

这问话立刻止住了查尔斯和伊莎贝拉的笑声。拿到账本，老父亲表示了满意，还说盈利不比他期望的少。

仔细查看了账本之后，他缓缓将它合上，放入了他的口袋里。接着，他站起身，在屋里来来回回地溜达了三四圈，紧张得心怦怦直跳的查尔斯和伊莎贝拉的目光紧紧追随着他——最后他站定了。

"好吧，查理，"他说，"我会对你守信用的——你会得到我们一起开店后挣到的所有的钱；这钱够给房子里添几件家具的了——时机成熟时，我会增加你的股份。但是，查理和贝儿，要注意节俭呀；你们很快会有孩子，而且你们必须记住我还有乔迪和梅格要抚养。”

这话是以父亲的口吻说出的，其思维逻辑与众多方面相吻合，于是让这对忧虑的年轻夫妇备感愉悦。而沃尔特听到父亲没有提他时，心中不满地说道：

“爸爸，你不打算为我做点儿什么吗？”

他的话，就像是鞭打后的伤口，痛彻老克劳德的心灵，他用凶悍的、吞噬一切的目光狠狠瞪了这个白痴一眼，但什么也没说。然而，沃尔特没有畏缩；他发出了介于恸哭和嚎叫之间的哭喊，使他母亲飞奔着从厨房赶来——她正在那儿忙着帮助女仆准备晚饭，询问新郎出了什么事。

“妈妈，我爸爸不把我当亲生孩子待，他把家里现在挣的钱都给了查理，还说他只抚养乔迪和梅格。”

“自然，当家的，”葛瑞皮太太对她的丈夫——此刻面对着瓦蒂大吵大嚷的指责心绪烦乱地站在那里的老克劳德说道，“你自然要对瓦蒂更近人情而不是连每个孩子都能分得的一份都不给他，难道有了我父亲给他的田产，他就没权利和其他孩子一起分享家产了吗？如果有法律、公正，或是对土地的信仰在，你就必须让他拥有这一权利，而我会卖掉我的外衣去支付这一代价。”

老克劳德没做任何回答；他的孩子们好奇地坐着，因为他们从他的沉默中推断他的确不想认瓦蒂做他的亲生儿子。

“好了，”葛瑞皮太太加重了语气说道，“但我怀疑这里面的一些事——我看得出你和基尔列文那个秘密契约的骨子里就没说什么好事。不过，我会看透它的，瓦蒂，我会让他告诉我他在你们被哄骗签名的那份讨厌的文书上写了些什么。”

听到这几句话，克劳德噌地一下从椅子上站了起来。他铁青着脸，失去血色的嘴唇哆嗦着，写满愧疚和复仇；接着，他狠命地跺了一脚，整座房子似乎都动摇起来，他叫喊着：

“如果你敢插手我做的事——”

随后他沉默了约莫半分钟，然后用他一贯冷静而又严肃的声音补充说：“瓦蒂，你得到的更多——我为你做得多到我找不出很好的理由向自己解释——我命令你和你母亲永远不要再谈论此事，让我感受遭受诅咒和永恒恶意的痛苦。”

“你做了什么？不能告诉我们吗？让自己身子也舒坦舒坦？”太太喊叫道。

但是愤怒再次在他的容貌上聚集沉积下来，他的声音发自灵魂最幽深的洞穴，如此压抑可怕，如此低沉烦恼，以至于所有在场者都为之颤抖：“安静，女人，安静！”

“哎！贝蒂·波道尔和她爸爸来了！”瓦蒂喊叫着，那一刻他放眼窗外，接着从座位上跳起来，撒着欢儿飞奔出去迎接他们，于是快乐地终止了有可能毁掉当天预期的喜庆场面的可怕一幕。

第二十八章

正如葛瑞皮太太自己所说，查理悄无声息的婚事让她“无论是在婚礼仪式还是筹办婚宴方面都没尝到当娘的滋味”，她决心让这一切在沃尔特的婚事上得到补偿，她要把所有喜庆吉利的仪式都安排在沃尔特的婚礼上。因此，从沃尔特和贝蒂登记结婚到他们婚礼当天之间的这些天里，葛瑞皮太太一直在忙碌操劳。而基尔马开柯家为送新娘过门，也在紧锣密鼓地做着准备，积极和慷慨的程度丝毫不逊于葛瑞皮家。此外，两家达成协议，每家为这大喜日子杀一头牛，但一个意外事件使葛瑞皮家不必为此劳神费力了。

这段日子里，基尔马开柯家和葛瑞皮家养着两头互为死敌的公牛，彼此势不两立，以至于它们各自所在的牛群很难制止它们见面就争斗厮杀。就在婚礼前一周的周四，葛瑞皮太太在百忙之中需要捎个信儿到格拉斯哥，因为其他仆人都腾不出工夫，只好把正在放牧的牧童唤来，打发他去执行这个差事。他们那头被唤作宝奇的公牛，趁看守不在之际，低声嘶吼，绕着牛栏跑了好几圈儿，最后在树篱上发现了个豁口儿，就窜了出去。之后，它摇着尾巴，嗓音嘶哑地发出如同地震到来前的隆隆吼声。发泄着愤怒和轻蔑，它径直跑到基尔马开柯的公牛戈尔所在的牧场之外的一块地里。此时的戈尔，正和他的苏丹女眷们无比恩爱地吃着草。听出它的死敌的吼声，它抬起头，声音沙哑而又洪亮地回答了它的挑战者，与此同时，它飞奔到了树篱边上，与吼叫着发出复仇与杀戮威胁的宝奇隔篱相望。这对仇敌对视了一阵，就在树篱两侧狂奔起来，只希望寻得一个出口，冲过去战在一处，出出心中这口恶气。

这会儿，基尔马开柯家的牧童已经飞跑到雇主家里寻求援助，贝蒂小姐于是带着所有仆人，拿着个连枷（一种脱粒用的工具），飞速赶到事发现场。但是，就在她动用武力之前，宝奇已经像飓风般冲过了树篱。而戈尔一头撞在它的肋骨上，以雷鸣般的重击迎接了它，宝奇被撞得站立不稳，轰然倒地。戈尔不断地撞击让宝奇难以起身，只得在愤怒、痛苦和对死亡的恐惧中喘息着，挣扎着，以至于在新娘和她的助手们得以把戈尔从他倒地的对手身边赶走，他已经用蒸汽机喷出的热浪般的强悍力量撞断了宝奇所有的肋骨。就这样，葛瑞皮太太不必再为屠宰她为婚宴预定的那头牛费心了，宝奇的尸体就这样出人意料地成了替代品。

但是，除了这次意外事件之外，无论是葛瑞皮家还是基尔马开柯家为这场婚礼所做的准备工作再没出任何差错。所有的邻居都得到了邀请，众人心头都充满了最快乐的期待；甚至克劳德自己也从多年来将他的人格紧紧束缚的一贯的严厉中舒缓了一些，他分享着家人的喜悦，和葛瑞皮太太如此诙谐地开着玩笑，以至于葛瑞皮太太兴致倍增，用她自己的话说，“晕乎乎的像上了天似的。”

在所有关心着婚礼准备进程的人们中，只有新郎沃尔特显得心事重重、郁郁寡欢；但没有哪个恋人比他对自己的爱人更加忠诚的了：从清晨到夜晚，他徘徊在她父亲宅子的周围，每当偷看到她，便匆忙跑开，满心渴望地回头张望，仿佛希望她能跟上来。有时，这一招会奏效，贝蒂会允许他用手臂揽着她的腰，在田野中如情侣般漫步。

这举动尽管让这对幸福的年轻人感到非常惬意，却常常让瓦蒂的母亲感到不满；她常常斥责瓦蒂误了晚饭时间，数落他：“大晚上的还不收心。”但无论如何，最终除了洗脚之外，婚礼的所有喜庆仪式都准备就绪了；根据当时最快乐的婚礼庆祝方式，这一程序本也可以完成，查尔斯和乔治在婚礼前一天晚上，从格拉斯哥接来了他们结识的二十个朋友，协助他俩完成新郎的告别单身聚会；而梅格小姐和新娘所有的未婚女友，在基尔马开柯集合，参加新娘的告别单身聚会。然而，到了约定时间，瓦蒂却不见了。在由查尔斯主持，勾兑一大碗潘趣酒的过程中，他狡猾地溜掉了，对他们的召唤也不应答。朋友们一度感到吃惊，直到有人提示他们的瓦蒂可能去新娘家了，他们才清醒过来，一致决定跟踪瓦蒂，把他找回来。

与此同时，那些年轻女士们已经开始了庆祝贝蒂小姐告别单身的仪式。浴盆、热水和戒指都准备好了；她的高筒袜被脱了下来，女孩们欢笑着，快乐地扭作一团；她们摩挲着她的双腿，蜷曲着手指在水中寻找幸运戒指，兴高采烈地玩耍着女孩子们能想到的千奇百怪的游戏，直到窗口传来一声兴奋至极的嘶吼声，顷刻间让她们的欢声笑语归于沉寂。

新娘撩起眼帘；她的女友们也把头从浴盆转向窗口，她们看到瓦蒂站在那儿，洁白的牙齿和惊喜的大眼睛在房间光线的映照下闪闪发光。无法描述这群女士在她们特有的隐秘在遭到这种亵渎性的冒犯之后的惊慌失措。新娘第一个恢复了镇定，她从座位上一跃起来，愤怒地掀翻了浴盆。她几步跳到门前，揪住了瓦蒂的脖领，像一头母老虎对待就擒的水牛那样摇晃着他。“魔鬼骑着你去打猎了？瓦蒂·瓦金肖，我让你从窗户往屋里偷看！”她这句讨人喜欢的问候附之以抡圆了胳膊抽到瓦蒂脸上的一记耳光，这击打令人如此印象深刻，以至于瓦蒂大声喊叫到他的回声再次响起。“滚回家去，你这头只会吼叫的巴珊公牛，不然我抽打你的后背了！”说着便追了过去；吓坏了的新郎立刻畏畏缩缩地逃走了，仿佛她真的带着一干人等追了上来。

“我想，”她对跟随着她来到门前的年轻女士们说，“在他长久为我拥有之前，我得好好教教他规矩。”

“他要是就此退却了，我一点儿也不觉得吃惊。”珍妮·肖特里奇小姐——一个温柔羞怯的女孩说道，她没有参与到同伴们抑制不住的大笑中去，而继续保持着沉默，看上去几乎是被惊得目瞪口呆了。

“呸！”新娘喊叫道，“他退却！瓦蒂·瓦金肖根本配不上我！婆娘，他一辈子都不敢！好了，好了，让我们到里面去接着玩儿。”

但是瓦蒂横插进的这一杠子让女孩们的乐趣遭受了实质上的减弱。而梅格小姐幸运地找到了那枚戒指，明确地预示出她将是下一个结婚的姑娘。

与此同时，受到严惩的新郎，在跑回家的途中，遇到了他的兄弟和他们的朋友们，他诚恳地向他们讲述了发生的一切，他给这些男士们带来的快乐几乎抵上了他让那些女士们失去的快乐。瓦蒂宣称，他宁可在教堂里站着，也不愿娶贝蒂·波道尔回门；查尔斯在快乐和无意间进一步增强和激励了瓦蒂的这种决心，以至于他在返回家喝大碗的潘趣酒之前，就发誓说无论是父亲还是母亲都不能强迫他娶回这样的一个母夜叉。听到他有这一想法，老克劳德看上去比人们根据他对瓦蒂容易屈就的性情的了解所做出的推测更为烦躁不安；而葛瑞皮太太，以符合她对自己最宠爱的儿子受了侮辱心中的感受的最为严肃的语气说道："咬一口，抓一把，这可能是苏格兰人在求爱；但如果贝蒂·波道尔就准备着这么使唤你了，瓦蒂，我的宝贝，我要见见她，还有所有和基尔马开柯家有关联的人，无论是沉在水底的，还是挂在树林里的，之后，我要对他们养育出的这么个后辈儿孙说，向自己的新郎动手！——在一片信仰基督教的土地上，这样的事从来就没有听说过——哎，当家的，你别对我又挤眼又皱眉的，我要说出来。她是个了不起的乐队指挥，猫一般的粗鲁悍妇——魔鬼才让我好好对待她呢！明天她别想从我这得到什么。"

"别生气了，妈妈，"沃尔特打断了她，此刻他极度的憎恨已经有了几分缓解，"毕竟打得不是很疼。"

"瓦蒂，说出这件事来你就是个傻瓜和窝囊废，"葛瑞皮发话说，"许多优秀的小伙子遇到过比这糟糕得多的事；你如果不是被查理怂恿抱怨出来，它就会像那些真心相爱的恋人们的轻轻一拍，早就烟消云散了。"

“哦不，爸爸，那不是轻轻一拍，而是火辣辣的狠狠的一记耳光。”

“好了，好了，瓦蒂，”查理感叹说，“你必须要忍耐一下，你一便士的亏都没有吃嘛。”这样的谈话最终使沃尔特平静了下来，接受了自己的命运。

第二十九章

大自然在沃尔特婚礼这一天比以往任何节日都展现出了更为欢快的容颜。太阳光芒四射，仿佛他的光线既是由光组成，也是由高兴的心情组成的。露珠熠熠生辉，仿佛充满了愉悦。鸟儿们欢快地歌唱着——水面和窗户都闪着光亮；大公鸡喔喔地啼叫着仿佛它们自己是今天婚礼上的新郎。女孩们的欢笑声，母鸡们的咯咯叫声，使克莱德河的两岸笑意盈盈，绵延数英里。

最初的安排是牧师在基尔马开柯家用早餐，以便完成在那里的仪式；但尽管这么做是参考了较为新潮的、适合上流社会的时尚，却遭到了新郎和新娘的年轻朋友们的反对，他们坚持认为婚礼的庆祝应该伴以激昂的舞曲，并且正如他们告诉葛瑞皮太太的，要有足以体现昔日好时光的晚宴。因此才有了前面一章暗示到的慷慨的准备工作。

在推进这一计划时，牧师和他所有的家人都受到了邀请,而且,婚礼仪式被安排到晚上才能举行,为的是新郎和新娘带领下的双方的全部亲朋好友，在仪式结束之后,排成队列从牧师宅邸步行至葛瑞皮。那里的谷仓,已经被梅格小姐和她的同伴们巧手布置成舞会和婚宴的场所,装饰上了漂亮的花环。因此,随着婚礼时刻的临近,按照此前由双方伴郎协调安排好的，各有一大群客人集结在葛瑞皮和基尔马开柯——到了约定时间，这两支队伍分别带上新郎和新娘,由一个演奏着“嘿,让我们一起去参加婚礼”的风笛手领队,行进到牧师宅邸,他们可敬的教区牧师在门口迎接他们。

可敬的邓赫姆博士是在最美好的时光中管辖着长老会教区的那些可敬的平凡的长者中的一员，凭借渊博的学识和真挚的虔诚,显示出用之不竭的令人愉悦的诙谐。他已是一位年近古稀的老人,但精神矍铄,老当益壮。像教区里那些最快乐的十几岁的小伙子或小姑娘一样,他喜欢参加那些天真无邪的活动，比如一场婚礼或一次洗礼。但他没想到要接待如此庞大的一个群体;实际上,他的宅邸的任何一个房间都无法容纳一半的客人。因此,他提议在门外的大树下举行仪式。这棵大树在冬天帮助他的房屋抵御强劲的西南风的侵袭，在夏天为所有栖息在它友好的树枝下的鸟儿们提供树荫和庇护之所。然而,新郎沃尔特对此似乎想提出些异议，宣称这里可能是实地布道的一个很好场所，或在某些神圣场合搭个帐篷也不错，他说："一想到即将成婚的新人就站在天空之下便觉得怪怪的；而且，上帝认为在树下成婚是不吉利的。"

不过，邓赫姆博士很快就消除了这一疑虑，向他保证亚当和夏娃就是在树下成的亲。

"上帝不让我们举办他们那样的婚礼，"瓦蒂回答说，"魔鬼为他们做的伴郎。不过，博士，因为这不是一棵苹果树，我听从您的安排。"于是风笛再次吹响。

在这位可敬的谢了顶的博士的带领下，一大群人走向那棵大树。

"不，博士，"当出席婚礼的人全都安静下来，倾听这一仪式的宗教篇章时，这位新郎说，"不，博士，不要缩短您的祈祷文，而是要缔结一段更牢靠的姻缘；我不像那些格拉斯哥人，尝试过五分钟姻缘来满足自己的性欲，您完全能为我们讲上半个小时，因为我请您讲这些话，给您的钱不少：我送给您的帽子和手套花了我四先令二十便士，清清楚楚地数给了我哥哥查理，没算上我从他那儿买全部的仆人制服他返给我的六便士。"

这番话稍稍延迟了婚礼仪式，但不久就恢复了秩序，可敬的博士，将双手交叉在胸前，低垂着他的眼睑，用教士特有的声音，开始了祈祷。

这是个宁静而又美好的夜晚，此刻的太阳看来正歇息在他那装饰有薄薄的琥珀的西天的宝座上，回头凝望这个世界。他仿佛很高兴地看到他用来帮助地球母亲装满大大的衣袋的玉米和水果都采摘了下来。此时我们碰巧走在通往布兰泰尔的路上，享受着无处不在的心满意足的氛围。在这样的氛围里，金秋时节日落时分的一切都让人类焦虑的心情归于宁静与安详。当我们靠近开向通往横跨田野、为步行来村庄的游人带来便利的乡间小径的那扇小门时，我们的注意力首先就被吸引到前来参加婚礼的人群上，被这位可敬的牧师善良、悦耳、低沉的声音所吸引，他严肃的低语声缓缓升入到周围芳香的空气中，使一种神圣的味道弥漫在周围，给人们以更加美好的生命体验。

我们停下来去细细发现，放缓脚步朝婚礼现场走去。我们到达时，可敬的博士刚刚完成了他的赐福。新娘的脸红扑扑的，充满期待。而沃尔特，没有以常规礼节迎接他的新娘，而是拉着她的手，彼此有一臂的距离，对博士说："收到。"

"你应该亲吻她，新郎。"牧师说。

"我知道，"瓦蒂回答说，"但是我的长辈们还没得到呢。请自便吧，博士。"听了这话，博士用自己的手背擦着嘴，按照沃尔特的请求自得其乐。

“这是最后的亲吻，”沃尔特补充说，“这是你给男人最后的亲吻，贝蒂·波道尔，只要我是你的丈夫。”

“我没想到”，可敬的博士转过身对我们说，“这家伙是如此的了解誓言。”

在这危急时刻，风笛再次吹奏起来，客人们手挽手，跟着新郎和新娘，行进到葛瑞皮装扮一新的谷仓，我们被邀请参加；接下去发生的事需要新的一章记述。

第三十章

接到邀请和牧师一家去参加沃尔特的婚礼，我们暂停脚步，在牧师宅邸和可敬的博士及邓赫姆夫人饮茶小憩，年轻女士和她们的兄弟已经加入到喜庆队列中出发了。在全部的人生岁月中，我们很自然地拥有了一种非常安详的性情；尽管那时刚刚进入二十三岁年纪，但是较之以吵闹的风笛声，我们更喜欢博士谈话中温和适度的好心情，他的夫人有关持家之道的亲切话题。然而，饮完杯中茶，婚礼还是要去参加的。邓赫姆夫人穿着最体面的礼服，牧师先生穿着崭新的西装，和我一同朝葛瑞皮走去。

这时太阳已经落山了，但宛如纯净无瑕的黄玉般的西方天空弥漫着一缕金黄的暮色，被其笼罩的一切都有

着令人愉悦的成熟柔润之感。像是一枚羞涩新娘的订婚戒指，一弯新月刚刚显露她的银边，而星星正点亮她的灯笼，

当我们走到通往那宅院的林荫道的尽头时，看到房屋的窗子闪烁着节日庆典的光芒；而从谷仓传出的两把欢快的小提琴的尖叫声，一把贝斯愉快的低语声，夹杂着笑声、吱吱声、脚步跳跃的噔噔声，让我们年轻身体中每一次脉搏的跳动都像那些旋转着的舞者充满活力。当我们走到大门口，可敬的牧师露面的那一刻，音乐止住了，舞蹈也暂停了，我们因此得以环顾这婚庆礼堂几分钟，看到了它最镇定、最庄重的形式。在谷仓上首摆着两把扶手椅，一把是给新郎准备的，空着；另一把上坐着气喘吁吁的新娘——我们的到来终止了她活力十足的旋转。新郎自己站在靠近乐手们的一张桌子旁边，调着一大碗潘趣酒，不停地续着杯。他的父亲独自坐在一个角落里，双手扶着拐杖，双唇紧闭着，用一种犀利但又心事重重的眼神打量着眼前的一切。老基尔马开柯，手里拿着一个镶金的象牙鼻烟盒，和克劳德左手边的基尔列文先生坐在一起，显然是在解释鼻烟味道的一些非凡特性。这位诚实的律师对此表示出极大的关注。然而，基尔列文先生会不时露出一副立刻就要表达钦佩、好奇和大笑的表情看着这位哲学家领主。葛瑞皮太太坐在新娘的左侧，穿着一件为喜

事定做的深红色的绸缎礼服，用一块硕大无比的羊肠线缝制的薄纱面料，装饰着宽宽的红丝带盘成的大花作头巾；一条昂贵的法国披肩，一针一线地在胸前固定住，以便露出她刺绣的胸衣。她旁边坐着温顺漂亮的伊莎贝拉，就像一朵樱草花罩在一朵牡丹花的阴影之下；伊莎贝拉的左边是年迈的普里兰老夫人，清清爽爽地穿着白色丝绸质地的服装，戴着一顶黑色蕾丝饰边的女帽，黑色丝绸面料缝制的连指手套，还穿着一条雍容高贵的黑色围裙。但我们一定不能试图这样描述所有的客人，他们加在一起有近百位，有长有幼，以各种各样的群体围坐在谷仓边上，因为我们的注意力被吸引到德多姆威姆勒领主米尔洛基特身上，一个四十五岁上下——可能更年长些，身体健壮、精神饱满，第二次成为鳏夫的男人，舒适地待在角落里，正在认真地追求着梅格小姐。

当这些欢迎邓赫姆博士的得体礼仪适时结束之后，新郎吩咐小提琴手再次演奏起来，他自己走到牧师身边，说："您闻到什么好吃的味道了吗，先生？"

"毫无疑问，新郎，"博士回答说，"我不可能对晚餐令人愉快的香味毫无知觉。"

"那么，到这儿来，"瓦蒂接着说道，"我要让您看一个对饥饿的人有好处的景象——我很清楚我妈妈把她的全部技能和调味料都用上了。"他一边说着，一边拉开一条在这舞厅上首的座位后面像帘子一样隔开了谷仓的毡毯，让他看晚餐的餐桌，十多个男女仆人正往餐桌上码放着大块的羊腿肉和馅饼，这些美味在格拉斯哥地方官的圣米迦勒节晚宴上也会为主人争光的——“算得上华丽的宴席吧？”瓦蒂问道，“看那边那盘装饰有国王王冠的油酥馅饼。”

可敬的牧师表示那是个巨大而又复杂的结构，他毫不怀疑它尝起来和它看上去一样好。

“您想尝尝吗？博士。让我来摘掉王冠上的一颗珍珠让您尝尝味道有多好。绝对不会有错的。”

无意中听到他们部分对话的新娘贝蒂，听到这儿站起身来，就在沃尔特伸出手臂极力去掠夺那顶王冠上的珍珠时，她拉住了他的礼服的燕尾下摆，把他拉回到指定给他的那把椅子上坐下，同时，她自己也坐在了他左边的那把椅子上，生气地低语说：“你已经醉了吗？瓦蒂·瓦金肖，如果你今晚再离开这个座位，我就让你像狗讨厌吃热甘蓝那样讨厌起馅饼和布丁来。”

晚餐前没发生什么特别的事；宴席上的一切和其他类似的场合同样令人快乐。宴席后又跳起舞来，就在喧闹和旋转中，新郎和新娘被悄悄地引导到房间里休息。

当他们脱下外衣，但还未扔掉长筒袜之时，我们得到查尔斯的暗示去看新人的洞房，于是和他一溜小跑钻进了房间，看到这对幸福的新人坐在床头，两块白色的头巾像裹尸布般从他们的头上垂下来，各拴住他们的一只手，以至于完全遮挡住了他们谦卑而又沮丧的脸。但还未等我们说出什么，牧师先生由两个风笛手，几个伴郎和新娘的女仆们跟随着，带着牛奶甜酒和蛋糕进来了，就在习俗性的祝福声中，分发这些食品时，洞房中重又跳起舞来。

这局面如何出现，起因是什么，我们不得而知；但这舞跳得时间太长了，又一直非常欢快，房间中的混乱情形使得这对坐在床上的年轻人完全被人遗忘了，直到新郎感觉像木乃伊一样坐得过久疲惫至极，完全失去耐心，雷鸣般怒吼一声，命令所有人立刻离开房间——他语气强横地重复着这命令，并以即刻的惩罚相威胁——同时把一条腿伸到床外，紧握拳头，做出即刻起身的样子。新娘缩在被单底下咯咯地笑着，其他所有的女士，在男士们和风笛手的跟随下，你推我拥、慌不择路地往外跑，对成功逃离沃尔特的洞房兴奋不已。

第三十一章

克劳德最初为沃尔特向基尔马开柯家求婚时，是打算让这小夫妇住在普里兰；但就在这个时候，出现了一个机遇，经律师基尔列文先生提示，拥有两块田产，并且这些田产和葛瑞皮田产正好合为瓦金肖家的基托思顿修祖产的奥金克洛斯先生，得知瓦金肖先生很愿意和他做个交换，而且不仅把普里兰的田产给他，甚至还会有一大笔现金收益。这个提议，特别是提议的后半部分，让奥金克洛斯先生很动心，因为这段时间他正需要现金资助他的一个儿子在弗吉尼亚做买卖；于是，他们的协商很快就有了令人满意的结果。

但在整件事情的发展过程中，葛瑞皮觉得和哪个儿子商量都不合适。他不愿和查尔斯说起这件事，大概是出于和剥夺了查尔斯继承权的行为相关的某种感受；而沃尔特，不必说，虽然在这件家庭大事中的确占有极为重要的位置，但葛瑞皮是不会考虑他的意见的。这种局面发展的最终结果是：婚礼第二天，当新郎提议骑着那匹名为布劳斯的马，前往他在普里兰的宅子，在那儿举办婚宴时，却吃惊地发现普里兰已经打算要过户给奥金克洛斯先生了，而且等他家搬到普里兰之后，德芙希尔——一块交换过来的田产上的宅子将被收拾停当，改由他们夫妇居住。

这件事刚解释给沃尔特，他就想起了他曾经签署过的羊皮卷文书，和他父亲在回家途中焦躁不安的神情，于是，他毫不掩饰悲愤的心情，不停地猛烈抽泣大叫道：他父亲和查尔斯把他继承的家产骗去了。老克劳德被这个白痴儿子的观点弄得手足无措；但是，由于向他的大儿子隐瞒他在限定继承权时对他不公平的利用，起初他试图通过威胁使沃尔特缄默，接着，又甜言蜜语地哄骗他，但都无济于事。最终，父子俩之间的冲突一发不可收拾，葛瑞皮太太和沃尔特的妻子冲进屋里，询问发生了什么事。

“噢！贝蒂·波道尔！”沃尔特一看到她们，就喊叫着，“我们怎么办？爸爸骗走了我的普里兰，我没有房子，连个棚子也没有让你去住了！他让我把普里兰交给了查理，只要基尔马开柯活着，我们就什么都没有了，只能受穷、挨饿、乞讨。这不是我的错，贝蒂·波道尔——你以后必须自己劳作挣口面包了，所有这一切罪恶都是我父亲造成的。但我会尽全力帮助你。贝蒂，如果你成了格拉斯哥草原上的一名洗衣妇，我会帮你提着拿着洗衣盆，为你的衣服倒水，看着它们，当你累极了你可以睡一觉，贝蒂·波道尔——因为尽管他是个虚伪的父亲，可我要做一个真正的丈夫。”

贝蒂·波道尔坐在一把椅子上，后背对着窗户，此时，沃尔特走到她身边，带着一种体贴的神情搂抱住她，他的简单头脑使这种体贴一时间显得既感人又温柔；而葛瑞皮太太，被她听到的一切惊呆了，带着惊愕的神情，她也坐了下来，倚靠在椅背上，两只胳膊垂在身体两侧，所有手指都伸展到极致。克劳德听到他是个虚伪的父亲这一公正的指责一度被威慑住了，几乎失去了他一贯的镇定；但他很快便极力施展出他全部的坚定和刚毅，冷静地说：“我不能把这件事交付于你，瓦蒂。我为你争来的要比普里兰多得多；现在我已经征服了成为我悲哀和痛苦记忆的全部祖产，算是满足了昔日的夙愿。”

“你得到什么了？”葛瑞皮太太追问着，“该不会是说查理因为有长子权就能得到你所有的土地吧？那么你是怎么把瓦蒂名下的土地夺走的呢？那可是我可敬的父亲本人心甘情愿通过正式遗嘱留给他的丰厚家产呀！他老人家如果还健在，当家的，你就不敢要这样的鬼花活，因为他懂法律，能用你永远无法看透的方式了解一些要点。我敢说，你的做法要是和我父亲那些书籍和拉丁文典籍里提到的法律案例相比根本不值一提。但是，当家的，不能什么都是你说了算。让我穿上外套，贝蒂·波道尔，也穿上你的，瓦蒂，我没用的孩子，拿上你的帽子。我们叫上基尔马开柯，一块儿去基尔列文先生那儿和他说说这起最可怕的财产勒索案。”

老克劳德浑身战栗；听到太太的这番话，他脸色发黄，气愤和焦躁使他的嘴唇失去了血色。

“格丽兹·西皮尔，”他用一种忧烦不安、断断续续的声音说道，“你要是个明白事理的女人，或者这个愚钝的孩子有你那样的进取心，我可以说出来；并且要不是我被自己的羞愧感束缚着，我会反驳你们对我的冤枉。”

“但这到底是怎么回事呢？”刚过门的媳妇对她的公爹说，“您肯定不介意让我明白明白吧？”

“不不，我的孩子，”克劳德回答说，“我希望我说出来，你能明白。我说服了奥金克洛斯先生用德芙希尔和普里兰交换，目的是我们家能够赎回全部的基托思顿修祖产；我打算并希望你和瓦蒂住在德芙希尔，和我们这儿的邻居和你父亲的邻居挨着；我的孩子，整件事就是这样。”

“但是，”她说，“您死后，德芙希尔还是我们的吗？”

“一点儿没错，我的闺女，”老克劳德高兴地说，“而且还会更多。”

“要是这样的话，瓦蒂·瓦金肖，你这个傻瓜，”她对自己的丈夫说，“你还想怎么着？你爸是个非常公正的人，会对你和他所有的孩子一碗水端平的。”

“可是，虽说这样，”葛瑞皮太太似乎有些被她儿媳妇对这件事的态度哄骗住了，对她的丈夫说，“我们啥时候能听到你也给瓦蒂几百英镑作为新婚贺礼，就像对查理那样？”

“我保证，”领主回答说，“我会对沃尔特尽我全部的义务，如果这样能让你这个任性的人安静下来，感到满意，五张二十英镑填上这个窟窿应该没什么问题。”

“爸爸，听我说，”沃尔特打断了他的话，“如果您给足一百英镑,您再怎么用普里兰换来换去,我都不管了。”

“很合算的买卖,”克劳德说,很高兴从他们的纠缠中解脱出来;但他特别加重语气,对瓦蒂的妻子说,“过去的事不必在意;用普里兰换来德芙希尔是很合算的交易,德芙希尔会像法律和法规严格地约束人们一样,通过沃尔特和你及你们的孩子紧密相连。”

就这样,葛瑞皮在大风大浪面前得以继续前行,也许,在不断追求他的目标的过程中,他像大多数的探险家一样,没遇到什么异常艰险的障碍。但他为此可能做出的内心情感的牺牲,可能要在日后才见分晓。在此期间,他内心的秘密从未透露给他人;但是所有的想法和焦虑都被他精心地从世人面前隐藏了起来,仿佛揭示它们会给他带来耻辱。但是,事件接连发生,我们必须跟上历史的潮流。

第三十二章

尽管克劳德完成了他全部奋斗所要实现的主要目标,而且,尽管从他的先辈的小城堡曾经矗立过的德芙希尔,他能够凝望,正如他自己所说,凭借他的努力重新回到瓦金肖家族的基托思顿修祖产的全貌,在他的内心深处仍有一个渴望的空间急切地等待满足。他似乎觉得和普里兰交换的田产交易使瓦蒂拥有了一份合法财产收益的这种情形，使这一征服不太像是经历了一个有很多变数存在的过程;那样确定无疑地表明是他自己实现的。而这种感觉减弱了他在思考他所取得的，的确令人骄傲的卓越功绩时产生的自我满足的喜悦之情。

但是，更为热切的情感和更为严酷的回忆也常常夹杂着那种悔恨；每当他想到自己鲁莽地签署了那不可挽回的限定继承契约而将查尔斯拒之门外，一种悲哀的情感连同深深的懊悔就会折磨着他的思绪,令他痛苦万分;在这不公平的交易成交之前，他爱查尔斯胜过爱其他任何人。的确,当他采用了那一不同寻常的解决方式后,他曾经同时用补偿他不幸的长子的念头来抚慰他的良知；但这个过程中,他不了解人心的奥秘,也不了解在他内心深处有一根潜伏着的弹簧，如同他成就如此伟业所依赖的不屈不挠的毅力的根源一样,活力四射,弹性十足。

妻子不断指责他偏袒查尔斯、不加掩饰地蔑视瓦蒂，从而启动了唤醒休眠装置的力量。这些指责刺痛着他不公正的自我意识,导致那记忆频繁地出现在他面前,到最后他就剩下一个愿望，千万不能给他太太任何理由让她就偏袒这个问题来烦他。于是他日益疏远了查尔斯,并且很快就表现得非常明显,让查尔斯深切地感受了出来。意识到自己对他做了不公正的事，知道这种不公正很快就会被发现，也意识到自己的行为可能招致猜疑，他开始不愿意见到查尔斯了，或是在每次父子俩不得不见面的场合，感觉查尔斯不像过去那么尊敬他了。然而，即便如此，他作为父亲对儿子所怀有的情感，以及他性格中潜在的最原始的美德，对他产生了不少潜移默化的影响，所以这令人不快的感情自始至终没有包含憎恨的成分。他不恨查尔斯是因为自己伤害了他，他只是担心自己因辜负了查尔斯的希望而受到指责，他清楚地知道自己对查尔斯表现出来的那种特别关爱一定曾唤起过他继承家产的希望。

好在他在沃尔特的婚礼之后，立刻就忙于处理接受德多姆威姆勒的米尔洛基特的求婚（让梅格做他第三任妻子）之后相关的法律事宜，否则他的种种思虑可能会进一步发展成恨意，最终演变成对查尔斯的反感。所幸，关心和处理与梅格婚事相关的法律问题似乎有助于这位父亲保持他的天性，尽管它们看上去为克劳德提供了和查尔斯及伊莎贝拉之间的交流日益减少的借口，实际上阻止了他内心活跃着的情感，避免让这种猜忌发展到不可收拾的地步，避免了他冷酷无情地对待这对小夫妻。所以，我们就不再详述由于他的情感疏离而引发的数不清的小事，不过，我们也不该在因克劳德的刻意疏远而引发的无数小事件上浪费时间，不过正因如此，这对苦命情侣的生活丧失了幸福的最大要素——满足感，而他们因孩子的即将出世而拥有一个幸福家庭的期望，严重受到了焦虑情绪的困扰，这些难以描述，也难以命名。

与此同时，梅格小姐的喜事办完了，我们完全愿意详细描述她的婚礼仪式和热闹的庆典，但这一切都是以一种比对待沃尔特的婚礼低调得多的态度筹备的，以至于她的婚庆宴席看上去像只是用了上次宴席的冷肉饼。的确，新郎米尔洛基特先生，用葛瑞皮太太给他的称呼，是个“浪费老婆”的人，前面已经有过两任妻子了，谁知道他将来还会再娶多少个，希望他在这场婚礼上慷慨地组织大家去野餐是没有道理的。此外，葛瑞皮给女儿的嫁妆也不像他预想的那么慷慨；因为当他的老岳父和他讲定他女儿能继承他遗产的数额时，悄悄地暗示他别对嫁妆期望太高。

“一年二百英镑，米尔洛基特先生，”葛瑞皮说，“对我女儿来说刚刚够；但我不会要得过高，因为即使现在我也没有能力给你太多；而且，我不会让你期望在此之后能得到个大数目，因为你知道，为筹得赎回基托思顿修所需的费用耗费了我一世辛劳的所得，遗嘱必须永远按照男性继承人来排；但是，如果没有我的三个儿子和他们的继承人，限定继承权就会交给梅格的孩子们。所以你只能在那样一个方向有所期待；你必须承认，那还是有些价值的。但是，我对这二百英镑没什么意见；我只是希望你能再添上五十英镑，就像是手一扔，称得高高的，图个吉利。”

“我不会吝惜那点儿钱的，葛瑞皮，”这位夸夸其谈的鳏夫德多姆威姆勒回答说，“但是您知道我家里也不算富裕：我的第一任太太给我生了六个儿子，第二任太太有四个儿子，五个女儿。第二任太太的孩子们的确要交给他们母亲的叔叔——府邸在伦敦的老将军来抚养；但是，我第一任太太的六个孩子要由我自己抚养，因为，像您的查理一样，我早恋后成了家，而我的父亲不像您对查理那么仁慈，他把能从我这儿拿走的都拿走了，要不是他的伙计漏算了和基尔帕特里克领主们合开的一家店铺，我可真是没法想象和第一任太太如何安身立命。所以您看，葛瑞皮……”

“我希望，德多姆威姆勒，”老克劳德打断他说，“你要么叫我名字，要么叫我基托思顿修，因为葛瑞皮不过是我的家产的一个垂饰；虽然当年我祖父抵押了那个城堡向公众贷款而拆毁了它，但是当我再次征服了这片土地，我们有义务住在以这片土地为根基的这所房子里，但是所有这一切都随着基托思顿修这个古老的名字消逝了，拥有同一个名字的瓦金肖家的女儿是配得上这个郡中最优秀的领主的，尽管她除了束发带和束发网没有别的嫁妆。”

“好了，基托思顿修，”德多姆威姆勒回答说，“我要给的比二百五十英镑还要多——我要给整整三百英镑，只要您能和你的大儿子签订一份同意或默许的契约，在他继承这份家产期间，按年度结算给梅格小姐或我和她婚生的后代，您健在的时候经管这事也可以。我确信就我来说已经做得够公正，而且相当慷慨了。”

听到这个提议，克劳德心脏的血液发出了抽搐般的汩汩声。在他看来，似乎每到重要关头，他曾经让查尔斯受的委屈就会以最伤害他的形式被带到他面前，他坐在那儿沉默了两三分钟；最后说道：

“米尔洛基特先生，我这辈子没后悔过任何事情，除了我和我岳父普里兰曾说过的关于我们的财产的两句欠考虑的话引起的麻烦；让我这一生都懊悔我的冷酷无情。为此我就不再坚持要求增加我女儿今后获得的遗产了，而是让她将就了这二百英镑算了，希望今后你能让她的日子再好过些，在这点上她父亲始终对你有信心。”

梅格小姐的未来就这样匆忙定了下来。对儿子的不公待遇所产生的影响，严重扰乱了克劳德作为父亲的理智与情感，以至于在这场婚姻交易中，他不但没有冒险继续坚持自己的条件，甚至都没有再考虑重新提出一项对女儿更有利的提议。他原本有充分的理由，无论怎样都可以争取到比这更慷慨的条款。

第三十三章

梅格小姐婚后不久,克劳德的三儿子,这家里最小的孩子，就被送到当时在格拉斯哥非常有名的一个西印度商人的账房里学徒。这件事在葛瑞皮领主的历史上非常重要,无非是因为这有助于为乔治开拓事业,拥有一个比他哥哥们的朋友阶层更高的交际圈：因为大约在这个时期，这座皇家城市的商人们普遍觉得自己有着比小店主们更为尊贵的贵族般的优越感，并将这种优越感确立为一种在行业协会互惠方面，像威尼斯和热那亚的著名领地一样傲气十足、神圣不可侵犯的寡头组织。

然而,就乔治的人品来说,在他从商的生涯刚刚起步时,却没有这种表面上的傲慢自大,或者说他的傲慢自大从没有以强烈的色彩表现出来。像他的父亲一样,他处事坚决、有毅力,但他却缺少几分他老父亲的精明;他对财富的渴求中有着比他父亲的利欲熏心更多的贪婪，因为他的渴求不是由任何像促使克劳德为恢复祖辈家业而不懈努力的雄心壮志升华而成的。实际上,这个年轻商人尽管有着科班教育的优越性和其他优势，但是我们可以可靠地大胆断言，他是个比那位上了年纪的布匹商贩更庸俗的人物。但他的古怪之处要在这话说过很久之后才显现出来。

与此同时，克劳德家的日子像大多数人家一样一天天地过着。克劳德和他太太每天继续因为家庭琐事拌嘴。查尔斯和伊莎贝拉的社交范围缩成了一个很小的圈子，其中他的外祖母,现已年过八十、德高望重的普里兰老夫人是他们主要联系的亲戚，而且他们彼此的感情因一个男孩的诞生而更加深厚。沃尔特和贝蒂·波道尔住在德芙希尔;他们也将很快,正如马尔萨斯主义者常说的,为受难的人类增添一个民众。哲学家般的基尔马开柯一如既往地成功进行着有关鼻烟和鸟兽习性之间的密切关系的深奥研究。而德多姆威姆勒领主和他的夫人,正如人们对生活在前两任婚姻留下的十五名子女之间的父亲和孩子们的继母所做的合情合理的推测那样，共同挣扎在生活的枷锁里，而其中的任何一方都没有与生俱来的特别的周到与宽容。总之,在限定继承权的行为实施之后的最初一年里,他们都和这世上的人们一起向前走着,在他们各自的处境下没有比我们间接提到的那些人经历任何特别的人生变故。

但是,沃尔特·瓦金肖夫人需要为自己成为一名母亲做好准备的时刻此时临近了，而她的丈夫对此事的关注程度丝毫不比她差。几个月以来,从早到晚,他什么也不做,只是问她感受如何,并以他充满柔情的简单头脑,设计出上千个令人哭笑不得的荒唐举动来满足她的一个愿望，只为给她带来轻松和愉悦；沃尔特所做的一切换来的不是贝蒂的一阵大笑，就是她的一记耳光，完全由她当时的心情所决定。有时，在她前往葛瑞皮或基尔马开柯的路上，她会不顾自己怀孕的身子，穿行田野、跨越沟渠或抄近路钻过树篱，而沃尔特则会焦虑万分地远远跟着她。每当看到她遇到阻碍时，他都会体贴地跑去帮她。不止一次，在贝蒂滑稽的建议下，他趴在干涸了的沟渠里，让贝蒂踩着他的后背走过去。没有哪个妻子能有比瓦蒂更加充满爱心且言听计从的丈夫了。在所有的事情上不仅允许她自己取悦自己，而且允许她命令他做任何她高兴的事；然而，贝蒂尽管有着种种古怪念头，时常任性行事，但事实证明她是瓦蒂最忠诚、最般配的妻子，以至于他一天比一天更加宠爱她了。

他的母亲也对贝蒂·波道尔同样满意。她们彼此敞开心扉，就持家之道的各种话题极为贴心地交换着看法；但有些令人奇怪的是，尽管老太太不厌其烦地为她的儿媳讲解搅拌和制作奶酪的全部要领，沃尔特夫人制作的黄油总是不适合到市场出售，这座皇家城市的哈克斯特人从来不给她像葛瑞皮太太制作的奶酪那样经常获得的好价钱，尽管在制作过程中，她们两个用的是同样的配方。

然而，沃尔特婚姻的幸福却没给他的父亲带来什么快乐。这个儿媳妇喧闹的诙谐与他安静沉着的性情格格不人。在她的玩笑和嬉闹中,她总是高声大气地显露出她对自己丈夫智力上的缺陷完全了解，而这又总是让他想到当有朝一日世人听说了他对查尔斯的不公而极有可能表现出的愤慨。这种影响使他渐渐避开了与自己家人的交往,况且,无论从天性还是习惯上他都不像一般人那样希望有人陪伴,他变得孤独而又忧郁。他只是每周三去格拉斯哥一次，通常在布店角落那把老扶手椅上坐上约莫一个小时,除了和生意相关的几个问题,他有意回避和儿子的任何交谈。不过,在他阴郁沉默的表情下面,他曾对查尔斯怀有的深深父爱似乎依然在用力拉扯着他的心；因为,就在伊莎贝拉生下一个男孩,让他拥有了祖父身份的那天早上,他碰巧走进布店,当他听说了这个喜讯后,激动地握着儿子的手，用一种严肃感人的方式说道:“查理,如果上帝乐于赐给你更多的孩子,我以一位父亲的忠告提醒你,不要区别对待他们,只要记住他们都同样是你的孩子，你不可能没有罪恶感地偏向一个，而委屈另一个。”给出这句忠告后,他送了二十英镑礼金为孩子买一件洗礼仪式礼服。

但从那天之后,他再也没和查尔斯谈起他的家人;相反,他变得越发忧郁,对周围所有的人变得更加执拗了。他唯一喜欢做的事情似乎就是坐在他曾安放在葛瑞皮屋舍后面一个小山丘上的一个做工粗糙的木质条凳上,像那些年迈的老者一样，从沉思中获取愉悦，围绕在他身边的都是他先辈的土地。在那儿他会一连坐上几个小时，身子微微前倾，将下巴抵在双手拄着、立在两膝之间的手杖的象牙帽上。他总是迅速、急切地扫视一会儿周围，之后就垂下眼睑，只盯着地面了。

不管他坐在那儿思考的大致内容是什么，它们显然不是总能令他感到愉快的；因为一天下午，当他坐在那儿，他的妻子突然跑来告诉他已经在德芙希尔找到一个信差，前往格拉斯哥去请接生婆了，她吃惊地发现他焦虑不安得都快流泪了。

“天哪，当家的，”她说，“你这是怎么了，坐在这儿，像母猪吹喇叭似的撅着嘴，你没听说贝蒂·波道尔快生了吗？他们招呼我过去，你要是愿意就和我一块儿过去吧。可怜的孩子，我希望她能顺顺当当地渡过这一关，那样的话太阳落山之前我们就能吃上喜肉了。”

“走你自己的吧，格丽兹·西皮尔，”克劳德抬起头说，“别用你这些闲话烦我。”

“嗨，当家的！你是敬酒不吃，吃罚酒啊！[①]你爱去不去，就像派迪和罗杰牧师说的，生气的梅格，我可以自己去！”说着，便气呼呼地转身跑走了。

---

① 此处是苏格兰谚语，你是放着羽衣甘蓝不吃，吃酸模啊。

克劳德的沉思就这样被打断了，他看着妻子沿着下山的小路跑了下去，有一两分钟光景，他似乎想追上她，但重又陷入新一轮沉思。还没等她跑到土丘脚下，他再次恢复了他一贯的态度，下巴又抵在他的手杖的象牙帽上。

第三十四章

生活中有那么一些时候，每个人都会感觉他的同情心不复存在了。这种情况可能会出自各种原因，有时是因为命运的变迁；有时是因为如同玫瑰花染上的腐烂症般的忘恩负义的感受，它摧毁了所有善良与仁慈的幼芽；常常是因为对恋爱事件的失望，它使一颗心不能再爱；但是最常见的原因是意识到犯了错，但此时由于我们自私天性中某种奇异的奥秘，这些感受退缩在内心里，不是激励我们去弥补过失，而是刺激我们去重复和坚持那些不公正行为。

当他的妻子离开他的时候，克劳德就一时陷入这种恍惚的状态；他依旧坐在那儿，眼睛盯着地面，对周围的实际生活状态无动于衷，凝神思考着孩子们的境遇和状况，仿佛对他们的命运不感兴趣，也不会被他们在人生中遭遇到的任何事情影响到。

就在这一阵冷漠的冥想中，他被有人走近的声音唤醒;他抬起头,将目光转向从房子通往他此刻坐着的这条长凳的小路上,他看到沃尔特来了。

沃尔特的容貌和手势有些不同寻常，这很快就引起了老父亲的关注。他一会儿向前急冲几步,带着一种奇怪的迷茫神态。接着他会停下来,紧搓着双手,向空中凝望,仿佛对天空中某种非凡的现象感到好奇，但却什么也看不到。于是他垂下双手,以平时的步子,缓缓爬上坡来。

当他走到离长凳几步远的地方停了下来，无辜的脸上露出如此不加掩饰的悲哀，以至于他父亲那颗刚刚还如同定型铁块般对人性反应迟钝的心，因怜悯而怦怦跳动起来，并融化到有了几分柔软和慈悲——对他几乎是完全陌生的感受。

“你这是怎么了,瓦蒂？”他带着不同以往的和蔼问道。但这可怜的弱智孩子没作回答,只是依旧带着那种难以言表的单纯的悲哀呆愣愣地望着他。

“你丢东西了吗,瓦蒂？”

“我不知道！”瓦蒂回答说,接着就放声大哭起来。

“一定是有可怕的事情发生在这孩子身上了。”克劳德自言自语地说，这强烈的悲哀似乎把他的心揪成了一个,令他惊恐万分。

“你不能告诉我发生了什么事吗,瓦蒂？”

过了大约半分钟，沃尔特的眼睛缓缓转动起来，仿佛看到了并追随着某种令他心中充满敬畏和恐惧的事物。然后他突然克制住自己，说道："没什么；她没在那儿。"

"坐到我身边来，瓦蒂，"他父亲不安地大声说道，"坐在我身边，镇静下来。"

沃尔特按他的吩咐坐在了长凳上，他的脚如此倦怠地伸向前方，充满无奈和沮丧，看上去完全失去了行动能力。

克劳德站起身，认为他不过是在受着一些偶尔会支配他的愚蠢激情的影响，就准备抽身离开，这时他抬起头，说道：

"爸爸，贝蒂·波道尔死了！——我的贝蒂·波道尔死了！"

"死了?！"克劳德听了，如遭了雷击一般。

"是的，爸爸，她死了！我的贝蒂·波道尔死了！"

"你知道你在说些什么吗？"

但是沃尔特没理睬他的提问，以一种越发单纯和感人的温柔语气重复着："我的贝蒂·波道尔死了！她到那边的天空中去了，给我留下一个小小的宝宝。"说这些的时候，他再次放声大哭，随后猛地从长凳上起身，疯狂地转身朝着德芙希尔的家中跑去，老克劳德跟随着他，在那里这个悲惨的消息得到了证实——贝蒂在生下一个女儿后死了。

尽管克劳德深深地隐藏着他的情感以避开世人的眼睛,这个不幸的消息还是让他感到措手不及。因为尽管在最初的震惊中他没暴露出内心的任何情感,但很快他就清楚地意识到这消息使他心中一些最坚决的意图和目标成了泡影。在如此令人关注的情况下一个美丽的年轻女子的夭亡令他痛惜,此乃人之常情;但是,这件事更让他感觉到一种个人的失望,认为伴随它而来的极像是某种报应,以至于他的内心恐惧得颤抖起来,仿佛他已经受到了上帝似乎看得到的手臂的严惩。因为他无法骗过自己的是,一个女性继承人是他没有考虑过的意外事件;发生在她母亲身上的这场大灾难,会使得普里兰和德芙希尔的田产交换变得毫无意义;而且,除非沃尔特再娶,生下儿子,否则重新合在一起的基托思顿修祖产,必然会重新分开,因为德芙希尔一定会成为这个女儿继承的家产。

不过,当克劳德转念想到沃尔特柔顺的性格,他的苦恼有所减轻,他用这样的想法来宽慰自己:只要遵照守丧礼节,合乎情理地过上一段时间,他就能劝说这个白痴儿子再娶。我们是否可以大胆推测,在他卑鄙野心的谋划中,还曾出现过这样的念头:因为这个婴儿是个早产儿,瘦小虚弱,他希望这孩子不久便死去,不再妨碍全部祖业的传承目标。但即使我们斗胆提出这一严酷的推断,对克劳德有失公允，可以肯定的是他开始意识到在人情世态的发展变化中有一些事情他是把握不住的；尽管在他坚持不懈地追求着恢复祖业这唯一目标的过程中，他的努力到目前为止，证明是极为成功的，他却沮丧地看到，从别人的利益开始和那些他认为是自己所特有的利益混合在一起的那一刻起，其他因素也开始发挥作用。结果，尽管他设置了层层防范，处事谨慎又精明，他呕心沥血所经营的一切还是成了一个错误。他觉察到人的力量在事物的自然进程中是微不足道的，而对于他在自己长子身上犯下的罪孽最令他痛苦的严惩，莫过于通过降临到沃尔特身上的不幸来挫败他的愿望。来自另一源头的反思也令他痛苦不堪：他预见到，通过他的勤俭持家，几年之后，用他自己的积蓄，他就有望赎回德芙希尔，而不必被迫求助于这次的田产交换；这样，整个基托思顿修就是他自己征服的了。而且，如果是这样的话，不必违反任何社会惯例，他就可以和查尔斯办理土地继承权的交接手续了。总之，沃尔特妻子的死亡和他女儿的诞生打乱了他的全部计划，使他如此旷日持久、煞费苦心建筑的城堡顷刻间土崩瓦解。但是我们有必要回到可怜的沃尔特身边，失去亲爱的贝蒂·波道尔对他产生了一种新的刺激，导致了他的性格变异，使他完全不是他父亲希望找到的那种温顺的工具了。

第三十五章

回到家里,悲痛的沃尔特看上去平静了下来,但他其实已经陷入忧郁之中。他交叉着手指,头低垂着,坐在尸体旁边。他不回答任何问题;但每次听到婴儿的啼哭声,他都会朝床上看去,用一种难以描述的悲哀的声音说道:“我的贝蒂·波道尔!”

当棺材运抵时,他母亲希望他离开停放贝蒂尸体的房间,担心悲伤得难以自拔的瓦蒂会迸发出某种异常狂乱的激情来,但是他拒绝了;而且,当棺材抬进屋里,瓦蒂被人协助完成了入殓仪式,表现得出奇的平静。但是,就在棺材盖被抬起来罩住尸身,木匠准备将它与棺材主体永远钉住的那一刻,瓦蒂浑身战栗了一下;接着,他用左手掀起棺材盖,右手揭去盖在贝蒂脸上的面纱,最后看了她一眼,他又摸了摸贝蒂塌陷的面颊,仿佛仍希望能感受到一点儿生命的余温;但那面颊是冰冷僵硬的。

“这只是个土块儿,”他说,“我的贝蒂·波道尔不在这儿。”

之后他就带着一种漠不关心的神情转过身去,似乎对眼前的场面不再感兴趣。

从这一刻起,他那单纯的情感选取了另一个方向来寄托;他匆匆离开了停放尸体的房间后,走进了看护新生婴儿的房间，此刻，小婴儿正在保姆的膝头安静地睡着。他端详了她一会儿，然后，露出轻松愉快的神情，说道："她是个小贝蒂·波道尔；她现在是我的贝蒂·波道尔了。"从那以后，他的全部时间和思绪都集中在这个心爱的小东西身上了，以至于当葬礼临近，他需要身着丧服，完成这一庄严仪式上丈夫通常扮演的角色时，他不仅拒绝离开孩子，而且拒绝做任何与葬礼相关的事。

"我真搞不懂，"他说，"你们为一个土块儿费这么大劲干吗？它反正要被送进洞穴里的，别来烦我。"

"那是你媳妇，我的孩子，"他母亲回答说，"你当然不会拒绝拿出做丈夫的样子来，抬着她的棺材，走在头里，护送她去墓园吧？"

"不，不，妈妈，贝蒂·波道尔是我的媳妇，这个黑箱子里的土块儿只是她过去的身体；当她丢下它之后，就成了这个漂亮的小小的新模样。"他说着，指向那个婴儿。

葛瑞皮太太又劝说了瓦蒂几次之后，被他固执己见的执拗急得不知所措，跑去恳求她的丈夫出面干预。

"你必须得到屋里去，当家的，"她说，"和瓦蒂当面说说。我希望那个可怜的孩子不要一个人孤零零地、带着颗破碎的心离开这儿。他一再说那尸体不是他媳妇的，说它是个土石块儿，还说我们可以把它扔了，主引导我们，帮他丢掉这些乌七八糟的想法吧！——如果他不肯抬着棺材走在头里，我们这脸可丢大了！”

已经在早上就穿上丧服的克劳德，此刻正坐在壁炉右边的扶手椅上，用手掌托着一侧的面颊，他的眼皮低垂，但并没有完全合上。听太太这么说，他立刻起身朝婴儿房走去。

“你在那儿像个没教养的家伙似的在干什么？”他说，“起来，穿上你的丧服，表现得理智些，把孩子交给女人！”

“这是我的孩子，”瓦蒂说，“爸爸，不关你的事。我能不照顾我自己的孩子——我漂亮的小贝蒂·波道尔吗？”

“按我说的做，不然我让你尝尝我手杖的厉害，”他的老父亲厉声喊着，希望瓦蒂立刻服从他的命令，正像以往这种时候，无论瓦蒂起初如何坚决拒绝，最终总是顺从了他一样；但这次他失望了；因为这个鳏夫愣愣地望着他，说道：“我现在也当爸爸了；像您这样受人尊敬、头发花白的老人，打一个家里没人当妈的孩子的头太不光彩了吧，爸爸？”

瓦蒂说这句话时的表情和声音给了克劳德如此异样的感受，以至于他站在那儿半天说不出话来，但很快他又恢复了镇定，用一种温和的、劝诱性的方式回答说：“瓦蒂，亲朋好友们都希望你出席葬礼，抬着棺材，这是每一个有修养的人家的习俗。”

“这是一种浪费的习俗，爸爸，我才不在乎葬礼上的面包和葡萄酒呢！它们要费钱的，爸爸，我可不愿意把钱花在贝蒂·波道尔那件旧的泥土外衣上而委屈了她。因为习俗的原因，您可以去，和那些哭丧的人们和送葬的队伍一块儿把那个黑箱子放进墓园的洞穴里。”

“我担心你是不可救药了，”他父亲沉思着答道，“但是瓦蒂，我希望这次你能听你妈妈和我的话，穿上你那崭新的黑礼服；你知道，他们的样式是很好的，到屋里来，庄重严肃地迎接客人们吧。牧师很快就要到了，当他到来的时候，你应该在场等候他。”

“不，”瓦蒂说，“不，您爱怎样就怎样，不管发生什么，对我都一样：我主意已定。”

他的老父亲，在这异乎寻常的对抗面前，再也克制不住自己，大声喊道：“这件事是有公理的；如果苏格兰法律有权力，我会让你为自己这么执拗而懊悔。喂，起来，穿上你的丧服，否则我就让大家好好认识认识你，把你送到疯人院。”

“我保证不从您那儿要什么了，爸爸，”沃尔特简单地回答说，“因为当您一直阴沉着脸坐在角落里的时候，我妈妈经常对我说，为了让查理得到好处，您是不会舍得花克朗和英镑让我神志正常的。”

这一打击使克劳德血管的每一下脉搏都静止不动

了，羞愧、懊恼和愤怒向他席卷而来，他蹒跚着跌坐在座位上。

“哎，”这当口儿葛瑞皮太太回到屋里，吃惊地问，“你这是怎么了，当家的？可怜可怜我吧，他不听你的？”

“格丽兹·西皮尔，”克劳德声音嘶哑、咬牙切齿地回答说，“格丽兹·西皮尔，你就是我这一生的祸害；你的愚蠢转化成了他白痴般的堕落，当年我违背自己的天性错娶了你，现在老了，不得不在悲哀、愧疚和负罪感中收取自己种下的苦果！”

“瞧葬礼这个乱哟！”葛瑞皮太太喊着，“怎么回事，瓦蒂·瓦金肖？”

“我爸气急了。”

克劳德从座位上站起来，眼里冒着怒火，他双拳紧握，朝着房间对面沃尔特坐着的地方猛冲过去，盯着保姆膝头的婴儿。与此同时，这个充满挚爱之情的白痴父亲也一跃而起，做出要保护孩子的姿势。这位凶猛的老人遭遇了挫败，他紧握着双拳，急转身离开了房间，再也不能主宰在他的内心争斗得如此激烈的矛盾情感。

“这可真像是座正在服丧的宅子呀，”太太说，“一个父亲和一个儿子打起架来，还有一具尸体等着被送到教区墓地。噢！瓦蒂·瓦金肖！瓦蒂·瓦金肖！你多少次地让你父母心痛呀！——你非要把头发花白的我们悲哀地送进坟墓才肯罢休吗？你可怜的父亲精神错乱似的跑走了，我们俩所有安逸的日子就像水泼洒在了地面上。我们也有过不少幸福的时光，那时候你还不这么冥顽不化。不过你还是走你自己的路吧。你爱怎样就怎样吧。就让陌生人把你妻子抬到教区墓地去，看你把这葬礼弄成什么样子！”

但尽管做了这一切，连同更多同样恩威并施的说服工作，沃尔特依旧不为之所动。最终，葬礼被迫在没有他出席的情况下举行了。但尽管在情感上受到这样的折磨，这位严厉的老父亲依旧坚持着他的目标。他实施了的限定继承权依旧被他坚持着不可改变；实际上，当初他的设计就是，除非他破产，否则那份文件是不可能被取消的。

第三十六章

沃尔特·瓦金肖夫人葬礼后的一段日子里，葛瑞皮家的一切事情仿佛在沿着一条笔直且平坦的河流向前发展着。克劳德和他长子之间的疏离感并没有可以描述的增加，但是查尔斯感觉它在增加。与此同时，葛瑞皮太太有无数的事情要操心来终止沃尔特与建立在德芙希尔的那个家之间的联系，并帮他连同那个婴儿和保姆搬回到葛

瑞皮来。她刚忙完这些,就收到了女儿米尔洛基特夫人的来信,

大意是说她为德多姆威姆勒的“小家庭”增添人口的准备工作已经完成,她希望孩子出生时母亲能陪在她身边,预产期估计是在即日起的几个星期之后。

没有什么比这种事更适合葛瑞皮太太的心思和习惯了,或者说,的确,任何一件像这样的划时代的家庭大事,按她自己的说法,都有资格被好好操持一下。但是,当她向丈夫提起这个话题时,他反对说:“这不可能,格丽兹,因为你知道下个星期吉万先生和夫人要带着他们的女儿佩吉小姐来这儿,我很希望他们看到她和我们的乔迪是完全可以被撮合到一块儿的。现在正是我希望乔迪能在这世上立住脚的时候,在我们所有的朋友中,能和吉万家联姻是最让我满意不过的了。他出身高贵,而且家境非常的殷实。”

“好啊,如果真有你说的这种事,当家的,”很高兴听到这个消息,葛瑞皮太太回答说,“你是一心要让一头猪和一只鹅攀上亲喽,我觉得只有你能办成这样的事。对于你这个想法,吉万家会怎么看?那可的确是个名声很好的人家呀!他们的女儿佩吉小姐是个非常文雅的人,虽然我看她未必会干多少活儿。但是,她是个漂亮的时髦小姐呀,现在你不再贴补瓦蒂了,因为他媳妇让我们搭进去这

么多钱，这样你就能帮乔迪置所宅子，和佩吉小姐住在外面了；因为现在这年头和我们当年结婚那会儿不同了，当家的，那时候，有间舒适的房子，一个贮藏室和一个内室就心满意足了；但是自从高贵的出身时髦起来，姑娘和小伙子们都成了太太和绅士，一位格拉斯哥主妇出发去教堂都要披上斗篷，揣着暖手筒，看上去傲气十足得像是大人们的太太似的。”

克劳德深知，只要他太太醒着，就会絮絮叨叨地不停说下去，于是努力把她的聒噪引入一个新的话题，和她说起到目前为止在他家的这几桩婚姻都没让他感到特别的舒畅。

“瓦蒂的婚姻，”他说，“你看，从某种意义上来看，要比没有还要糟糕；因为我们从中得到的全部就是那个病怏怏的小孙女；而且这个笨蛋自己对她那么痴迷，对我劝说他续娶一房媳妇，为这个家生个孙子的话根本不听！”

“我敢肯定，”葛瑞皮太太回答说，“当家的，你说的关于孙子的话，只是个玩笑。查理的儿子怎么就不让你称心了？”

葛瑞皮的脸色登时就阴沉了下来，但过了一会儿了，这阴郁又消散了，他说：“格丽兹·西皮尔，你不知这里的事。凭着瓦蒂对普里兰的继承权他闺女是不是要继承德芙希尔，这么一来不是再次把心脏从基托思顿修撕扯出去，让我的全部心血付诸东流了吗？我现在希望的是，只要可能，乔迪就尽快娶房媳妇，如果生下个儿子，随着岁月流逝，他长大成人以后就有望娶瓦蒂的女儿，这样我们的家产就能保住了。”

“噢不，当家的，担待我一下，别生气，”葛瑞皮太太回答说，“因为我只能说这事不对劲儿呀，你好像从没想过，查理的儿子也可以指望娶瓦蒂的闺女呀，他和乔迪可能生下的儿子是一样的；再者说了，查理的儿子已经出生了，当家的，而乔迪的还是水中的鲑鱼呢；所以我提醒你对自己做的事想清楚了，能抓住的鱼才是鱼呢。”

说这番话的时候，克劳德的脸色再一次阴沉了；他胸中那种刺耳的、令人痛苦的不和谐音在他良知的深处粗野地鸣响着，提醒他一旦没有子嗣或生下女孩，他的愿望和谋划将会变得多么徒劳无功。上帝似乎安排好了一切，让他对长子的这种痛苦的负罪感不停地折磨着他。但此前他没有想到，即使查尔斯的儿子和沃尔特的女儿结合也不能弥补他犯下的过失。乔治的儿子们在限定继承契约中享有优先权；这样一场婚姻根本不能阻止基托思顿修再次分裂。一句话，这位野心勃勃的老人处在悲惨的境地中；但他坚持走老路，绝不肯走半步回头路，仿佛他心中的烈火只有靠不停地添加同样的燃料才能扑灭。因此，他为乔治安排的婚事，在他看来，取得了令人满意的结果;因为仅有些许天资、只是一心发财的乔治,在父亲的建议下,毫不犹豫地就向佩吉·吉万小姐求婚了;而这位年轻女士对母亲也是言听计从。她母亲认为和有着亲戚关系的葛瑞皮家结亲,也算是最理想的选择之一,平静地默许了这桩婚事。

然而,就在婚礼之前,精明世故的吉万先生考虑,因为乔治是家里的小儿子,他的哥哥成家了,而且沃尔特的女儿在继承祖业时要排在他的前面, 于是就坚决要求新郎应该被确立为生意中的一个主要合伙人。因此,从着手安排到正式举行仪式耽误了一段时间; 但最终老克劳德几乎拿出了他的全部现金作为接受乔治入股的房产所需资金的一部分,使这一困难得以克服。也许他本可以不做这一牺牲, 但他觉得那样一来就会向吉万先生暴露出他实施了限定继承权的真相; 但是此时那桩交易的羞耻感已被他深深压在心底, 以至于他常常希望并极力把它视为一件不存在的事。

与此同时,米尔洛基特夫人生下了一个儿子;这是一段时期以来唯一一件让克劳德完全满意的事。但它也很快转变成一个令他烦恼不断、饱受折磨的缘由;因为一直溺爱沃尔特的葛瑞皮太太,在这个得名瓦金肖·米尔洛基特的孩子出生之后的第一时刻就决定把他许配给她爱子的贝蒂; 仅仅是这件事发生的可能性就让她的丈夫心中充满焦虑与恐惧;他这种态度的明确表达,以及他制止她在此事上饶舌的暴躁和愤恨的语气，只是令她对丈夫的偏见百思不得其解。

（第一卷终）

第二卷

第一章

在此期间，查尔斯和伊莎贝拉享受了更多的家庭幸福，这幸福伴随着他们为人父母的焦虑，变得更加令人怜爱美好，因为上天在乐于赐给他们的小家一双漂亮的儿女——詹姆斯和玛丽的同时，又因这个家庭经济的拮据，使孩子们的到来成为一种负担。老克劳德分配给他们的生意股份的收入在他们婚后的头两三年里还能够满足他们有限的需求，但是他们的开销开始逐渐增加，到了第三年年底，查尔斯发现他们已经欠下了好几笔超出了他们支付能力的小额债务。这些债务在第四年里数额继续迅速增长，天性多虑的查尔斯开始对此不安起来，并决定借款二百英镑来偿还这些债务。他想象着这笔钱并不难获得：因为他一直自认为是他父亲已经完全赎回的土地的主要继承人，于是他设想他可以利用自己未来继承人的身份筹集到这笔款项。于是，一天早上，他带着这样的想法拜访了基尔列文先生，请他做这件事情的代理人。

“我很难过，小伙子，”这位诚实的律师说，“听到你面临这样的困境；但你和你的父亲说一下不是更好吗？如果他听说你正准备借钱等他去世后再偿还时他会对你感到不满的。这样的事找朋友办，远不及找自己的父亲。”

“事实上，”查尔斯说，“我很清楚这一点；但我又能怎样呢？因为我父亲从我弟弟沃尔特的婚礼之后就对我非常冷淡，他的事情都对我闭口不谈，似乎我们之间的所有信任都不复存在了。”

他们进行这番对话的时候，基尔列文先生坐在办公桌前，左胳膊肘支撑在桌面上，他将手臂轻轻抬起，用手掌托住了下巴。从他一贯冷静的面容中很难看出他在想些什么，但是他的眼神中偶尔流露出真切的同情。

“瓦金肖先生，”他说，“如果你不想亲自向父亲提出请求，不能请个朋友帮你调解一下吗？让我和他说吧。”

“基尔列文先生，谢谢您的热心相助；可是，坦率地讲，我宁愿找陌生人借钱，也不愿让人随意议论。的确，我是不太在意；但您知道我父亲对家里的花销盯得很紧，肚量很小；他可能会借此议论我妻子，我对此非常反感。”

“但是，查尔斯先生，你知道没有担保人是不能借钱的。”

“我知道，正是为此才来求助于您的。我想我会比我父亲活得长久的可能性还是有些说服力的。”

"可是你们家全部家产的继承权都被严格限定了呀！查尔斯先生。"这位律师回答说，充满同情地看着他。

"可是，收入的账目完全清楚呀，基尔列文先生。"

"对此我并不怀疑，查尔斯先生，但是那份限定继承契约——你知道它是如何操作的吗？"

"不知道，但我想和通常的方式差不多吧。"

"不，查尔斯先生，"这位诚实的律师抬起头，把手放在办公桌上，语气悲哀地强调说，"不，查尔斯先生，它不是按照通常的方式操作的；我希望你不要把宝都押在它上面。你父亲把这件事向你隐瞒了这么久是不对的。也许正是这种指望才让你欠下了你今天想要偿还的债务！"

基尔列文先生说这句话时的神态比它的含义更令这位不幸的长子感到震撼；但他附和着："没错，基尔列文先生，要不是指望着有出生权这么个机会，我在日常花销上可能会更谨慎节俭一些的。"

"查尔斯先生，我为你感到难过；但是如果继续让你蒙在鼓里，我就对你不够朋友。你的父亲，查尔斯先生，是个诚实的人；但我们都知道，他的脑袋里一直装着一个关于他的身世背景的古怪念头。我不必告诉你他付出了怎样艰辛的努力赎回了他的先辈的祖业，但是我要沉痛地对你说，在他卓有成绩的执着追求中，他犯下了一个大错。查尔斯先生，我实在是不忍心告诉你。"

“什么错误?！”查尔斯激动而又恐惧地问道。

“他立下了一份契约，”基尔列文先生说，“将你从继承人中去除，为的是你弟弟沃尔特能用普里兰和恢复基托思顿修所必需的、葛瑞皮以外的两个农场交换；我怀疑这是前因后果造成的天性，即使他想改变，也不是这么容易的。”

对这样令人心灵枯萎的真相告白查尔斯没做任何回答。他目瞪口呆地站了几分钟；接着就茫然地看了基尔列文先生一眼，颤抖着离开了他的办公室。

他没有回家，而是迈着急促的脚步踉踉跄跄地沿着盖洛盖特大街向前奔去。到达大街的尽头时，他向左转，继续飞奔着来到了高悬于大教堂之上并环绕着莫林蒂娜·伯恩河的黑枞树林。此时的伯恩河因连续降雨而水位飞涨，奔腾着的湍急水流和查尔斯心中激荡着的情感狂潮同样凶猛。不知道自己在做些什么，随着思绪的旋风，他沿着峭壁飞奔着，时而在峭壁脚下的岩石上驻足，仿佛打算不顾一切地纵身一跃。可转念想到他的家人，他又畏缩起来。浑身颤抖着，他一头扑到地上。好一阵子他紧闭双眼，仿佛愿意相信他只是受到了一个噩梦的惊扰。

那天的景象和天气都在呼应着那场震撼着查尔斯身心的大风暴。天空黑幕低垂，乌云翻滚。透过厚重的云层，偶尔会闪烁出一缕阳光，照在大教堂的高楼和尖塔之上，并匆匆地从教堂墓园的墓碑和坟墓上掠过。阴影又笼罩下来，随即一道惨白骇人的光在主教城堡废墟的上空盘旋而过，随着一条耀眼而又稳定的光线迅速移动到城堡以外高地上矗立的一块风棱石上。阵阵劲吹的疾风像死神之犬在枞树林嚎叫，黑漆漆的枞树枝像灵车的黑纱在他头顶挥舞，伯恩河怒吼的水声更加剧了他的绝望。

他感觉自己遭受的背叛迫使他进入到一种被迫放弃人生所有高尚追求的境地，感觉他凄凉的余生将不得不在与贫困的抗争中度过，为摆脱贫困，将不得不面对各种诱惑、采取各种权宜之计，甚至犯罪，而成为它们的牺牲品。一会儿，他握紧拳头，紧咬牙关，猛击自己的前额，全然陷入一种复仇状态的、疯狂和义无反顾的愤怒的力量与冲动之中；一会儿，伊莎贝拉的形象，如此温柔，如此孤苦无依，突然柔弱而哀伤地出现在他面前，以难以言表的哀痛阻止了他。但转念想到他的孩子们在天真无邪、不加防范的童年岁月里，被一个有悖天理的诡计悲惨地置于赤贫境地，这些趋于平静的情感就像疾风席卷海浪化为飞沫般又消散殆尽了。

这种强烈的情感持续久了，势必产生明显的结果。当这场风暴在某种程度上平息了的时候，他离开了这个他完全被自己的激情所征服的荒凉隐蔽的场所，朝家的方向走去；但是他的四肢颤抖，膝盖摇晃，浑身冷得直打哆嗦。他的前额剧烈地疼痛起来;每前进一步,都觉得天旋地转。没等到进屋,他就感觉很不舒服,于是紧走几步,一头栽到床上。整个下午他一直神志昏迷,一场来势异常凶猛的高烧吓坏了他苦命的妻子。

第二章

当查尔斯离开后，基尔列文先生手托面颊坐了一会儿,回想着刚才发生的事;下午,他叫来了自己的马,骑着到了葛瑞皮。他看到老领主面色阴郁地独自坐在壁炉旁的安乐椅上,头上戴着一顶白色的睡帽,灰色的毛线长筒袜拉过了他的膝盖。

“我很难过,瓦金肖先生,”这位诚实的律师走进屋里时说,“看到您身体如此不适的样子;您这是怎么了,身上不舒服有多长时间了？”

克劳德没注意到他进来；他猜想这开门的声音是他料理各种家庭杂务的太太发出的,或是某个仆人发出的,因此他的头动都没动，而是若有所思地盯着烟煤的一片外皮不吉利地飘向壁炉的一条栅栏。根据苏格兰迷信最可靠的预言,这预示着陌生人的到来,或某件不同寻常的大事的发生。但是,当他听到为他处理律师事务的老朋友的声音立即转过身来。

“快坐,基尔列文先生,坐到我面前来。今天是什么风把你吹来的?老兄,今天这天儿可不太适合你这岁数的人大老远地赶来呀!”克劳德迎接基尔列文先生时这样问候道。

“是啊,”基尔列文先生回答说,“你我都一样,葛瑞皮,都到了风烛残年,身体大不如初了;但我没想到你已经衰弱成这样了。我希望不会是痛风或风湿吧。”

像大多数上了年纪的乡绅一样,克劳德也自然对死亡产生了强烈的恐惧,因此,对基尔列文先生的观察和问候颇感不悦。但他假装不以为然地说:“不是!感谢上帝,哪种病都不是,只是前天晚上有点儿感冒;一点儿小病不足挂齿。”

“听您这么说我太高兴了;因为看到您这么一副虚弱不堪、无精打采的样子,我担心您不适合谈论任何正事。我有很多话要对您说,但您知道任何一件小事对一个病弱之人都会是不小的烦恼,瓦金肖先生,我不会给您添烦的,除非您觉着自己身体没问题,因为,在您这岁数,任何打扰……”

“我这个岁数?”老克劳德厉声打断了他,“我肯定还没老到你把我的岁数挂在口头上吧?但是,基尔列文先生,你找我有什么事?”

这位律师所有这些富有同情心的问候是否出于真诚，还是有什么秘而不宣的想法，我们无须停下来探讨，因为这病弱之人的突然发问使它立刻有了结论。

“事实上，领主，”基尔列文先生回答说，“我不能说我有什么特别的事要麻烦您，因为我今天来这儿更多的是出于友谊，而不是出于公务，今天早上您的儿子查尔斯拜访了我，一个举止非常优秀的年轻人。”

“他够好的了。”老克劳德生硬地说，这位律师接着说道：

“瓦金肖先生，他的确很优秀，这是公认的。让我颇为担心的是，我最近听说你们父子俩的关系不像我想象的那么融洽。”

“他一直在抱怨我吗？”克劳德表情严厉地说，他冷酷地皱起眉头，仿佛那一刻他是既忧虑又愤怒的。

“他表现得更为理智和审慎，”基尔列文先生回答说，“但是他和我说起了一件事，我很奇怪他竟不愿与您商量；直到在交谈的过程中，他无意中透露他不想和您说起这事；我猜想，这只能是由于你们之间缺乏某种信任造成的，这样的事发生在一位父亲和一个像查尔斯先生这样品行端正的孩子身上真是不太应该呀。”

“什么事？”葛瑞皮冷淡地问道。

“我想是他的收入不足以满足他的需求了，瓦金肖先生。”

“他是个花钱大手大脚的傻瓜;遇事又从不会想出个解决的办法;当初我出来闯世界时,我从没——”

“当然了,”基尔列文先生打断他说,“您绝不要想您当年那种情形生活过来的人的儿子应该和您年轻时一样被迫去吃苦受累,而不去听听他的难处或是和他商量商量——查尔斯先生需要一小笔钱来帮他走出一个算不了什么的困境,因为您知道,瓦金肖先生,对一些人来说,跳蚤咬上一口都像鞭子抽了一下似的。”

老克劳德没说什么;只是默默坐了一会儿,耷拉着眉毛,转动着拇指。基尔列文先生耐心地等待着他慢慢理顺,他显然在深思熟虑如何答复。

“我一直认为查理是诚实的,至少,”葛瑞皮说,“但我必须说这件事让我不痛快,因为如果他手头这么紧的话,很难说他对我店里的财产挥霍起来是多么肆无忌惮的。”

对他的前一部分答复还在急切地俯身倾听的基尔列文先生,听了他的结论如同遭了雷击一般,他重重地靠在椅背上,胳膊垂了下来;但不久他从惊愕中恢复过来,激动地说:“瓦金肖先生,我清楚地记得当年我指责您在限定继承权上对这可怜的孩子做得不公,您还责备我,但如今这世上再没什么理由让我继续允许您在这条充满错误和偏见的道路上走下去了。您的儿子是个诚实的年轻人,我希望我可以说他的父亲知道他的价值，或是不会辜负他——我不愿看到对此毫不知情的他被冤枉地推到门前，让世人知道谁是该受责备的。我不会说您骗取了他的长子权，因为家产是您自己的——但是如果您要把他从布匹店赶走，要薄情寡义地抛弃他和他那个小家，我就要呼唤所有的人到场，即使我不说您的行为是极其令人憎恶的；您自己，连同瓦金肖和基托思顿修家族所有那些中看不中用的东西，都应该受到绞刑官的鞭挞！所以，您爱怎样就怎样吧，瓦金肖先生，骑马飞奔到魔鬼那儿去吧，我才不介意，但是没等你跑出这个世界，你就会听到叫喊声，所有的基督教徒必然会在你身后发出的叫喊声！”

克劳德完全被这位诚实律师的气愤和威胁震慑住了，但更多的是受到了来自他自己受到震撼的良知的谴责——于是他用一种羞愧的、几乎招人蔑视的腔调说："你太草率定论了吧，基尔列文先生。我一个字也没提要把他从布匹店赶走。他告诉你他的亏空是多少了吗？”

“区区两百英镑。”基尔列文先生回答说，渐渐压住怒气，恢复了他一贯的平静。

“两百英镑欠债！”克劳德高喊着。

“是的，”基尔列文先生说，“当我想到您这么一位吝啬乏味的父亲就不感到奇怪了。”

“如果我手里有钱，基尔列文先生，”克劳德回答说，

"让你和他相信我不是你们眼里的那种吝啬鬼,我会带着由衷的善意把钱交给你们的;但是为了让乔迪得到他的合伙人身份,我为他交了预付款,目前已经把我能支配的现金都花光了。"

"不可能!"基尔列文先生大声说,强压他的怒火,又补充道,"上帝保佑我们,瓦金肖先生,任何事情都有可能突然发生,夺去您的性命,而您竟然没为查理和您女儿做任何准备!"

这句话中的某种东西让这老者缩小成了一团,并浑身哆嗦起来。不过,在不到一分钟的时间里,他重又恢复了镇定说:"基尔列文先生,你的话的确非常公正,我应该为可能到来的事情做些准备。我一定想办法让瓦蒂同意和我签署一份契约什么的以减轻查理和梅格的失望,如果这能让上帝乐于把我带到他身边,而不是事先发出警告来主持公道。这样一份文件你能起草吗?"

"哦,可以,"这位可敬的律师回答说,很高兴他自告奋勇完成的这一使命取得了如此令人满意的结果,"您有两种办法做这件事;或是让瓦蒂同意提供生活费,或是向查尔斯或米尔洛基特夫人立一份供养保证书。"

克劳德说他愿意采取前一种方案;至于后者,他说他认为选取另一条道路是对法律的欺骗。

"至于欺骗法律,"这位律师说,"你不必感到不安,只要你诚实地对待你自己的孩子们和社区的其他居民。"

双方于是约定一两天后克劳德带沃尔特到格拉斯哥去签署一份契约，规定倘若沃尔特活过了他的父亲，他就要付一定年金来供养查尔斯一家人和他的妹妹米尔洛基特夫人。

第三章

为了推进我们在上一章中提到的双方约定好的安排，基尔列文先生刚一离开，克劳德就把沃尔特叫进了客厅。这位律师前来拜访的时候，葛瑞皮太太碰巧在家里别的地方忙着，并不知道他们商量了什么，直到她无意间看到他骑马沿着林荫小路远去的背影。因此，不用说，当她想到一个律师在她毫不知情的情况下一直和自己的丈夫待在一起；特别是，他刚一离开，她的宝贝儿子就被叫去见他爸爸，她的心中不由得有几分慌乱。

这母子俩一起进了屋。沃尔特刚从婴儿房出来，在那儿，他一直把孩子抱在怀里，哄着她玩儿。他的相貌已经逊色了很多。他妻子在世时，在她的命令下，他被打扮得像个绅士似的；如今妻子不在了，他日益变得邋遢起来。他只有到了周六晚上才剃须刮脸，到了周日早上才扣上他的马裤膝盖处的纽扣。葛瑞皮太太的衣着和她这个大有希望的宝贝儿子相比也着实好不到哪儿去。她那件年代久远的红色丝绸棉衬裙已经出现了许多破洞；她那件已经染过三次、深绿色有着大大的皱褶袖口的波纹塔夫绸夹袍显然需要再染一次了,因为,在她不断从厨房进进出出的过程中,这夹袍沾上了许多污渍;她那条装饰有墨染的桑蚕丝带、用上等细麻布和羊肠线缝制而成的头巾,围在她那草草梳理的假发上，怎么看都像是被烟熏成了黄色,任何一个工艺精湛的漂染工匠都无能为力。

“这么说,当家的,”她一进屋便说,“你刚才一直和那个老滑头基尔列文在一起了？我纳闷儿有什么话你们俩非得这么偷偷摸摸地,把门关得严严实实地说？连自己的老婆都不能进来听听的事自然不是什么光明磊落的事！”

“坐下！格丽兹·西皮尔,闭上你的嘴！”这番话招致的就是这一暴躁的命令。

“我为什么就得闭上嘴？傻子才那么做呢,再者说了,现在让我闭嘴也没那么容易;你瞧,我的手指都闲着呢。”

“婆娘,你真让人无法忍受！”她焦躁的丈夫高喊着。

“我没什么可丢脸的,当家的;因为人人都知道我已经当奶奶了！”

领主重重地捶了自己右腿一拳,左手气得发抖;但没过多久他就说:“好了,好了;你坐下来吧,瓦蒂,拿把椅子坐她旁边；我想和你们商量起草一份让你们大家都满意的文件；因为谁也说不好什么时候就撒手闭眼了。”

“你这一辈子都没说过比这更在理的话，当家的，”葛瑞皮太太说着，坐下了，“把你的遗愿和遗嘱都交代一下太对了；因为你知道格兰戈洛麦格华尔罗辰家，因为领主自己写下了遗嘱附录，是怎样闹了个一团糟的；那绝对是我表姐，他妻子，在寡居之后发现的一个可怕的漏洞；因为所有的可动产因为这份遗嘱都随着遗产跑到他前妻生下的大儿子那儿去了——甚至她婚礼时我亲手送给她的那个银便盆——都跑到那个儿子那儿去了。”

“你知道，”克劳德打断了她的演讲，说道，“我为你预备下了每年十五英镑的终身房租，家具，还有你父亲积蓄所得以外的一百二十英镑寡妇所得遗产。所以，格丽兹，你不要期望我为你的账户加钱而委屈了我们的孩子们。”

“当家的，你现在可比我们结婚那会儿有钱多了，”葛瑞皮太太回答说，“可一个男人要发财绝离不开他的老婆。所以，在我为这个家辛苦劳作了这么多年后，如果留给我的还是我们的婚姻契约和我父亲的遗嘱中明文规定的那点儿钱，可没那么容易！那是个最起码的数字，丝毫也不能让我念你的好。不，当家的，你做事可得公正。我要分得我们结婚以来你创下的家业的三分之一，少了我可不干！”

"哎,哎,格丽兹,我们不是要给你立财产转让契约的。"

"说起我们这些年经历的事听着都吓人,"葛瑞皮太太回答说,"我们生活在一起,同甘共苦了三十年,建立起了这么好的一个家,备受大家的称赞。不,当家的,现在你即将走到人生终点,开始认真考虑立遗嘱的事。我是相信你的,不会误解你的爱和善良。但是尽管如此,我还是想知道,我能分到些什么。"

"一点儿没错,格丽兹;一点儿没错,"克劳德说,"不过,在我们把这事情说清楚之前,我和瓦蒂必须单独签一份文件,目的是今后在我们交换普里兰这件事上人们对瓦蒂的权利没有争议。"

"我不会再插手这种立刻决定的文件了,"瓦蒂说,"我担心它委屈了我的小贝蒂·波道尔。"

尽管瓦蒂这话是自言自语无意中说出的,还是让他的父亲很是烦恼,因为上次在这个白痴拒绝参加他妻子的葬礼时表现出的那种异乎寻常的执拗,已经表明在他的性格中有某种潜伏更深、更为棘手的东西是任何人此前没有想象到的。但是瓦蒂的拒绝只是让克劳德更加执拗,尽管这促使他改变了一下自己的行为方式。克劳德觉察到,或至少担心他可能会再次引发瓦蒂的执拗,因而改变了自己的立场:放弃了他惯用的以命令和威胁来对待沃尔特的方法,他巧妙地利用太太来辅助自己。

“瓦蒂,你爸爸我绝不会,”他说,“想着或希望去委屈你或是你的孩子的;但是你知道像我们这样有着这么一点儿田产的人家,在分配财产时,必须要有套完整的程序。现在我想做件让你妈妈满意的事,你当然不会反对在一些必要的法律文件上签字,让我的愿望实现吧。”

“我什么都愿意为我妈妈做,”沃尔特回答说,“但我不会在任何文件上签字的。”

“当然啦!瓦蒂·瓦金肖,”老太太对瓦蒂的拒绝很是吃惊,高声说道,“你不愿看到妈妈受穷,被迫在脖子上挎个要饭篮子、拄着根橡木棍子,挨门挨户地乞讨吧?”

“我愿意把很早以前我过生日时姥姥送给我的两美元和那枚古老的法国半克朗硬币送给你。”瓦蒂说。

“那你为什么就不愿让你爸立一份合法的契约呢?”他妈妈喊着。

“我肯定不会阻拦他的。他可以为我立五十份契约;我永远不会挑他的错的。”

“那么,”太太说,“你不能反对他合理的请求。”

“我不反对合理的请求,我只是说,妈妈,我不会在任何文件上签字,无论什么文件,在哪儿签的文件,怎么签的文件,而且永远永远不会——所以您也就不必再哄我了。”

“你这个不可理喻的废物,”葛瑞皮太太在撞击得她头疼的盛怒之下大喝道,“竟然这么和你妈妈说话!只要你活着,你就得在文件上给我签字!”

“我不会为爸爸或妈妈委屈我自己的孩子;在我下一次在文件上签字之前，我要到屠夫乔克·哈里格斯那儿去,付钱给他,让他砍下我的右手。”

“这就是我这么疼你爱你换回来的回报吗?!”葛瑞皮太太喊叫着,痛哭失声;而她的丈夫,尽管在自己的意图受到坚决的抵制后,焦虑烦躁丝毫不逊于自己的太太,但只是郁闷地坐在那里出神，似乎没意识到这母子间的争吵。“但是,”瓦金肖太太补充说,“但我不怕你这个违背人性的押沙龙就这样背叛你的父母。要是有一头肥猪,我可知道等我死了谁会得到它肚子里的金子——你到底签不签那份文件?”

“我要在呼呼燃烧的烈火中烧掉我的右手,这样我就永远不能用钢笔在那纸片上写字了。”他轻描淡写却语气坚决地说完这句话,便从座位上站起来,径直走向壁炉,这时一阵猛烈的敲门声干扰并终止了这番对话。来人是普里兰老夫人派来的一个信使，来通知她女儿关于查尔斯的病情，并说请来的医生对查尔斯病情的急剧发展大为惊骇。

第四章

那些令人尊敬的绅士夫人们，即使对她们碰巧为之忙碌的对象或目标毫无兴趣或感情，也会认为她们有义务按照习俗表现出最深切的同情和最深厚的情感。葛瑞皮太太就是这样一位夫人。一接到儿子病重的不幸消息，她立即打点行装，准备前往格拉斯哥。

"当家的，"她说，"我不能指望你这一家之主在这么令人难过的时候和我一起去格拉斯哥；我只希望你能照顾好自己，万一夜里查理病情危险，他的造物主不愿让我回家，一定要让女仆给你送来加了罗望子果的稀粥。"

而此刻的老克劳德心情如此烦乱，几乎听不进太太的话。儿子的病似乎和基尔列文先生的拜访有某种联系，肯定是的；就在他的妻子忙着准备出发的时候，他不住地走神，做着种种猜想，却又想不出任何结果来满足他的好奇心或是缓和他的忧虑。

"格丽兹，我亲爱的，"他说，"你完全应该去看看查理，可怜的孩子；我听到这个消息特别难过，你务必保证他那儿不缺什么。你听着，在写字桌角落的那本旧笔记本里翻翻，你也许能找到一张五英镑的票子，把它带在身边——家里最费钱的莫过于这种昏迷不醒的高烧了。"

"唉！"他太太答应着，一边看着她倍加疼爱却不知感恩的沃尔特，“你看看有个好爸爸是个什么样子；可你不配爸爸疼，也不配妈妈疼，因为你的叛逆注定是要伤了我们的心哪！”

“妈妈，”沃尔特说，“您先别急着走——我这儿有点儿东西对查理有好处。”说着，他起身去了婴儿室，很快就拿着个药盒，跑了回来。

“妈，给您！把它带上；这是一盒特别好的药，无论是对咳嗽、感冒，还是喘不上气来；更不必说解不出大便的亲戚朋友了。让查理睡觉前吃两粒，早上吃一粒，您就会看到它包治百病的疗效了。”

葛瑞皮太太，带着对这些药丸极端的不屑，一把从他手里夺过药盒，扔进了壁炉的火堆里。她坐在丈夫对面的椅子上，边系斗篷，戴帽子，边说：“我最后不得不承认，当家的，我一直犯着一个错误。要不是我活着看到了这一天，我不可能相信瓦蒂的的确确是个天生的白痴。但是上帝在人间和在天堂里一样行使着他的意志，让我们祈祷上帝宽恕他让年迈的父母伤透了心，就像我们宽恕找我们借债的人一样。不过，让我纳闷的是我妈没捎来话说查理怎么突然就神志不清了呢，当然这事来得太突然了，但和时间有关的东西都是靠不住的，生命的流逝就像织工的梭子，没人知道他的脚底板在哪儿就止住了。但是，在我出发之前，别忘了告诉珍妮明天一早把我的三个毛线球儿送到织工乔西·斯若姆斯那儿去，织我的锦缎线毯要用；你们一定要记住提醒塔姆·莫迪瓦特在我忙完手里的大事之前一定不能把犁拽到青草坡上拉来拉去。至于你，瓦蒂，等到这场灾难过去，我要让你知道对爸爸妈妈这么不敬会是什么结果。真的，当家的，我开始觉得，他真像是接生婆老埃尔斯佩思·弗里特说过的那样，是挑拣出的次品，要是有谁活到看见他死去的那一天，发现躺在灵床上的不是一具基督徒的尸体，而是一根蜂草或筐草，我一点儿也不觉得吃惊。但是，与此相关的灾祸到如今已经足够；我们大儿子这一悲痛的消息应该让我们走路的时候谦卑起来，不要抱怨在我家这块罪恶的土地上我们能获取的宽容太少。”

这位可敬的太太可能还要再进行一会儿训诫演说，但是她的丈夫不耐烦地厉声制止了她的慷慨陈词，提醒她天色不早了，而且通往格拉斯哥的路又不好走。

“我劝你，格丽兹·西皮尔，”他说，“别在这儿说这种废话耽误时间，你还是快进城去，明早给我们送个信儿来，如果你先回不了家，告诉我们他情况怎样；因为我只能说这些消息是我现在不能不知道的。至于我们怎么说瓦蒂，我们俩都知道他是个善良的年轻人，他明天会好好想想我们的话的——不是吗，瓦蒂？”

“我会像你们希望的那样好好想想，”这个忠实的白痴说,“但是我不会在任何文件上签字；在牧师面前也不会签。你们为什么总是用你们的行为和手段来烦我呢？我确信查理和乔迪都比我写得好,你们却从不麻烦他们。但我猜这原因是——要不是我外祖父让我做了普里兰的合法继承人,我就可以坐在树杈上用拇指吹口哨了。当我们拥有了什么,我们就重新拥有了一些朋友,这是我在所有这些争吵和哄骗中看到的；但是你们争吵吧，你们哄骗吧,就算是小围场都风化成了石子,也甭想让我委屈我自己的孩子,我漂亮的小贝蒂·波道尔,这世上没人疼她,只有我这条小路。”

葛瑞皮太太本打算对瓦蒂的执拗重新开始训诫式的责备,但领主再次提醒她当晚路途的遥远,于是在几句简短的嘱咐和申斥之后,她离开了家。

正像克劳德以前自己感觉或表现出身体不适那样,太太还没走出多远,他就从安乐椅上站起来,在屋里缓缓地来回走着。他把双手背在身后,在地板上踱着步子时,身体沉重地摇摆着。依旧坐在座位上的沃尔特,一度没注意到他父亲的姿势;但老克劳德下意识地开始加快步伐,最终引起了儿子的注意。

“爸爸,”他说,“您是积食了吗？上次我不舒服,他们就让我这么走。”

“不,不！”这位可怜的老人呼喊道,“但是我喝下了人生最苦涩的药。生病的灵魂无法呕吐——污秽的良知得不到泻药。”

然而，这些是他在不知不觉中发出的忏悔，就像是在猛烈的撞击中引发的火花，因为他很快就坚决勇敢地挺起身来，仿佛他已经准备好迎接最可怕的现实；但是他的决心同样很快就溜走了，他回到安乐椅前坐下，仿佛丧失了一切希望，听任自己进入到一种迟钝和困乏的倦怠之中。

大约有半小时光景他一直处在这种昏昏欲睡、无法接近的状态，之后他唤来一个仆人，命令他做好准备在拂晓之前出发去格拉斯哥，在早饭之前把基尔列文先生接来。“必须得采取点儿行动了，”当这个仆人连同沃尔特一起出去后，他说，“上帝的诅咒已经降临到我头上，我的手被捆住，一条可怕的链子缠在了我身上；我欺骗了自己，没有什么救赎——不，天堂里没有——是留给一个在罪恶的自尊游戏里为中彩肆意地出卖了自己灵魂的人。”

第五章

与此同时，降服了查尔斯的病魔正以可怕的、毁灭性的狂怒一路逼近着。在他母亲到来之前，他的神志已完全丧失，头脑中混乱地充斥着最为狂野和怪诞的念头。然而，当一丝微弱的理智出现在他的胡言乱语之中，他会偶尔进入片刻的平静，就像暴风席卷下掀起滔天巨浪的黑色海洋中闪现过的一缕来自岸边的稍纵即逝的光亮，于是听到查尔斯在午夜惊呼轮船触礁了，船员们都处于危险之中。但是这狂怒中的高烧喘息的片刻也许要比它发飙时更为可怕，因为伴随着它们回归的是让查尔斯罹患此症的道义层面的极度痛苦。每当他看到坐在床边的伊莎贝拉那温顺但充满绝望的面孔，他就浑身抽搐着要挣扎起身，但旋即就重新坠入到谵语的狂乱之中。就这样他度过了这个夜晚。

临近清晨时分，查尔斯的症状出现了一些转变，他思绪的湍流平缓了下来，他的呼吸越发均匀；伊莎贝拉和他的母亲都得到劝慰说他的病情大见好转。在这种想法之下，葛瑞皮老太太在黎明时分，派遣一个信使去通知查尔斯的父亲这一令人欣喜的事态的转变；而老克劳德这一夜过得并不比他那心烦意乱的儿子平静，远远不足以令他羡慕。

无论前一天晚上克劳德决定派人去请基尔列文先生的动机是什么，但看起来它的影响没能维持多久；因为在上床睡觉之前，他取消了这一命令。事实上，那天晚上他的全部行为都表现出奇怪的不同于以往的优柔寡断。他显然是在酝酿着他反复犹豫未能实施的一个计划；这内心的争斗让他彻夜难眠。当格拉斯哥的信使到来时，他已穿衣起床，因为仆人们还都睡着，他自己去开的门。这消息当然令他高兴，但也使他秘密的内心活动出现了有着不祥预兆的转变，使他无法完成他很可能已经考虑成熟的父母对孩子做出的打算；但他很可能是极不情愿实现这一打算的，以至于这一打算在他一生倾尽全部心血，包括犯下的错误而为之奋斗的唯一目标没有受到实质性的损害之前是不可能实施的。至少从他收到了查尔斯病情有所好转的喜讯后，他的焦虑平息了，他重又坐到客厅壁炉旁的扶手椅里，镇定得仿佛没有任何事情曾打扰过他每天离群索居、独自思考着的一成不变的主题。他在这种情形中睡着了，另一个信使将他唤醒，捎来的消息比他期待的爱子康复的消息甚至还要有趣。

乔治·瓦金肖夫人曾一度在容貌上给人以很大希望会为基托思顿修家族增添男性子嗣；但是，她婚后安家在了格拉斯哥，因为不同的处境，加上她不大喜欢婆家的成员们，特别是沃尔特把他的孩子带回家里以后，她就和葛瑞皮家很少来往了；因此，领主和太太对她怀孕的进展情况比人们想象的要少得多，特别是考虑到老领主盼望男孙的迫切心情的时候。然而这样的事情在所有的家庭都可能发生；恰巧就在这个有趣的夜晚，乔治太太的孩子降生了；而她丈夫义不容辞地在早上打发一个年轻女仆来告诉他父母这件大喜事。

这个叫詹妮·珀迪的信使曾在领主家当过几年帮工，后来她自己决定跟到了乔治家。因为她有些早熟，又圆滑干练，加上她听说过他的老主人对沃尔特的女儿不是个男孙有多么失望，于是毫不犹豫地决定在通报这个消息时，运用一点儿语言技巧。因此，当老领主在睡梦中被她吵醒，坐起身子，并转过头来看来人是谁的时候，她站到了眼前。从这座皇家城市一路走来，她身上裹着件暗红色的斗篷，穿着一条极为短小的深蓝和白色相间的条纹衬裙，她闪闪发亮的紫红色的双腿和一双光着脚底板的大脚丫，呈现出她沿着大路飞跑泥浆飞溅留下的充分的证据。

“给您道喜了，老爷！我给您送喜肉来了！”她这样说道。

“是什么消息，詹妮？”老人问道。

“我要让您猜，除非您答应给我半克朗。”她回答说。

“你知道没有什么比你这趟差事更让我上心的了。是个男孩儿吗？”

“还要好得多，老爷。”詹妮得意扬扬地说。

“是双胞胎？”领主惊呼道，也随着她一道得意起来。

“一个半克朗，又一个半克朗，老爷。”然而，这句话竟是他获得的全部满足。“掏钱吧！”

“你就是这么自作主张，我猜我是一定得答应了。给，接着，拿去好了！”他说着，从马甲口袋的夹层底下摸出钱来；而詹妮从斗篷底下伸出手，急切地向前探着身子从他手里接过钱来，瞬间就装出一副最严肃的面孔。

“老爷，”她说，“您一定别和我生气，我只是不想让您一下子被这个消息惊呆了；我的女主人的确是生了，但不像您想象的那样。”

“那么说只生了个女儿？”老领主不满地回答说。

“不，爵士，不是一个女儿。是两个女儿，爵士！”詹妮大声说，她极力装出劝慰的腔调，却忍不住哈哈大笑起来。

克劳德一下子跌坐在椅子上，耷拉着脑袋，发出一声深深的叹息。

“不过，”机灵的詹妮又说，“您这样的大户人家挣钱多，所以别灰心，老爷，也许接下去孵出的就都是公鸡了；没有哪只雌鹅不是和雄鹅配对儿来的。”

“滚出去！别再用你的废话烦我！我让你滚出去！”领主高喊着，声音如此低沉雄壮，以至于詹妮爱散播家长里短的性情被有力地打压下去，她立刻退了下去。

她离开房间后的一段时间里，克劳德依旧坐在那儿，保持着他发出这句命令时的姿势，身子微微前倾，双手紧紧抓住安乐椅的扶手,仿佛要站起身来。然而,他缓缓地松了手，缓慢地、沉重地回到了他通常打瞌睡的那个位置。合上双眼,一动不动过了很长时间,外表丝毫看不出他内心涌动的羞愧之情，这些情感就像是一条含有某种苦涩矿物质的地下潜流，奋力地穿过他内心深处所有的深渊。

最后一个打击——双胞胎女儿的出生——似乎使他一段时间以来揣摩的上天对他剥夺长子继承权表现出来的不悦的迹象和征兆变得更加完整；他用以承受这些懊悔的苦痛的那股刚毅无疑有某种令人崇敬的成分在其中；也许在想到他卑鄙野心的发展进程时无法令人不感到愤慨;但是使他能同时和父亲的偏爱抗争,并在他恐惧地觉察出是上天的不悦和威胁面前仍坚守他的不公正立场的那种人格力量，形成了这一关乎道德勇气的奇异景象，只有用掺杂了惊奇和畏惧的复杂情感才能对其深入思索。

第六章

一度骗过了妻子和母亲的查尔斯的病情的表象在第三天露出了最狰狞的面目。自从上次和查尔斯见面后就一直密切关注着他的情况的基尔列文先生却一直没听说他的病情，直到医生们在人们关于查尔斯回天乏术的最坚决的劝说之下,也表示出了对他康复的怀疑;但是,从那以后,这位诚实的律师就不断关注他的病情;此外,虽然上次和克劳德会面已有所进展，但他决定为唤起这位父亲的同情再做一次尝试。为此,在第五天早上——碰巧是个周日,他在前往葛瑞皮之前,去了趟查尔斯家,问候一下他的病情。不料前来开门的仆人流着泪告诉他她的主人快不行了。其他任何一个普通相识,在接到这样的消息后,无论这件事对他的触动有多深,都会悄然退去;但是基尔列文先生炽热的胸怀和质朴的为人激发着他做出了异乎常人之举;没给那女仆任何答复,他悄悄地将双脚退出鞋子,轻轻地走到病人待的那间卧室门口,在四下无人时走了进去;查尔斯床前围满了人,挡住了他们面前的景象。

伊莎贝拉坐在床头，紧握着她奄奄一息的丈夫的双手,俯在他身上,仿佛和他一样失去了知觉。他的母亲坐在靠近床脚的地方,一只手里拿着个小药瓶,另一只手抓着搭在膝盖上的一条毛巾。她向左边转过头来,盯着她的儿子，一张急切的面孔上茫然而又不可思议地不断地闪现出好奇、惊恐和惋惜。在床脚处,床幔被拉开,两个天真无邪的幼儿严肃地站在那儿，对造物主在他们的父亲身上实施着的令人伤心的神秘行为感到纳闷。他们那无助的吃惊神情甚至比他垂危的朋友临终前逐渐缓慢的胸部起伏和喘息更让基尔列文先生揪心；他心一软，落下泪来，于是躲在门后哭泣起来。

三四分钟后，卧室中的一阵嘈杂声将他唤醒；环顾四周，他看到伊莎贝拉站到了地板上，她的婆婆已经丢掉了手里的小药瓶，面露恐惧地呆坐在那里，一只举起的手激动得哆嗦个不停。他往前走了走，扫了一眼病榻，看到一切都结束了；但是，未等他转身劝慰这两位女士，那两个孩子吓得发出一声刺耳的尖叫；接着奔向他们的母亲，把小脸儿埋进怀里，惶恐得紧紧拥抱着她。

一时间他的心都碎了。这位年轻的、美丽的、失去依靠的寡妇第一个恢复了镇定。决堤的泪水缓解了她的悲伤；她俯下身，搂住她的孩子们，跪了下去，仰起头面带祈愿地说："上帝会保护你们的。"

基尔列文先生依旧难过得说不出话来；他只是走上前，轻轻地扶她站了起来，带着她和孩子们走进了客厅。普里兰老夫人独自坐在那儿，手里拿着一本厚厚的诗集。她的老花镜放在客厅中间的一张桌子上，显然她已经读不下去了。他又转回头准备带葛瑞皮太太离开卧室，但是在过道上碰到了她。我们不敢斗胆重复她对他说了些什么，因为她是一位母亲；但结果是她请求他答应给她的丈夫捎个信儿去，要么在当天就赶过来，要么给她送过点儿钱来，“因为，”她说，“这家里什么都没有，基尔列文先生；天晓得这两个没爹的孩子可怎么活下去呀。”

然而，这位善良的律师在这样的时候，这样的情形之下，无须任何理由促使他倾尽全力去减轻这个家庭的悲伤和痛苦，他对这种家庭的需求太了解了。离开了查尔斯的家，他立刻朝葛瑞皮走去，脑海中反复浮现着他刚刚看到的情景和他预见到的这位凄凉的寡妇和她的孩子们注定要遭受的苦痛。

几天来的天气一直是阴晴莫测、狂暴异常的；但那天早上却在隆冬时节难得的晴朗。一切都是那么平静安详，仿佛造物主自己也把安息日看作神圣的一天。基尔列文先生心事重重地向前走着，悲哀的思绪逐渐被他仁慈的意图所克制，但他这几年来屡屡受挫，内心的焦虑使这条路变得如此漫长，以至于他疲惫不堪得不得不休息一下。当他来到通往基尔马开柯家的小巷尽头时，他坐在了当年克劳德立下那份致命契约后从城里返回家中曾坐过的那段古老的石堤上。好一阵儿，他又自然而然地沉浸在了早上这一事件的愁绪之中，忧郁地向前弓着身子，手托着下巴，全然感觉不到周围的一切，直到身后的地里，一只鸽子咕咕的叫声将他唤醒。当他想到自己当事人严厉的性情时，这只鸽子温柔多情的叫声慰藉了他的心灵。他抬头看着眼前令人感到清新愉悦的宁静优美的景色，重又对自己仁慈的意图充满了信心。河水注视着万里无云的清晨，天空中洒下灿烂的阳光，这阳光把清新明亮的愉悦留在了远山的额头之上，周围田地里青翠的草木似乎都对春天的到来感到欣喜，一群身着安息日礼服的小学生在河对岸和一条大狗玩耍，与周围微笑着的、呼吸着的无处不在的仁慈和谐呼应，而这仁慈在他心中尤为充满生机。

第七章

这位仁慈的律师看到老克劳德坐在壁炉旁他常坐的那把椅子上。穿着整齐准备去教堂的沃尔特和他待在一起，摇晃着怀里的小女儿。起初基尔列文先生感觉有点儿困窘，搞不清自己必然要传递的这个消息会引起什么样的反应；但是看到沃尔特的举止后，他借机称赞了他的慈父之情。

“这是做父亲的样子，沃尔特先生，”他说，“因为一位慈爱的父亲心无杂念地爱抚着自己的孩子，这是天使们看了也会感到骄傲的景象。好好疼爱这可怜的小家伙吧，因为没人能说出她能陪伴你多久。瓦金肖先生，我敢说，”

他又转向克劳德，补充道，“您也曾无数次这么幸福地和孩子们待在一起吧？”“我有别的事情要考虑。”老克劳德生硬地回答说，看到这位律师并不怎么高兴，担心又要受到新的责备。

“毫无疑问，您充满热忱地在辛苦忙碌中度过了一生，”基尔列文先生说，“直到今天，还是不敢有大的享受。但是，您不能期待上帝赐予您比大多数人更加持久的财富和恩惠；您必须把账本放下，和您的邻居们一样去面对烦恼和悲痛。”

基尔列文先生是想把这句话作为他捎来的这个消息的序曲，因此语气温和而又富有同情心；但是克劳德因为内心被自己的思绪撞击得伤痕累累、体无完肤，视之为一种责备，便厉声打断他说：“基尔列文先生，我的事你都知道些什么，是我的王牌还是我的烦恼？”他又以最为严厉坚定的方式补充说，“一个人只有自己心里知道，他获得的财富是福是祸。基尔列文先生，我的岁数足以让我对繁华富足发表些评论，那就是，这个糊涂而又心不在焉的世界很容易将一根枯茎上被窒息了的常春藤误认为是一棵茁壮成长的大树上的一根树枝。”

沃尔特听了，边晃着孩子的胳膊，边唱着补充道：

“种在河边的大树，

到了季节结出果实，

它的叶片从不凋谢。”

“咱们还是不要争吵了，瓦金肖先生，”基尔列文先生说，“您今天没听说您的儿子查尔斯怎样了吧？”

“没有，”克劳德以一种给人以异常深刻印象的腔调回答说，“可是，昨天晚上很晚的时候，我老婆捎信儿说他病得很严重。”

“我很关心他，”律师重又开始说道，以他的质朴，丝毫也没有意识到他接下去传递消息的这番话会带来致命的后果，“我很关心他，更关心他幼小的孩子们——他们会成为无依无靠的孤儿，瓦金肖先生。”

“我知道！”克劳德严厉地回答说，表情如此忧郁烦乱以至于基尔列文先生一时间被吓得说不下去了。

“您知道？”沃尔特喊着，停顿了一下，把孩子放在地板上，自己坐在她的旁边说，“您是怎么知道的，爸爸？”

老克劳德流露出强烈的厌恶神情，目光犀利地瞪了他片刻，接着转向基尔列文先生，摇了摇头，但没说什么。

“木已成舟，于事无补了。”律师接着说，“但是，以不高的成本，再做些谋划，就能进行补偿；瓦金肖先生，鉴于眼前发生的一切，我希望您能尽到自己的职责。”

“我什么文件也不签，”沃尔特插话说，“我不会做任何事情委屈我的小贝蒂·波道尔。”说着，他温柔地亲吻着孩子。

基尔列文先生同情地看着这个白痴，然后转向他的父亲说:“我今天早上去看望查尔斯先生了。”

“噢,那他怎样了?!”这老父亲急切地大声问道。

这位律师在将近一分钟的时间里没给出任何答复，而是直视他的面庞,然后严肃地继续说道:

“他不在了！”

开始这消息似乎没产生什么反响；老克劳德刚毅的面容没有即刻产生什么变化——他只是一动不动地待在他听到这个消息时的那个地方；然而不久基尔列文先生就发现他喘不过气来了,他的嘴唇收缩且向两边咧开,因而暴露出的黄牙呈现出骷髅般的狰狞笑容。

“上帝保佑我们,瓦金肖先生！”基尔列文先生高喊着,急忙起身去救助他,就在这时,老克劳德发出了一声如此低沉可怕,又如此奇怪陌生的呻吟,以至于沃尔特吓得一把抱起他的孩子,仓皇地夺门而逃。在这地震般的噩耗中苦苦挣扎后,克劳德渐渐恢复了过来,这位律师重又坐回到那把椅子上,一时间沉默无语。

“我害怕会有这么一天,可我还没做好准备呀！基尔列文先生,”这位痛苦不堪的父亲说,“我不会再以卵击石了。圣明的上帝!我在您的脚凳前低下我这颗头发花白了的年迈的头颅。哦,您不要下手太重,让我无法承受。基尔列文先生,你曾说,如果我在死去时破了产,那份继承权契约就会失去它的效力，以我胆敢如此长久与之作对的上帝的名义让我破产吧！查理死了——是被我的计谋害死的！我清楚地记得，当他还是个小顽童时，我第一次感觉到这世间有种东西你要对他体贴关爱的那种幸福；他那快乐活泼的小脸儿一次又一次融化了封在我心上的严霜，但是，有关世人尊严荣耀和一些其他的荒谬念头会不断冒出来，再次冰封住我的心，将我和孩子隔绝开来，并且这冰层变得越来越坚硬。——但是现在一切都结束了，基尔列文先生——这场抗争结束了，这场战役有了结果，主持正义、明辨是非的上帝在他的复仇中取得了胜利！”

这强烈的悲伤之情让默默坐在那里的基尔列文先生震惊不已。此前他完全不知在这位老人花岗岩般难以穿透的傲慢和贪婪之中竟不为人知地暗藏着如此巨大的情感的深渊；当他看到它突然迸发，就像是大海中猛然冲出的喷泉，大洪水般荡涤着人类最原始、最古老的罪恶，他完全被威慑住了。

当他逐渐从这惊骇中恢复过来时，最先感觉到的就是一种深深的崇敬之情。

“瓦金肖先生，”他说，“我一直对您很不公道。”他准备继续说些什么表示歉意，但是克劳德打断了他。

“你从未做过什么对不住我的事情，基尔列文先生；

是我自己罪孽深重，长久以来一直违背自己的天性，现在是我该忏悔的时候了。再过一些哀伤的日子，我必须追随那只被我牺牲在自尊祭坛上的羔羊去了；尽你所能加快速度把我必须带着一颗破碎的心走向坟墓所途经的那条小路变得好走一些。我不再给你更多的指示了——你的才能和诚实的良知会告诉你需要做些什么；文件起草出来后，过来找我。现在你离开这里吧，在回家的路上请邓赫姆博士下午过来一趟。”

“我看，瓦金肖先生，”基尔列文先生接到了这些命令后，立刻进入到一名律师的职业状态，“我明天再过来一趟吧，等您平静一些了，把您希望做到的一些细节记下来。”

“哦，老弟！”这位白发苍苍的忏悔者大声说，“你不了解我。从我还很幼小的时候起，我就一直在做一件大事，在修建一个盲目崇拜的偶像；当它完工的时候，你看到我是如何把我的头生子放在了它燃烧着的黄铜祭坛上。但是你从未看到过我看到的一切——上帝的面庞不断从乌云后显现，怒视着我，我眼前的世界黑暗得如同笼上了死亡的阴影；你也无法感受我现在感受的一切，当他那可怕的右手将我的偶像击得粉碎。我此生再无半点兴趣和牵挂；只想在你为我起草的文件上签字，把继承权交还给我的偶像崇拜让他们失去父亲的这两个幼小的孩子。”

“我希望，在上帝的慈悲之下，瓦金肖先生，您会好受一些。”这位可敬的律师说着，深深为他的激情所感动。

“我也这么希望，但我现在看不到这慈悲会来自何方。”克劳德回答着，放声痛哭起来。“只是，”他接着说道，“基尔列文先生，我想自己待一会儿——可悲！可悲呀！我一个人待的时间太久了。不过今天你还是走吧，路上记着和邓赫姆先生说一声；——但是文件没起草签字之前我的心绝对不会平静下来；所以，作为一个基督徒，我求你动作快一些，因为这是乐善好施的仁慈之举。”

基尔列文先生觉得当时已无须更多的劝慰，于是便起身离去了。

第八章

在基尔列文先生告辞后那一天接下去的时间里，克劳德依旧独自坐着，漠视身边发生的一切。午饭像往常一样按时端到了餐桌上；但他没和沃尔特一起用餐。

“我纳闷，爸爸，”这自然人一边砍着羊腿肉，一边说，“您今天为什么不吃东西呢？因为您知道如果这世上所有人都要死去，只有一个人能活下来，那个人就必须得吃饭。”

这位头发花白的忏悔者对这句明智的话没做回答；

沃尔特自己吃完饭后，也没再主动和他说些什么。

下午，克劳德离开了他的扶手椅，脚步缓慢而又沉重地沿小路走上了他在山顶安放的一条木凳的那个小山丘——他总是在那里凝望着祖先的土地；接近山顶时，他止住了脚步，又一次环顾着周围的景色。那一刻似乎又有一种满足感掠过他的心头；但这不过是一闪而过的感情冲动罢了，紧随其后的便是道义上的极度憎恶感；他猛地转过身来，背对着那曾令他如此愉悦的景致坐了下来。他这样坐了好一阵，额头贴在象牙帽手杖上，眼睛盯着地面。

与此同时，基尔列文先生根据克劳德的愿望，拜访了牧师邓赫姆博士，请求他下午来看望克劳德，于是这位德高望重的牧师便起身来到了葛瑞皮。等他到了克劳德家，一个女仆告诉他她的主人已经步行到小山丘顶上夏天乘凉的座位那儿去了。邓赫姆牧师立即朝山丘进发，到达山顶时发现老克劳德仍深陷于他那忧郁悲伤的沉思之中。

克劳德听到他走近了，抬头看了看，指了指那条木凳，示意他坐下。他们沉默无语地并排坐了一会儿；牧师先生似乎期待这位忏悔者首先开口讲话；但发觉他仍然打算继续沉默下去，他最终说道：

“瓦金肖先生，基尔列文先生告诉我，上帝的正义之手已经光临您家，在这一天命之下，您希望见我。”

“我非常感激基尔列文先生，”克劳德若有所思地回答说，“他是一个友好的，而且非常诚实的人。邓赫姆博士，如果我当初给予了他更多信任的话，我现在的日子会过得很幸福；但是我怀疑，我怀疑，我这一生都是一个极端的伪君子。”

“我一度是那么认为的。”这位可敬的博士说，无法断定如此谦卑表达出的悔悟是真诚的，还是假装的，但是这位凄凉的老人用以回击尖刻讽刺的谦恭顺从神情，以强烈的同情和悲哀感化了严惩者的心；他以最和蔼的方式继续说道：

“但是我希望，瓦金肖先生，我可以对你说，‘兄弟，振作起来！’因为如果这一使你的长子英年早逝的打击，被作为一种警告承接和忍受下来，使你得以克制迫切得到世俗之物的虚荣心，那么这一打击将会是你终生之大幸。”

这几句话中隐含了比讥讽更能痛苦地触动这位郁郁寡欢的忏悔者的某种东西，他放声大哭，用他的左手紧紧抓住牧师的右手说：“饶恕我吧，博士！哦，饶恕我吧，如果那千年不死的害人虫永远盘踞在我心里，那永不熄灭的火焰永远在我周围燃烧，那我该怎么办？”

“您不该，瓦金肖先生，”牧师对他激烈而又严肃的举动颇感敬畏，回答说，“您不该怀有如此绝望的想法，您要寄希望于更美好的事情；毕竟您宝贵的灵魂最终觉察到了自身的卑鄙是件令人庆幸的事情。”

“是啊，博士，但可悲的是，长久以来我一直觉察到了这一点。我睁着眼睛犯下了罪行，我想在教堂举行一个严格的宗教仪式来弥补我的罪行。”

“的确，瓦金肖先生，没有几条通往坟墓的路比穿过教会大门的这条路更短；许多基督徒在走到生命尽头的时候，都认为当他们的耳畔一直响着地狱的飒飒风声时，是福音布道的声音振奋了他们的精神，引领他们走向天堂。”

“我该怎么做才能得到拯救？”这位老人虔诚而又胆怯地问道。

“您自己做不了什么，瓦金肖先生。”牧师回答说，接下去，他以一名战士的无畏和一名耶稣使徒的力量表明了他对人类灵魂腐化堕落的理解，以及腐化人性在上帝纯净的眼睛中如何被视为粪土。仅凭那一双纯净的双眼，上帝就可以洗刷掉原罪的污浊色彩，清除掉一个人犯罪的痕迹。

就在他说这番话的时候，克劳德的胸部抽搐起来，他沉重而恐惧地呼吸着——他的眼睛瞪得大大的——他的双手颤抖着微微抬起的样子，表明他的整个内心仿佛被某种大灾变一般的可怕感觉贯穿了。

“我害怕，我害怕，邓赫姆博士！”他大喊着，“我不会再有希望了！”

这位可敬的牧师看到他那绝望的表情惊呆了，沉默片刻之后，他说：“不要沮丧；从上帝的仁慈中找到慰藉；想必您的人生还没有被什么大的罪行所玷污吧？”

“我的罪行由来已久，”这忏悔者喊叫着，“从我有记忆的那刻开始，直到这最后的一分钟，我的罪孽一直在持续，从未间断过。我童年的时候就把灵魂出卖给了魔鬼，为的是我能恢复祖先的家业。哦，那种神秘的自豪感！我的心里一直有个声音在不停地重复着我虚荣的诺言——我的征服——实现，我就会成为一个不同的人！”

“在这其中我只看到了，”这位虔诚的博士以一种仁慈劝慰的姿态说道，“瓦金肖先生，在所有这一切里我只看到了您对这个世界的一种无节制的爱；既然现在您已意识到了自己的危险，圣灵马上就会到来。您一直被公认为是一个诚实的人，作为丈夫、父亲、主人以及朋友，您在道义责任上没有任何失职之处。”

克劳德激动得握紧他的双手，呼喊道：“哦，上帝！您曾看到了我的虚伪！邓赫姆博士，”他紧紧抓住牧师的手，“当我还是个孩子的时候，我就不知道有颗天真无邪的童心是个什么样子。我常把从朋友那儿得来的值钱些的小礼物藏起来，即使玛吉·多比，那个抚养我长大的善良的老人家，挣的钱不够填饱我们的肚子；当我知道她穷困潦倒、卧床不起时我没去看过她，唯恐我的心软下来，从我准备赎回这片无足重轻的土地的积蓄中分一部分给她。这片土地都比我知道感恩，因为它用自己的果实回报耕种者的辛苦。我扼杀了心中的仁爱之情；为进一步满足我邪恶的贪婪，我娶了一个女人——上天可以宽恕我对她的厌恶；但我自己的天性却永远做不到。”

邓赫姆博士抬起了他的双手，默默地注视着这个谦卑的被降服了的灵魂就这样继续对它的卑鄙和堕落进行着可怕的忏悔。

“但是，”这忏悔者喊叫道，“我无法寄希望于您能容忍我罪恶的良知展现在我内心坟墓中的景象——因为在我的整个罪行中，我曾看到正义在我面前，但我故意选择了邪恶。上帝的天使不分昼夜地帮我和邪恶抗争，但我却依附了巴力神。每当带来光明和上帝慈悲的使者奋力带我离开的时候，我都唾弃并赶走他。”

老克劳德停了停，然后看着依旧保持着沉默，用同情的目光吃惊地注视着他的牧师说：

“博士，我还能指望什么？”

“哦，瓦金肖先生，但您一直是个执拗的罪人，”牧师简单有力地回答说，“我希望对您邪恶行为的这种认识能警醒您做出悔改，并最终引领你走上正路。所以，您应该对现在获得了体现上帝力量和不悦的警告心存感恩。”

“许多警示，”克劳德说，“到来时的征兆比埃及的瘟疫还要令人痛苦，我如果把它们放在心上了，只会使自己的肉体受些苦楚；但我的心依然变得坚硬了，直到毁灭天使杀死了我的长子。”

“我还是那句话，要感恩，瓦金肖先生！您得到了上帝仁慈的一种非凡的表示。我们由此希望您的儿子前往一个更美好的世界。他不必再面对今生的种种诱惑，不再有忧虑，不再有忧伤。死亡不是一个人的不幸，出生才是大的危险；当死神从漆黑的大门后面伸出他苍老的手，拽着衣服的下摆把一个兄弟或姐妹拉进去，基督徒们不该像对那些失去希望的人们一样，对此感到悲痛。这样的事，瓦金肖先生，不是什么大事；但是当一个朋友的离去教会我们看清自己行为的错误时，这对我们就是一件大事——是一件令人愉快的事；所以，我再次对你说，兄弟，振作起来，也许上帝乐于通过您儿子暂时的死亡换回对您自己的拯救。”

“那么我可以试探着从这希望中得到慰藉的标志可能会是什么呢？”

“对人类来说，没有什么比这样的标志更为明确。当你把现在的人生只是看作一次朝圣之行，那么你就可以欣喜地踏上你的行程；当你在自己的财物和衣服中只看到了垃圾和闪亮的粪土时，你就可以确信你得到了比金银更好的东西；当你在自己的牲畜和家禽中只看到了野兽般注定消亡的肉体生物的饲料时，你就可以吃到天赐的吗哪；当你迫切地要做善事时，岩石就会被摧毁，生命之泉就会涌流出来，在你穿行于这世间的荒野中时，跟随你到任何一个角落。”

这位可敬的牧师突然停了下来，因为此刻克劳德把他的帽子放在一旁，双膝跪倒，握紧双手，同时仰望天空，他长长的花白头发飘散在他的后背上，极其严肃地说：“天父，您的愿望会实现！在我尘世之心的毁灭中，我接受您对我的安排。”

他随后起身面带安详的神色，仿佛他刚硬的容貌经历了某种仁慈的转变。就在那一刻，远处传来了一阵上百人演唱的狂欢的圣歌，他们的注意力被吸引到了一段长满天然白桦和榛树的堤岸，在堤岸前的坡地上，他们看到了许多来自格拉斯哥和附近村庄的长老会改革会员，集合起来崇敬地纪念曾在那里为捍卫正义而遭受迫害的他们的祖先。

听完这段圣歌，克劳德和邓赫姆博士返回葛瑞皮家中，他们看到葛瑞皮太太已经到家了。为避免任何多余的谈话，老克劳德提议把所有的仆人叫进屋里，听博士做祈祷——牧师听从了他的请求，祈祷结束后就离去了。

第九章

周一清晨,克劳德早早起身,没有等待早饭,也没留意他妻子关于空着肚子外出有风险的规劝,步行到了格拉斯哥,径直到了他岳母家。年迈的普里兰老夫人如今已近九十高龄。她天生纤弱的体格遭受查尔斯离世这样的重创,在那天早上已是无法走出她的房间了。然而,在查尔斯的葬礼结束后,她还是把他的两个孤儿带回了家,当时他们正在客厅里玩耍,也许他们的祖父见到他们要比见到他的岳母高兴得多。

尽管他们清楚地认识他,但是由于他对他们父亲的疏离所造成的彼此冷淡而疏远的往来使他和这两个孩子没有大多数人家里祖父和孙子孙女之间那样亲热的关系;看到他进了屋,他们立即撇下地板上的玩具,退到一个角落里,站在那儿胆怯地看着他,小手背在身后。

他们的祖父似乎没有注意到他们天真无邪的敬畏之情,而是走到窗户近前,坐在了一把椅子上。他的举止和往常一样冷静,他的容貌和往常一样庄重,但他的眼中闪烁着一丝晶莹的泪花,他屡次用胳膊肘抵住肋部,仿佛要压制住内心过度的烦乱。过了几分钟,他镇定了下来,心疼地看了孩子们一会儿,便招呼他们到他身边去。年纪小一些的玛丽,立刻听话地走了过去;但詹姆斯,那个男孩依旧留在了原地。

“你为什么不到我这儿来？”克劳德问道。

“如果你不伤害我，我就来。”那孩子回答说。“伤害你！可怜的家伙，我为什么要伤害你？”他祖父问道，对他提出的理由感到有些不安。

“我不知道，”那孩子说道，仍然在退避着，“但是我害怕，因为你无缘无故地伤害爸爸，妈妈常常为这事哭泣。”

克劳德战栗起来，就在他突然努力克制住自己的情感时，下意识地使劲攥紧了他搂在身边的女孩儿的小手，以至于她疼得尖叫起来，跑向她的哥哥，哥哥同样被吓坏了，跑到一把椅子后面躲了起来。

好一阵儿，老克劳德感觉内心如此悲伤以至于觉得自己再也无法和两个孩子讲话了。但是他自言自语地说：“我这是罪有应得。我播种了莠草，就不要想收获麦子。”

那两个孩子看到祖父没有生气地追赶他们，慢慢恢复了勇气，又在那儿看着他。

“我没想伤害你，玛丽，”短暂的间隔后，他说，“来，我们和好吧。”又转向男孩，继续说道：“我很难过我曾委屈了你的父亲，我漂亮的小伙子，但我再也不会这么做了。”

“那是因为你没有办法了，”詹姆斯勇敢地回答说，“因为他死了——他睡得好香好香呀——只有在他耳边吹起末日号角的天使才能将他唤醒。而且玛丽和我，还有妈妈，我们也都要倒下死去的，因为现在这世上没有人照顾我们了。”

“我照顾你，我的小乖乖，我会对你们好的；我会和你们的父亲一样对你们好的！”

这些话显然说得充满慈爱，因为那小女孩忘了她的疼痛，又回到了他的怀抱；但是哥哥依然远远地站着。

“那你会对妈妈好吗？”男孩用渴望又怀疑的眼神看着他问道。

“我会的，”克劳德回答说，“她今后再也不会责备我了——也不会因为我而难过了。”

“但是你不曾经是爸爸的爸爸吗？”那孩子又问道，更加疑惑了。

这老人感受到了这简简单单几个字的全部分量，他匆忙用手抹去涌上来的泪水。

“你永远也不能相信我了吗？”他悲哀地对那孩子说，那孩子被他说这句话时的语气深深打动了，向他走近了两三步。

“可以，如果你说你千真万确不会再伤害我了。”

“那我就说千真万确！”克劳德热切地大声说着，伸出了他的手，那孩子跑上来，抓住了他的手，同时被他祖父紧紧抱在了怀里。

与此同时，普里兰老夫人接到禀报，得知了他的来访，出于多种原因，她急于在这危难时刻见到他，于是打开了客厅的门。

憔悴、苍白而又纤弱，这位可敬的夫人吃惊地看到了一幅完全出乎她意料的景象，手扶着门呆呆地站了好几分钟。

“请进，”克劳德对她说，“请进——我要和您说件关于孩子们的事——一件必须要为他们和他们的母亲做的事；我想就此事和您商量一下。贝儿·法泽兰斯的性情过于恬静，恐怕受不了我家里的嘈杂和家务，否则，我就把他们都带回到葛瑞皮了；但是您一定要和她商量出个方案，在我能力允许的范围内尽可能减少他们在现实生活中的损失；您和她商量好的任何要求基尔列文先生都会通过契约和合同来保证执行。”

“瓦金肖先生，你会是真诚的吗？”老夫人问道。

克劳德没做回答，但是忧伤地摇了摇头。

“如果你确实是真诚的，这可是让人想都不敢想的仁慈呀。”

“我是真诚的，”这位坚定的老人严肃地说，“我是带着羞愧和悔悟讲这些话的。我承受了孩子们的指责；他们的怀疑已经对我受到恐吓的精神和破碎的心灵进行了责备。”

“你做了什么？”老夫人问道，对他情绪的激昂感到很吃惊，“你做了什么让你用这样的方式讲话了，瓦金肖先生？”

“在一个邪恶的时刻我被代表自尊和野心的摩洛神所欺骗，剥夺了他们父亲的继承权，把我的全部家产都写在了瓦蒂名下，因为他拥有普里兰。但是，从那一刻开始，我就再也不知道舒适为何物，或感受有望得到上帝宽恕的滋味。但是我活着看到了自己的罪行，我渴望能赎罪。当这一目标实现后，我相信上帝可以允许我平静地倒下头颅，合上眼睛。”

西皮尔太太一时不知如何回答是好，披露出来的事实在她看来是如此超乎寻常，以至于她盯着克劳德，仿佛不相信她听到的话，或是有意质疑他的心智是否健全。

“我知道，”他继续说道，“和这两个孤儿一样，您不相信我的话；但是，像他们一样，西皮尔太太，您可以及时地对一个谦卑悔罪的心灵给予同情。所以，此刻我要说的是，听取贝儿的意见，再和基尔列文先生协商；他可以全权代表我做任何他认为公平正确的事情，而且你们想做什么，动作要快，因为有一只沉重的手压在我的肩膀上；我面前有个人影在向我挥手，像是我英俊的查理，在召唤我跟上他。”

克劳德这番话中浓重的悲观意味完全征服了这位老

夫人的情感;甚至孩子们也被感动了,他们挣脱开他的怀抱,同时后退了几步,好奇、敬畏地看着他。

“你愿意去看看他们的母亲吗?”当克劳德起身朝门口走去时,老夫人问道。他止住了脚步,似乎考虑了几秒钟;但是突然转过头来,用一种低沉不安的声音回答说:“不。我目前做到的事情已经超出了我的预想;但是我还不能——不,今天不能——我还无法面对这个风险。可是,稍微过过,我会去的。这是我必须承受的忏悔,我必须要完成它。”

说完这几句话他离开了这间屋子,让老夫人和孩子们都很惊奇,无法理解这样一种悲哀的深奥与神秘——虽然它的直接原因当然是令人伤心的,但它无疑带有某种程度的宗教绝望。

第十章

从上一章写到的这次相见到查尔斯的葬礼之前,克劳德的行为似乎没有什么特别之处。相反,他从立下限定继承契约那天起养成的矜持和沉默寡言的习惯显然又恢复了。在一般人眼里,他的一举一动似乎没发生什么内在的变化。然而,家里的佣人们开始注意到,他在和沃尔特讲话时，一改昔日那种凌厉轻蔑的态度，声音里开始有了几分同情，而且，就在查尔斯死后的第三天，他破天荒地抚摸了这个充满慈父深情的白痴儿子的心肝宝贝——小贝蒂·波道尔。

人们可能会想，这看似简单的一件小事，一定会让她的父亲非常高兴的——当老克劳德把孩子抱起来时，瓦蒂正巧不在屋里；但事实远非如此，回到屋里的沃尔特见状，立刻跑向父亲，将孩子一把夺了过来。

"瓦蒂，你为什么这么害怕夺走孩子呀？"克劳德用柔和的语调抱怨道，完全不同于他平日里对他讲话的样子。

但沃尔特没做任何回答，只是远远地退到房间的一角，仔仔细细地检查孩子的身体，反反复复地询问孩子受伤了没有，尽管那小女孩被他这托儿所般的烦琐程序逗得咯咯直笑。

"瓦蒂，是什么让你认为，"他父亲又问，"我要伤害这个孩子？"

"因为我听您说过希望上帝把这个丫头片子带到他自己身边去。"

"我是这么说过，瓦蒂，但不是出于恶意。"

"这我知道，否则牧师就是在说谎，"沃尔特回答说，"但尽管如此，我不想把她送到上帝那儿去；现在，听他们说您和查理的孩子们走得挺近的，我猜您亲近我的小贝蒂·波道尔是有自己的打算。我弄不明白您为什么突然对她这么慈爱，所以，爸爸，如果您愿意，我们还是按照我们已经习惯了的，井水不犯河水吧。”

瓦蒂的话甚至比那两个孤儿的怀疑更深地刺痛了他父亲受伤的心灵，但老克劳德没作任何回答。沃尔特见他自言自语地嘟囔了一句，闭上眼睛，把头倚靠在了他坐着的那把安乐椅的肩部；于是抱着孩子轻轻地站起来，蹑手蹑脚地走到安乐椅后面，俯下身子倾听他在说些什么。但是克劳德的声音如此之低，又含混不清，沃尔特什么都听不到。就在他保持着这个姿势时，那个小女孩顽皮地伸出小手揪住了她祖父的耳朵。正在祈祷或是冥想的克劳德被这样的侵扰吓了一跳，一时冲动，气愤地转回头来，受以往对瓦蒂的轻蔑态度的影响，挥手就给了他一记耳光，但几乎与此同时，愧疚于自己的鲁莽，他懊悔而不安地浑身战栗着高喊：“原谅我，瓦蒂，我不知道自己在做些什么。”他突然又狂乱地补充道，“上帝！上帝！哦，您的愤怒之手落下得轻些，轻些。芦苇已经折断——哦，如果您愿意，让它不要这样被践踏在泥沼中吧！可是我怎么可以乞求任何恩惠呢？主持正义和明辨是非的主啊，执行您的意愿吧！”

这些充满激情的呼喊带给沃尔特的困惑丝毫不逊于

那突如其来的一击;他迅速抱着孩子跑出房间,冲向此时恰好在厨房忙着她素常操持着的那些家务的母亲,高喊着:

“妈妈!妈妈!我爸爸在那儿自言自语;他精神错乱了;他魔怔了;这时候一个劲儿地赞美上帝。”

但是,正像我们已经说过的,除了这件小事,在克劳德去拜见普里兰老夫人到查尔斯的葬礼之间的这段日子里,没有任何事情显露出这位忏悔者内心那些深不可测的大洞穴中熊熊燃烧着的烦乱的思绪——除了这次小小的情感迸发,一切都是那么平静安稳。从外表看,他就像我们有时在阴沉的冬日里看到的埃特纳火山,它深渊中的混沌和烈火静寂无声,偶尔发出一声喘息,呼出的热气浓重地弥散在阴暗昏沉的天际。一切都静止下来,表现出笃定的姿态。小树林的叶片都悄然无声;修道院呈现出极其孤傲的庄严面貌;久远年代遗留下来的废墟和遗址似乎被允许不受任何烦扰地腐朽衰败下去。掀起无声的波涛,涌向积聚着岩浆的黑色海角的大海,昭示出全世界都要毁灭的奇特意象,仿佛它是被风艰难吹动的前世的棺罩。但是那种黑暗和不祥的平静既不预示着永恒,也不预示着安全——旅行者和居民都感觉这是自然界的一种昏厥,担心一场火山喷发或是一场飓风就要到来。

克劳德就是在这样的平静中度过了周六前的时

光——查尔斯的葬礼就定在这天举行。前一天晚上，他的妻子去了格拉斯哥指导葬礼的准备工作；当天中午他也到了，在为宾客布置出来的正房门口就座，将查尔斯的孤儿詹姆斯拥在膝前，迎接客人们。开始一段时间，一切都照常进行着；他按部就班地完成着殡葬助理安排的各项仪式，按习俗，当死者的每个朋友走进来，他都默默地与之握手表示欢迎。当邓赫姆博士到来时，只见他四肢颤抖，握手时间比其他任何人都要长一些；但他终归继续前行就座了。跟随这位可敬的牧师到达的是基尔列文先生。他的服装款式陈旧，就像是直到今天在一些西方国家的葬礼上仍然能偶尔看到那些穿着一身特别的黑色套装去参加他们朋友葬礼的人中有人穿着的那种样式；当他用左手食指固定住他白色的，均匀涂粉的爱奥尼亚式的鬈曲定型假发，摘下他的小三角帽时，他扫视整个房间的那种充满好奇的急切目光引来了人们的微笑——尽管在这样一个严肃的场合。

克劳德不耐烦地抓住他的手，拉他在身旁坐下。“文件起草好了吗？”他问道。

“还没完成，”基尔列文先生回答说，“但是我准备明天去拜访您，虽说是安息日，让您看看我考虑得是否周全，把文件就此确定下来。”

“现在你就应该已经准备好了的。”克劳德带着点斥责的口吻说。

“我的确应该，”基尔列文先生回答说，“但是您知道民事法庭的法官大人们下周要来格拉斯哥，我必须为几个不幸的人准备辩词。”

“这的确是做出裁决的时刻呀，”克劳德说，在停顿了几分钟后，他又说，“我不想在主日这天被打扰，所以你不必来葛瑞皮了，周一早上我早早地去和你会合；我希望那天就可以把一切办妥，因为我这罪过不赎，心里就甭想安宁。”

那一刻已容不得他俩继续说下去了，因为被雇来完成分发面包和葡萄酒仪式的殡仪人员已经端着托盘进来了，负责主持这一葬礼的赖特家的迪肯·加德纳已经向尊敬的约翰·哈密尔顿博士——这座房屋所在的内高教会派辖区的牧师点头示意，这位可敬的牧师站起身来，开始祈祷，于是终止了所有的窃窃私语。

当常规性的典礼和仪式在室内进行着的时候，查尔斯的遗体已经被抬到了街上，放在了那些准备把它运到墓地的人们的肩膀上，克劳德领着他的孙子，走在棺材前面，他紧绷着脸，但脚底下直打晃。

在前往教堂墓园的行进途中没出现什么特别的情感表达；但是当第一锨土在棺材盖上发出空洞而沉闷的咔嗒声时，那个仍然抓着爷爷手指的小男孩发出一声尖叫，跑过去阻止挖墓人用土把棺材盖上。但老克劳德轻轻地、镇定地把他拉了回来，告诉他这是上帝的意愿，同样的事必须在这世上每个人身上进行。

“也对我进行吗？”那孩子探寻而又恐惧地问道。

“对所有活着的人。”他祖父回答说；到这时，泥土已填进一半，他摘下帽子，注视了坟墓一会儿，深深地叹息了一声，之后，又戴上帽子，领着孩子回家了。

第十一章

葬礼一结束，克劳德立即返回了葛瑞皮家中。那天余下的时光里，他依旧独自待在自己的卧室里。转天就是周日，他比平时提前起床并穿戴整齐；和家人一起吃了一点早饭后，步行到了格拉斯哥，径直来到了儿媳的家。

新寡的贝儿·法泽兰斯还待在她自己的房间里，她的心情和状态还完全不便出门相见；但孩子们已经穿戴整齐，做好了去教堂的准备。门铃响起后，他把孩子们领了出来。两个孩子各抓着他的一只手，天真地为他们崭新的黑色礼服感到骄傲。

从走上大街，到拐进从教堂墓地大门通往天主教堂正门的小路，克劳德始终没撩起眼皮。在牧师布道的过程中，他也显然还处于精神恍惚的状态中。在从教堂回来的路上，那个小男孩轻轻地把他从那条小路拉开，指点给他的妹妹他们的父亲安葬的地方；而老克劳德全神贯注于自己的思考，不知不觉中就要踏上查尔斯的坟墓，这时詹姆斯制止了他。

“这是爸爸——不要踩他。”

克劳德惊骇地后退一步，仿佛踩到了蝮蛇身上，他慌乱地环顾四周，呼吸变得急促而吃力，但他没说什么。转眼间，他的面容便经历了惊人的变化——他的眼睛变得闪闪发光但却目光呆滞，嘴唇也失去了血色。他浑身颤抖，似乎是极度的焦虑不安带给了他致命的影响。但是，他没有失去镇定，而是迅速把孩子们带回了家。到了门口，他默不作声地把孩子们交给了前来开门的仆人，就立刻赶回葛瑞皮了。回到家，他刚一坐到扶手椅上，就命令一个仆人去请基尔列文先生。

“爸爸，您哪儿不舒服？”当时在屋里的沃尔特问道，“您说话非常不清楚——您咬了舌头吗？”但是话音未落，受了惊吓的沃尔特就发出了一声狂乱恐惧的叫喊，他握紧双手举过头顶，高喊着：“救命！救命！有东西把我爸撕成碎片了！”

喊声唤来了仆人们。同样被吓得大惊失色的他们发现老克劳德一下子全身瘫痪了，他的嘴和眼睛可怕地扭曲了,他的手臂失去了活动能力。

一时间周围一片慌乱,克劳德几乎立刻被遗弃了;人人都在奔走着寻医问药。只有沃尔特陪伴着他,不错眼珠地盯着他那张有种莫名恐怖之感的脸,在这白痴眼里,这张脸是极为可怕的。

没等仆人们返回,这来势凶猛的病情仿佛平稳了一些,克劳德似乎知道自己的处境了。刚一有人走进屋来,他就挣扎着讲话,有两三次基尔列文的名字都被清晰地喊叫出来,甚至连沃尔特都听懂了他的意思,立刻飞奔着去格拉斯哥找这位律师了。另一个信使被派去找葛瑞皮太太,当天上午她去儿媳家了,打算在那儿待一天。

与此同时,一个医生被请到了家中,但是他似乎认为这个病人没什么希望了;尽管如此,他还是像对待所有类似的病例那样,使用了强心剂来恢复病人的精神,但没收到什么显著效果。

一天来雾气蒙蒙的阴沉天空此时下起了蒙蒙细雨,风也起来了,接到报信就火速赶回的葛瑞皮太太还没到家就淋了个透湿,焦虑又疲惫,好一阵子无法参与到丈夫身边的忙碌中来。

沃尔特以最快速度请到了基尔列文先生,在他母亲到家后不久也赶了回来;他在父亲面前一露面,这老人就急切和他说话;但他的声音如此含混,以至于他的话根本无法听懂。不过,很明显他是要找那个律师;因为他的眼神不断地转向门口,又有好几次都说出了他的名字。

终于,基尔列文先生骑马赶来了,他穿着披风走进屋来;罩在三角帽上的风帽被拉得如此之低,以至于只能看到他的鹰钩鼻的鼻尖。但他忘记了或全然不顾自己的容貌,立刻大步流星地走到克劳德坐着的椅子跟前;从披风下摆掏出一份有关供养查尔斯的寡妇和孩子们以及米尔洛基特夫人的契约,他跪了下来,开始大声朗读契约内容。

"先生,"那个医生说,此时他站在病人的另一侧,"瓦金肖先生无法听懂您的话。"

然而,尽管如此,基尔列文先生依旧往下读着;读完后,他要求把钢笔和墨水拿来。

"他不可能写得了字。"那医生又说。

"你无权说这样的话!"这个仁慈的律师高声说道,"在我们尽力一试之前,你什么都不要说。以正义和仁慈的名义,这所房子里就没有人能给我支笔和墨水吗?"

在场的所有人都看得出克劳德完全明白他朋友的意思;他的眼神表示出急切和满意;但他的容貌上伴随着这种赞同的表情是令人惊骇的。

就在这紧要关头,葛瑞皮太太衣着不整地冲进屋来,她蓬乱的花白头发披散在肩头,高喊着:"我看这是怎么了？——又有什么新的判决落到我们头上了？——这是谁像诈尸了似的吓人呼啦的非得在老爷捯气的时候吵吵着拿钢笔和墨水签什么骗人的法律文书呀？”

“瓦金肖夫人，看在上帝的分儿上请保持安静；您的丈夫，”基尔列文先生一边说着，一边解开披风的风帽，将它撩到脑后，同时摘下了他的三角帽，“您的丈夫很清楚我向他读了些什么。这是一份关于供养查尔斯夫人和她的孩子们的文件。”

“可是难道没有一份是关于怎么供养我的吗？”老太太哭喊着说。

“哦，瓦金肖太太，我们回头再说您的事；还是让我们立刻把这件事完成了吧，”基尔列文先生回答说，“您看您的先生知道我们在说着什么，正渴望地看着我们，希望把它完成呢。喂，以上帝的名义，把笔和墨水拿给我吧。”

“基尔列文先生，你在这儿不会得到钢笔，也不会得到墨水，除非我的权利在长老会会议或理事会记录在案，得到认可。”

“嘘！”医生大呼了一声，众人都安静下来，所有的眼睛一齐转向病人，他的面容再次可怕地扭曲了；一声不安的呻吟在他的胸口挣扎起伏了一阵，接着便是片刻的全身颤抖。

“一切都结束了！”医生说。葛瑞皮太太听了，冲到扶手椅前,发疯般地哭闹着,扑到葛瑞皮的尸体上,肆意地表现出比哀伤还要狂暴十倍的悲恸。基尔列文先生手里拿着文件,站在那儿一动不动;在注视了一会儿眼前的景象之后,他沮丧地摇了摇头,重又戴上三角帽,把披风的风帽拽上来遮住脸,离开了这座宅子。

第十二章

克劳德当年签署田产转让契约的事实真相一经揭露,普里兰老夫人就把查尔斯夫人和孩子们都接到了她自己那儿,并诚挚地请求她的女儿——继续住在葛瑞皮,像以往一样操持着家务的葛瑞皮太太,对沃尔特施加影响,让他拿出些钱来供养他这几个不幸的亲戚。甚至一心忙于自己的生意和家庭、对他人的事情一概不闻不问的乔治,对父亲的这种行为也深感羞愧,以至于在葬礼后的那个周日,他去探望他的母亲以示慰问时,也这样劝说他的母亲,希望能为他们做些什么。但是,沃尔特却丝毫不为所动。

“如果我爸爸,”他说,“像你们说的那样,对查理做了这么缺德的一件事,你们又为什么让我对我的孩子做同样邪恶又错误的事情呢?难道小贝蒂·波道尔不是我的头生孩子吗？按照自然惯例和法律规定，她有权继承我的一切；那你们为什么让我把属于她的一切夺走呢？我不想犯下同样的罪行。”

“但是你知道，沃尔特，”乔治回答说，“我们的父亲确实想给查尔斯夫人他们几口和我们的妹妹一些资助，如果什么也不为他们做，我们确实都脸上无光。只是出于偶然，那份供养契约才没能签成呀。”

“乔迪，你在纱业公会喝着潘趣酒闲聊的时候可以这么说，但我认为这是上帝的意愿；因为，如果贝儿·法泽兰斯和她的孩子们注定会得到父亲的部分财产，他们应该已经得到了。但是你看上帝在这份契约签署之前就把他带到了亚伯拉罕的怀抱，这在我看来就是明确无疑的证据，说明上帝不希望她得到什么。她也别想从我这儿得到什么。”

“但是，”乔治再次打断他说，“如果你不准备考虑父亲的意图有任何行动的话，你也应该从仁爱的角度想想她的难处。”

“善事是从家里做起的，乔迪，可我如果不谨慎些，谁知道我什么时候就受穷了？”

“我确信，”这个商人严厉地回答说，“许多人有着他不值得拥有的东西。”

“你怎么知道我值得拥有什么？”这个白痴被惹怒，喊叫道，“说我不值得拥有上帝赐给我的一切，是亵渎上帝的意愿。乔迪，我认为上帝知道我值得拥有的东西比你多得多。”

在他们谈话的过程中，葛瑞皮太太坐在桌子旁边，穿着一件引人注目的崭新丧服，拿着一本厚厚的《圣经》，正要读那给人以启示的一章——《尼希米记》的第十章，这时插进话来。

“嘘，嘘，瓦蒂，不要亵渎上帝，”她说，“不要太任性了。你知道你爸爸是个好人，只是走得太急，没能把所有的家人都充分地做好安置，除你之外；毫无疑问，当你从他生命的金烛台被从我们中间突然移走这一痛苦打击中缓解过来时，你就可以用理性和公正的方式去对待一切了。”

“我绝不会那么做的，妈妈，”瓦蒂回答说，“我只知道把我得到了的东西抓住了。”

“但是你是个基督徒啊，瓦蒂，”葛瑞皮太太依然很好地保持着哀伤中的镇定，继续说道，“而且你要好好想想，这一切都交到你手里，只是让你做个管家呀。”

“您用不着和我说这些；可我是谁的管家？我难道不是在为我的孩子尽义务吗？我是小贝蒂·波道尔的管家，谁也不能训斥我不够忠诚。”沃尔特回答说。

“是啊，是啊，瓦蒂，在某种意义上你的话很正确，”他母亲说,“但是无论是谁对穷人做出了施舍都是借给了上帝。”

“这我弄不明白;因为上帝不必找谁借什么;如果他愿意,他可以为穷人把整个世界都变成金的;如果他让他们受穷,一定是有他自己的理由。”

“唉,我真是错了!”葛瑞皮太太哀伤地喊道,“我现在吃了苦头才发现我那个在莫克林生产麦芽的表哥林根·基尔海斯因为你的弱智恳请我父亲在遗嘱里把普里兰传承给他,是有这个权利的;要不是那狡猾的老基尔列文,这块被你们争抢成这样的田产本该是他的了!”

然而,这一切都没能产生什么效果;但是乔治在步行返回格拉斯哥的途中,多次想起他母亲说起的因为沃尔特的白痴而试图撤销他父亲对他的财产赠予的话;他时而觉得这事依旧可行;而且作为这份限定继承契约中的下一位继承人,与继承人关系最近的男性亲属,能得到这片土地的管理权对他自己家也会有好处的。于是,通过一次旨在使被剥夺了继承权的长子的后代受益的谈话,作为克劳德的儿子值得拥有的一项新的计划和实施步骤却在乔治心中播种而生。从那以后,乔治不再对他嫂子的事情感兴趣,但他对葛瑞皮的光顾却异乎寻常地频繁了起来,他身边通常有个朋友陪伴着,而他总是要和这朋友聊到他的哥哥,想方设法让这朋友明确无疑地披露出沃尔特的精神状态。

但是,无论他这几次探望和这种行为的动机是什么,他都把它们深深埋藏在心里。没人怀疑他有什么阴险的企图,相反许多人都称赞他关心母亲的这片孝心。人们就是这样理解他多次到葛瑞皮探视的意图的,而且联想到他自己的家庭状况,更认为他的行为值得称道——在生下双胞胎女儿后,他妻子的健康状况便急转直下了。的确,人们普遍对他寄予同情,并显示出敬意。在他父亲去世后,他急于为率先离去的哥哥的妻儿争得供给已是尽人皆知;在发现沃尔特如此小气又桀骜不驯时,他只是表示遗憾而没说出一句他智力欠缺的话来,更是赢得广泛同情。可以说,从我们引用的那番对话开始他逐渐表现出的若有所思和沉默寡言的行为举止,最终被归因于那令他郁郁寡欢的家庭处境——就在他父亲去世的当年,他碰巧又失去了一个女儿,于是对他的同情大大增加。

然而,在他结识的朋友中,就像大多数人的情况一样,有一些精明的、不讨人喜欢的家伙,并不像他们彼此熟识的人们那样众口一词地因为归结到他身上的重情重义而对他大加称赞。相反,他们公开谴责他频繁暴露出他哥哥愚蠢之处时的缺乏教养;而那些已经觉察出被他精心隐藏起来的性格中的阴险卑鄙的人,对他默许由沃尔特继承家业感到好奇。但他们要么忘记了,要么从没听说过他母亲提及的关于她的亲戚——莫克林的麦芽生产者企图推翻她父亲遗嘱的事情，当然，他们也不知道要证实一个已经受到调查的人是否缺乏行为能力所必需的那番证词，而这个人在经过严肃的裁决后，最终被宣布完全具备正常的行为能力。然而，他们的好奇没能持续很久，因为在他的女儿去世后三个多月的时间里发生的一件事情，平息了所有关于这一话题的辩论和争执。

第十三章

俗话说，福不双至，祸不单行。沃尔特的女儿，一个早产的孩子，出生后一直弱不禁风。在她祖父去世后的那个春天里，她显然更加虚弱了。到了夏天快要结束的时候，所有见到她的人都说这孩子恐怕活不长。她父亲给予了她无限的温柔和牵挂。毋庸置疑，她是这世上唯一让他感兴趣的人了；他用最专一和最完整的情感去宠爱她；当她离世后，他不愿相信，也不允许自己认为她已经死去了，而是坐在床边，默不作声，不让任何人碰她，以免惊扰了他天真地以为能帮助她康复的睡眠。任何劝说都不能使他警觉的目光从床边移开，也无法征得他的同意给孩子换上装裹。这期间，乔治来探望过好几次。一天前来葛瑞皮的途中，他借机邀请邓赫姆博士大人和他一同前往，理由是他也许能说服沃尔特答应将孩子的尸体抬出去，因为它已经开始发出不好的气味了。但是，当他们到达葛瑞皮家中时，沃尔特却不见了——在无人发觉的情况下，他突然离开了停放尸体的房间，而他母亲，趁他不在这会儿工夫，忙着准备将尸体入殓。

大家都猜想沃尔特一定是因为房间里的空气实在难以忍受，于是到田野里去透透气，过上一会儿也就回来了。可是众人闲聊了一个多小时后，仍不见沃尔特的踪影，不由得有些焦急起来。他母亲惊慌得派出仆人四下里找寻他。然而，他们没走出多远，就看到他怀抱着小侄女玛丽沿着格拉斯哥大路一路走来，身后紧跟着普里兰老夫人的女仆，大声指责着他抢走了孩子，并时不时地想把孩子从他怀里夺回去。

“你干什么去了？”当看到他走近家门时，他母亲喊道。但他一声不吭地把孩子抱进婴儿室，立刻脱去她的衣服，换上他自己女儿的服装，爱抚着她，并慈爱地许下无数承诺哄她开心——称她是他的第三个贝蒂·波道尔，自然流露出一个孩子看到新玩具时的全部喜悦和满足。

邓赫姆博士恰好是那些惊异于他的弟弟竟能允许他没有任何烦扰地继承他父亲的家业的人们中的一个，如今在看到这一无可辩驳的证据证实了社区居民关于沃尔特是个白痴的看法时说道："乔治先生，我忍不住要对你说，我觉得把你父亲留下的这么好的一份家业交到这么一个白痴手里，任由他去浪费和毁坏，是不对的。这样做既对这个世界不公，也对你们这个家庭不公；我奉劝你对周围的一切多加留意——因为谁知道他接下去会干出什么来？"

这样的一句忠告，不过是当时无意中给予的一点激励，却被乔治牢牢地记在了心里。事实上，他一直在搜寻这样的话，只是没有哪句能如此直率地表达出沃尔特显然难以支撑家业的观点来。但他只是谨慎地回答说：

"博士，一定要体谅他可能是因为悲痛至极才如此慌乱；您应该知道确定一个人心智是否健全是法律上比较棘手的一个问题。"

"是啊，邓赫姆博士，"碰巧在场的葛瑞皮太太补充说，"您说的很对；因为自从他拒绝成全他诚实的父亲对其他家人的一番好意，我就再也无法坚持认为他就该是这个样子了。我在这儿从早到晚累死累活地为他操劳；可博士大人，如果我告诉您，对于家里必要的开支他连半个黑便士都不肯出，您会相信吗？我不得不用我守寡后分得的遗产担负着家里所有的开销。"

"这不可能！"乔治说，脸上写满了不掺半点水分的震惊。

“不管是可能，还是很有可能，我自己最清楚，”葛瑞皮太太回答说，“而且我同样知道，我说的话千真万确；距上周已有八天的时间吧，我付给迪肯·保罗——格拉斯哥的一个泥瓦匠，十三先令四个半便士，因为他在圣马丁节检测出了我家房屋的歪斜，尽管我几乎像以斯贴王后那样跪下请求他的资助，但他就像固执的亚哈随鲁王那样固执，没有一丝怜悯。的确，如果他离开我，把钱都花在他孩子的葬礼上，我一点儿都不觉得奇怪，只是他如果这么做了的话，将是家族黑色的耻辱。”

“这实在让人忍无可忍，”乔治严肃地说，“妈妈，我很奇怪您以前为什么从未讲过这样的遭遇。我无法耐心地坐着，听您被如此不近人情地残忍地利用！”

“乔治先生，那将是你人格上的一个污点，”牧师回答说，“如果你这么做了。你的哥哥从少年时代起无疑就是个弱智者；而且自从他妻子去世以后，他仅存的那点儿智慧也一天天地消逝了。”

“博士，您的话说得一点儿错都没有，”葛瑞皮太太继续说道，“因为这可怜的孩子那时候的确是陷入极度的忧郁中了；我猜他从来就没有真正摆脱过这种心情；因为他——唉，先生们！——在那之前他是我所有孩子里最好的一个；但自从他媳妇难产死去的那一天，那一刻起，他就变了一个人。你们一定记得在他妻子的葬礼上他是多么冥顽不化、不近人情；而且，还有一件事我不说出来心里就压得难受：当他善良的父亲想立下一份遗嘱，让我们大家都过得安逸舒适时，他死活都不答应，简直要放火把我们这座房子烧了！”

“我很清楚您说的大多都是事实；但是让一个人考虑采取措施解决他哥哥能力不足这个问题是件痛苦的事情，”乔治回答说，“因为他一旦不能继承家业，他一定会受到世人的大肆毁谤；而您是知道的，对于沃尔特来说，这样的苗头已经出现了。”

“而且人们都说，”葛瑞皮太太大声说道，“要不是那无孔不入的老基尔列文运用手段，他就被证实疯癫得如同三月的兔子了；毫无疑问，因为他知道自己从前是如何钻了法律的空子的，如果事情出现反复，他可能还会有办法。我不想看到我的孩子被送进疯人院；而同时，邓赫姆博士，我如果为此事开脱的话，我就不能对我其他的家人尽到一个基督徒和母亲的职责。”

“我觉得，”乔治回答说，疑惑地看着这位可敬的博士，“当一个人被证实缺乏处理自己事物的能力时，不一定要被监禁起来。”

“噢，不；完全不会，乔治先生，”牧师明确无误地回答说，“它不会使你哥哥陷入逆境；只会迫使你把这份田产的管理承担起来。”

"那会很不方便，"乔治回答说，"因为账房的事务需要我全神贯注。您是不知道，邓赫姆博士，美洲的这次叛逆行动给商人们增加了多少焦虑。但这同时，如果我允许我的母亲继续生活在这么不幸福的状态下，对于迫使她把自己的养老金花在房屋修缮和其他开销上这样公然的不公正对待一言不发，我就是对母亲的大不敬、大不孝！"

那一刻就此话题没有继续进行下去；但是，在走回格拉斯哥的路上，和博士的谈话使他的意志变得更为坚定——或者，也许更为确切的是，他看上去如此充满疑虑而又小心谨慎，以至于这位诚实的牧师觉得有必要劝说他考虑事情不要过度地细致周密了。

第十四章

在这位牧师和乔治离去后，葛瑞皮太太有了闲暇时间考虑沃尔特用另一个孩子为自己带来的这桩非凡的交易，她的关切——应该说是喜悦——大大地增加了。由于为第二天沃尔特的女儿的葬礼进行的必要的准备工作，加上"这笔新收入"——她这么称呼沃尔特抱来的这个失去父亲的孩子，"本身比迎接一个新生儿要处理的事也少不了多少"，自从丈夫去世后，这一令人悲伤的场合，远比此前的任何一件事情，都让她更为认真地忙碌着。房屋里回响着她对仆人们的警告声，还有她穿在脚上的那双旧鞋，迈着小碎步，行色匆匆中鞋跟着地发出的和她那如簧之舌同样灵活的咔嗒咔嗒声。但是所有这一切忙碌和众多的忧虑随着前来找寻孩子的查尔斯·瓦金肖夫人的到来突然中止了下来。而那个小女孩，此时因得到她叔叔的爱抚和拥抱，高兴得都不愿和妈妈一起回家了。

“贝儿·法泽兰斯，我在想，”葛瑞皮太太说，“像你这样生活拮据的人，怎能不对这样的天赐良机表示感激呢。瓦蒂是个善良的人，你可以放心，孩子待在这个家里不会受到伤害或挨饿受冻。在我看来，他把孩子强行抱来不过是上帝的授意，因为在这之前的任何理由都不能迫使他为你们拿出一笔生活费来。”

“但是，我不能把我的孩子交给他。您知道沃尔特先生有许多小怪癖，因此不太适合照顾孩子们。”

“可是，他愿意担负这孩子的一切费用呀，”葛瑞皮太太说，“为这你就不该反对，而要答应下来；因为你知道，我会引导她接受教育；我想你不会期望她比我们的梅格——米尔洛基特夫人，被培养得还要出色吧？梅格曾在小钢琴上弹出过七首乐曲和一首进行曲，在爱丁堡绣出过一副亚当和夏娃在生命树下偷吃禁果的绣品；在咱们的亲戚里以前还从没看到过同样出色的绣品。总之，贝尔，我亲爱的，我建议你把孩子留下和我们一起住；因为，除非瓦蒂被赶到一边去，否则无论对孩子还是对你都是一件好事；因为他是一个非常节俭的人；他的收入远不止他手里的存款。”

这位年轻的寡妇急切地问道：“您说的把他赶到一边去是什么意思？”

“唉！贝儿·法泽兰斯，”葛瑞皮太太以她最为感伤的方式大声说道，“你还不知道有一大家子人是什么滋味。现在这房子真成了伤心地了，即使没有尸体停在那儿等着入殓。牧师先生和乔迪来过了，他坚决地认为——我们都知道邓赫姆博士是多么有眼光和判断力的一个人——他认为瓦蒂没有能力维护住我们这份家产；当你的小叔子听说我是怎样被他使唤的，他说无论是法律还是正义都不该允许他继续让他的母亲住在这座牢房里，住在这块埃及地上；所以，当我们把这孩子安葬后，可能会有关于瓦蒂的智力是否正常的某种讯问，你可能会觉得我这个做母亲的听了一定伤心死了。但如果这是上帝的意愿，我必须服从；因为在一些事情上，瓦蒂确实让人忍无可忍；但话虽这么说，我还是想让他用自己的方式对待你的孩子，直到我们看到最终结果。因为，尽管我这个当母亲的必须说从天理上讲，他不可否认地是个尽人皆知的痴愚之人；但是通过法律的惯例，他可能被裁决为一个足够稳重之人。所以你我都不要挑事或参与其中;而是在大雪降下之前快把山楂收了,让该降临的一切降临吧。”

我们不敢说查尔斯·瓦金肖夫人听到这一消息后是否真的吃了一惊。她对自己婆婆和乔治的性格已经是相当的了解,以至于从婆婆那儿听到更奇异的消息她都能保持镇定。无须赘言,葛瑞皮太太并没想到自己的这番言辞在儿媳身上没有产生期盼的结果;相反,儿媳说:“您这话只让我确信把孩子留给沃尔特是不妥当的,我会为此内疚的。”

就在这个节骨眼儿上,她们的谈话被领着玛丽进来的沃尔特打断了。

“贝儿·法泽兰斯,”他说,“听我的,你快回家去,把杰米带来和我们住在一起。这房子足够我们大家住的,而且这对我妈来说也是一件大好事——因为你知道她心大,整天想着扭啊跳啊,她不想干活,能把一只甲虫当孩子,对它跳舞,一边把拇指弄得噼啪响,一边唱道:

跳个舞给爸爸看吧,我漂亮的小姑娘;
旋转着闪开;旋转着躲藏;
鲍勃藏好了,我漂亮的小乖乖;
你会得到一份好吃的——
脸蛋儿红红的苹果和一块羊肉火腿。

所以立刻回家吧,贝儿,把你的儿子带来,我们大家住在一起，像鸽棚里的鸽子那样亲热地住在一起。”

但是尽管葛瑞皮太太的确一心一意地喜欢热闹，她依样有着具有相似爱好的人们天性中具有的那种共同缺陷——换句话说，一想起这个提议，心脏就忧惧得怦怦直跳，就像人们在期待着享受快乐时普遍会感受到的那样；她在表达这种感受时一般采用抵触和不情愿的形式和语言，而且有时甚至发展成拒绝。

“你说什么?!”当时在沃尔特这一提议的强烈影响下，她冲他大声喊道，“你完全失去理智了吗？说什么把另一家人的担子全压在我身上？”

“我确信，”沃尔特回答说，“如果您不喜欢这样的话，您完全可以用您继承的遗产盖座房子，过上贵妇人的生活，为了我，妈妈。但贝儿·法泽兰斯和她的孩子们一定要到这儿来，因为这是我的房子，您知道——是由我父亲，经过了所有法律程序，明确传给了我和我的家人——是我自己的财产我就要自己掌管。”

“谁会想到好心换来的是这么个结局呀！”葛瑞皮太太回复说，“我猜想，贝儿，你是一定得来和我们住在一起了？”

“如果她不来，”沃尔特说，“我就去一个没人认识我的地方，把她的小玛丽放在我背后的一个竹筐里，就像珍妮·内特尔斯那样——我已经下定决心这么做了；所以您把这事放在膝盖上掂量掂量,想清楚了。”

“我和你达成个协议吧,沃尔特先生,”查尔斯夫人回答说,“我今晚把玛丽留下,明天葬礼后带詹姆斯过来住上几天。”

“你们就一直住下去了,”沃尔特大声说,“因为你是一个比我妈妈更有教养的夫人,你将拥有统治和使用这所房屋的全部权利,可以制作果酱和果冻;我妈妈拿手的全部食物不过是黄油和奶酪。”

他母亲惊呆了,半天说不出一句话。最终,她把双手坚决地插进两侧的口袋里,说道:

“哎呀,原来你不腼腆呀。可我犯不上和一个生就的白痴大动肝火。我的孩子,如果爱丁堡的十五位律师大人能用法律或信条管束你,你的统治就注定不能长久了。厌恶你的母亲!把我像一个老妈子似的虐待,而且,还设法把我从这所房子里赶走!”

“噢,您别真生气,”查尔斯夫人插话说,“他不过是口头说说而已。您知道他的脾气,不必为他的话感到吃惊。”

然而,这位母亲的怒气不是很快就平息得下去的,她的怒火凶猛地燃烧了一阵,她的儿媳被迫动用了不少的心思才使随后爆发的母子间的争吵平息下去;但终于她的努力取得了成功,事情的结局是玛丽被留下来暂住一两天,以确定沃尔特对她的情感是一时任性,还是真正发生了转移。为了保持平静的气氛,防止任何过激行为伤害到这小女孩，她的母亲和哥哥随后也会到葛瑞皮住上几个星期。

第十五章

有关这一安排的消息在第二天的葬礼上传到了邓赫姆博士和乔治的耳朵里,产生出极为不同的效果。天性仁慈友善的牧师，确信沃尔特接纳嫂子及其家人的这一提议是受到了一种责任意识和宗教意识的影响，因此懊悔自己如此匆忙地对沃尔特的智力低下表达出了坚决认同的态度。事实上,每个听到这件事的人几乎都给予了相同的解释，都对这个白痴在表达兄弟之情和基督徒之情时的那种笨拙的善良发出了喝彩。

然而,乔治也许把这件事看得比众人都要真切;但是沃尔特因此在亲朋好友心目中留下的良好印象使他极为烦恼,这迟迟无法满足他获取这片田产的管理权的欲望。但他继续去葛瑞皮探望，抓住一切机会让他的朋友们注意到他哥哥的愚钝。然而,在前面一章提到的那事件发生之后,没有什么事情将他的愿望进一步推进,直到圣马丁节期间,沃尔特拿到了他的田租。他给了嫂子一张十英镑的钞票，却只给了母亲一枚半便士的硬币，算是还清了她用寡妇继承遗产补贴家用时的欠账，但他坚决拒绝偿还在此期间他母亲为协调家族关系和房屋修缮而支付的几笔数额不大的开销，说母亲所有的支出和她在家中的食宿费用相比都算不了什么。这是最无情的一句伤害了；因为她理所当然地把自己对瓦蒂的照料估算得比这有价值的多。

然而，她什么都没说；而是在转天，借口去看望她的母亲——如今身体非常虚弱，无法走出自己房间的普里兰老夫人，到格拉斯哥见到了乔治。她喋喋不休地向乔治高声抱怨她所受到的伤害，并说他哥哥完全不适合在不受任何约束的情况下拥有这片田产。

乔治像个孝顺儿子似的对母亲的悲伤和痛苦表示出极大的同情，向她保证即刻就采取行动帮她摆脱这些烦恼，并保护住家产，以此来安慰母亲。而且，因为那天她答应留下吃午饭，考虑到沃尔特在给嫂子礼金时大手大脚，全然不考虑其他家庭成员的感受，母子俩认为也可借此机会向基尔列文先生咨询一下。因此，一个信差被打发到那位诚实的律师那儿，请求他在午饭后到访；总之，乔治抓住一切展现的机会向母亲证实他比哥哥更善于欣赏母亲的价值；而他母亲不仅得到了安慰，而且对乔治真诚的关切感到非常欣喜。

基尔列文先生如约而至；葛瑞皮太太把她遭受的全部侮辱大大地描述了一番，但是她的儿子轻声温和地打断了她，说道：

“我亲爱的妈妈，用这些事情来给基尔列文先生增添烦恼是毫无意义的；他和我们一样知道沃尔特的缺点，毫无疑问。”他又转向这位律师，补充说，“您听说我哥哥把查尔斯夫人和她的家人接到葛瑞皮这一异乎寻常的举动了吧？”

“我真心地，”这位心地坦诚的人回答道，“没想到他这么富有同情心，这么懂得人之常情，但是我很高兴听到这件事。因为，他自己的孩子不在了，我确信对他来说，没有任何举动能比这更能给那两个被剥夺了继承权的孤儿一些补偿——要不是你父亲突然离世，他们就能分到家产了。”

乔治听到这话不知如何回答；但是他母亲，像其他女人一样，对于面前出现的一切话题和场合都能有所应对，说道：

“把它称作理智和感情听起来很好，但如果非要我说出事实真相，我就要给它另起一个名字。基尔列文先生，我都没法用言语描述自从您的老朋友去世后，我在这个白痴这里都受了些什么罪。您的老朋友是个有一技之长的人，如果他能留下个让我得到些安慰的孩子给我，像他那样，永远都因他的善良显得那么有教养，我也就不会知道成为一个无助的寡妇是什么滋味了。但是一定有法子解救我们所有这些身处困境的人们吧？不能再允许沃尔特以这种酷似狂犬病患者的方式去挥霍和破坏了；因为我不妨告诉您，他已经听不进任何忠告和劝诫了。那么，基尔列文先生，您觉得以您在法律方面的知识和手段，我们能让他受到裁决，把田租和对家产的统治权从他手中夺过来吗？因为，如果任由他这么肆意妄为下去，我会受到伤害，而他自己也会一贫如洗。"

"他都做了些什么？"律师问道，有些若有所思。

"做了什么！还有什么是他没做的？他给了贝儿·法兰泽斯一张十英镑的钞票，而我要他归还我不得不为这房子支出的大量现金时，他就像铁匠手中的老虎钳那么冷酷。"

乔治，在他们说话的过程中观察了律师的脸色，说道："妈妈，我猜没有人会同意您那种想法。我嫂子需要他的善意资助，但您继承的遗产都花不了；因为，在您所有这些吓人的花销之后，"他微笑着看着基尔列文先生说，"您还是存下了钱。"

"但那和他又有什么关系？"葛瑞皮太太喊叫着，"难道不是欠债还钱，好借好还吗？他难道不该偿还我在他身上的花销吗？这种拒不认账的人难道不像是个疯癫之人和一个白痴吗？我确信，基尔列文先生，不用我告诉您，瓦蒂从没有真正神志正常过。当年为我父亲的遗嘱辩护，您是怎么让他看上去智力正常的，您自己最清楚；但从那之后惹出的麻烦事可是让人忘不了。”

基尔列文先生深深叹息了一声，用略带歉意的语气继续说道：“但是沃尔特从那之后可能又经历了某种变化？”

“是的，”乔治说，“他妻子的突然死亡使他陷入的悲哀和惊慌失措无疑对他的精神产生了重大影响。”

“那时他完全疯狂了，”葛瑞皮太太喊道，“无论是父亲还是母亲，朋友还是敌人都不能让他有所缓解和停歇；国王的军队也不能让他以正常人的方式抬着妻子的头走到墓园。我确信，基尔列文先生，因为您出席那次葬礼了，您可能记得她的父亲基尔马开柯不得不代替他的位置。据他们说，在他把女儿的头放入到墓穴中后，捏一点儿鼻烟来吸这么个时候，一阵旋风吹走了他的加那利鼻烟；那时，人们都觉得让一个人出席他独生女的葬礼是一种极不顾及父母身份的行为。”

基尔列文先生回答说：“我要诚实地向你们承认，我确实认为近来沃尔特先生有些智力缺失的迹象。但是他对自己可怜的哥哥的遗孀和家人的善举中有大量的证据可以表明他既有健全的心智、理性，又有正常的心胸，瓦金肖夫人,您只能尽力和他争斗下去了,因为在我的良知中,知道自己对这个家庭有多少了解,插手这样给人以安慰的兄弟之情,我是会感到悲哀和惭愧的。"

"这正是我的观点,"乔治说,"因此我想劝说我母亲容忍她如此痛苦地遭受的那些冷落和虐待——同时,我无法断定,但我担心她的处境有可能变得更加恶劣,而不是有所好转,因为沃尔特看来有这样一种倾向——不仅以非常吝啬和卑鄙的方式对待她,而且要把整座宅子的支配权交给查尔斯夫人。"

"不!"葛瑞皮太太高喊着,在乔治工于心计地唤醒了她的委屈后,一下子燃起了心头的怒火。"他做得更过分,几乎用肩膀把我赶出了家门!"

"他和您动手了吗,孩子妈妈?"基尔列文先生以他从事律师职业特有的声调诚挚地问道。但是乔治阻止她给出答复,说他母亲一直用一种特别的偏爱对待他哥哥,而这种偏爱换来了如此冷酷的回报,她自然觉得生活受到很大困扰。乔治继续用他狡诈阴险的方式扇着基尔列文先生似乎急于要熄灭的火焰。

然而,基尔列文先生好像突然察觉到了乔治的意图,向他投去了一道严厉的目光,使他变得困惑而又尴尬,这时这位诚实的律师起身,向他们告辞——他是冲着乔治说的。乔治起身送他出门。

“魔鬼既需要漂亮的外衣，又需要谨慎的脚步来隐藏它的偶蹄——我不多说了，乔治先生；但不要让你可怜的哥哥的孩子们比现在过得更悲惨——不要再煽起你母亲的怒火，当那可怜的人脾气发作时，适当躲避一下——因为最明智的女人发脾气也是一阵阵的，需要缰绳和马笼头来扼制一下。”

第十六章

“我希望并且相信，”在乔治送这位律师出门回来后，葛瑞皮太太说，“你能多同情同情你妈妈，而不是被那个诡诈的律师心术不正的劝告所左右。我看得很清楚为了他自己的名誉，他想对瓦蒂精神错乱这件事保密。但是乔迪，他肯定不是这个城市里唯一的律师吧？我听说有几十个律师既有能力也愿意接手这种官司呢；如果格拉斯哥没有一个律师的本事达得到，就到爱丁堡去，我过去常听我坦诚的父亲说，那儿有大批的能人，可以和鬼王别西卜较量。”

“妈妈，我急于想做任何事情让您更快乐一些，”乔治回答说，“但是世人往往会谴责我受某种阴险和自私的动机的驱使。如果我败诉的话，将是很不光彩的。”

“让一个手持铁棒、暴君般的癫狂之人继续统治着我们，骗去我——他的母亲自己合法的继承遗产和诚实所得，而把他自己继承来的遗产肆意挥霍，好像十英镑的钞票是万圣节前夕的树叶子似的，这简直是烙在身上的黑色烙印，奇耻大辱！”

“我很清楚您说的话都是真实、公正的；但是您知道法律的不确定性，”乔治说，“如果我们不能成功，其后果对我来说将是致命的。”

“如果他想到了再婚那后果会是怎样呢？他会在预先一个小时给我通知后毫无顾忌地将我送出葛瑞皮。”

这句话触动了她儿子最敏感的那根焦虑的神经；远方似乎影影绰绰地出现了一长列没有出生的儿子，排在了他和那片要继承的田产之间，他立刻惊恐起来；但表面看去，他只是同情他的母亲。

“即使他要再婚，”他说，“他也不可能这么无情。自从您和我父亲成婚后就一直住在葛瑞皮。这是您的家，有许多美好的回忆让您割舍不下。如今在您垂暮之年，把您赶到格拉斯哥，生活在令人窒息的空气之中，不得不沿着肮脏的盘旋楼梯爬上爬下，实在是太残忍了！”

“那我离死也就不远了！”葛瑞皮太太大呼着，叹了口气，用围裙角擦着一只眼睛。“总之，乔迪，如果你不采取行动，让他没条件再婚，我就认为你的本事比这白痴也强不到哪儿去。但我得往回赶了,因为他们都会纳闷儿我被什么事耽搁住了。但有一件事我要提醒你,那就是,特别注意,不要把咱娘儿俩说的话对任何人讲,因为一旦那天生的白痴在一切就绪给他套上法律的紧身背心之前得到风声,没人说得出他会对咱们俩做出什么伤害;所以,我建议你做这件事的时候,要小心谨慎、深思熟虑,让他没有任何理由猜到你的意图。”

然而,没有太大必要说出这番话的后半部分,乔治完全知道这一官司的困难和微妙之处;但是他说:“他有过企图打您的时候吗?”

“噢,没有,”他母亲回答说,“公正地评判这个傻东西,他的举止还是足够友善的;只是不再像过去那样受我的支配和引导;这让我伤透了脑筋。”

“因为,”乔治又说,“如果他曾经胆敢这么做,那么在开始针对他的诉讼时麻烦和顾虑就少多了。”

“没有;但如果这是掌控这件事的一个法子,我们可以很快就激怒他,让他把手举起来;但他是个有力气的家伙,我有点儿害怕。不过,乔迪,你可以千方百计等待它爪子懈怠一点的时候;所以明天早上过来试试吧;如果我们希望这件事合乎法律,优柔寡断可不行。”

怯懦是警察最好的辅助者,乔治有足够的判断力不去冒险唤醒他哥哥这头有着赫拉克勒斯般肌肉的睡狮。

但在其他方面，他听从了母亲的建议；而且，为避免触犯法律，又能起诉这位犯罪者，他申请由律师加百利·皮特文诺克受理此事。他觉得根据这位律师平素的为人，他可以比和基尔列文先生共事少一些顾忌，少受一些详查。

与此同时，葛瑞皮太太返回了家中，就此话题对所有的家人只字不提。她表演得如此之好以至于即使是比她儿媳疑心重得多的观察者也绝不会猜到她的两面派言行。实际上，她行为举止中任何能被察觉出的变化都是经过盘算来平息所有猜疑的，因为她比往常看上去对沃尔特更加关心和体贴，甚至在那些本该运用命令和责骂才符合她一贯行为的场合，她都放下身段好言好语地哄劝他。

在和基尔列文先生会面后的一周里，乔治去了爱丁堡，随行的是处事谨慎的加百利·皮特文诺克。在路上他们之间发生了什么，看到了谁，在那个智力发达的城市他们获得了什么建议，我们无须赘言；但此事的结果是，在他们返回大概一个星期之后，加百利来到了葛瑞皮，一同前来的是个陌生人，葛瑞皮太太似乎从前对他的影响和地位有所了解，因为她带着某种程度的礼节性的敬重走到他近前，与她的日常习惯迥然不同。事实上，这个陌生人正是法律界名人——辩护律师司瑞坡先生，是长期在议会大厦承揽重要诉讼案件的一位绅士。这位大名鼎鼎的律师有着发现法律漏洞的敏锐目光，能巧妙地分辨出那些常常与正义相矛盾的法律细节。

当这位古苏格兰帕多瓦大学有学问的博士和他这位可敬的同事到来时，查尔斯·瓦金肖夫人恰好在田里；但是，她的儿子詹姆斯看到他时，对他的相貌大吃一惊，就跑去告诉了自己的母亲。沃尔特也受到了同样感觉的影响，跟在他后面跑来说："来呀，贝儿·法泽兰斯，来看看撰写文书的皮特文诺克带到我们家一个多么稀罕的怪人。我妈说他是只会捕鼠的猫，说他在爱丁堡四处走动，穿着黑色的袍子，头上戴着假发，在法官面前走来走去。我奇怪这家伙到这里来干什么。他有个银质鼻烟盒，一直在那儿轻轻拍打；听他讲话，你会觉得有几百个妻妾的所罗门国王在他看来只是个傻瓜。"

查尔斯夫人听到这样一位来访者吓了一跳，因为她立刻想起了乔治和皮特文诺克的爱丁堡之行，一种同情感，夹杂着对沃尔特近些天友善款待她和孩子们的感激之情，暗示她应该让他有所防范。

"沃尔特，"她说，"在两位律师在那儿时，我建议你不要走近那房子，因为谁知道他们可能会对你做些什么？尽快赶到格拉斯哥，告诉基尔列文先生这里发生的一切；并且对他说我有理由担心他们的来访对你不利，所以你需要他的建议和帮助。"

这个对法律有种本能的恐惧的自然人，没做任何回答，而是大惊失色地立刻转身前往格拉斯哥。

第十七章

乔治和皮特文诺克在前往爱丁堡的行程期间已悄悄拿到了大法官法庭的辩护委聘书，指示该郡郡长召集一个陪审团调查受到指控的沃尔特痴呆无能的事实。这次皮特文诺克和辩护律师司瑞坡先生是来葛瑞皮和乔治碰面，目的是确定在审讯前必须举出的相关证据。所有这一切看上去都像预先打算的那样本着对那不幸的傻瓜最为审慎周到的态度进行着，与社会公义的监管宗旨相一致。

“我可以向您保证，”当他们走向葛瑞皮屋舍时，我们的朋友加百利对手持拐杖细细探路，时而吸点儿鼻烟的司瑞坡先生说，“我可以向您保证，除非最迫切的要务才会让乔治·瓦金肖先生提起这些诉讼程序；因为他是极为可敬的一位绅士；据我所知，长时间以来，他屡次三番地受到催促告发他的哥哥，他都加以推脱；但近来这白痴的行为变得不可容忍，他母亲再也忍受不下去了，他想拦也拦不住了。”

“乔治先生家境富裕吗？”这位辩护律师不动声色地

问道。

“他只是个年轻人;但他入股的房屋是格拉斯哥发展势头最旺的房产之一。”皮特文诺克回答说。

“或许,他有个大家庭?”

“噢,不,只有一个女儿。而且,他的妻子,”加百利说,“据我了解,不大可能再有孩子了。”

“不过,她可能会有儿子,皮特文诺克,”辩护律师俏皮地回答,同时吸了点儿鼻烟。“但你说主要是这家的母亲鼓动瓦金肖先生采取这一行动的。”

“他是这么告诉我的。”这位律师回答说。

“她的证据非常重要,因为一位母亲在没有充分的理由的情况下,极力推进这种性质的法律程序是不正常的,除非她从这起诉讼案的结果中能即刻有所收益或有着明确的预期收益。你觉得是这样吗?”

“我不这么认为。”加百利说。

“你觉得法庭可能批准下来的监护这个白痴的补贴会对她有什么影响吗?”司瑞坡先生眼睛依旧盯着路面问道。

“我一直听说,”他得到的回答是,“她不仅拥有一大笔寡妇继承遗产,而且还有根据她的父亲——老普里兰的遗嘱特别留给她的一笔数额可观的补贴。”

“啊!她是老普里兰的女儿?”这位辩护律师说,“我就是在他的一起案子中第一次被聘用的。他与人抗辩的精神几乎达到了狂热的程度。”

这两位冤情昭雪者就这样一边闲聊着，一边朝葛瑞皮家走去，按约定去和乔治会面；正如我们在前面一章提到的，他们比乔治早到了几分钟。

与此同时，瓦蒂受到一种莫名焦虑的刺激，预感到某种危险即将降临，一路飞奔着来到基尔列文先生的账房。当时，基尔列文先生正坐在办公桌前。

“哟，沃尔特先生，”这位诚实的律师从他研读着的一份契约上抬起头来，看到他有些吃惊地说，“今天有什么好消息吗？哪阵风把你从葛瑞皮吹来了？”

“基尔列文先生，”沃尔特回答说，踮着脚尖走近他，向他低声耳语道，“我要告诉您一件事，基尔列文先生：两只懂法律的老鹰落脚在我们那儿了；凭您的经验，您知道，他们这样的人不会无缘无故跑到乡下去的。”

“不可能！”基尔列文先生高呼道；那一刻他和乔治及葛瑞皮太太会面的情形重又闪现在他面前，他立刻猜出了他们此行的目的；接着说道，“真是太可恶了；但是你知道他们来找寻什么吗，沃尔特先生？”

“不，”他说，“但是贝儿·法泽兰斯吩咐我来告诉您；因为她觉得我可能需要您的忠告。”

“她表现出了一个真正朋友的样子；我很高兴你能来

我这儿，”律师回答说，“而且为了能帮助她和她的孩子，我希望我们能击败他们的阴谋和伎俩。但是我要建议你，沃尔特先生，远离伤害，不要到你说的那些老鹰门上去。”

“您有什么方舟或兵器库吗？基尔列文先生，让一个人可以躲进去直到他们离开大门，远远地走开？”沃尔特胆怯地喊叫着，焦虑地在房间中环顾着。

“你不该讲这种蠢话，沃尔特先生，而要表现得更像个男子汉！”他的律师朋友伤心地说，“真的，沃尔特先生，因为我想他们是来记录你的言谈的——也许是来侦查你的行为的，然后就此向他们的上司做出不利于你的汇报——听从我的建议，尽可能少说话。”

“我一个字也不说——我要做个哑巴——我要像斯托克威尔家前面市政官格莱斯福德家门前的那些雕像一样静静地坐着。基尔列文先生，十字架旁黄铜马上的威廉国王本人和今后的我相比都是个受人欢迎的布道者。”

瓦蒂讲这番话时的单纯和真诚把这位好心的律师逗乐了，同时又叹了口气。

“我希望，沃尔特先生，”他说，“没有任何理由把那样的限制强加在你身上；这只是我作为一个朋友对你的建议，不要和你不大熟悉的人交谈，而且要穿上你最好的衣服，要刮胡子，在所有事情上都要平易近人、举止得体，要像基托思顿修的领主和一个古老的受人尊敬的家族的代表。”

“哦,这个容易,”这白痴回答说,“我要从写字桌后面把我父亲那根套着金箍,有着系穗儿的银环的象牙头手杖拿出来,从他去世后就一直放在那儿,我要像一个格拉斯哥地方长官那样在房前走来走去。”

“看在上帝分儿上,沃尔特先生,”律师大声说道,“别做这么疯狂的事!这样的事正是他们所希望看到的。”

“那还有什么办法,”沃尔特无助地说,“能让我的举止像个绅士,或是一片土地的领主,上面生活着有着像我父亲的基托思顿修的瓦金肖家族这样古老的血统的一批随从?”

“的确,”基尔列文先生同情地说,“说起来令人伤心——但是我怀疑,我怀疑,给你提出建议,我真有些力不从心。”

“我确信,”沃尔特绝望地喊叫道,“当造物主创造律师时,一定是遭遇不幸了。魔鬼们和他们相比不过是学徒的作品。我不知道该怎么做,基尔列文先生——我宁愿自己死了,但是我不想死,因为珍妮说起她父亲的奶牛和老罗宾·格雷时特别悲哀。”

“沃尔特先生,”在停顿了几分钟后,他的朋友说,“现在你到西皮尔夫人——你外祖母家去吧。我要到葛瑞皮去,弄清他们这次来访的用意。等我完全了解他们的意图后，我们就能想出更好的办法对付这些敌人了。”

“我要像个锤头似的敲碎他们，”沃尔特骄傲地大声说道，“我要站在一座堤坝后面，用石头狠狠地砸向他们，直到砸得他们魂不附体——我决心要这么做，如果您赞成的话，基尔列文先生。”

“好了，好了，沃尔特先生，”基尔列文先生失望而又悲伤地回答说，“等我回来再从长计议吧；但是因为一个人这一生中所做的唯一一件明智的事而去考虑证实他的精神一切正常，实在太困难了！尽管如此，我不会气馁的；我现在只能奉劝你要注意举止得体，符合自己的身份；因为说真的，沃尔特先生，你表现得这么像个跳水者似的，引人关注也不足为奇。所以，我劝你把自己收拾得潇洒整洁，不要再扮演小丑般的角色。”

沃尔特向他保证对于他的建议他会言听计从；离开律师的办公室后，他径直去了他外祖母的住所；而基尔列文先生，立刻被他的人性和职业责任感所驱使，叫来他的马匹，就在那个辩护律师，皮特文诺克先生和乔治准备离开时赶到了葛瑞皮。他们没能等到沃尔特的归来，而司瑞坡先生本想和沃尔特单独聊聊的。

第十八章

基尔列文先生的到来使这仨人联盟和葛瑞皮太太惊慌失措——因为当时司瑞坡先生在仆人中的调查结果使他们对可怜的瓦蒂痴呆无能的不可置疑的确定性达成了完全一致的意见。“我们必须从那段路走过去。”辩护律师说着；这时，乔治碰巧朝窗外扫了一眼，看到这位仁慈的律师骑着马沿着林荫道迎面走来。

“天哪！”他说，“那个老讨厌鬼基尔列文来这儿干什么？”

“基尔列文！”葛瑞皮太太喊叫道，“那可是个奇人。我看，绅士们，”她接着说道，“你们最好从后门走——因为你们也许不想听他烦人的瞎叨叨。他这个人不怎么了解法律辩护，要么就是我大错特错了，尽管他在和我表哥——莫克林生产麦芽的基尔海斯辩护时帮这可怜的傻玩意儿越过了重重障碍。我完全相信，司瑞坡先生，他不是您愿意与之结交的那种人，因为他没有一位辩护律师在法庭辩护的种种手段中练就的一双利爪。凭我最准确的判断，他只是个狡诈之人，能使法律发挥不了效力，当然，对于修道院的谈话室和法庭最终判决来说，这不过是一个普通家庭妇女的行为而已，所以我建议您现在不要见他。”

然而，司瑞坡先生比葛瑞皮太太猜想的更深地看出了她的心思；而且，因为避免他人对事情的缘由提出质疑，永远不会损害辩护律师或代理人的利益。特别是像这样的一起案件中，已有足够的依据支持一个长久而又狂热的争执的时候，于是那个绅士说道：

“那么说基尔列文先生是在上一起诉讼案中雇用的代理人？”

“正是这样，”葛瑞皮太太继续说道，“您知道，只凭他自己，是不可能参与到这件事情中的。”

“啊，但是，夫人，”这辩护律师严肃地回答说，“他可能是那愚昧者的代理人。因此，我们很有必要把这一点弄清楚；因为，一旦辩词受到反驳，我们不可能预料到会出现什么障碍，尽管在我看来，根据我所听到的证据，您儿子的痴呆无能最终将被证实，这一点是毋庸置疑了。皮特文诺克先生，您不认为我们还是应该见见基尔列文先生吗？”

“当然，”加百利说，“而且事实上，根据交与郡长的辩护委托书的规定，鉴于领主是诉讼案的一方，也许，即使基尔列文先生没有被聘请，他被指定代表这个愚钝之人接手这一官司，在世人看来也是公正，满意的。瓦金肖先生，你意下如何？”

乔治一时语塞，但他随即回答说，出于很多原因，他希望整件事尽可能私下里解决。“但是，如果诉讼程序在形式上要求沃尔特一方有一位代理人，我也没有意见；然而，我认为基尔列文先生不是最合适的人选。”

“天地呀！”葛瑞皮太太高喊着，“一会儿是应对辩词，一会儿是听取证词，最高民事法庭法官和所有十五位法官大人都从爱丁堡来这儿把我们从房屋厅堂里赶走吧！绅士们，如果你们愿意接受我的建议——在我那可敬的父亲健在的时候，就对法庭辩护的费用略知一二，你们就不要和基尔列文，加德文或是其他任何一个以代理人身份出现的什么‘文’打交道；而要和郡长以庄重谨慎的方式解决这件事。”

司瑞坡先生，看着皮特文诺克先生和乔治，轻敲着他那镶着金边、饰有黄金图案的象牙鼻烟盒，微笑着，当基尔列文先生被引领进屋时，吸了一点儿。

“乔治先生，”基尔列文先生就座后，镇静地说，“我来这儿不是问一些无关紧要的问题，而是作为你哥哥的法律顾问受他的委托而来。因此，你有必要就自己的意图给予我适当的通知。”

司瑞坡先生又吸了点儿鼻烟，加百利探询地看着他的当事人——乔治此时难以掩饰他的困惑，而这位老太太要镇定自若得多，说道：

“基尔列文先生，我可以大胆问一句谁派你在这时候来这儿的吗？”

“我是应沃尔特先生本人的特别请求来这儿的，”他回答说;同时转向那位辩护律师,补充道,“这不大像是痴呆的举动。”

“按他自己的意愿他决做不出这样的事。如果是那个干预我们家务的贝儿·法泽兰斯派他去的，我倒不奇怪，但我要立刻去弄清事实真相。”葛瑞皮太太高声说着,立刻离开房间去找查尔斯夫人询问此事了。

在她不在房间的时候,基尔列文先生继续说道:

“不可辩驳的是,司瑞坡先生,”因为他知道这个辩护律师的真实身份,“这位领主是个有些异常和古怪的人——我们都有自己的怪癖;但是他接受过良好的教育,他的小学校长在从前的一个场合证明过他的能力；当然即使有证据表明他没有尽到最大努力把他的田产管理好,也绝不能因此就指责他,既然我们每天看到这么多最聪明的领主、贵族和乡绅因为更大的疏忽和浪费,沦落到吹哨子喂猪的命运。我觉得要证实沃尔特先生在他母亲的协助下无法管理他自己的事务不是件容易的事情。”

“啊！基尔列文先生,在他母亲的协助下！”司瑞坡先生尖声叫道,“他早该摆脱导引绳了，能够在没有母亲协助的情况下照顾自己——如果他有可能这么做的情况下。”

就在这紧要关头，葛瑞皮太太气得脸色通红地返回了房间。“真让我猜着了!”她喊叫着,“都是我那儿媳妇干的好事——她派他去的；她来这儿住的那天天就阴沉沉的；从那以后，有多少不眠之夜我都在为我那可怜的被误导的软弱孩子心痛；因为如果让他自己选择的话，他是不会站在踏脚石上，却毫无顾念地把我——他的母亲，送到流沙丘上，或是把我继承到的养老钱挥霍掉以后让我待在我能待的地方！”

这番话给所有在场的律师都留下了深刻印象。基尔列文先生将它铭记于心，但没说什么。我们的朋友加百利用眼角的余光看了看那位辩护律师——司瑞坡先生并没有流露出已经注意到了葛瑞皮太太暴露出的不纯动机的神情，他对基尔列文先生说：

“先生，这个案子只能由陪审团来裁决；因为，尽管这个愚钝之人能够执行他可能已经收到的任何强制命令，但这与高度的愚钝也并不矛盾——因此不能就此得出结论：他能发起可以被称作少许法律认识所必需的动议或决断。而沃尔特先生是否具有这点法律常识正是这次计划进行的查问所要确定的目标。”

“很好，绅士们，既然这样，”基尔列文先生起身回答说，“因为我已经承接了这个案子，我们就不必就这个话题继续谈下去了。我会做好准备保护我的当事人。”

他这么说着，离开了房间，但心中仍抱有些许希望：也许这些话会让乔治三思，中止这一诉讼程序。但是乔治自己内心的贪婪、他的法律顾问的观点和论断，以及他母亲的愤恨，加在一起削弱了基尔列文先生那番言论的力量。因此，在司法形式允许的最短时期内，根据大法官法庭为此目的获得的特别辩护委任状的大意，和有关定期考察可怜的瓦蒂的理解力和处事能力的状态的证据，成立了一个经郡长批准的陪审团。有关该陪审团的一些叙述我们将随后展现在读者面前，司瑞坡先生率先用一番充满雄辩和独创性的慷慨陈词开启了这项法律业务。他的演讲当然满是苏格兰律师界在当时——今天也不例外——崇尚的那种完美的修辞。实际上，什么都比不过他那番言辞更微妙，更容易获得粗俗乏味之人的眼泪，更容易伪装成人文情怀。他如此定义到底什么构成了——“正常人所应该具有的最低限度的理解力，或称理性，又或称正常心智的功能。法律以其智慧要求每一位作为主体、公民、丈夫、父亲、主人、仆人的个人都必须能够履行人类的职责，——一句话，必须足以执行那些各不相同的基本职责，对此陪审团的每一名绅士都很了解，且了解得很充分、令人赞赏、值得尊敬、且能完美地加以执行。”不过，非常遗憾，我们的篇幅和时间不允许我们深入探讨这个问题。更令人遗憾的是，这个话题一定会让我们公正的读者们极感兴趣，无疑在他们看来，爱丁堡议会大厦的雄辩还是有着不少相当吸引人的情调和讨人欢喜的优雅气派。

第十九章

审问的第一个证人是詹妮·珀迪，乔治·瓦金肖先生家的女仆。此前曾有几年在他父亲家中帮工，我们的读者可能还记得，她正是那个前来禀报老克劳德的儿子生了一对双胞胎女儿时，用如此女性化的手段从老人口袋里骗去半克朗的那个女仆。

“你对沃尔特·瓦金肖先生的印象是什么？”司瑞坡先生问道。

“说实话，先生，”詹妮说，“我对他没有多少印象——他是个痴愚之人，一直都是这样。”

“但你说的痴愚之人是什么意思？”

“我想每个人都知道痴愚之人是什么意思，”詹妮回答说，“就是他又傻，又迷迷糊糊，又心不在焉，喜欢像头猪似的在污泥里游泳。”

“好，但你的意思是说，”这位辩护律师打断她的话问道，“据你所知，他一直都这么愚钝吗？”

“我从不知他比这强过。”

“但你不是一直都认识他——所以，你怎么能说他一直都这么愚钝呢？也许在你不认识他的时候，他相当聪明呢。”

“我不这么认为，”詹妮说，“我觉得他脑子根本就没聪明过——他根本就没有聪明的本性。”

“你说的本性是什么意思？你解释一下。”

“我不会更好地解释了，”詹妮回答说，“我只知道一只猫不是一条狗，天生就不是，所以领主永远不可能是一个有头脑的人。”

“的确是非常聪明，”司瑞坡先生说，“我确信陪审团的绅士们一定非常满意吧，因为对于瓦金肖先生能力缺陷的描述不可能比这个淳朴天真的乡下姑娘表达得更清楚——更与众不同了。但是，詹妮，你能给我们举一个他愚钝的例子吗？”

“关于他我能说的只有这些了。”

“你想不起他在某一天说过的话或做过的任何事情了吗？”

“噢，可以，我当然能想起来——就在我从葛瑞皮转到乔治先生家干活儿的那天，我临走时刚刚剪过羊毛，瓦蒂先生说它们被弄得赤身裸体的，看见它们是一种羞耻，于是就拿来他母亲的一条法兰绒毯子，给那只老母羊玛尔·洛普德戴克披在身上遮羞。”

詹妮接着又受到基尔列文先生雇来的聪明又能干的辩护律师奎里先生的盘问；但是她的证据没有任何动摇，也看不出任何她的主人曾对她施以影响的迹象。

在她离开证人席之前，郡长打趣地说：“詹妮，从你的叙述，我确信瓦金肖先生不是你想嫁的人。”

“这很难说，”詹妮回答说，“基托思顿修是一片很好的田产。很多比我出身好的姑娘都很高兴地选择了房子和土地，哪怕丈夫的智力和人品都有欠缺。”

第一个证人就这样以出色的表现大获成功，而且据说确实赢得了其中一个陪审员——一个上了年纪的头戴无边呢帽的苏格兰小地主的喜爱，此后没过多久就嫁给了他。

第二位证人是莫迪凯·赛克斯希瑞先生——那个著名的索西里纱业工会俱乐部中心的主席和创始人，这个中心位于丰腴的寡妇舍伊德的酒馆里，在酸奶约翰的地头上定期举办附近葡萄酒产区的饮酒活动，该中心高大雄伟的建筑群仍在卓盖特大街上巍峨地屹立着。他是一个上了年纪，衣着整洁，温和安详，有着教友派信徒面孔的绅士，身着本色布服装，宽大的硬麻布衬里裙子垂到膝盖上，使他体形的整体轮廓看上去像是个支撑在白色精纺羊毛紧身裤上的圆锥体。他戴着一顶大量涂粉的马鬃假发，有着一根长长的辫子；在膝盖处和鞋子上都有带扣。他衣着和相貌的整体特征呈现出一个心怀敬意的精明能干、营养良好、诚实自信的经商者形象。他是早有预见的乔治在那些他打算准备好一些证人，一旦时机到来就出庭作证的场合曾带到葛瑞皮的几个绅士之一，而现在这样的时机到来了。

“好了，赛克斯希瑞先生，”这位爱丁堡辩护律师说道,“关于沃尔特·瓦金肖先生的状态您有什么要说的？”

“先生,”这位纱业工会俱乐部的主席回答道,流露出那种他在品尝并分送少量最棒的葡萄酒，或是听取被称作俱乐部的流动资产汇报时会呈现的祝贺的表情。“先生，”莫迪凯·赛克斯希瑞说,“我和葛瑞皮的瓦金肖先生没有什么往来,除了到葛瑞皮拜访的时候;那些时候我总是发现他的行为对于其他人来说更多的是嬉戏而不是意气相投。”

“我认为您是个商人,赛克斯希瑞先生,”司瑞坡先生说,“您的商店在格拉斯哥大街上，靠近十字架。在赶集日,您把一瓶威士忌和一个酒杯放在柜台上,就我所知,您是要给您的顾客们尝尝——你先要自己品尝一点儿或闻闻这酒,然后再递给他们。现在,我要问问您,如果瓦金肖先生在赶集日来到您的商店,您会招待他吗？您能起誓您会闻闻杯中酒,然后隔着柜台把它递过去,让他一饮而尽吗？”

这位辩护律师的这一举动旨在显示他对格拉斯哥当地民风民俗的深刻了解，尽管他自己只是个爱丁堡人——为的是让当地人对他的聪明感到吃惊。

“先生，”赛克斯希瑞先生再次带着他那习惯性的祝贺的语气回答说,"这主要取决于他来光顾的目的。如果他要把毛线卖给我,我不会不给他当天公道的价格;但是,如果他想买,我可能在答应他之前要思量思量。"

"任何一个比他聪明的人如果信誉可疑也会受到同样的抵制。"这位辩护律师狡猾地说。

"无疑是这样的,"这位纱线工会俱乐部的主席回答说,"但是葛瑞皮领主的窘境和这不是一回事,只是因为我会在判断力和情感方面对他有所怀疑。"

"那么他不是一个同他做生意让你觉得安全的顾客了?"郡长说道,急于结束他乏味的讲话。

"正是这样,先生,"莫迪凯回答说,"因为,尽管利益方面可能是安全的,但我觉得如果自己和他打交道的话,在人格方面可能免不了受到诋毁。"

审问这个证人的收获很不被看好;接着另一个证人被传唤上来,一位知名的大学数学教授,一个名为"安德森夏季星期六"的俱乐部的创建者和主席。这位杰出人士的科学成就和抽象天赋都无可辩驳;但他性格的单纯和心不在焉也同样不同寻常。乔治挑选他作为一位看到过他哥哥的偶然拜访者的目的可能是让这位教授证明沃尔特在算术方面是无能的;当然这位教授总是发现他完全不能就这个问题保证自己给出最有说服力的证据;但是就在调查过程中的最后一次拜访中发生的一件事情,似乎使这位学识渊博的数学家的观点受到了强烈震撼。

“教授，我得知您认识沃尔特·瓦金肖先生。能麻烦您告诉法庭您对那位绅士的印象如何吗？”这位辩护律师说。

“我认为他是一个非常不同寻常的人；因为我上次见到他时，他问了我一个问题，我至今还无法回答。”

这位辩护律师认为教授说的是句反语，因此假笑着问道：“那么，请问，他问了个什么问题？”

“我考验他是否能算出一英镑能整除的部分；他却问我说，我是否可以告诉他一先令里只有四百二十个半便士的原因是什么？”

“您可以退下了。”这位辩护律师心烦意乱地说，于是这位教授立即离开了。因为沃尔特一方的法律顾问仍拒绝提问。

“我方出庭的下一位证人，”司瑞坡先生继续说道，“是我极不情愿传唤出庭的。所有的人一定都同情一位母亲在这样一种场合的感受，因此会很容易理解，在我的职责迫使我向瓦金肖夫人提出的问题中，我，可以说是，出于对她作为母亲的神圣的情感的尊重，不得不用比我在其他场合用语普通得多的语言来表达自己。”

于是葛瑞皮太太被传唤了出来，这位辩护律师用严肃的声音，连同表达出悲哀与同情的拖长了的停顿说：

“夫人,法庭和陪审团不希望您对您不幸儿子的状态进行任何特别描述。他们只想知道您是否认为他能像其他人一样处理自己的事务。”

“他能！”夫人高喊着,“但他没有接受建议的能力！”

她本打算继续说下去,但司瑞坡先生插话说:“夫人,我们不再让您继续心烦了;法庭和陪审团一定满意了。”

基尔列文先生不是这样，他朝奎里先生——沃尔特的法律顾问点了点头,然后立刻站了起来。

“我希望,”他说,“只向证人提一个问题。您儿子这样无法自主行为有多长时间了？”

“我给不出具体日期,”葛瑞皮太太回答说,“但自从他女儿死了他就处在一种拒不服从的状态。”

“是啊！”奎里先生说,“那么说他不是一直都无能的？”

“噢,不,”葛瑞皮太太喊道,“他过去是个特别温顺的孩子,是我最厚道的一个儿子,”她叹了口气补充说,“但从那之后他就捆不住抓不住的了，威胁要把我——他的母亲赶走——迫使我把自己合法的寡妇继承遗产花在房子上，用最可怕的方式使唤我——而把自己的收入用最轻率的方式挥霍掉。”

司瑞坡先生开始向我们的朋友加百利低声耳语,时而用不安的眼神朝夫人这边看着。

奎里先生继续说道：

“我感觉您的处境曾一度很不快乐——但我想，如果瓦金肖先生对您管理这座房屋付出的辛苦做出合理的补偿，您将不反对继续和他住在一起。”

“噢！当然，”葛瑞皮太太说，“只是需要有些价值的补偿；而且要规定我的儿媳和她的家人必须回家去。”

“当然，夫人，您的要求非常合理，”奎里先生继续说道，“我毫不怀疑法庭已察觉您来自这个痴呆儿子的很大一部分痛苦是因为他把那个间接提到的夫人和她的家人接到家中引起的。”

“都是从那儿开始的，”证人回答说，没有意识到她的言论的力量，“因为，除了关于她们的事，他的不正常会对我造成影响，他的白痴在其他方面是无害的。”

“也许并不比从前更糟？”

在这关键时刻乔治的一个眼神儿让她提防起来；仿佛急于要挽回她刚才那番话的影响似的，她立即回答说：

“是呀，先生，让他继续统治霸占着这份财产是不对的；因为没人说得准他会干出什么事来。”

这一刻，奎里先生察觉到了她的警惕，坐下了；随即邓赫姆博士大人被司瑞坡先生传唤上来，在回答那个照例提出的问题时说：“我承认我认为瓦金肖先生不具备完全健全的心智；但他时而也会闪耀出智慧的火花，这让我非常怀疑我是否可以公正地起誓说他的行为举止缺乏足够的睿智。”

“但是，”这位辩护律师说，“不是您自己建议乔治·瓦金肖先生提起这些诉讼程序的吗？”

“这一点我不否认，”这位博士大人回答说，“但是在那以后沃尔特先生对他哥哥的遗孀和她那两个无依无靠的孩子尽到了如此仁慈的基督教徒的职责，以至于凭我的良知我无法像过去那样轻视他。”

于是陪审团一起协商了一下；经过短暂讨论之后，陪审团主席询问瓦金肖先生是否出庭了。在得到了否定的回答后，郡长建议休庭至第二天，这样他就可以被带上法庭了。

第二十章

当葛瑞皮太太从法庭回到家中时，沃尔特此间不知如何已经获悉了针对他提起的这一法律诉讼程序的本质，对他的母亲说：

“哦，妈妈，这么说您一直想把我变成个白痴？但是我像往常一样聪明呀。”

“你注定要让我们所有人脸上无光。”她在一种因邓赫姆博士的证词而带来的莫名的忧惧中回答说——这一证词使这一诉讼案的结局更加难以预料了。

“我确信我没参与此事，”沃尔特说，“如果你们没插手我的事情，我绝不会和基尔列文讲，给你们带来烦恼。但我猜，妈妈，您和那个滑头乔迪做假证没取得什么结果。”

“你这傻子给我闭嘴，不要对我无礼！”葛瑞皮太太对这傻瓜不带半点儿责备之情表达出的含蓄批评怒喝道。“不过，”她补充说，“你会知道明天满面通红地站在法庭上是什么滋味。”

“我不去，”沃尔特回答说，“我不和法庭和法律辩护打交道。”

“但是你必须去，只要你活着。”

“我只做基尔列文先生吩咐我做的事。”

“基尔列文先生，”葛瑞皮太太大声说，“他给咱们家带来这么多苦难，应该被轰出城去！他凭什么像今天那样争吵不休地欺骗法律和正义？”她正说着，乔治和皮特文诺克先生走了进来。

“喂，乔迪，你这小子！”瓦蒂说，“我在想，你没把我变傻，倒让我妈妈发狂了，可怜的人啊；因为她回到家就大吵大闹的，仿佛她的舌头是把双刃剑似的。”

“如果你不会比现在变得更糟，”他弟弟说，“你就要同情你母亲的感受。”

“我确信，”瓦蒂说，“我对她有着充分的同情；但她也没必要想把我变成傻子呀。坏鸟才弄脏它自己的巢穴；说真心话，乔迪，我觉得你和她都不算聪明，只是到头来自己把脑袋钻进关于我的智力问题的法庭辩护的绞索里。”

已经开始怀疑证据能否产生影响的加百利·皮特文诺克听到这话很是烦恼；因为他想，如果沃尔特在法庭上也说得这么切题的话，这个案子一定会被撤销的。至于乔治，此时脑子里几乎是一片空白，邓赫姆博士证词的影响令他困惑又恼怒。

那证词的大意显然与他自鸣得意的个人想象相矛盾。然而，他却对沃尔特说：“你明天就要被审问了，你要为自己说些什么？”

“我会表现得谦虚稳重，”沃尔特回答说，“而不做自己的吹鼓手——我只说基尔列文先生吩咐我说的话。”

加百利听到这话，鼓励地朝乔治微笑着，乔治继续说道：“你最好说话当心一些。”

“不，”瓦蒂叫喊着，“如果真是这样的话，我就默不作声——多说反而坏事——我会管住我的舌头。”

“但是你必须回答每一个问题。”

“是《小教理问答》里的问题还是在《大教理问答》里的问题？”沃尔特说，“我能说到大乡绅的第三封请愿书，一直到那儿我能从头到尾说下来。”

“这就足够了，”加百利回答说，“比需要你回答的已经多了。”

但就在他们盘算着次日所有出席庭审的人都会满意地发现瓦蒂符合他们心意地暴露出他的头脑简单时，基尔列文先生登门拜访，扰乱了他们的兴致。

“我很高兴，绅士们，”他一进门就说，“在这里见到你们。我想你们一定都确信这一调查不能再进行下去了。我相信沃尔特先生一定愿意对他母亲在这房屋中的辛苦劳作予以恰当的考虑，甚至愿意把他的收入的一半分给你，乔治先生。让我来给你们提出建议吧：让我们悄悄地用这种方式来解决这个问题。”

皮特文诺克朝他的当事人眨了眨眼——这时瓦蒂说：“我凭什么还要再给我妈妈钱？她难道没有床，三餐，和洗涤条件，没有房间和家当吗？这些完全都属于她继承遗产之外的呀！而且我确信乔迪无权从我这儿得到任何供养。噢，基尔列文先生，这么做我的损失太大了！我如果这么做了，他们可真把我变成傻子了！”

“但是各方签订这样的一份协议要更体面、更圆满呀。瓦金肖夫人，相比起证明您儿子是个白痴这样严酷的事情，您不这么认为这样更好吗？”

“我不是一个白痴，基尔列文先生，”沃尔特高喊着，

“尽管在我看来全家的判断力不太一致，否则我妈妈和我弟弟绝不会提出关于我看管家产的能力这样麻烦的问题。上个瑞格兰集市日，当放牧人乔克告假去赶集，在转盘上试运气时，不是我看住奶牛，不让它们吃了庄稼吗？”

诚实的基尔列文先生听了急得直搓手。

“我确信，先生，”乔治以他最狡诈的神态说，“基尔列文先生，您自己一定非常清楚，法庭审问之后应该做出裁决吧？”

“我不知道这样的事，乔治先生，”基尔列文先生气愤地回答说，“你哥哥现在完全拥有他全部的心智机能，就和当年你父亲签订那份受诅咒的限定继承人契约，以及他和基尔马开柯的女儿结婚时一样。”

“基尔列文先生，真的，”沃尔特回答说，“这句您说错了；因为从那以后我因为牙疼拔掉了两颗牙齿；我左边的耳朵聋了。”

“我没告诉过你，”这位可敬的人生气地说，“你不要开口吗？”

“是的，基尔列文先生，我想听您的，”这自然人极为真诚地回答说，“嘴是我知道的通往肚子的唯一的大门。”

“好了，好了，”他的朋友再次大声说，“那就赶快行动起来；听我的，让我们起草一份合理的协议吧。”

“基尔列文先生，我想您还不知道我和自己有个约定吧？那就是不在任何法律文件上签字，以免伤害了贝蒂·波道尔。”

“贝蒂·波道尔！”加百利·皮特文诺克急切地说，“她早死了。”

“啊！”沃尔特说，“那只是你知道的。她不仅活着，而且栩栩如生。”

基尔列文先生听了这句话惶恐不安；但他极力克制着没出声音。加百利也没出声音，而是意味深长地看着他的当事人。此时乔治插话进来，结束了这场对话。

“事情进展到这一步，”他说，“不考虑我自己的人格，我可以允许这些程序现在就中止下来。所以，没必要考虑您的建议，或就这个话题继续争论下去了。”

基尔列文先生没有回答他的话，而是说，因为他有件事要私下里和他的当事人交流，他当晚要把他带到格拉斯哥去。对于如此合理和职业化的一个请求，无人提出异议。沃尔特自己也立刻就默许了，同时明确提出不能强迫他签署任何法律文件。

第二十一章

第二天再次开庭的时候，沃尔特到场了，坐在他代理人的身边，身着他最好的服装。所有的目光都集中到他身上；周围场景引发的他那夹杂着焦虑的单纯的好奇表情赋予了他的容貌以极大的聪慧，使之看去正常，而且的确英俊，以至于他博得了全场观众的一致同情；甚至当司瑞坡先生看着他适时地从他朋友身边站起，走到会议桌的尽头，先是冲着郡长，随后冲着陪审团，缓缓地而又深深地鞠了一躬，心中也充满困惑。

“我想，你就是瓦金肖先生？”司瑞坡先生说。

“我想我是的。”沃尔特胆怯地回答说。

“你是做什么的，瓦金肖先生？”

“一个人，先生。我妈妈和弟弟想把我变成一个愚钝的人。”

“你是怎么猜出他们有这样的想法的？”

“因为您看我来到了这里——要不是这样我不会在这儿的。”

诚实的基尔列文开始面露喜色，而乔治的面庞变得阴云密布了。

“那么说你认为自己不是个愚钝的人？”辩护律师问道。

“没人认为自己愚钝。我敢说您认为自己和我一样聪明。”

法庭里传来一阵哄堂大笑，司瑞坡的脸一下子红了，

变得惊慌不安起来;但他很快又话锋犀利地继续说道:

“说真的,瓦金肖先生,你对自己自视甚高。我想知道这是出于什么原因?”

“问一个人这样的问题真够滑稽的,”沃尔特回答说,“一只修剪了羽毛的鹦鹉自我感觉良好,它不过是只飞禽,而没有长了两只手的人的才能。”

基尔列文先生颤抖起来,脸色苍白;那个辩护律师恢复起全部的自信,继续说道:

“所以,瓦金肖先生,你认为两只手造成了人和鹦鹉间的全部区别吗?”

“不,不,先生,”沃尔特回答说,“我不这么认为,因为您知道动物长着羽毛。”

“那人为什么没有羽毛?”

“先生,这个问题问我这样一个软弱的人不太合适,您应该问它们的造物主。”沃尔特严肃地说。

辩护律师又一次受到拒绝;皮特文诺克坐在那儿怀疑自己是否听错了,乔治则从头到脚抖若筛糠;整个法庭传来一片啧啧称是声。

“好吧,但不要涉及这样神秘的事物,”司瑞坡先生以一副诙谐的腔调说道,“我猜你认为自己是个非常聪明的人?”

“在一些事情上,”沃尔特谦虚地回答说,“但我不想让自己成为一个狂妄自负的人。”

“那么请问，瓦金肖先生，你认为自己最擅长做什么？”

“老兄！你可以看看我是怎么吸凝乳和果汁的——整个家里没一个人是我的对手。”

瓦蒂说这句话时的真诚和得意引得整个法庭哄堂大笑，也将辩护律师彻底抛上了穷途末路。然而，他很快又恢复了元气，继续问道：

“我不怀疑你的这种能力，瓦金肖先生；我敢说，你玩儿刀叉的技术也是一流的。”

“我勺子玩儿得更好。”沃尔特笑着说。

“那么，我必须承认你这个小伙子太聪明了！”

“我想，比您想的要聪明，先生。不过现在，因为，”沃尔特继续说道，“您已经问了我这么多个问题了，您能回答我一个问题吗？”

“哦，我不会拒绝的，瓦金肖先生。”

“那么，”沃尔特说，“你做这件事能从我弟弟那儿得到多少钱？”

法庭又一次哄堂大笑，那个审问者再次惊慌不安起来。

“我猜，司瑞坡老弟，”郡长说，“你站错地方了。”

“我想也是，”辩护律师笑着回答说；但他又一次转向沃尔特，说道，“你已经结婚了，瓦金肖先生？”

“是的，老邓赫姆博士为我和贝蒂·波道尔举行的婚礼。”

“请问她在哪儿？”

“正如墓碑上写的，她的遗体躺在墓园里。”

基尔列文先生的面容变得苍白而焦虑——乔治和皮特文诺克则交换着欣喜的微笑。

“你有过一个女儿？”辩护律师故意看着陪审团问道，此刻他们正竖起耳朵倾听着。

“我有过，”沃尔特说，焦虑地扫视着他那颤抖着的代理人。

“你的女儿后来怎样了呢？”

没有立刻得到答复——沃尔特垂下了头，很焦虑的样子；他深深叹了口气，又将探寻的目光转向了基尔列文先生。几乎所有在场者都对他的情感抱以同情，认为这是出于一个父亲的悲哀。

“喂，”辩护律师重又问道，“你的女儿怎样了？”

“我不能回答这个问题。”

瓦蒂简单的言辞越发引起了他的所有支持者的兴趣。

“她死了吗？”这位执拗的司瑞坡先生问道。

“人们是这么说的；所有人说的一定是正确的。”

"那么你自己不知道这个事实吗？"

"在我回答这个问题之前,我想知道事实是什么？"

律师改变了主张，没有理睬沃尔特的问题；继续说道：

"但是我知道,瓦金肖先生,你还有一个孩子你叫她你的贝蒂·波道尔？"

"这关你什么事？"这个自然人气愤地说道,"我从没见过你这么放肆无礼的人！"

"我并不打算冒犯你,瓦金肖先生;只是为了正义的需要,我急于知道你是否把你叫作贝蒂·波道尔的那个孩子看作是你自己的女儿？"

"我确信,"沃尔特回答说,"如果你不再讲话了,公正的目的将会更好地达到。"

"我必须承认，我无法从你那儿得到直接的回答,这真是怪事,瓦金肖先生。作为一个父亲,你当然应该认识你的孩子！"辩护律师焦躁地大声说道。

"如果我是一个母亲,你可以这么说。"

司瑞坡先生开始感到,迄今为止,他还没产生什么影响;意识到沃尔特比他受传言影响所想象的要机灵得多,他俯下身,和皮特文诺克先生商量了一小会儿。当他重又回到他习惯的姿势说道：

"瓦金肖先生,我不想骚扰你的情感;但我对于你刚刚给出的关于你孩子的那个问题的答案不太满意；我请求你再说得明确些。那个和你生活在一起的小女孩是你的女儿吗？”

“我不想就这个问题给你满意的回答；因为基尔列文先生说了，如果我那么做了，你会给我带来麻烦。”

“啊！”这个得意扬扬的辩护律师高呼道，“我是不是最终把你捉住了？”

一阵失望的低声抱怨传遍了整个法庭；沃尔特环顾四周胆怯又惊恐。

“那么说，基尔列文先生事先给了你指导，是不是？他教给你都说些什么了？”

“不，”这可怜的自然人说，“他教给我什么都不要说。”

“那么，他为什么告诉你我会给你带来麻烦？”

“我不知道，你对他本人说吧；他就坐在那儿呢。”

“不，先生！我问你！”辩护律师自负地说。

“我累了，基尔列文先生，”沃尔特看着他闷闷不乐的代理人时，无助地说，“我可以现在就离开吗？”

这位诚实的律师深深地叹了口气；对此全场观众都充满同情地给予了回应。

“瓦金肖先生，”郡长说，“不要惊慌——我们都愿意对你友好；但是，为了让陪审团满意，你有必要告诉我们关于那个和你住在一起的孩子你是怎么想的。”

沃尔特微笑着说，“我不反对和您这样有教养的绅士交谈；而不是那只我再也无法忍受的戴着假发汪汪叫的猎犬。”

“好的，那么，”法官继续问道，“这个小女孩儿是你的女儿吗？”

“她确实是——我自己的女儿。”

“那怎么可能呢？既然像你承认的，所有的人都说你的女儿死了。”

“但是我自己更清楚——你知道，先生，我的孩子，我的女儿，一直体弱多病，永远像是只失去妈妈的小羊羔似的咩咩地叫着；后来，她越来越弱，越来越弱，呻吟着，变得昏睡不醒，接着就合上了她那双小小的美丽的眼睛，一动不动了；我三天三夜坐在她身旁，一直看着她，我的眼睛从没从她的脸上离开过，那张看上去像是在一个宁静的五月的清晨绽放的春白菊般甜美的小脸。但不知怎么——就在我看着她的时候，我想她发生了变化，从她的床上传来了墓园的气味，就仿佛自然之手在指引我离开；就在那时我用自己的心目看到我哥哥的小玛丽变成了我的小贝蒂·波道尔。于是我就跑去把她抱回了家，她现在就是我的女儿了。但是我妈妈从那以后一直对我像个悍妇一样，想让我抛弃自己的孩子，我是永远、永远不会这么做的——不，先生，我会站在她的身旁，保卫着她，即使五十个妈妈，五十乘以五十个乔迪弟弟们要从早到晚和我大吵大嚷。”

一个陪审团成员打断了他的话，问了他好几个关于田产管理的问题；从他的回答来看，沃尔特不仅没负起任何责任，而且对生意，甚至最普通的金钱交易都一窍不通。

陪审团成员们接着转过身去，头扎在一堆儿；那些法律专家们隔着会议桌交谈，而沃尔特显然被这喧闹的阵仗吓呆了。两三分钟后，首席陪审员提交了一份痴呆低能的裁决。

可怜的领主浑身战栗，看着郡长，用单纯得让每一颗心都会被融化掉的声音说：“我是被判有罪了吗？噢，先生，你一定不要绞死我，因为我也没办法！”

第二十二章

庭审后的葛瑞皮宅子的客厅里是一副最为严肃和悲惨的景象——葛瑞皮太太坐在壁炉旁的大椅子上，伤心欲绝地抹着眼泪，时而发出一声最为沉重的哀叹。查尔斯夫人将儿子揽在膝头，坐在另一把椅子上，悲伤又焦虑。

乔治和皮特文诺克先生坐在桌子旁边，清点着那张带抽屉的写字桌上的文件，而沃尔特则在窗前的绿地上嬉笑着逗弄他领养的女儿，这时米尔洛基特夫人和她的丈夫威姆勒威姆勒领主也来对他们的朋友们表示同情和慰问，同时弄清这一判决在金钱方面对他们的影响。

“过来，我的孩子，”葛瑞皮太太在女儿进屋后对她说，“过来，梅格，坐到我身边来。你可怜的哥哥瓦蒂，在法庭上敌不过郡长，被判为弱智；他那些金银器皿，我可以用《圣经》里的词句这么称呼它们，都被拿走监管起来了；因为我知道乔治没有得到它们的所有权，正像我预料到的，他只是要承担起义务监管着它们，万一瓦蒂以后还有些年可以自己处置他的财产呢。唉，梅格！但这对我们全家都是个痛苦的日子——最痛苦的莫过于你那多灾多难的嫂子和她那两个孩子了。她不得不回去再次和我的母亲住在一起，她现在已经九十三岁了，按自然规律已经时日不多了。”

“那您怎么办呢？”米尔洛基特夫人回复道。

“噢，我必须住在这儿看管这一切；他们会给我一笔生活费养活可怜的瓦蒂。唉，先生们！谁会想到，曾经这么好的一个孩子，受到他那可敬的父亲的器重，认为是最能守住家业的一个孩子，竟这么着经法庭宣判，证实是个天生的白痴！”

“但是”，米尔洛基特夫人同情地看着她的嫂子说，“我觉得，既然没多大变化，您还是让贝儿和她的孩子们和您住在一起吧——因为我外祖母现在卧床不起了，她的收入都很难满足自己的需求。”

“梅格，你说得容易，”她母亲回答说，“但如果你试试他们带给我的麻烦，你就会更同情你的母亲了。看到我在守寡后对我一直是个安慰的孩子精神错乱了这么让人悲痛、心碎的景象出现在我眼前当然是极为痛苦的天命。但这是上帝的意愿，所以我必须屈膝顺从。”

“乔治先生，你是打算，”德多姆威姆勒领主说，“把你父亲去世后可能结余下的闲置资金分一分吗？”

“我猜这钱支付打官司的开销都不够用，”乔治回答说，“如果真能有点剩余，这房子确实该好好修修了，这样的话我听人讲钱是一点儿也剩不下了。”

“是呀，”葛瑞皮太太说，“米尔洛基特先生，他说的一点儿错也没有；这房子已经糟了，就像是从瓦蒂嘴里拔掉那两颗牙，是不得已的事呀！”

“我想，”德多姆威姆勒领主回答说，“乔治先生，因为你这么快就接手了财产，而且在拥有的过程中不大可能受到干扰，所以你可以让我们大家从这财产及其收益中都分得一些，然后大家共同用租金收入分担修缮房屋的开销。”

然而,乔治对于这个提议回答说:"等诉讼费结清了,有的是时间考虑这些。"

"那可是一大笔钱,米尔洛基特先生,"葛瑞皮太太说,"我通过我父亲的法律辩护清楚地知道法律诉讼开销有多大。像那边的皮特文诺克先生,还有基尔列文先生还算是收费适度的一般律师——但那些从爱丁堡来的身穿黑斗篷,头戴显示智慧的假发套的威严的先生们——他们的费用可不是一般的昂贵!但现在既然我们全家聚在一起了,我觉得我们不如立刻就确定下来我作为瓦蒂明智的监护人应该得到多少生活费——因为根据法律程序和自然规律,这笔生活费应该从今天就算起。"

"是的,"乔治回答说,"我看这样也好;妈妈,我很高兴您提起这件事。米尔洛基特先生,你认为她应该得到多少呢?"

"从各方面考虑,"德多姆威姆勒领主回答说,期盼着他的妻子有可能从葛瑞皮太太的积蓄中重又有所收益,"我觉得你每年应给出不少于一百英镑。"

"一年一百英镑!"葛瑞皮太太喊叫道,"那都不够给他的甘蓝汤买盐的。我希望的是不少于全部租金的一半;去年的租金有四百多英镑呢。"

"我觉得,"乔治对皮特文诺克先生说,"我如果给出这么多,在法庭上将无法证实自己的做法是合理的;但如果您认为可以这么做，我就没有理由拒绝满足我母亲的愿望。”

“噢，瓦金肖先生，”加百利回答说，“你根本不知道自己的职责，你不能这么做。你哥哥被判定为痴呆之人，当然，只有权得到最简朴的供养。我觉得你不会被允许给你的母亲超过五十英镑；如果，说实在的，也就这么多了。”

“五十英镑！五十个小钱儿，”愤怒的葛瑞皮太太高喊着，“我要让你和郡长都知道不能这么轻易就骗走我的权利。少于一百五我是不会答应的！”

“如果那样的话，我担心，”加百利说，“乔治先生将被迫为这个白痴再找个监护人了，因为夫人，他肯定得不到批准让您这么做。”

“如果您这么想，”米尔洛基特夫人插话说，她同情嫂子凄苦无依的状况，“我敢说查尔斯夫人愿意以非常便宜的价格收留他。”

“我的天哪！”葛瑞皮太太高喊着，“我这么做不就是买了一头原来就装在自己口袋里的猪吗？能让人把他从我手里领走，根本不给我合理的补偿吗？没错，皮特文诺克先生，没错，乔迪，不管是上帝的法律还是人类的法律，这永远站不住脚！”

“我向您保证，瓦金肖夫人，”律师回答说，“一年五十英镑是我能建议乔治先生给您的最大数了。既然如此，您还不如立刻答应了呢。”

“我绝不会答应这样的事。我要自己去爱丁堡，让那十五位法官为我主持公道。我今天晚上就和基尔列文先生商量，他是非常公正的一个人，他的偏心也是有道理的。”

“我希望，妈妈，”乔治说，“你我不要为此再争执了；而且为了结束所有的争执，如果您愿意，我们把生活费问题留给皮特文诺克先生和基尔列文先生来解决。”

“没有比这再公平的了。”德多姆威姆勒领主说，寄希望于基尔列文先生可能会如此震惊以至于坚持至少给出一百英镑。在经过一些深入的争执后，葛瑞皮太太极不情愿地同意了这个提议。

“但是，”米尔洛基特夫人说，“考虑到现在瓦蒂的境遇发生了转变，我搞不懂我妈妈怎么能支撑得起这座房子和这片土地？”

葛瑞皮太太听到这一可怕的提醒面露一丝惊恐，而乔治回答说：“我已经考虑这一点了，玛格丽特，我和你的观点差不多；而且，说实话，我打算在对这房子进行必要的整修后，把我的家搬过来；因为我希望空气的改变能对我妻子的健康有好处。”

葛瑞皮太太如同遭了雷击一般，半天说不出话来。但是，她的眼神中充满了愤怒。

“也许，说到底，我们的母亲，”乔治继续说道，“还是立刻住到格拉斯哥那边去比较好。而且，因为我打算给查尔斯夫人结清一笔五十英镑的年金，他们能住在一起就再好不过了。”

在场的人除了他的母亲都为他的慷慨喝彩。对那个年轻的寡妇来说，得知这样一种解决方案，就仿佛一个囚徒呼吸到了新鲜空气。但她还没来得及表示感谢，葛瑞皮太太突然站了起来，用脚在地上狠狠跺了一下。随后她回到座位上，一下子镇定下来，面带微笑。但这种镇定并非意味着宁静，这种微笑也无法表达任何喜悦。几秒钟过后，飓风暴发了。这位走了霉运的葛瑞皮太太轮流交替地抽泣着，哀求着，威胁着，挥着拳头、跺着脚，揭露并细数着乔治的阴谋和手段。但一切都于事无补了——她的命运已被加了封印。而且还没等到基尔列文先生和皮特文诺克先生协调好瓦蒂的生活费数目（经过基尔列文先生的据理力争，最终确定在七十五英镑），她就痛苦地意识到她和自己的白痴儿子不得不住进格拉斯哥的一套公寓房里，每天必须沿着旋转楼梯爬上爬下才能出入。

第二十三章

在沃尔特被裁决为痴呆后的一段时间里，葛瑞皮家族的历史上没发生什么大事。乔治兑现了他的诺言,每年为他的嫂子结清五十英镑,使自己的良知得以平静,同时赢得了世人的赞许。葛瑞皮的房子扩建后加以了装修,以基托思顿修这一古老名字命名的全部地产开始显示出当时在西部乡村大地上逐渐弥散开来的全民性的进取精神。

在此期间，带着孩子们搬回去和他们的曾外祖母同住的查尔斯·瓦金肖夫人感觉她的居住环境相对舒适了一些；但是对这位宛如风中残烛般的老夫人去世后自身处境的严重焦虑,一直让她紧张不安,从而遮挡住了照耀在她人生路上的暗淡阳光。最终这位老夫人去世了,正像她早已预见的那样，她和孩子们就只能靠这笔令她感觉捉襟见肘的年金度日了。这一小笔年金不足以维持他们在格拉斯哥的生活和孩子们的教育开支，她于是离开了这座城市搬到了附近的一个村庄，在那里的乡村牧师伊迪先生家里，她找到了她复杂的情感和多舛的命运所需要的那种安静而又富有睿智的交往场所。

伊迪夫人是位苏格兰高地女子，而且根据现存的有关当地氏族和传统的编年史记载，她曾出生于相当显赫的家族。要不是因为恢复斯图亚特王朝皇家血统的最后一次尝试失利，她很有可能进入一个更为开阔、符合她的荣耀家谱的生活领域而不是处于做一个乡村牧师的妻子这样狭窄的生活圈子。从她的相貌来看，自然界和命运之神就她的命运也没能达成一致意见；因为前者在她青春年少之时赋予了她在殿堂之上博得钦佩的美貌、美德和尊严；这样的禀赋很难与这所牧师住宅中的卑微职责形成共鸣。

我们现在提及的那个时候，她应该已经过了五十岁了；但是她神情和举止中的某种东西让她看上去更年长一些——淡淡的忧郁的神色，心事重重的苍白的面容，为她和蔼镇静的容貌增添了甜美；她的容貌总能激发起兴趣，总能唤起深深的、虔诚的敬仰之情。一年前她失去了唯一的一个女儿；而她的儿子——她仅存的孩子，一个十岁左右的男孩，据说也遗传了夺走他姐姐生命的疾病。因此，伊迪夫人作为一位母亲感受到的焦虑部分上造就了我们已经提及的她那淡淡的愁容；但此外还有一个更深刻、更感人的原因。

就在她父亲因参与叛乱财产被没收前不久，她同一个年轻人订了婚，这个年轻人既有低地人的优良美德又具当时高地人所特有的勇敢和热情。人们都以为他在那场惨烈的库洛登战役中阵亡了，此后她为他守身独居多年。后来,她遇到了伊迪先生,被他的亲切举止和温和品性所吸引,同意改变她的生活。伊迪当时是她的一位亲戚家的家庭教师,在她父亲财产被没收、继而离世之际,她在亲戚那里寻求庇护。伊迪先生被介绍到坎姆拉切利教区从事神职工作后,他们就结婚了。

他们婚后的最初七年是在接近完美姻缘的适度的愉悦中度过的,两个孩子就在此期间相继出生。当时女儿身体中潜伏的病毒还没有显露迹象;他们的现实,他们的未来,平静而又生机勃勃,温和而又繁荣兴旺。

在第八年的夏天里,由于反复接到邀请,他们去参加了长老会代表大会的一次会议——伊迪先生是这个会议的一个回归的成员,并在爱丁堡的一个亲戚家小住了几天。在他们朋友家中偶遇的一些陌生人中,有几个来自法国,是一七四五年詹姆斯党人叛乱中流亡在外的那些苏格兰人的孩子和亲属。

一天晚上,这群侨民游客中的一个年轻绅士,让伊迪夫人感到如此好奇以至于她请求被特别引见给他,在谈话过程中,她得知他就是她昔日恋人的儿子,而且他的父亲还活着,娶了一个法国女人——他的母亲。这一发现对她的打击如此强烈以至于她被迫离开了房间,此后她的健康状况变得糟糕起来,美丽非凡的容貌也过早地开始衰老了。

她向丈夫倾诉了自己的悲哀，他用自己能想到的所有办法和所有的温言软语极力地去减轻她的伤痛；但这伤痛如此顽固持久，以至于他最终屈从了我们本性中的普遍弱点，对她的悲哀变得暴躁易怒，对她的忧郁高声斥责，直到他们的家庭生活令人痛心地受到了损害。

这就是她们初次相识时，查尔斯·瓦金肖夫人发现伊迪夫人所处的状态，投射在她们各自青春之上的失望情绪和阴影很快就促使二人形成了亲密无间、情投意合的友谊。这友谊立刻帮助她们缓解了各自的悲哀，而且在某种程度上，复苏了这位牧师已然枯萎的感情。然而，当时他的儿子正遭受着肺结核的折磨。这渐进的不可挽回的病情发展向这位温文而卓越的男人索取比他从前付出的更为坚韧的努力。通过内心的锻炼，和他感受到的妻子作为母亲心中的焦灼，一年间，瓦金肖夫人很满意地看到他们彼此的信心和热诚恢复了。但与此同时那个男孩死去了；尽管这早已预见的事件深深地影响着他的父母，但对于这位寡妇来说却是一件幸运的事。因为这位牧师不再思虑他没有孩子的现状，而是承担起了教育詹姆斯的职责，而伊迪夫人，部分上出于同样的动机，但主要是为了和她的朋友交往，提出和她共同教育玛丽。“我们不能预知，”她对瓦金肖夫人说，“她的命运会是如何；但我们要尽全力为她走入这个世界做好准备，让她的运气——它一定向来都是这样的——掌握在上帝手中。她目前的贫穷和卑微身份应该不会阻止她获得我们有能力给她的所有成就。在我父亲健在的时候,我怎么可能处于如今这样的贫困中,但是,如果不是那些为更光明的未来而学到的东西，我居住在这偏僻的小村庄的日子将是多么黑暗和悲哀呀！”

第二十四章

与此同时，我们现在看作第三位葛瑞皮领主的乔治的运气不断地兴旺起来。他的田产升值了,他的经商环境改善了;但他的妻子身体还是虚弱如初,一个男性继承人是他心中热切盼望的任何繁荣兴旺都无法填补的空白。

当他想到倘若他到去世时还没有儿子，这份田产就会从他女儿手中传到他哥哥的儿子詹姆斯手里，有关这一问题的思考变得更加令他痛苦——在权衡这件事情时唯一能给他些慰藉的就是适时地促成这双小儿女之间的一段姻缘的这一希望。

因此,在时隔几年之后,受这种长远打算的驱使,他驾着自家马车、携带着妻子女儿于一天下午出现在查尔斯夫人在坎姆拉切利村简陋的住宅门前。

“我担心，”当他们全家在她狭小的，没有金银花和茉莉花装饰窗子，也没有鲜花塞满壁炉的格栅的客厅里就座后，他说，“我亲爱的嫂子，我担心我们之间如果不时常走动走动，我们两家的亲情就要断了，这种亲密在朋友之间都应该刻意维护的。所以，瓦金肖夫人和我来请您和孩子们到基托思顿修和我们住上几天，如果您不反对的话，我们会邀请我们的母亲和沃尔特和你们会合——你们如果听说这可怜的家伙如何依旧把你的女儿当作他的贝蒂·波道尔，沉溺在对她的回忆中，如何因为法庭判决他犯有痴呆罪——用他自己的话说，他不能再和她见面了而悲伤不已，会感到吃惊的。”

这一拜访和邀请是如此的出乎意料，以至于脾气最为温和、最容易相信他人的查尔斯夫人，也不由得怀疑他们是受了某种不可告人的目的驱遣而来的；但是逆境早就让她认识到她不过是这世间的一棵芦苇，风吹来时是不得不低头的。于是，她欣然应允到乔治的府邸住上几天，而当时在场的她的两个孩子也急切地表达着想见见他们的叔叔沃尔特的愿望，对于他的宠溺和温厚，他们的心中留下了最鲜明的记忆。于是安排好在随后一周的周一，这辆马车来接她和孩子们，而葛瑞皮太太和沃尔特也会在基托思顿修迎接他们。

当晚，查尔斯夫人前往了牧师住所，和伊迪牧师及夫人讲了当天发生的事。他们知道她的故事,对那离奇的、让人昏头昏脑的限定继承权契约有所耳闻。和她一样,他们也认为她的家庭已经被完全剥夺了继承权,而且,他们也像她那样敬重他提供给她年度津贴的慷慨,尽管数额不大。他的人品在世人眼中的确是公正而又可敬的;他是这座皇家城市中最知名的公司之一的股东;他的身世和家产使他跻身于她最为显赫的儿女之列——那个虽完全投身于对利润的追逐,仍以世袭的贵族身份趾高气扬的高贵阶层。但是,在彼此断绝往来这么长时间之后,如此突然的重叙亲情,而且是以过去从未显示出的真挚的程度,自然引发了他们的好奇,唤起了他们的揣测。伊迪夫人,身世显赫且品德高尚,把这归于最美好的意图。"你的小叔子,"她说,"正在感受着繁荣富足的巨大影响,意识到以加大的力度继续向你表达你已经感受到的友谊,一定会有助于他在这世上的个人收益。"

但是伊迪牧师,出于比伊迪夫人卑微的出身和这样的出身迫使他从社会底层思考社会群体的逐渐变化的必要性,连同他在应自己的教区居民的要求提供临终帮助时,从那些痛彻心扉的忏悔时刻偶然暴露出的隐秘的内心活动中获取的洞察力,似乎有着不同的想法。

"我希望他的善意,"他说,"出自这么美好的一个源头;但是,如果它一直不停地流淌着,而不是在这样完全隐匿无形后,突然出现在面前,我会觉得更加满意。这或许是由于考虑到了已经发生过去，而近来又以某种新的方式影响到他的某些事情的缘故，或是发自于他内心早已盘算好的某种阴险的企图;所以,瓦金肖夫人,尽管他表达出这番兄弟般的问候，我却建议你对他心存防备似乎有些严酷,我还是要奉劝你,为了你的孩子们,要留心这件事的目的所在。”

与此同时,乔治带着他的妻子和女儿,又前去他母亲在弗吉尼亚大街上的住所，邀请她和沃尔特去和查尔斯夫人及孩子们团聚。

当他母亲在格拉斯哥定居下来之后，他们之间已经恢复了最自由的交往；因为尽管最初她曾以最激烈的方式宣布说,他欺骗了她,并剥夺了沃尔特心智的合法性；因此她再也不会搭理他了。然而,他通过给她送礼,向她显示最特别的敬意和尊重，同时哀叹他作为一个受托人的艰难处境不允许他在其他方面更为慷慨，想方设法又和她重归于好了。但尽管如此猜疑的余烬也未完全熄灭；所以这次当他告诉她他去了哪里,以及此行的直接目的,她忍不住评论说这是一件极好的事。

“哎哟！乔迪,”她说,“你这打的是什么主意呀？坐着你的新马车飞奔着去把贝儿·法泽兰斯和她的孩子们接到葛瑞皮来！”

乔治急于阻止她的评论,于是打断她的话说:

“妈妈,我奇怪您至今仍叫这地方葛瑞皮。您知道应该叫它基托思顿修的。”

“当然,”葛瑞皮太太回答说,“从我生活在那儿的时候和你可敬的父亲还健在的时候到今天,它已经大变样了;想想你的餐厅,你的客厅,你的新后宅和你的配房。”

“嗨哟,妈妈,我至今不过只盖起一边的配房来。”他说。

“这也就够了,”葛瑞皮太太高声说道,“乔迪,相信我的话,一侧的配房大伙逃走得还快些。但我不反对去你那儿看看,因为我想见见我的孙子孙女们了,这也是再正常不过的。毫无疑问,现在他们都是长高了的漂亮孩子了;他们的妈妈就一直是个标致人儿,虽说在某种意义上,不过是外表好看,没什么用处。”

在他们说着这番话的时候,沃尔特坐在和其他一些老家什一起从葛瑞皮被搬到这里的他父亲的安乐椅上,来回摇摆着,偶尔朝这几位来访者瞥上几眼,说道:

“我的贝蒂·波道尔去吗?”

“噢,是的,”乔治回答说,很高兴转移开母亲的话题;“你见到她会很高兴的。她比同龄孩子高出不少呢。”

“我不喜欢她变成那样,”沃尔特说,“她不该再长高了,因为我不喜欢大人。”

“为什么不喜欢呢？”

“因为你知道，乔迪，这法律只是为他们制定的；如果你和我还像过去那样永远是一对在遍地雏菊的山坡上玩耍的小兄弟，你就不会想到把那法庭的爪牙从爱丁堡带到这儿来证实我犯有痴呆罪。”

“我确信，瓦蒂，”乔治承受着这番话的刺痛，说道，“我这么做实在是别无选择。对这个世界的道义和对我母亲的道义同样要求我这么做呀！”

“也许是这样吧，”沃尔特回答说，“但是，因为我痴呆，你知道我是不明白的。”他于是又在安乐椅上摇摆起来。

他们接下去又聊了聊乔治提议的这次团聚之行的安排，约好乔治将于周一驾马车来接他的母亲和沃尔特，带他们去乡下，随后他便告辞了。

第二十五章

就在乔治携带他的家人到坎姆拉切利村拜访查尔斯夫人的当晚，当查尔斯夫人坐在牧师居所的客厅里时，伊迪夫人收到了邮差送来的一封信，信是她表哥弗雷泽寄来的。作为葛伦盖尔的弗雷泽家族的男性继承人，若不是她父亲的财产被没收,他本该是葛伦盖尔地产的继承人。他在信中告诉她,连同其他被没收的财产,葛伦盖尔的地产很快就要被公开拍卖了,根据当时的习俗,以及苏格兰贵族们对那些不幸的斯图亚特王朝的追随者普遍持有的态度,他正密切关注此事,准备在拍卖会上,竞拍到自己向往的土地;同时恳请伊迪夫人前去爱丁堡,协助他办理此事。他们俩共同的一些亲戚朋友曾认为她可能会考虑自己筹措资金买下这片地产。毫无疑问,曾经有一度,伊迪夫人与祖辈一脉相传的情感本会驱使她做出这一尝试;但是痛失两个孩子扑灭了她曾就此怀有的种种愿望,如今只希望她的族人能够取得成功。然而,她如此强烈地受着苏格兰高地人所特有的氏族情感的影响, 以至于她感到自己应该责无旁贷地同意弗雷泽的请求。因此,她看完这封信,就递给了她丈夫,同时说道:“我很高兴在我们即将有一段时间不能和瓦金肖夫人往来时出了这事。我们周一启程去爱丁堡——也就是瓦金肖夫人离开这儿的那天,也许在她预计返回的时候我们也就差不多回来了。因为我觉得,”她转向她,接着说道,“你的相伴已经与我们的幸福密不可分了。”

伊迪先生对妻子提到的决定, 以及不征求他的意见而一味提议前往爱丁堡的坚决态度感到如此吃惊, 以至于他没急着看那封信,而是焦虑地看了她一会儿,也许是回想起了上次前去这座大城市的不快经历，说道："出了什么事？"

"葛伦盖尔要被拍卖了，"她回答说，"我表哥弗雷泽正在动用他能找到的所有关系阻止他人抬价竞买。对我的善意使我们俩共同拥有的一些朋友不愿给他帮助；因此他希望我前去爱丁堡消除他们的顾虑，并在其他方面给他帮帮忙。"

"写封信和你亲自去是一样的，"这位牧师边把信展开边说，"因为，说实话，我们今年不大容易支付这一行程的开销了。"

"这件事事关我父亲的房屋的荣耀，"伊迪夫人平静但自豪地回答说，"没有任何职责能妨碍我作为葛伦盖尔家的女儿对我的家庭应尽的职责。"

瓦金肖夫人从第一次见到伊迪夫人就钦佩她威严的仪态和高尚的情感；但以往没发生任何事情让她看到她蛰伏的自尊和沉睡中的力量——那能够成就有着男子汉气概的英勇壮举的精神源泉；一时间她对这偶然得见其峥嵘的力量和决心深感敬畏——她从未曾想到这样的力量和决心潜伏于构成她朋友性格主旨的平静安详的情感之下。

伊迪牧师看罢信后，重申了他认为没必要去爱丁堡的观点；但是，伊迪夫人没有对他的争辩发表评论，而是说：

“我考虑再三，你可以不必去了——但是我必须去。我的族人在召唤我；我不必质疑他的请求是否适当，我只需去服从。因为这是我父亲的房子。”

牧师对态度坚决的她微笑着说：“我想我能做的也只能是服从了。但我记不得这个弗雷泽是谁了——他在一七四五年的时候跟随你父亲一起去了吗？”

“没有，但他的父亲去了，”伊迪夫人回答说，“也在卡莱尔被处决了。他自己接受了律师职业教育培训，现在是爱丁堡的一名律师。”之后，她突然转向瓦金肖夫人，严肃地继续说道，“这其中有某种东西存在——你家族的命运和我家族的命运之间有某种神秘的联系。今天，它已经把你丈夫的兄弟带到了这里，似乎一个新时代就要向你开启了，这封对葛伦盖尔家族显示出吉兆的信也是这样。”

伊迪先生笑着说他已经很长时间没听她突然讲起这样的高地传说了。

但是瓦金肖夫人被伊迪夫人说这番话时的严肃态度深深感染，于是她不经意地说：“我希望真的会是这样。”

“我相信是这样，”伊迪夫人依旧非常严肃地回答说，又用力地握着她的手说，“牧师不喜欢听我讲这种他所谓的高地妄语，认为它们源于一些异教徒迷信的黑暗残余；为此，我刻意将我看到的很多事情、重大事件的征兆和即将到来的阴影都藏在了心里——但是，我对它们的信念从没有动摇过，因为精神比五官具有更多的机能，通过精神，连同其他器官，心灵能够学会爱恨，这原因也不好说清楚——因此，留意我的话，把它们记在心里——因为今天葛伦盖尔家族的命运就和你的家族的命运结合到了一起。这两个家族的灯光已经熄灭了很久，但是他们将再次大放光彩的时刻正在到来。”

“我将对此不再怀疑，”这位牧师回答说，“如果你能说服她丈夫的兄弟，乔治·瓦金肖先生，为弗雷泽提供一笔贷款，帮他买下葛伦盖尔。”

然而，察觉到他很快就要踏上一个岌岌可危之处，牧师转换了话题，当晚没有发生更为特别之事。周一之前的这段时间里，两家人为各自的行程做着必要的准备；伊迪先生在财力不足的条件下，还是同意陪妻子一起去了。

与此同时，乔治出于只有他自己才最清楚的某个原因，似乎下定决心把这么多亲戚前来的这一盛会办成一次喜庆的节日。因为在他前往坎姆拉切利村的转天，他就给他的姐夫德多姆威姆勒领主写信，邀请他和米尔洛基特夫人，连同他们的儿子一起来参加这个聚会。当他向他的母亲提及这件事时，她只是更加怀疑乔治这非凡的友善之举中一定有着不可告人的秘密。结果，她暗自下定决心在行为举止上采纳基尔列文先生的建议，因为自从上次，用她的话讲，他为瓦蒂的生活费和皮特文诺克叽叽喳喳时，他就重新赢得了他的好感。此外，她还有一个心思想和他商量一下——把她的遗嘱立下，这可算是个值得称道的愿望，特别是这位已进入垂垂暮年的可敬的律师身体已大不如从前了。近来已经有一段时间因身体不适，不能定期来办公室接待他的当事人了。当葛瑞皮太太听说此事后，说道："这是他感觉到死神冰冷的手在摆弄他的生命之根啦，这也在警告那些想通过他的本事获益的人们，别像那些愚蠢的待嫁新娘们那样在昏睡中游历八方，等听到新郎和吹鼓手们就要到了的呼喊声时，才从梦里醒来，一下子没了招。"

但是当她去拜访时，这位可敬的律师身体已经衰弱到再也无法顾及任何世俗的牵累了，这件事让她极为难过，但当她将此事向儿子乔治讲起时，乔治对她的焦虑毫无同情之感；相反，这消息可能给了他特别的满足。因为他期盼世人依旧相信他哥哥完全被剥夺了继承权，而基尔列文先生是他认为可能将继承人顺序纠正过来的唯一人选。

第二十六章

到了约定的那一天，葛瑞皮家族几个家庭的成员们齐聚在了基托思顿修。查尔斯夫人和她的两个孩子是最后到的。在乘坐马车从坎姆拉切利村来这儿的路上,詹姆斯和玛丽回忆起了许多关于沃尔特宽厚仁爱的小事,在他们天真淳朴、漫不经心的童年岁月中感受到的喜爱之情给他们留下了如此持久的印象;而且通过对他仁厚性情的回忆,他们再次期待一个和他在嬉闹欢乐中度过的漫长夏日。

但是,他们现在都已长大了几岁,不知不觉中都发生了变化,于是,尽管他们的记忆依旧,他们已不是昔日那两个幼童,无法对同样的目标怀有同样的感受了。

下了马车后,他们便兴高采烈、蹦蹦跳跳地找寻他们的叔叔;但是,当他们看到他独自坐在花园里时,不禁止住了脚步,心中一阵失望。

他们认出他就是他们以前认识的那个人,但是他们已听说他是个白痴;看到他向前俯着身子,双手蠢笨地垂在膝间,看上去忧郁而无助。

“瓦蒂叔叔,”詹姆斯同情地说,“您怎么自己坐在那儿呢?”

瓦蒂抬起头,茫然地盯着他看了几秒,说:“没人愿意和我坐在一起,因为我是一个痴呆的人。”随后他低下了头,重又回到他们看到他时的那副无精打采的样子。

“您认识我吗?”玛丽问道。

他再次抬起眼睛，急切而又怀疑地来来回回打量着他们两个。玛丽显然已经高得让他认不出了,因为他把目光从她身上移开了;但是,过了一会儿,他开始发现了詹姆斯,一丝好奇的微笑逐渐照亮了他的面庞,直到他一边开心得咧嘴大笑,一边说:

“这一大堆肉,詹姆斯·瓦金肖,你一定是吃的吧,长成这么一个壮小伙了。”说着他把男孩拉到身边,想和过去那样爱抚他，但是这孩子挣脱了他的手，向后退了几步,怜悯地看着他,眼神中还夹杂着厌恶。

沃尔特似乎被他的表情和动作惊呆了，再次将交叉的双手垂在膝间，低着头，自言自语地说:“但我是个白痴,现在没人喜欢我了,我是这世间的一个累赘,我所有的贝蒂·波道尔都被带走了。”

他说这些话时的语调打动了那小女孩温柔的天性;她走到他身边说:

“叔叔,我是你的小贝蒂·波道尔;你为什么不和我说话呢?”

他的注意力再次被唤起,他拉着她的手,轻轻地抚摸着她的头说:“你是一朵美丽的花，一个百合花般的小姑娘,心灵纯洁,目光友善,但你不是我的贝蒂·波道尔。”然而，突然她面容中的某个地方让他如此清晰地回忆起了她更小的时候的长相,他于是一下子把她抱起来,想颠动着哄她玩儿；但动作太猛烈了，以至于吓到了那孩子，她尖叫起来，挣脱了他的手跑开了。詹姆斯追上了她，他们的注意力很快就被吸引到别的东西上了，于是整个上午接下来的时间里，可怜的沃尔特被所有的人都忽略掉了。

午饭的时候他被叫了进来，安置在了桌子旁边，两个孩子一边一个挨着他坐下了；但是他对他们毫不理睬。

“你这是怎么了，瓦蒂？”他母亲说，“我以为你和你的贝蒂·波道尔在一起会美得灵魂出了窍呢；没想到你看都不看她一眼。”

“因为她和所有人一样，”他悲哀地说，“她也不能容忍我；因为你们知道我是白痴——这痴呆病自然是一种可怕的麻风病，它把我身边所有的人都吓跑了；但是我没办法——这不是我的过错，而是造物主让我成的这个样子，而法律宣判我有罪。但是，乔迪，”他转向他的弟弟继续说道，“让我生活在这个世界上有什么用，无所事事，又一无是处。”

查尔斯夫人听到这失望的话语心一下子软了，极力地劝慰他。然而，他毫不理睬她的关心，而是坐在那儿，似乎完全沉浸在忧郁之中，甚至对那两个极力劝他吃饭的富有同情心的孩子也全然不顾。

“不，”他说，“我不再吃饭了——像我这样一个无用的摆设耗费这世界上的果实完全是种浪费。我的生活费对贝儿·法泽兰斯来说是件极好的事，所以我希望，乔迪，你能把钱转给她；因为我回家之后就会倒下死去的。”

“闭上你的嘴，别用这种胡话吓唬人，”他母亲高喊着，“快吃你的饭，吃完到外面的草坪上和孩子们玩儿去！”

“如果我不是个痴呆之人，就不会有人吩咐我和孩子们玩儿去——而孩子们知道我是个白痴，都因此取笑我——我不想做每个人的傻瓜。我确信法律在判我有罪时本可以给我一个更仁慈些的惩罚。偷了默多克市长的礼帽的麦格·威尔凯特在十字架像前被鞭打，好多人都流着眼泪同情他；但是所有的人都在躲避、议论痴呆的葛瑞皮领主。”

“瞧！乔迪，”葛瑞皮太太高喊着，“即使我自己不这么认为，事实也要让我相信，这家伙又要恢复他的理智了。”她又笑着接着说道，“你那美好的打算，你种的庄稼和你的设备都该如何呢？因为你必须在法庭上，把租金以外的钱全部退回去，直数到最后半个便士。”

乔治从未体验过如此尴尬，一时张口结舌，不知如何回答来躲过这一袭击。但令他感到幸运的是，沃尔特此时起身离开了房间。因为他没吃午饭，他母亲跟了出去，苦口婆心地制止他这种愚蠢的行为。然而，她的规劝和威胁同样没有效果，这可怜的自然人就是不为所动。他感受到了自己被蔑视被羞辱的状态，他对于被再次允许爱抚他的贝蒂·波道尔时的快乐的憧憬如此痛苦地落了空，以至于这件事伤透了他的心。任何劝说和承诺都不能吸引他回到餐厅，他只是铁了心地要回格拉斯哥，他母亲无奈放了手，允许他走自己的路了。他于是离开了葛瑞皮的宅子，回到家立刻躺到了床上。第二天，他被饥饿的召唤所征服，禁不住诱惑拿了点吃的。这样日复一日地过了几年，他都是以这种方式被饥饿引诱着吃点东西。但自从那次出行后，他全部的意志力似乎都在心中熄灭了。他的容貌变得忧郁，他再也不讲话了——他似乎谁都认不出了，逐渐地他的思想和心智仿佛全部消逝了，只剩下生命中最基本的直觉。但是大自然在痴愚之人临终之时呈现出的令人哀伤的形式提醒我们为可怜的瓦蒂的临终景象拉上帷幔。

第二十七章

在上一章里，我们带着对情感单纯、心性友善的基托思顿修的第二位领主的关心，跨越了几年时光。因此，我们现在必须返回到沃尔特离开亲友们的那个时刻接着叙述；但是没有过于详细地记录下那天发生的其他事情，或许我们可以借用葛瑞皮太太明智的话语评论说，这聚会让他们感觉平淡乏味，正如家族的正式宴席上常会感受到的那样。

查尔斯·瓦金肖夫人根据坎姆拉切利牧师的推测多加了小心，很快就察觉到她丈夫的兄弟明显对她的儿子表示出了偏爱，煞费苦心地让这个孩子关注罗比娜——他的女儿。实际上，乔治的意图如此明显，那天家庭聚会的整个活动安排的目的如此突出，连葛瑞皮太太都不禁引起了注意。

“依我看，”她说，“一桩婚姻的种子今天就在我们之间种下了，因为乔迪是个有远见的预言家，和他父亲一样，是位运用占星术的高手；一个人不用眼睛也看得出他在教导并引诱杰米和碧妮这两个孩子，为的是日后成就他们俩的婚姻。上帝快促成这件事吧！因为自从剥夺继承权这个幽灵占了上风，我们家的确就没什么好运气了；如果在适当的时候，这两个孩子能根据法律结为夫妻，让所有那些伤心事都得到缓解和平复，那将是个极大的安慰呀！”

“妈妈，您千万要相信我，”她那孝顺的儿子回答说，“没有什么比这更让我高兴的了；所以我希望我们能经常这么热诚友好地聚会，帮助促成这件令人向往的大事。”

“但是，”年迈的葛瑞皮太太说，“婚姻大事由天定；除非是天使们已经预定好了，否则凡间的人们所做的一切，甚至在教堂里高喊上三四次，也只不过是拍打水面或摇摇铃铛罢了。但是，正直的人们的祈祷会有用得多；所以我们都要通过自己的言行努力完成这件如此适合弥补我们过失的事情直到它最终实现。所以我希望，贝儿·法泽兰斯，在这么有意义的事情中，你要振作起来，不断努力，关注着，祈祷着，就像那些站在西罗亚楼上的人们遥望黎巴嫩一样。”

“我觉得，”查尔斯夫人微笑着说，“您看得太远了吧。孩子们还不过是幼童，未来还有漫长的岁月从他们稚嫩的头顶经过，这样的打算，就算是想想，也还为时尚早呢！”

“众所周知，贝儿，”她婆母回答说，“无论是智慧还是远见上，你都从不是个示巴女王；但是我听我远去的朋友——乔迪，你可敬的父亲——常说，树枝一弯，树也就斜了，这话很有道理，教给我们在做事情的时候要知道有一些比金银还重要，为的是我们能够完成上帝赋予的使命。”

但就在葛瑞皮太太极为严肃地阐述着她的道理时，那对约定了天作之合的小情侣突然发出了一声可怕的哭喊。两个孩子争吵了起来；尽管事先都被告诫要彼此友好，罗比娜小姐还是给了詹姆斯一记耳光，而詹姆斯也当即还了她一记耳光，以至于在这次来访接下去的时间里，他们始终没有完全和解。

其他原因也同时在发挥作用，注定要搅乱她父亲早早打起的如意算盘。伊迪先生和夫人到达爱丁堡后，暂住在了一心购置葛伦盖尔房产的伊迪夫人的亲戚弗雷泽先生家；他们停留的时日不多，直到下定决心收养了艾伦——弗雷泽先生的长女，当时和詹姆斯的年龄相仿。因此，在推进了此行的目标之后，当他们返回坎姆拉切利村的牧师住所时，就征得允许将艾伦带了回来。随着时间的推移，艾伦和詹姆斯两小无猜的亲昵友情发展成了相爱之情。因为在此期间，尽管他的叔叔为达到自己的目的，经常邀请这男孩到基托思顿修和他的堂妹待上几天，并在这些日子里竭尽全力培养这两个孩子之间的感情，但结果却是两个孩子越发地厌恶对方了。

罗比娜狡猾而故作端庄，机警、沉静，可心怀恶意。相反，艾伦的心情总是那么轻松愉快，顽皮而又大方。和詹姆斯的堂妹相比，艾伦的这些品质要和詹姆斯的性情相似得多，因此，远在她的美貌唤起詹姆斯的激情之前，艾伦就在他心中是个更有趣更可爱的伙伴。

坎姆拉切利村的娱乐活动也比基托思顿修更适合爱情的成长。在基托思顿修，一切都被规范成体系；在那里，如果可以这么说的话，设计的天赋和意图控制并压抑着自然。修剪得漂亮整齐的草坪阻止了孩子们的雀跃嬉戏，蜿蜒屈曲的小路不适合自由快乐的儿童们的率直冲动。而在坎姆拉切利村见到的是一望无际的广阔田野。詹姆斯常常感到那里的阳光要比基托思顿修明亮；鸟儿们在野外的金雀花间要比在他叔叔家的灌木丛中鸣叫得更加甜美，而且那闪耀的月光像是喜悦的火焰在跃动；而克莱德河宽阔的水面总是那么单调沉寂。

没有什么场所能比洒满阳光的山冈和乡村的清澈河流更适合传播温柔和情感了——这些都是爱情的要素，而苏格兰的全部美景中没有哪个能胜过坎姆拉切利村的环境。这个村庄坐落在一个地势微微隆起的坡地之上，由一排分散的茅草屋组成，房屋的后面有一条大河携带着它的支流流向卡特。在村庄的东头矗立着那座小小的教堂，位于一小块墓地中央，离教堂不远就是伊迪牧师那普普通通的住宅。瓦金肖夫人住的房子是挨着牧师住宅的一座石板瓦房。这座房子是一个村民修建起来的，他在格拉斯哥开店，显示出了稳健的竞争力；而且无论从外观还是从内部设施讲，这座房子都要比教区中同样大小的其他房子好出很多。在几个菜园之间长着一些白蜡树，其中有几棵喜鹊在上面做了巢，住在那些巢中的喜鹊如此长久地愿意在此栖身，以至于村子里所有的孩子们都认识了它们。

然而，坎姆拉切利村里最美丽的景致还得说是那条风景如画的笔直的堤岸，堤岸旁杂乱无序地生长着许多榛树，大堤脚下流淌着刚刚提到的那条大河。从这段富有浪漫气息的堤岸那郁郁葱葱、开满春白菊的顶端放眼望去，伦弗鲁郡所有平原地区的壮观可以尽收眼底。常听年纪最大的村民讲，如果什么时候这小村庄的哪个村民迟迟不归，那他们在回家的路上最先去的一定就是这段堤岸的顶端，他们童年里那些阳光明媚的日子都是在那里度过的。年轻的瓦金肖和艾伦·弗雷泽也出于本能常常跑到这里，他们关注彼此，不仅因为那里童年游戏的记忆使他们更加亲密，而且因为他们总能愉快地想起那里灿烂的夏日阳光，清新葱郁的春日清晨以及那金色的秋日夜晚。

第二十八章

当詹姆斯将近十四岁时，他的叔叔仍打算撮合他和罗比娜的婚事，于是提议在伊迪先生认为詹姆斯所受的教育足以接受商科培训时，应该把他送到他的账房学习。但是詹姆斯的幼年习惯和他学习的主要内容并没有为他成为一名成功的商人做好准备。他健壮、英俊、爱冒险，喜欢积极的追求，并从伊迪夫人的高地精神中吸收了一点儿浪漫和热情。他性格中的偏爱，遐想中的景象，他的体形特征和容貌都毫无疑问属于一个军人。但是能发挥英勇的冒险精神的阵地当时都闲置着——美国战争结束了，整个欧洲都蛰伏着，不知道当时有一场飓风正在蓄势待发；因此，丝毫没有考虑自己的爱好和天性，詹姆斯像许多日后在这种巨大的冲突中产生了两极分化的人们一样，接受了这一提议。然而，他在格拉斯哥刚刚待了三年或四年多的样子，他那厌恶这种久坐的、规律性事务的天性就让他对这个地方产生了反感。而当他发现了他叔叔对他怀有的卑鄙企图后，他的抵触心理更是几乎发展到了厌恶的程度；而他堂妹那边对这一打算也喜欢不到哪儿去；因为除了幼年时就产生了的充满敌意的反感之外，她已经把自己的感情寄托在了另一个目标上；她不止一次地向葛瑞皮老太太抱怨她父亲如何专横地公开催促这段会让她不幸的婚事，特别是，用她的话说，当他堂兄对艾伦·弗雷泽的感情已是如此明确时。但葛瑞皮太太和她儿子一样对促成这段姻缘态度坚决；因而对罗比娜的烦恼既没感受到也没显示出任何同情。

“绝不要自寻烦恼，”一天当罗比娜前来请求她的调解，她对年轻姑娘说，“碧妮，我的孩子，绝不要为杰米对那朵水仙花的早恋自寻烦恼；而要做一个听话的孩子，走上我和你父亲为你选定的幸福之路；因为我们这个家分裂得太久了；现在完全应该是我们彼此间真诚理解的时候了。”

“但是，”这个郁郁不乐的少女回答说，“即使在此之前他和别人没有感情纠葛，我也绝不会同意嫁给他，因为我真的绝不可能爱上他。”

“你怎么就不能爱上他？”葛瑞皮太太高喊着，“我倒是想问问了？不过，老实对你说，碧妮，听到你这样一个受过良好教育、伴随着基督教教义长大成人的小姐谈论爱上年轻男人真是让人替你脸红！”

“这样的话在我年轻的时候、在我们那一代人里是绝不允许说的，也从没听有谁讲过。但如果你到邓洛普大街的撒旦教堂观看道格拉斯悲剧，你倒是能听到，因为我听人非常可信地告诉我，那些演员们在所有的观众面前谈情说爱。”

“我确信您自己体验过，”罗比娜回答说，“怀有真情的滋味，知道我们的愿望和偏爱是不受自己控制的。如果您的父亲强迫您嫁给一个您不喜欢的人，您会怎么想？”

“丫头，丫头！”葛瑞皮太太高喊着，“如果你活到像我这样做了祖母的岁数，就会知道一种合法的、温存的感情是种什么滋味了。但是现在人们之间没有过去那样的真诚了，当我和你那诚实的祖父——他曾经和我在一起，现在进入亚伯拉罕的怀抱了——成家的时候——我们不像现在你们这些小年轻的搂搂抱抱、卿卿我我的——而是以一种严肃和理智的方式谈论着家里的开销；这样发展起来的是一种人人都能看到的实实在在的亲切感和喜爱之情，碧妮，我的宝贝，这和你们的克拉丽丝·哈洛斯那种发酵面团似的爱情大不一样。”

“啊！但是你们的感情从开始就是相互的——你们也许不是彼此深爱着对方？”

“上帝指引我们，碧妮·瓦金肖！你深爱着另一个人吗？在放牧时利用他们的羊群玩儿捉迷藏的达蒙和菲利斯，比起这些耳鬓厮磨的年轻人处事更为谨慎。我的孙女，我不会让我的脚底长出草来，再去提醒你爸爸注意这个跳到窗前的丫头和她那小公鸡般的爱情。”

“不可能！”年轻姑娘高喊着，“您当然永远不会这么轻率地背叛我的吧？”

“你爱上谁了？但我没必要问的；因为如果我听说他是个演员，或是个军官，或是什么其他秘密的浪漫作家，我一点儿都不吃惊。”

罗比娜小姐比她祖母称赞的要更为精明，在察觉到他们的谈话出现了转向的趋势后，她极力用言辞抹去她留给祖母的不利印象，于是假装笑起来，说道，“您怎么会认为我对别人产生了不恰当的感情呢？我只是急于希望您和我爸爸谈谈，并极力劝说他我和我堂兄在一起绝不会幸福。”

“我怎么能用这样的蠢话劝说他？或者说即使我能说这样的话，你怎么会希望我把它说出来——既然你知道看到这么明智的婚姻目的能够得以圆满实现对我们大家是个多大的安慰？——不，不，碧妮，你是上帝手中的一件工具，是来给你的家人带来巨大幸福的；如果我出面阻拦如此公正的一桩天作之合，我岂不是成了那个你跑到外面去射跳蚤的傻子叔叔瓦蒂——所以你必须下定决心同意这桩婚事。哎呀，你能在十几岁的时候就出嫁很不错了——我当年过了三十岁才有男人来问价。”

“但是，”罗比娜说，“您忘了詹姆斯自己还没同意呢——我确信他深爱着艾伦·弗雷泽——他绝不会同意的。”

“喂，我要说如果我听到这么让人心烦的事，我想知道同意或不同意有你或他的什么事。你要出嫁难道不是你父母的快乐吗？你敢犯下忤逆不孝的罪过吗？碧妮·瓦金肖，如果我对我的父亲说出这样一个字——他是个有着非凡见识的人，我很清楚我会得到什么——我这一生中只有一次错误地顶撞了他，他宣称我要是个儿子——而不只是个闺女的话，他就会揪起我的脖领和我的马裤的后片，把我从窗口顺出去。但是这世界即将走到尽头，腐化堕落一天天走向极致；所有的谦虚和矜持都远离了女人，而人类的儿子们是邪恶的创造者——巴力神的牧师，个个都是罪人——所以，我的小姐，我要对你说的只有一句智慧之言，而他们不能遵从——碧妮，遵从吧——按第五条戒律去做。”

然而，罗比娜在她祖母的劝告和指责下没有丝毫的转变。相反，她下定了决心走自己的路，这条规则我们要推荐给所有年轻的女士，一旦遇到爱情，它会产生出最幸福的结果。但她刚一出门，葛瑞皮太太回想刚刚发生的事情，对于深爱另一个人的情感暗示心里有些不踏实。因为尽管在随后的谈话中，这位年轻姑娘机敏地改变言辞，很大程度上削弱了谈话最初留下的印象，仍有充分的剩余部分让她祖母怀疑这姑娘还有话藏在心里。但是，为避免不必要的麻烦，她决心给儿子暗示，让他注意自己女儿的行为，而与此同时，她还决心查明在哪能找到依据去推断詹姆斯对艾伦·弗雷泽的感情，有理由担心他可能和罗比娜一样对这桩设计好的婚姻极为反感。带着这种想法，当晚她便派人去把他找了来——但发生了什么将在下一章详述。

第二十九章

当小瓦金肖赶到时，葛瑞皮老太太坐在她的茶几前，像以往所有她心中有了打算的时候一样，她的脸上露出郑重其事的神情。她现在已经是一位老年妇女了，早已从成为一位寡妇的悲伤中解脱了出来，甚至丧服都被扔到了一边。她又重新穿上了昔日的服装，并依旧保持着当初的式样。结果，她的容貌立刻就显出了年迈与苍老。

"到这儿来，杰米，"她说，"拉把椅子过来坐下；但在这之前，告诉女佣把茶壶送进来。"他照祖母的吩咐做了；当那把旅行壶，又名茶壶被放到了几案上，她开始挖起战壕来。

"杰米，"她开头说，"你叔叔乔治对你有个了不起的打算，而且为你妈妈做了很多事情，完全出于他自愿，为你妈妈提供了一笔可观的生活费；靠着这笔钱她极为体面舒适地把你和你妹妹玛丽抚养长大。所以我很希望你在表示感激之情的时候不要懈怠。"

詹姆斯向她保证说他强烈地感受到了叔叔的仁厚，他会尽全力在所有事情上都让他满意。但是格拉斯哥不是一个他非常喜欢的地方，相比起继续被禁锢在账房里，他宁愿出国，到其他地方谋求发迹。

"杰米，你的话既有道理，又让人伤心，"老太太回答说,“但是我纳闷既然家里有着这样一件天大的好事等着你,你去国外做什么。你知道,按照自然规律,你叔叔是注定要死的,而他只有你堂妹碧妮这么一个女儿去继承你那可敬的祖父创下的这份丰厚家产——要不是法律的某种错误,以及死亡在我们中间的突然降临,按照与生俱来的权利,这家产本该是你们的。所以现在上帝用食指指点你通过和碧妮成亲的方式重新得到这一切。”

对于这一暗示,詹姆斯并不像老太太想象的那样惊讶,而是带着她意想不到的一丝冷静回答说:

“我敢说您说的这些和我叔叔的意思没什么不同,他已经好几次亲自向我暗示了这些,但是这样的事情永远也不可能发生。”

“为什么不可能发生?我确信碧妮的财富是比你这个没有土地的穷小子在其他任何方面所做的指望都更上算的一笔交易。”

“不错,但我永远不会为金钱而结婚。”

“那么你结婚是为了什么?”

老太太高声说道:“相信我的经验之谈,我的小伙子,在婚姻生活中一把温暖舒适的座椅要比几声表达爱情的牛吼重要得多;想想你父亲和母亲把他们温柔的牧羊工作变成了一件多么美好的事情。但是,杰米,你为什么不愿意娶碧妮?这么不合常理的事情一定有原因。”

“因为，”詹姆斯笑着说，“我觉得为时尚早，还没到梦想成婚的时候。”

“这回答让我不满意；但有一件事我想提醒你一下，那就是，如果你不肯娶碧妮的话，我认为，你也就别再指望从你叔叔那儿得到什么资助了。”

“那么，”詹姆斯气愤地说，“如果他的仁爱只是在这样的条件下给予的，我一个小时也不愿再继续接受它了！”

“这儿有点麻绳！”老太太高喊着，“带上它回到坎姆拉切利村你妈妈身边去吧，和那个长着细麻秆儿般大长腿的傻丫头艾伦·弗雷泽在山坡上、大堤边上调情去吧——她就是你叛逆的原因！杰米，你的确可以把它作为一种羞耻；因为我所听到的你和她的事，要是让别人听到了，绝对算是伤风败俗了！”

“您都听到什么了?！”詹姆斯满腔怒火地喊道。

“年轻人跑到了我的面前，眼睛像是手枪似的看着我——你怎么敢这样，先生？但我不值得和一个不懂得尊敬他年迈的祖母的浑小子发脾气。但是，我的小伙子，我对你和蔼可亲的同时也要对你坦诚相告；你如果不能很快终止和你的那只高地鹭鸶的乡野恋情，并庄重、忠实地答应乔治叔叔——你的恩人，顺从他的意愿，否则这乡下或更远的地方很快就会传遍风言风语。”

“您的确从一个奇怪的角度来看待我叔叔对我的行为意图，而且您忘了罗比娜可能和我一样对这一结合极不情愿呢。”

“所以她极力地想从我这儿弄清真相呢，”老太太回答说；“这是件非常不可思议的事；但是，这可怜的姑娘，既然她怀疑你的心思都在那个在堤坝上跳来跳去的珍妮·卡梅伦一般的艾伦·弗雷泽身上，我也就不觉得奇怪了。但是，杰米，别把这件好事搅黄了，毫无疑问，只要你背对坎姆拉切利村的牧师住宅唱道：‘我们再也不去那个村庄了’，那么碧妮，她本是个性情极为温柔，又孝顺听话的好姑娘，很快就会依从她父亲和我的意愿。”

“我只能说，”瓦金肖回答说，“您把爱情看得非常容易屈从。我也不明白您为什么这么放肆地对待弗雷泽小姐，她在各方面都比罗比娜要好得多呢！”

“她好?！”老太太高喊着，“但是爱情不仅难以捉摸，而且盲目轻率，否则你立刻就能辨别出艾伦·弗雷泽和碧妮·瓦金肖相比，就像是野鸡和家雀或斑鸠相比一样。嘿，小伙子！但你的品位可真成问题；就像那老歌里唱的，我会说，‘你要把一棵野草比作一株艾菊吗?’我提都不愿意提她。”

“但是您知道，”瓦金肖嘲笑祖母对艾伦的过分轻蔑说，“品位是无法解释的。”

“乌鸦自认为是羽毛最白的鸟，”老太太回答说，“但是，尽管如此，它们还是黑得像是黄铜器的背面似的；所以，我要劝你相信我，艾伦·弗雷泽不过是上帝之手创造出的一件残次品。我已经在这世上生活了七十五个年头了，按照自然规律，到现在自然已经知道美是什么，美应该是什么样子。”

葛瑞皮老太太还要继续争论多久无法预知；因为她的争论突然被她孙子的一阵开怀大笑打断。这笑声立刻结束了她的雄辩，并把她的想法和责难引入到了另一话题。虽说在此期间，有几分钟她又回到了这一指责，但都没能取得更大的成功。瓦金肖离开祖母家，差点儿就下定决心要去向叔叔解释这个问题。然而，我们刚刚提到的那场讨论碰巧发生在周六晚上，接下来的那天又是风和日丽，詹姆斯没有像自从他进入叔叔的账房后，通常在周日这天做的那样前往基托思顿修的叔叔家，而是早早地起床，步行到了坎姆拉切利村，在家吃过早餐后陪着母亲和妹妹去了教堂。

当他看到身材高挑的艾伦·弗雷泽步履优雅地走向牧师的座位时，和老太太的谈话还在他的耳边回响，老太太对她的美貌和人品的苛责显得如此不容辩驳地荒谬可笑，以至于他很难保持这一神圣场所必须的礼仪。这种影响如此强烈，甚至引起了艾伦本人的注意。在布道结束后，他们在教堂前的庭院相遇，她忍不住问他是什么让他这么开心。这问题虽然简单，解释起来也可能很容易，当时他却感到很尴尬，不知该如何回答她。也许，如果只是他们俩在一起，这样的事不会发生；但当时伊迪夫人、他母亲和妹妹都在场。不过，当天晚上，当他陪着玛丽和艾伦沿着俯瞰这座村庄的长满榛树的堤岸上方散步时，他借机告诉了她发生的一切，同时表示他要确定他叔叔希望他和罗比娜成亲的坚决程度如何。同时，夹杂着对艾伦展现出的千般柔情，他极力辩解说这一结合绝不会成为现实。当然这些只会让艾伦听了心情更加愉悦，而不会呈现给我们的读者。事实上，大自然明确无误地显示出，恋人间的谈话不适合在大庭广众之下进行，她小心翼翼地告诉那些温柔的情侣们一定要低声耳语，并选择幽闭之所和树荫遮蔽之处，以及其他与外界隔绝的充满诗意的浪漫之所来倾心交谈。

第三十章

葛瑞皮老太太和她孙子孙女之间的谈话是不能作为秘密，压在她心底的。周一一早她便派人把她的儿子请来，并没有向他解释发生了什么事，而是一见面就狡猾地表示她对詹姆斯和罗比娜能否结成姻缘的疑虑；建议放弃这一谋划，并尝试把他的女儿和她的表哥——德多姆威姆勒的儿子撮合成一对儿，按她的话说，通过这一结合，瓦金肖家族的香火照样可以延续下去。

然而，乔治有诸多理由反对这一姻缘，不仅出于限定继承人的顾虑，而且还考虑到德多姆威姆勒的第一次婚姻留给他六个儿子，第二次婚姻留给他四个儿子，这十个儿子都排在他外甥前面等待继承家业。所以，几乎无须解释，他对母亲的这一建议比她提出一个非亲戚关系的外人更令他反感。

"但是，"他说，"您为什么要怀疑詹姆斯和罗比娜不可能实现我们的希冀和愿望？他是个行为非常端正的青年；虽说他的心思好像没完全放在账房的业务上，但很明显，他依然很想让我满意，所以我毫不怀疑他最终会踏实下来，习惯商人的工作。"

"很难说清，"老太太回答说，"我有这种猜疑的全部理由。但是，你知道，如果两个人不能真心相爱，相互体贴，在婚姻生活上就很难幸福的；而且，坦白告诉你，乔迪，如果杰米和一个住在坎姆拉切利村新教牧师家的叫艾伦·弗雷泽的高地姑娘之间生出什么纠葛，我一点儿都不觉得吃惊。"

领主曾偶尔听说过艾伦，而且在他碰巧路过去看望他的嫂子时，曾见过艾伦一两面，颇为她的美貌动心。但他从没想到过她和自己的侄子间会生出什么恋情。然而，这会儿，老太太提到了她的名字，他不由得心中承认有这种可能。

“但是您真的认为，”他忧心忡忡地说，“她和他之间有这种事？”

“从所有我能听说、了解和领会的来看，”老太太回答说，“虽然这事算不上有百分之百的可能，但我担心真有这种可能；因为他每次回去看他妈妈，总是像对圣人们一般——‘噢，亲爱的母亲耶路撒冷，我什么时候才能来到您身旁？’我得到的最可靠的消息说这两个人只是手拉手地在绿色的山谷中漫步，唱着，‘在金雀花丛俯下身’和‘摘下新鲜艳丽的百合花’——正像母鸡的咯咯哒声表示新下了蛋一样，这歌声肯定是很接近爱情的一种感情的表示。”

“尽管如此，”领主说，“我不该为此事过于伤神，特别是当他慢慢地了解到他选择罗比娜是多么有利可图的时候。”

“是这样的，乔迪。但是我怀疑罗比娜比詹姆斯更觉得这件事不称心。而且，当我们想想如今那些姑娘们读了那些小说还有汤姆逊的《四季》诗，有样学样，假装羞答答地就把自己送到了小情郎的面前。要是发现咱们的小姐和你妹妹梅格在寄宿学校里学会背诵的那个可爱的小拉维妮亚一样任性固执,一点儿也不用感到吃惊。”

“但是,她不可能,”领主说,“已经把感情专注在什么人身上了。詹姆斯只要对她稍有关注,很快就能克服掉她可能不经意间对他形成的偏见。不过您这么一提醒,我还真想起来不止一次从她身上看到过一点急躁和抵触的迹象。

“那么我就不怀疑,”这老夫人大声说道,“她一心喜欢上别人了,但是对她看紧点儿也是明智的。不过,现在首要的,你要详查一下杰米的柔情——这是小说里给早恋起的名字;如果还在可能控制的范围内,就赶头猪上去蹚平了它,否则它会给我们大家带来很多麻烦,就像他父亲那月光下的婚礼带给你的麻烦一样,高尚的人啊!那确实是对我们所有的人的一个痛苦的警告,也是我和你,乔迪,今天不得不忍受的所有这些苦修苦业的烦恼和磨难的根源!”

老太太没有枉费口舌发出这一警告。反过来呢,身为一个处事果断的商人,乔治立即下定决心查明他母亲的猜疑是否的确有着合理的依据。为此,在返回账房时,他要求瓦金肖当晚到基托思顿修来一趟——他有点儿特别的事要对他讲。乔治讲这番话时的表情和语气使詹姆斯确信他不会猜错叔叔要找他谈的话题,他推测这话题和他上周六晚上同祖母的谈话有关。而且,这一要求让他越发愉快了，因为他已经急于从开始困扰他的关于他叔叔偏爱他的想法和动机的疑虑中解脱出来。因为，和艾伦分手之后，在他走回格拉斯哥的路上，他已经渐渐下定决心要离开这个地方，如果说对他和罗比娜的婚事抱有的任何希望是他持续拥有她父亲的偏爱的条件的话。因此，在他当晚前往基托思顿修的路上，心中充斥着许多计划——装满了年轻人的想象空间的模糊不清和漫无目的的计划，他于是就这样被希望，或是忧虑裹挟着向前行进。他确实已经冥思苦想过这件事了，尽管最终还要受到叔叔得知他拒绝婚事之后所持的态度的左右，他却以年轻人共有的急躁轻率，预料结局已经确定了下来，并且这一结论也推动着他不断调整关于未来的设想。离开格拉斯哥这件事就定了下来；但是去哪里，去做什么，都是不容易解决的问题。艾伦·弗雷泽光彩照人的形象不时地在他头脑中显现，就像巴兰先知面前的天使，站在了他和他的目标之间。

交替主宰着他的内心的疑惑、恐惧和喜爱，从大自然的外观和状态获得了一种秘密和同情的能量。天气阴沉但不是乌云压境。然而，一场猛烈的暴风雨似乎正在远处发威。他好几次停住了脚步，回头看着天空中大团的黑色、混乱的蒸汽正沿着从本洛蒙德山到奥克尔山的整条北方地平线飘移，仿佛某种可怕的燃烧正在摧毁它们以外的世界。此时，一道狭长的、柔和的阳光穿过云层，从科瓦尔群山的背后投射下来，光彩夺目，照亮了高低起伏的邓巴顿群峰，并把金色的光辉洒在登巴顿沼泽上，为丹姆高因的山头镀上一层金色，同时也照亮了在它们之间浮现的黑暗、遥远的格兰平地区的壮观远景。

这座城市的外观也和这个夜晚整体上的庄严肃穆和谐一致。那烟雾笼罩的苍穹压低到几乎成了一个盖子，河面上泛起的薄雾沿着河床和分散的建筑物盘旋，但时而会有某座巍峨的建筑骄傲地异军突起，那些尖顶如同枪尖一般刺穿云层，向那些奇特而又严肃的天庭护卫者暗示，驻扎在那里抵御人类的来犯之敌。

如此狂野，如此冷静，然而又如此混乱，像这样黯淡无光的一幅景象本不会提高小瓦金肖的热情，但此时他波动的情感使他比平时更容易受到大自然中各种光与影的雄辩的影响。摇摆在他未来生活前景中的不确定性，恰好与神秘的自然现象相互映射，有一股暗流正在以令人不易察觉的风裹挟着，悄悄地沿着遥远的地平线推进，形成破坏力巨大的疾风骤雨。周围静止不动的物体——被保护着的城市和永恒的山峦，好像在向他发出承诺——无论在那一刻他命运的外观是多么的模糊不清，他内心中依旧有某种东西不该随另一个人一时的不悦或偏爱而变化。这种自信——那天傍晚大概是他平生第一次产生这样的感觉，在一定程度上让他更加坚定、更加有力地下定了决心。当他到达他叔叔宅邸的门廊时，他的脚步坚定，他的情绪平稳，离开格拉斯哥时起伏不定的情感已经被一种完全的男子汉般的镇定所替代，甚至于他的面容都似乎给人以某种新的印象——丢掉了年轻人的软弱，更为坚决地呈现出了有着男子汉气概的表情和特征。

第三十一章

瓦金肖见他叔叔独自一人待在那里，叔叔在简单地问了几句无关紧要的生意上的事情之后，对他说：

“我很想见你，是因为我急于在家务上做出一些安排，虽说我估计你不会提出什么反对意见的，因为这些安排对你的个人利益极有好处，但我们还是应该把此事说开，彼此清楚对方的心意比较好。我不说你也知道，由于你父亲被剥夺了继承权，我继承了这个家族的田产，这田产若是按照通常的自然规律，本可以是你的——而且你很清楚，自从必须对你叔叔的智力做出判断那刻起，我对你母亲这一家人始终做得比嘴上说的或是别人期望我做到的要多。”

“这些我都知道，先生，”瓦金肖回答说，“我希望没有什么事情是您合情合理地期望我去做，而我在做的时候是不感到心甘情愿的。”

他的叔叔对他做出的回答不是非常满意；年轻人说出这句话时态度的坚决和它暗示出的自我保留不是很合他的心意,但他继续说道：

“用不了多久,你很自然地就会为开创自己的买卖寻求我的帮助，当然，你如果能继续像迄今为止表现的这样,我是完全应该为你做点事情的——然而,我可以做到什么程度,还要取决于你和我的想法保持一致的意愿。现在,我特别想对你说的是,我只有一个孩子,我目前的经济状况使我能够从对这房屋的积极管理中退出来，而我有权力让出相当大的部分由你经营——这是我希望在两三年内做到的事情。如果——”他停了下来,不错眼珠地盯着他侄子的脸。

“我相信，”瓦金肖说,“这不可能附带着使我不能继续受益于您的慷慨大度的什么条件吧。”

这句话比起前面的那句话来更让他叔叔感到沮丧，他急躁地回答说：

“我觉得,年轻人,鉴于你贫困的处境,你本该对我的友情多几分感激。如果我迫使你答应你不情愿的任何条件,想必得到的只是一个冷漠的回报。”

这想法,虽然仓促出现在脑海中,但表达时并没有严厉到引发任何特别的情感;但瓦金肖的一连串思考,连同他对当晚被邀请到乡下来的目的的猜疑，使他在听到提及他的贫困时敏锐地感受到了它,并且激动得血往上涌。但詹姆斯依旧没有发怒,而是加重了语气,回答说:

“我一直把您的友谊看作是无私的,为此我一直感受并怀有着这种想法自然引发的感激之情；但是我坦率地承认，如果我有任何理由相信这种友谊并不像我所希望的那样,我怀疑自己将不能再有迄今为止心中的感受。”

“看在老天的分儿上！”他叔叔大喊着,既吃惊又惶恐,“你有什么理由认为我不是出于把你作为我侄子的考虑呢？”

“我从没有过什么理由,也没这么说过,”瓦金肖回答说,“但是您似乎怀疑我可能不是这么符合您所怀有的,也许是因为您让我承受的这些恩惠使您有权利期待某种目的。”

“我所怀有的这个目的,”瓦金肖的叔叔说,“是我能向你表达我的感情的最有力的证据。它完全是建立在对你的希望之上，即在适当的时候，你愿意降低自己的身份,让我高兴地用比侄子更亲的称呼来呼唤你。”

尽管瓦金肖已经做好了一切准备，在听到提亲的时候一定要态度坚决，但叔叔的话还是如同晴空霹雳般击倒了他——有好一阵儿他呆坐在那儿,眼神游移不定,不知该如何回答。

“你不出声，”他叔叔说，和蔼地并带着探询的语气问道，“是有什么原因让你不喜欢罗比娜？我想我可以对你说，作为一个处事谨慎、判断力强的年轻人，没有什么青涩愚蠢的片刻间的爱情能比得过和你堂妹的这桩婚姻带给你的好处——即便其他的都不能让你动心，单就如此轻易地就能重新得到你父亲当年在全然无人为他着想的情况下丧失的祖产这一结果本身就该让你知足。然而，除此之外，我已经拿定主意，在你们婚礼当天，把我在这处房产中的最大股份转交给你，从而让你一下子富裕起来。”

就在他诚恳地说着这番话的时候，瓦金肖恢复了镇定，不愿意做出令人不快的回答。他说，他不得不最大限度地充分估计一下这一婚姻能保证带给他的所有好处，不过，他又问了一句：“您和罗比娜提过这件事了吗？”

“没有，”他叔叔带着满意的微笑回答说，从他的提问预感到他似乎默认了他的观点的某种倾向。“不，我把那一步留给你——那是你该扮演的角色。你现在知道我的愿望了，我相信并且希望你能认识到没有多少人的提亲能如此增进你的最佳收益。”

瓦金肖感到了自己处境的艰难，他不能再对此事含混其辞了。他觉得自己不可能对叔叔说要就此事和罗比娜谈谈，而同时不会感受到对叔叔口是心非的愧疚。此外，他觉得若是自己去寻求罗比娜宣称的任何拒绝，无论这种拒绝是多么的毫无疑问，都会玷污他对艾伦·弗雷泽高贵纯洁的爱情。他叔叔看出了他的困惑，于是说："这个提议好像让你很是慌乱，但我还是会很坦率的。因为对于一件我意已决的事情，坦率是明智的。我不只是猜疑，而且有理由相信，你对伊迪夫人的年轻朋友产生了校园恋情。现在，我就此事不再说别的了，我只想说，虽然弗雷泽小姐是个非常好的姑娘，有着非常可敬的家庭，但她的处境如果和你堂妹的处境相比，没有任何一点会让一个有头脑的男士在她们两人之间犹豫不决。"

瓦金肖也这么想。因为，在他看来，明智的人会立刻选择艾伦的。

"然而，"他叔叔继续说道，"我现在不准备把这件事催得太急了。我已经向你敞开了心扉，我毫不怀疑，你很快就会看到，听从我的愿望是多么明智妥当。"

瓦金肖觉得，如果他允许叔叔怀有任何他会顺从的希望，他就对不住自己的良心。于是，他语气中带着些烦乱，但还不至于影响到他表达力度，说道：

"我不否认您说的关于弗雷泽小姐的事情是正确的，而且我们俩目前的感情使我片刻也不能容许您期望我以不同于堂妹的任何身份看待罗比娜。"

“好了，好了，詹姆斯，”叔叔打断他说，“我都知道；而且我想到了会听到你说这些，甚至不止这些。但是花些时间想想我的提议，能看到你在行动上有了结果，我会感到非常满足。走，我们到你婶婶的房间去，跟她和罗比娜喝杯茶去。”

“不可能！——绝不可能！”瓦金肖大喝一声，猛地站起身来，“我不能允许您继续怀有这种荒谬的期待哪怕再多一分钟了。我已经下定决心，我在来这之前就已经做出了决定。没有什么世俗的考虑能诱使我放弃一段和我一起成长起来，随着我的力量一起强大的爱情！”

他叔叔大笑着，搓着手，被这番狂热的言论逗得乐不可支，接着以最使人感到恼火的冷静说道：

“我是不会火上浇油的——你还不过是个青年——你会产生爱情的冲动，这很正常——所以，我现在想说的就是，花点时间——考虑一下——想想你能获得的财富，和你父母因为轻率地放纵了一段考虑不周的恋情而不得不经受的贫困和依赖做个对比。”

“先生，”瓦金肖激动地大声说道，“我已经对您的这个提议有所准备了，在我来这里之前，就已经有了想法，并且下定了决心！”

“真的？”叔叔冷冷地说；“请问是什么决心？”

“离开格拉斯哥，放弃和您的联系中可能获得的全部金钱利益——如果，”他停顿了一下，严肃地盯着他叔叔的脸，“如果，”他继续说道，“您对我的仁慈都是为了这一提议。”

“你是个奇怪的小伙子，”他最后带着打算安抚的微笑着说道，“不过既然我已经对一些英勇的行为做好准备了，我可以原谅你。”

“原谅！”这个激动愤怒的青年高喊道，“我做了什么该受到这样的冒犯？我过去觉得你的仁慈应该感激。我过去感觉你就是我的一个大恩人，但是现在看来，你几乎就是在对我的全部仁慈中追求着某种阴险的目的。我为什么要被选来做你的工具？为什么我的感受和爱情要牺牲在你利欲熏心的祭坛上？”

他发觉心中的怒气正在导致他失去理智，变得言行放肆，加上内心的冲突一直撕扯他，他用双手捂住脸，放声大哭起来。

“这是绝对的愚蠢行为，詹姆斯。”他叔叔严肃地说。

“这不是愚蠢行为，”他再次激动地回答，“我的话可能是愚蠢的，但此刻我的感情是明智的。即使为了十倍于你的全部财产，即使和我说上一百次，我也无法想象我会被诱导用自己的心去做交换。也许我是忘恩负义的，如果真是这样，那就让我走吧，因为我对这件事以后也绝不会有别的想法，继续享用你的恩惠会让我更长久地辜负你，但是这样做我却可以无愧于某种更好的东西。”

“年轻人,你明天就会更理智的。”他叔叔轻蔑地说道,随后立刻离开了房间。与此同时,瓦金肖也拿起了他的帽子,疾步走到门前,离开了这所宅子;但在拐角处突然转弯时,他撞见了隐约猜测出他此行的目的、一直在窗外偷听他们谈话的罗比娜。

第三十二章

瓦金肖碰见罗比娜时心中的激动不安使他并没有对遇到她感到吃惊,也没有猜测这样的夜晚时分让她恰好来到这个地方的原因。相比起来,这年轻女士更为冷静沉着,正像我们认为年轻女士们在这样的场合总能表现得那样,她先开了口。

“你这么快跑是要去哪儿?”她说,“我以为你会留下喝茶呢。你不和我回去吗?我母亲正盼着你去呢。”

“你父亲不是,”瓦金肖语气生硬地回答说,“而且但愿我能有幸再也不踏进他的家门。”

“天哪!”罗比娜小姐狡诈地高喊着,仿佛她对一切全然不知,也没有偷听到刚刚那番对话中的一个字。“发生了什么事?我希望没有任何事情引起你们之间的争吵。好好想想，詹姆斯，和我父亲争吵是多么肯定地会损害你的利益呀！”

“让没完没了的利益这个词见鬼去吧！”詹姆斯粗鲁地回答说，“你父亲似乎认为人类只有利益；心中装着一本账簿，一切都用英镑来估价。我们最美好的爱慕之情，我们最宝贵的感受，在他看来都只不过是莠草，在道义职责方面不会有任何价值。”

“但是停一下，”罗比娜说，“别说得这么急；告诉我这都是什么意思——爱慕之情和宝贵的感受和你的账房事务有什么关系？我还以为你和他谈论的只有装朗姆酒的大酒桶和运糖的商船呢。”

“他是不会知道任何不太容易触摸和销售的东西的价值的！”她堂兄大声说道，“但是我已经同他和你断绝关系了。”

“我？！”罗比娜小姐以任何一个狡猾精明的十八岁小姐有可能装出的最无辜的吃惊语气喊道，“我！我和你的希望、你的爱情以及你们那些可触摸、可销售的货物有什么关系？”

“请原谅，我无意冒犯你，罗比娜——我是被我的感情压垮了，”瓦金肖说，“如果你知道发生了什么事，你会同情我的。”

“但是因为我不知道，”这位年轻女士冷静地回答道，

“你必须允许我说，你的行为在我看来极为放肆——你和我父亲之间真的没发生什么我不可以知道的事情吗？”

罗比娜说这句话时的姿态立刻让瓦金肖恢复了理智。

他以前常说起他堂妹内敛而又狡猾的性格——我们可以坦率地说，是带着反感的——此刻他从她那空洞夸张的声音装出的同情中，特别是从她的后半句话中，立刻察觉到了她行为的做作和虚伪。不过，他没想到她一直在偷听，所以依旧在适度地调整着对她如此机智地引导着他讲出的内心情感的表达。

“不，”他平静地说，“你父亲和我之间没发生什么你不可以知道的事情，但还是由他来告诉你更妥当些，因为这和你有关，而且是以我永远也不会感兴趣或参与其中的方式。”

“和我有关？！和我有关？！”这位女演员高喊着，“我的事情不可能引起你们之间的误解！”

“但是它不得不，”瓦金肖说，“与你有关系，罗比娜，因为你假装对你父亲长久以来怀有的明确无疑的愿望和打算一无所知，你应该和它有关系——他已经宣布他非常渴望我们能成婚。”

“我看不出那有什么不好，”她说，并不露声色地补充道，“只要不是我们彼此。”

“但正是我们彼此，”瓦金肖毫无防备并十分认真地说，罗比娜小姐察觉到了，立即动用女性熟练运用的手段——带着装得很像的羞怯说：

“我不明白为什么那会让你如此烦恼。”

“没有！”他回答说，“但这事绝不可能，我们谈论它毫无用处——那么晚安吧。”

“等等，”罗比娜喊道，“你告诉我的事值得考虑。我当然还没有给你理由让你以为在这么重要的一件事情上，我会没发现遵从我父亲的愿望是符合我的利益的。”

“天哪！”瓦金肖高喊着，将握紧的双手举向空中。

“你为什么这么激动？”罗比娜问道。

“因为，”他严肃地回答说，“利益似乎是我们这个家族永恒的考虑：利益剥夺了我父亲的继承权；利益让我叔叔沃尔特将我母亲弃置于贫困之中；利益证实那可怜的悔改者是个悲惨的精神病患者；利益要求我失去生命中最宝贵的一切，而且利益要把我变得比我们这个卑鄙家族中最卑鄙的人还要卑鄙！”

“那么我能明白你为什么这么不喜欢我了，为了我们彼此的幸福，你拒绝同意我父亲的愿望了？”

“因为我们彼此的痛苦，我才拒绝同意的，”詹姆斯生硬地回答说，“而且如果你没有看上去有其他想法的某种动机——那种我无法看穿也不想知道的动机，你会和我一样对这一交易表示坚决反对的——我不能称其为婚姻，因为在它的进行过程中全然忘记了能使这一永恒联系变得亲密与崇高的一切内涵。”

罗比娜小姐知道他这番话背后的事实真相，尽管她有着与生俱来的说话技巧,这句话还是让她丧失了警惕,她于是说道：

“你凭什么以为我如此感觉迟钝？我父亲可以谋划他自己高兴的事,但是在他实现自己的意图之前,必须要征得我的同意。”然而,她刚刚说完这两句,就察觉到自己正在失去曾经机智地占有的有利局势，于是她猛地转回身补充道,“但是,詹姆斯,我们为什么要为这事争吵呢？我们眼前有足够的时间冷静地考虑这个问题——我父亲的意思不会是立刻就举办婚礼。”

“罗比娜,你是你父亲的女儿,又是他的田产连同天性的继承人——这样的婚礼不可能也不会出现。你也不希望它出现——但我扯得太远了——我只要告诉你我的感情已不可挽回地有了归宿就够了，我永远不会去听从有关这一话题的另外一种主张,今晚它把我逼疯了！我已经不再为你父亲工作了——我希望会是永远——我永远不会回到他的办公室了。我和他之间建立起的所有联系现在都被抛下了——也许同时我的幸福也失去了——但这没什么大不了的，我不能做我今晚听到的这种交易中的商人。我感谢上帝赐予了我一颗能感受到更美好事物的心，还赐予了我让我的思想变得更高尚的朋友们。不过，我是在毫无意义地浪费着精力和口舌；我已经下定了决心，既然说过了晚安，我的意思就是和你告辞了！”

说完这些他就匆匆走了，罗比娜在草坪上徘徊了一小会儿，回到了家中。她来到母亲的房间，父亲坐在里面，她装作对之前发生的两场对话漠不关心又毫不知情的样子，仿佛她既不是前者中的偷听者，更不是后者中的演员。

走进房间后，她察觉出父亲此前一直在和母亲说着她和她堂兄之间的事情。但是，由于个人情感的取向，她最好显得对许多事情一无所知，并刻意避开会让她父亲猜疑到她喜好的任何话题。因为她已经注意到，几乎没有什么人成为可以给她提亲的对象，因为她对他们一律怀有强烈的偏见；尽管实际上，在长相、关系和行为举止方面，很难说她青睐的目标就比她浪漫的堂兄差很多。然而，她却不留心去发现那种偏见的来源和动机。事实上她把这种偏见看作是一种缺乏理智并不可理喻的令人厌恶的东西，她只是急于除去可能会妨碍她取得她虔诚希望的圆满成功的任何缘由。因此，她很高兴在当晚使自己完全成了瓦金肖情感的主宰者，她觉得通过明智审慎地运用她的知识，她可能会消除她父亲的偏见。至于她的言谈和她灵活机敏的表达，我们将在下一章有所描述。

第三十三章

“我以为，”她在茶桌前就座后说，“我堂兄今晚会留下来；但我想他已经走了。”

“也许，”她父亲回答说，“要是你提出请求，他可能会留下来。”

“我想他不会为我留下的，”她回答说，“当我想参与到他的什么事情中时，他看上去都不是特别满意。”

“那么说你确实有时候想参与了？”她父亲问道，对她的这句话感觉有些吃惊，并没想到对刚刚发生的事情她已偷听到了一些，其中的只言片语都被她小心翼翼地珍藏在心中。

年轻小姐发觉她进展得有点儿太快了，就稍稍收敛了些。

“所有我想说的就是，”她说，“他不是很好驾驭的，我为此感到遗憾。”她还故意叹了口气。

“你怎么会特别为此感到遗憾呢？”她父亲问道，有些被她说这句话时的特别腔调所打动。

“我也说不清，”她巧妙地回答说。接着，她用更轻快的语气补充道:“但是我纳闷我为什么要为他烦恼呢?”

有好一阵儿她的父亲没做回答;但是,他把椅子从茶桌旁向后推了推直到他到达了壁炉边,他把胳膊肘支在了壁炉架上,有好几分钟似乎都处于深深的思索之中。与此同时,瓦金肖夫人继续和女儿聊着天,对女儿说她的确觉得她的堂兄一定是个很任性的小伙子;因为那天晚上他对她父亲讲话的方式不仅令他非常惊讶,而且让他很是忧虑。“但是,”她说,“他毕竟还只是个孩子;我毫不怀疑,用不了多久,他就会重新考虑他叔叔对他讲过的话而改变主意。”

“我感到非常遗憾,”罗比娜用带有最为朴实的同情心的声音回答说,尽管,也许比朴实运用的强调要多一点,“我的确感到非常遗憾,在他和我爸爸之间出现了分歧。我确信我总是听人说他是个亲切朴实、非常值得称赞的年轻人。我相信这不会有什么特别的影响。”

“这有着极大影响,”她父亲插话说,“而且对你的影响比对其他任何人的影响都大。”

“对我,先生!那怎么可能?我和他有什么关系,他又和我有什么关系?我确信,他除了比我认识的大多数人在礼貌教养方面更显不足之外,我没有理由就他对我的行为举止发表什么特别评论。”

“我知道,我知道,”她父亲大声说,“我所忧虑的这一切根源就在这儿。”

“恐怕我不能很好地理解您的意思。”这狡猾的女孩说。

“我也几乎不希望你会做到;但是,尽管如此,我的心在此事上非常坚决,所以我觉得,如果你能协助我的努力,这个计划就有可能实现。”

“这个计划——什么计划?”毫不矫揉造作的罗比娜回答道。

“一句话,孩子,”他父亲说,“你觉得詹姆斯做你的丈夫怎么样?”

“怎么说呢?”她简短地回答说,“他从未给过我任何理由去思考这个问题。”

“但是,你不会没有早就看出他对我来说是个最中意的目标吧?”

“我承认这一点,并且,也许我自己,”她说着,又叹息了一声,“对这件事的考虑比应该采取的行动要多。但是,我从来没从他那得到过什么鼓励。”

“我是多么不幸啊,”她父亲心想,“这可怜的孩子正像我一心希望的那样是乐意这桩婚事的。——当然,当然,用上点儿说话技巧和不屈不挠的韧劲儿,这个多情的小子可能会恢复理智,好好考虑一下的。”他于是对女儿说:“我亲爱的罗比娜,你是今晚我和詹姆斯谈话的主题;

但是我要难过地告诉你，他的感情目前不能让咱爷俩儿称心如意。他似乎被伊迪夫人的亲戚迷住了，就这个话题胡说八道了半天，以至于我们几乎争吵了起来。”

“我绝不会接受一个三心二意的人，”这位年轻小姐沮丧地说，“而且我恳求您，我亲爱的父亲，您绝不要在这件事上再采取什么行动了；因为，在我能回忆得起来的日子里，他一直用厌恶的眼神看着我——在那段时间里他一直都是艾伦·弗雷泽的玩伴，也许是情人。我再次请求您放弃撮合我们二人的任何想法：就他而言，除了出于最肮脏的利益上的考虑，这绝不可能发生；就我而言，也不可能不觉得我只是这其中被交易的一包货物而已。”

她父亲专心地听着她的话——这话听起来有道理——而且说得坚决有力；但尽管如此，这话里却有某种东西不是很让他满意，尽管这道理是清楚、充分的。

“当然，”他有所保留地回答说，“我绝不会把你嫁给你还没有喜欢上的人的，但这并不意味着，因为这个任性的孩子现在和弗雷泽小姐交往了，他的心就永远不会改变。相反，罗比娜，如果你能运用一点说话技巧，我确信你很快就能把他从那段不幸的恋情中拉出来。”

“什么样的女人，”她带着一种无比尊贵的神情说，“能忍受去窃取任何男人已经有了婚约的爱情？不——先生，我做不到——我也不该这么做；原谅我用了这一表达，我不愿意。如果我堂兄变得对我更和蔼可亲一些，我无法判定这就是我的爱情。不过，从他的行为里我可看不出有什么值得期待的，还是一如既往的厌恶，这我就早领教过了。如果我让您心怀期待，觉得我会改变主意，我真的会觉得自己很荒谬。”

那一刻罗比娜没再继续说下去；为了留下她希望造成的最强烈的印象，她立刻起身，离开了房间。他父亲随即也离开了他的座位，在地板上来来回回地转了两三圈之后，去了他自己的房间。

“我是这世上最不幸的人了，”他自言自语地说，“而我可怜的罗比娜在情感上遭遇的挫折也不小。不过，我无法相信这小子毫无审慎之心，以至于不去想想我对他说过的话。我必须给他时间。老谋深算的脑袋不会长在年轻的肩膀上。但是我从没想到罗比娜是喜欢他的；相反，我一直以为她心中的反感要比詹姆斯还要强烈。但是为此事自寻烦恼毫无意义。令我感到满意的是至少弄清了罗比娜是不反对这段婚姻的，所以今晚还是让我安安稳稳地睡去吧。我今后努力的目标一定要转到如何让詹姆斯和那个叫弗雷泽的丫头分手上。不过，这件事做起来不会很容易，因为他感情执着而又内心炽热，而她身上无疑具备很多极容易获得年轻男子青睐的那些魅力。”

随后他猛地站起来，匆匆地在房间里踱着步子。

“我为什么会受到诅咒，”他大声呼喊着，“饱受这样郁郁寡欢、沉闷无趣的命运的折磨？罗比娜如果是个儿子，我的全部焦虑将会平息；但是因为她，我继承祖业的这条财路就断了。不过，她母亲，也许还——”他停顿了一下。“这是非常软弱的，”过了一会儿，他又继续说道，“沉溺于这样的想法中。我面前有一个非常明确的任务，相比起苦苦思索种种希望和机遇，我应该认真地着手去做这件事，想方设法直到将它彻底完成。”

伴随着这个想法在那天晚上随后的时光里，他的内心平静了下来。当他再次和罗比娜及她母亲在一起时，相互之间的谈话被刻意转到一些无关紧要的话题上。

第三十四章

没有什么事情能比一个恋爱之中的年轻男子的情形更荒唐，而同时又更有趣的了，也许除非那是处在同样不幸处境中的一位老年男性。为这种天性赋予了魅力和情感的热切的欣赏，盲目的激情和充满柔情的真诚的热情都能唤起同情，甚至激发起在一定程度上富有同情心的关切。但是任何一个中立的人都无法引发共鸣的放纵的情感，在财产转让时所求助的鸵鸟般简单的权宜之计，在隐藏只要有半只眼睛就能看到的东西时自诩的睿智和谨慎,所有这一切呈现出了最无害、最有趣的人类荒谬的奇观。

然而,因为我们渴望抚慰这些年轻貌美者的尊严,也许在这件事上不要再说什么了为好,只是允许他们以不受干扰的信念去享受对接受祝福时的情形那令人愉悦的期待,而上帝和所有已婚人士都知道那不过是个非常非常短暂的销魂时刻。

但是出于任何对记载详尽历史尽责的考虑,我们不能忽略对小瓦金肖和他堂妹分手后心中想法的叙述。为使叙述增添几分生动,我们可以描述他的相貌;但是当我们就他的身材和五官把他描述为一个强壮英俊的年轻人,我们在这方面说得可能也就够多了,除非我们要描绘出他服装的颜色和款式——一项我们不是很有兴趣的工作;因此,我们可以只简单提一句,它们属于格拉斯哥那些最为整洁潇洒的职员们衣着的式样;人人都知道,卓盖特大街上的纨绔子弟只要扣上他们的外衣纽扣,就可以假扮邦德大街上有着最高贵血统和教养的绅士。但是,尽管瓦金肖一直习惯于把他的纽扣扣上,那天晚上他已毫无心情顾及了。他的整个内心就像是一只熊熊燃烧着的火炉——那猛烈的势头就像是为他走着的这条街道提供照明的缪尔柯克钢铁厂的那些大火炉。

他感觉自己仿佛陷入了一种堕落的状态；被看作丝毫没有一个年轻人的可贵品质以至于不顾忌以最卑鄙的方式用自己去做交易。他的精神于是插上了一双令年轻人兴奋不已的希望的翅膀，带着他进入了云雾缭绕的浪漫仙境，在那里绚烂夺目的财富和荣耀，微笑着，以无数种千奇百怪的形式呈现在他面前，召唤着他离开格拉斯哥烟雾弥漫的边界和散发着腐臭的空气，指给他那些诱惑着空想中的年轻人的最明亮耀眼的气泡。但是，就在这些闪闪发光的令人欢欣鼓舞的奇遇的幻象中，他梦境的中心发生了转变，他看到衣着朴素而又高雅的艾伦·弗雷泽在坎姆拉切利村的教堂里显得如此美丽。阳光照耀下的背景是一座美丽的充满诗意的农舍，草地上一只小羊羔被拴住了蹄子，周围是一群安然午睡的雪白的大鹅，地面上是成群结队的公鸡和母鸡，还有几只嘎嘎叫的罗圈腿的鸭子；另一种变幻的景象很快又成了他梦境的灵魂：他叔叔将葛瑞皮老屋改建成的优美的宅邸，连同它的全部草坪、种植园、富丽堂皇的大门和守门人的门房，以及一辆停在林荫道上的高贵的马车，构成了一幅非常迷人的图画，但是，这幅图画也很快消失了；在接下去变幻的景象中，他看到罗比娜成了他的妻子，对他所有小小的恶作剧和幽默都吹毛求疵，只热心于她自己的爱好，对那些他可能喜欢的事情毫不关心。随即周围的一切暗了下去，在一阵可怕的旋风和电闪雷鸣之后，云层再次打开，在它显示幻象的魔镜中，他看到在一个宁静的夏日黄昏，美丽的有着可敬的主妇模样的艾伦·弗雷泽和一位老人坐在坎姆拉切利村大堤顶部一棵大树下的乡村长凳上，欣赏着优美的景色，谈论着他们的孙子孙女，安然分享着天伦之乐，而他发现那位老人的容貌与他自己极为相像。如此圆满的一个人生结局，不受任何灾难、疾病或不公正的侵扰，必定会产生出最令人满意的结果。因此，他断然决定这才是他想要的生活；而且，正如之前他已经下定过的决心，从那以后，同他叔叔的联系将永远断绝。

在想象而非理智促使他做出了这一决定之后，他来到了格拉斯哥。因为决心将自己的想法付诸实施，所以他没有去他叔叔出钱为他租下的房子，而是去了葛瑞皮老太太家。打算留宿在那儿是一个原因，但主要还是想就议论他和艾伦·弗雷泽的恋情这件事向她提出抗议。他很自然地得出结论就是从她那儿，她叔叔才获取了这一信息。

走进客厅后，他看到老太太独自坐在壁炉旁的扶手椅里。在她肘边的一张爪形足小桌上，点着一支细长的蜡烛；她正用一架手摇纺车从一个锭子上缠着纱线，认真地数着线圈数。听到门开了，她转身看了看，看清来人后，她说：

“是你吗，杰米·瓦金肖？——三十六——你这是从哪儿来的？——三十七——这么晚了？——三十八——

坐下——三十九——剪剪烛花——四十。”

“我等您缠完了,”他说,“我想告诉您点儿事——因为我刚刚去过基托思顿修了,和我叔叔谈了谈。”

“不可能!——四十九,”老太太回答说,“关于什么?——五十。”

“他似乎把我看得既没有意愿也没有感情,既没有头脑也没有灵魂。”

“我希望你都能拥有——五十五——但你是不是太不听话了呢?——五十?——你这讨厌的孩子,我数忘数了,只能从头再来了。我还是把线轴搁一边吧。杰米,你说为什么事和你叔叔争吵起来了?”

“他对我太坏了——撕毁了承诺给我的义务,还奚落我的贫穷。”

“可是你难道不该感激他吗?要不是他尽了做叔叔的义务,你今天晚上岂不还是个一无所有的青年?上帝知道你是不是一贫如洗,光溜溜儿的就像水里的鲑鱼一样。”

“也许是这样,但是如果考虑到他以法律为借口夺得了家产,这应该是他为我不幸的父亲一家所能做到的最起码的事情了。但是,我本可以原谅他做的所有这一切,要不是他以伤害我感情的方式,暗示我和艾伦·弗雷泽分手,去和罗比娜结婚。”

“我确信,杰米,”老太太回答说,“你很难做出比这再好的决定了。"

"但是,我已经下了决心,"他说,"明天一早我就去坎姆拉切利村,告诉我母亲我已经决定离开格拉斯哥了。我再也不踏进账房一步了!"

"杰米,在来这儿的路上喝了几盅还是怎么着,怎么这么幽默,跳着'国王老西蒙爵士'舞往坎姆拉切利村赶哪?小伙子,如果我的软呢帽里有一只活跃的蜜蜂,我会立即出发,一边蹦蹦跳跳地往前走,一边对着月亮和七颗星星啪啪地打着响指。但是,说正经的,我很高兴你能足够谨慎,先过上一夜再说。"

"不要如此看轻我的决定——已经确定了——从我离开基托思顿修的那刻起,我就决心不再接受我叔叔的任何恩惠了——他只不过把我当作帮他达到目的的工具而已。"

"嘿,看哪!小伙子,就因为你比别人更聪明,"老太太高声说道,"你叔叔想让你娶他的独生女儿,等你们结婚后,把一大片田产和他的银库当作嫁妆留给你,你却认为他牵着你的鼻子走。"

"不——不是因为这个;而是因为他把我想得如此卑贱,认为出于个人私利的考虑,我会将自己的情感和原则一同廉价出手。"

"我确信他不会有这种想法,"老太太回答说,"如果他想让你和那个飞奔的高地荒野中的女神分手，去追赶那个甜美的报春花般的人——你的堂妹碧妮，是个富有理智又镇静沉着的姑娘，一个适合给高贵的人做妻子的人选，都是为了你的荣耀和发达。”

“不要再提这件事让我痛苦了，”他说，“您能不能让我今晚留宿在这里？因为，正如我已经告诉您的，现在再也没有什么可以作为那些使我地位如此低下的义务的附加恩惠了。”

“当然，我的孩子，如果你继续这副执迷不悟的样子，我不仅要给你一张床，而且还要请一个医生和一个剃头匠来，这样可以把你的脑袋剃光，还可以有各种对症的药物——外用的和内用的——把你带回到正常的思维方式上来。但是为了结束所有的争执，你先把你的零碎东西打点好，然后到斯普瑞尔太太家去要毛巾被和毛毯，今晚铺在你床上作床单和被子——记住我的话。”

“如果是那样的话，我要立刻去坎姆拉切利了。夜色很好，月亮也升起来了。”

“你走吧，为表示你是如何到了懂事的年龄，一边走一边唱：

‘苏格兰人看！苏格兰人瞧！

这个可怜的苏格兰人要去哪儿？

送他去东边，送他去西边，

送他到乌鸦的老巢里。'"

尽管瓦金肖当时的态度坚决，他祖母的后一句俏皮话中的古怪幽默还是让他忍不住笑了起来，他快乐地说："但我还是得吃点晚饭再出发。我想您不会拒绝我吧？"

老太太猜想她已经卓有成效地使他按她的话说，恢复了正常，就愉快地默许了他；但是，令老太太颇为失望的是，在他们就几个日常话题轻松滑稽地聊了一会儿之后，他依然坚持要么留在这儿，要么去他母亲那儿，以至于她发觉自己只得让人给他准备一张床了——同时她依旧表示坚信转天早上他的性情就会温顺很多。"尽管如此，"她说，"我希望，服从的精神能在睡眠中，在夜色的注视之下松弛你那僵直的脖子，否则我永远不会同意支持如此任性的叛逆。"

（第二卷终）

第三卷

第一章

瓦金肖度过了一个“不安的迷乱”之夜。有时他像领主自己所期望的那样极为冷静地思考着他的提议；但是没过多久，形成这种审慎态度的那些想法和情感的向心运动在它们被聚拢起来形成某个决心之前突然受到阻止，随后，他又像以往一样从他叔叔所焦虑的目标被疯狂地、远远地抛开了。

在这更为平静——也许可以因此说，更为明智的思考过程中，他觉得罗比娜是个精于算计而又通晓事理的姑娘，出众的美貌，和许多其他的优秀理家才能会使她成为一个受人称赞的妻子。有了她，他会立刻享受富足，同时还能拥有独立；此外，最为重要的是，他能使自己的母亲和妹妹恢复根据身世她们曾期待自己有权拥有的社会地位。这是个令人高兴和自豪的想法，不做一点个人情感的牺牲去迁就它，在他看来是自私而又没有男子汉气概的表现。但是，随即他就会回忆起他曾怎样慷慨激昂地勇敢地表示着决心，向他的叔叔吹嘘他纯洁而不可转移的爱情;他曾如何轻蔑地说到金钱的诱惑,又以怎样的言辞告诉罗比娜不要对他抱任何希望。因此,他无论向这二人中的哪一个表达对过去发生的事情的歉意，都会被他们看作是既软弱又卑鄙的。但是发觉自己果然会考虑接受这一提议的想法要比这更为锐利,更加令人无地自容;当他想到如果艾伦·弗雷泽知道了他曾一度如此卑鄙地盘算选择了他的堂妹后他可以获得的肮脏利益，她会如何看待他,他就开始鄙视自己。

但是接下去该怎么做呢？在他坚决的声明之后,还回到账房去吗？重新开始他一直憎恨,并在这件事情被披露之后变得如同苦役般的整天闷在屋里单调乏味的工作吗？不可能。如果他能屈服于这样一个提议,他就要比出卖自己来达到叔叔的目的还要卑鄙。

离开格拉斯哥是他的唯一选择;但怎么离开？投身何处？从谁那儿获取资助？这些都是让他的心感到刺痛而无法回答的问题;再有就是他要得到什么呢？和罗比娜成亲就要牺牲艾伦·弗雷泽;离开乡下会造成同样的结果。除了所有这一切,他这么做会让他那心地仁慈、温柔亲切的母亲更加悲伤和失望——她已经转而寄希望于他在叔叔的资助之下能够取得成功，并且迫切地期望有朝一日他能在商业界功成名就，在适合他父亲的孩子出入的场合将他妹妹带到世人面前；因为家族身世的自豪感和他的个人情感交织在了一起；有时他甚至认为美丽活泼的艾伦·弗雷泽也许是因为她的高地血统和伊迪夫人很高兴与她的祖先们认同起来的英雄传统才胜过罗比娜一筹。

就在詹姆斯辗转反侧于这些相互冲突的混乱思绪时，他突然想起了一个商人，他父亲的昔日校友。在与詹姆斯偶然相遇时，他总是带着非同一般的兴趣，问起他的母亲和妹妹。当时他有一艘货轮要开往纽约，他打算在那里开一家商店，正缺一个店员。詹姆斯想到通过这条途径，他也许能实现自己的愿望。这一想法就像是给他的焦虑不安注入了润滑剂，重新恢复的希望很快就让他安然入梦；但他睡得时间不长，没等到天亮他就醒来了。为了避免听到老太太喋喋不休的规劝，他起身奔赴坎姆拉切利村，用他自己的话说，为的是和母亲商议一下。但是，即便我们能理解，事实上这不过是表达一下他的决心而已。不过，这种自我幻觉对于未成年人来说是很常见的。

他从格拉斯哥出发的那天清晨空气潮湿又阴冷。午夜的雾气生成的令人不快的沉重的水滴，如此沉闷地挂在灰头土脸的树篱上，以至于任何一首用暗指露珠的某个绰号来称呼这些几乎完全不透明的大自然中的小玻璃球的诗歌都完全有描述失实之嫌。道路算不上泥泞，但黏糊糊的，让鞋底厌烦。农舍上方冒出的炊烟无精打采地沿着茅草屋顶滚落，懒洋洋地扩散成了一片昏暗的蔚蓝色的雾霾，在农家场院的干草垛间流连盘桓。奶牛们不再以它们一向具有的镇定沉着的直觉判断朝牧草地行进，而是站在挤奶场上，东瞅西看，交头接耳——毫无疑问是在谈论着天气状况。鸟儿们在树枝间跳跃时，不耐烦地喳喳叫着。鸭子们静静地走向它们熟悉的水塘。母鸡，这种永远有着严肃性情的动物，在鸡舍下，在灌木丛里悲伤地表示着真切的同情；公鸡的鸡冠比平素苍白了些，它的情绪如此低落，以至于只有一次振奋起全部的心力，吹响了它的号角。大自然阴郁不快——牧童把搭在身上的毯子裹紧了些，在他不情愿地把牛群赶到野外时，咆哮着抽打着小牛。在收道路通行费的房屋门前的一侧空地上放着一个酒壶，旁边的一个盘子上有一个空酒杯和一点面包。显然，早先来过的某个游客，顾不上考虑神像，而是想到清晨的潮湿和寒冷对健康不利，于是从女主人自己的酒瓶中倒了点儿威士忌。

因为这些引发共鸣的景物的缘故，在瓦金肖到达坎姆拉切利村之前，他的心情就几乎和他的四肢一样疲惫沉重了。他的母亲看到他经过客厅窗外，走到门前，对他的到来很是惊讶。当她觉察出他的眼神黯淡无光，面容怏怏不快时，似乎有种恐惧袭上心头。

“你怎么回来了？”这便是她的第一句惊呼，“出什么事了？”

但是，他没有回答，只是走进屋，坐在了壁炉边，抱怨着他寒冷艰辛的行程和道路的泥泞。他的妹妹正在准备早餐，碰巧没在房间里，母亲声音中带着更为诚挚的焦虑，急切地重复着她的问话。

“恐怕，”瓦金肖说，“我这次回来只会让您难过。”随后他便简要叙述了发生在他叔叔和他之间的关于罗比娜的事。但是一份对焦虑中的母亲的体贴之情，连同不让母亲遭受他意识到的自己离开格拉斯哥这一消息会带给她的不快感受的愿望，让他隐忍住了自己专程前来和母亲讲的话。

瓦金肖夫人早已习惯了她的小叔子就这个话题沉溺于偶尔的期待中，以至于对发生在他身上的这件事并不觉得奇怪。通过她自己的观察和儿子表达出的反感，她毫不怀疑他对艾伦·弗雷泽的依恋是这一婚姻的主要障碍。这一结论自然引发的思考让她沉默了一阵。然而，这会儿工夫，瓦金肖见母亲似乎没对自己反对这场婚姻的慷慨陈词表示出多少遗憾，于是受到鼓励，更加充分地继续暴露出他的情感，并宣布了他要出国的决心。他母亲因而受到大大的惊吓，陷入了最深切的哀伤之中，以至于直到吃早饭时她依旧一声不吭——不幸和失望的确如此长久地把她温柔的性情压制成了最能容忍的顺从，以至于即使她的心在所有最脆弱的情感中颤抖，她都不发出叹息，而只是用她苍白的面颊，和那双仰望天空的温和而又忧郁的眼神表达出温顺的乞求，似乎在说，“唉！我仍旧注定要经受痛苦吗？”这眼神一直是她的孩子们无法抵御的：在他们的童年，正是这眼神引领着他们，带着他们全部纯朴天真的爱抚，扑进她的怀抱。此刻，它如此深入地穿透了瓦金肖的内心，让他不由得抓住她的手，放声痛哭起来。

第二章

我们不是道德的决疑者，无法解决伦理道德上的两难问题，因而不能试图去断定詹妮为了贫穷的父母嫁给老罗宾·格雷的是非对错。就连那些最受认可的道德家们也认为，哪怕是以牺牲伟大的、无可争议的职责为代价，也要遵守一定的原则。但是我们非常肯定的是，慷慨仁慈之心所能经受的最严酷的考验莫过于职责与情感之间的斗争——他人为满足自己的愿望而对慷慨之人的行为提出的要求，和他自己想要实现的自我愿望之间的斗争。小瓦金肖就陷入了这样的一种困境中。当他拉住母亲的手的那一刻，对孝顺的承诺无疑胜过了对爱情的希冀。

“妈妈，”他说，“我听您的吩咐——按照您觉得合适的方式为我做出安排吧。——当我憎恨叔叔对我似乎怀有的卑鄙想法时，我忘记了您——我只想到了我自己。我的首要职责，我现在感觉，应归于这个世界，而其中的最高职责，应归于我的家庭。——但是我宁愿自己从没认识过艾伦·弗雷泽。”

“我亲爱的孩子，你用这个愿望，教会我该怎么做了。——不，詹姆斯，我永远不会要求或期望我的孩子们为我做出牺牲的——因为我认为心里厌恶手里做着的事情，这正是一种牺牲。但是我的人生长久以来就有着无尽的悲哀；我会在一片更为黑暗的乌云前畏缩这很正常。然而，我不会要求你留在你叔叔身边，甚至不会反对你出国的决定。但是不要仓促行事——考虑一下你父亲和我经受的悲哀、焦虑和屈辱，再想想，如果你和艾伦·弗雷泽结合了，即便她的父亲和朋友们赞成这桩不般配的婚姻，你有没有考虑过艾伦·弗雷泽？被你早早地切断了命运的轨迹，就像你父亲那样，她的未来又会如何呢？——就是对这件事情的忧虑——这件我和你们一起承受，并为你们承受的事儿，此刻如此痛苦地压在我的心上。”

“您希望我回到格拉斯哥吗？”瓦金肖用一种焦灼激动的声音问道。

“除非你自己觉得这么做不感到屈辱，否则不要回去——因为，詹姆斯，我已经喝下了人生的一杯苦酒，而我又无力和狂风搏击，我绝不会建议我的孩子去做让他藐视自己的事情。上帝知道这世上已有足够多的屈辱让我们低声下气了——我们不必再去自寻屈辱——不，除非你能带着一张坦率的脸和一颗自由的心去见你叔叔，否则就不要回去。”

“那么，我确信，我永远也无法做到，”瓦金肖回答说，“我感觉他已经伤害了我的天性，敢于说出他似乎把我看成的那种人；一个人几乎可以原谅对他的任何伤害，唯独不能原谅对他的刻薄想法！”

“但是如果你不去他那儿，你不会觉得在另一家账房找到差事很困难吗？”

“如果我不回到他那儿，我宁愿立刻离开账房这种地方——我从来就不喜欢那里，现在就更不喜欢了。总之，我的打算是离开这里，如果可能的话，去美国。”

“去你想去的地方吧，我亲爱的孩子，我的祝福和眼泪是我能送给你的全部。”

“那么您赞成我去美国的愿望了？”

“我不反对，詹姆斯——但很难让一位母亲说出赞成她的儿子置身于任何危险之中。”

“如果我能在军队中得到一个任命，去参加一场激烈的战争，您会怎么说？”

“我觉得——看到你去参军打仗不会比看到你离开

我去遭遇你在这世上从未经历过的危险更让我难过。事实上，可以说，我的难过几乎会轻一些，因为在军队里，虽说有着各种危险，但也有一定程度的保证，那就是一个年轻人，只要他活着，就会被塑造成一个受人尊敬的人物。”

“但愿能有一场战争。”瓦金肖说得如此真诚纯朴，甚至他母亲也禁不住笑了。

他们之间的谈话在这关键时刻被登门拜访的伊迪夫人打断了，她立刻就觉察出一件特别的事情打破了她朋友生活的宁静，一时间她用严厉庄重的眼神看着瓦金肖。他母亲观察到她面容的严肃，觉得倒不如立刻就把发生的事情告诉她。

伊迪夫人倾听着瓦金肖夫人讲述她小叔子的提议和瓦金肖要出国的决心，表情中带着一定程度的司法官员的平静，这几乎为她的容貌赋予了和来自于它那令人敬畏的外形的同样的尊严；当瓦金肖夫人说到结尾处时，她说：

“我们已经预见到了所有这一切——我只是觉得奇怪，如今当这一切发生之时，竟然对你影响如此之深。昨天夜里，瓦金肖夫人，我梦见你死了，躺在那儿，身上盖着裹尸布。我想我是坐在你的尸体旁，尽管我很难过，但同时却感到一种莫名的喜悦。就在那一刻，我表哥葛伦盖尔走进了房间，他腋下夹着一本厚厚的古书，上面有着黄铜的按扣。他把那本书交给了艾伦·弗雷泽,我这才注意到原来她也待在这房间里。艾伦解开那些黄铜按扣,把书翻开,指给她父亲其中的一篇文章,她父亲就朗读了起来。等他停住时,我看到你站了起来,把裹尸布扔到了一边,你看上去衣着华丽,面容明朗,手上戴着婚礼手套。我今天早上过来就是想告诉你这个有吉兆的梦,我确信它预示着你命运中某个幸运的转折要通过葛伦盖尔来实现。因此,不要对詹姆斯和他叔叔之间的分歧感到不安了;因为你可以放宽心,这件事会以你家的一件大好事告终;不过,要先有一个人死去,这是肯定的。"

尽管瓦金肖熟悉伊迪夫人偶尔流露出的巫师般的自命不凡,并总是对它们报以尊重的态度,但对于她宣布这一预测时的认真样子,他还是忍不住笑着说:"但是我听不出这个梦和我这件事有什么关系。"

"你听不出来,"伊迪夫人严厉地回答说,"我也听不出来;但不能因此就得出结论说它们之间没有感应。这世界的车轮在黑暗中运转,詹姆斯,需要先知者的眼光去察觉即将发生的事情,尽管指示出这些事情的预兆所有的人都看得到。但是,"她转向瓦金肖夫人,"我突然想起来,以你们现在这种情况,我可以给我表哥写封信。拥有了葛伦盖尔让他颇受政府重视,也许他的影响会对你儿子有些帮助。"

这给了瓦金肖一线希望，此前他从未产生过这种想法，而这也让他母亲心里亮堂了些。他们母子俩都表示他们感觉到了她的友善；詹姆斯快乐地说，他毫不怀疑她梦中的预兆很快就会得到证实；但是她严肃地回答说：

“不！尽管葛伦盖尔可能会通过他的个人影响帮你一把，但只有通过一个人的死亡才能实现这一幻象；但是目前让我们不要再提那个话题了。我今天就给弗雷泽先生写信，询问他以什么方式能最好地协助我们实现所有这些愿望。”

与此同时，葛瑞皮老太太已经接到了女仆的禀报，说瓦金肖一早就赶奔坎姆拉切利村了；因此，老太太吃完早饭立刻就打发一名信使去了账房，请领主进城时到她这儿来一趟；但是，这着实没有必要，因为领主和他的侄子一样度过了一个难眠之夜；所以，老太太的信使还没回来，他已经和搭乘他的马车来和一个朋友见面的罗比娜坐在客厅里了。这位年轻女士为什么会选择这么不愉快的一天出行，特别是她的这位朋友主动提出见面，并且用她的话说，在前一天晚上的谈话之后只和她自己协商了此事，我们必须允许聪明的读者去发现；但是，她看上去慌慌张张、局促不安，当她的祖母告诉她自己在等待着德多姆威姆勒和米尔洛基特夫人来吃饭，并且说：“碧妮，我觉得你应该留下来陪我迎接他们，因为我觉得瓦基会来，”她这样称呼瓦金肖——他们的儿子，“如果你不能制服这个堂兄，我只能认为你可能去挑逗另一个表哥了。”

“我相信并且希望，”领主大声说，“她更有头脑。瓦金肖·米尔洛基特一无所有。”

“那杰米·瓦金肖有什么？”老太太回答说，“说真的，乔迪，虽然我不得不说你既挑剔又老谋深算，但是无可置疑的是你的心中也有和你父亲一样关于祖宗家业的古怪想法，任何这样的愚蠢念头都不会有什么好结果。碧妮，我的小姐，永远不要因为你父亲这些过时的想法心中烦恼；但是，如果你能用眼角钩住瓦基的心，用不着我帮忙，你就能把他钓上来。”

“妈妈！”乔治言辞激烈地说，“您和这小姑娘说话竟如此轻浮，真是让我大吃一惊。我坚决反对任何这样的婚姻自有我的道理。虽说我的确认为詹姆斯对我忘恩负义，他固执的行为理应让我感到最强烈的不满，但我不仅认为促成罗比娜和他之间的婚事是我的职责，而且会朝着这个目标去努力。也许，如果她完全心不在焉，我对此事也不会这么感兴趣；但是，因为我现在知道了只是因为他的冷漠才阻止了她对他怀有一份恰当合理的爱慕之情，那么，如果我不努力运用所有权宜的手段，来推进我女儿的幸福，我这个做父亲的就没有尽到责任。”

在说这番话的时候，这年轻女士看上去既困窘不安，又内心欢喜，而她的祖母，双手叉腰，用古怪而又好奇的眼神打量着她，说道：

“碧妮·瓦金肖，你不可能是这么个善于伪装的轻佻女子，以至于骗过了你父亲和我吧？但是，只要我长着一只眼睛，并能用那只眼睛看东西，那么我就已经看出你对杰米·瓦金肖由衷的憎恨，就像都柏林城的魔鬼一样真切。但是让你父亲按他的意愿跑到那树木丛生的地方去吧——能够活着见到我有判断力，能了解事情真相的人还没有出生呢。但是，乔迪，对那只飞回到他妈妈身边的没用的鹌鸽能做些什么呢？可怜的女人，她连冷水泡燕麦粥都吃不起。要做就得赶紧动起来，你想重新延续基托思顿修的瓦金肖家族血脉的愿望一直不告诉我，还说我老糊涂了。我可以引用赞美诗作者的话说，‘在四十年的时间里，这个家族让我伤透了心。’你能做的最好的事情就是迅速赶上马车前往坎姆拉切利村，抓住他的耳朵和角把他带回来，用一根大头针钉住他的鼻子，把他钉在桌子上，把婚事敲定。”

领主心想，这个建议不算太糟糕。发表了一些意见之后，他果然出发去了坎姆拉切利。他的意图非常明确，即尽其所能地弥合已然破裂的叔侄感情，再次安抚侄子的爱慕之情，并唤醒他的感恩之心。

第三章

领主的马车刚一离开大门，老太太就继续和她的孙女聊了起来。

“现在，碧妮·瓦金肖，”她说，“我必须直截了当地问你一个问题。孙女，自从那天我们娘儿俩说了那番话之后，你一直瞒着我，原来你爸还没看清你的真面目呢；因此，我倒要知道知道，你要这一邪恶手腕和魔法的根本原因是什么？和我们这位美女一直在调情的这个小流氓或是讨厌鬼究竟是谁，让她想蒙住我们所有人的眼睛？他是谁？我非得知道不可——因为你永远无法让我相信你偷偷摸摸的行为没有缘由。”

“您说过，”小姐羞红了脸，笑着回答说，“您会帮我和瓦金肖·米尔洛基特一把的。”

“嘿！我的天哪！让我一下子猜对了！”老太太一下子跌坐在椅子上，她高举双手，眼望天空，惊叹道。“但是，碧妮·瓦金肖，你这个狡猾的小人精，这么说你爸爸一直像愚蠢的瞎子博迪，老婆说向她献殷勤的情人的马是自家圈里跑出来一头奶牛，他就信。他还在苦苦筹划着促成一桩婚姻，或者，我应该称它为和你堂兄杰米之间用金钱维系的夫妻生活，而你却和瓦基·米尔洛奇特在大堤边上，避开人们的视线，一直勾搭着了？好了，这会成为报纸上的头条新闻的！是哪本书教会你这课的，孙女？嘿，先生们！我虽然老了，但我想读读。但是，碧妮，因为手心手背都是肉，我要说话算数；等德多姆威姆勒和你姑姑带着你的心上人到这儿来的时候，我们要聚在一起商量商量你们的婚事，让你爸爸运用苏格兰人的手段，咆哮着，挥着长把扫帚，像他那些古老的信奉天主教、诵读主祷文的祖先们一样巫师般地胡乱抽打，他们曾经——上帝保佑我们！因为我知道的本该与此相反，他们曾经早在亚当和夏娃的年代之前一直把地狱中的肉汤喂给魔鬼。玛士撒拉本人，我确信，可能不过是九百九十九岁高龄的基托思顿修的瓦金肖的半个表亲。可是，碧妮，你是个——你是个——我也就不说什么了——你这个狡猾的小人精，把我蒙在鼓里，我本可以为你和瓦基谈恋爱提供更多便利的。但是，尽管如此，我不会失去仁厚之心，而是要演好这个和蔼可亲、充满爱心的祖母的角色，因为众所周知我对我的孙子孙女们一直都是这样；只是我从没想到过参与进了一个克拉丽丝·哈洛特的秘密婚礼。”

“但是，”罗比娜说，“我爸万一成功说服詹姆斯同意了他的愿望怎么办？那我的处境可就惨了。”

“的确，如果出现了那种可能，我也不知该怎么办，”老太太回答说，“因为你知道我得站在我自己的儿子——你爸爸一边；正像我一直说的，杰米·瓦金肖对我来说和瓦基·米尔洛基特一样亲，我对他的帮助不能比对你的少，我需要一碗水端平，因为你已经让你爸爸相信你想杰米想得神魂颠倒了；所以，按我以前说过的，你必须服从。”

罗比娜小姐一时被吓呆了，当她看到祖母似乎在以一种完全轻蔑的态度看待她的爱情时，她紧握双手，高喊着：“上天保护我！我完了！”

“不，如果事情真的发展到了那一步，碧妮，我也没什么可说的，只能像格拉斯哥港的牧师说的那样，迅速而又眼光敏锐地帮你把长筒袜上的跳针挑起来。”

“您这话是什么意思？您在暗指什么？”这位年轻小姐惊恐地喊叫着。

“碧妮·瓦金肖，我会保持镇静；我不会惊慌失措。但是你这个耶路撒冷的妾把这样的奇耻大辱带进我的家门真让我不知说什么好。噢，女人，女人！但你是个愚蠢的早熟的少女，漆黑的悔罪席对你而言都太好了！”

这位老夫人怒气冲冲的非难和指责令罗比娜如遭雷击般大惊失色，以至于她恐惧得喘息起来。

“但是，”她的祖母继续说道，“既然事已至此，不可挽回，我只能尽量妥帖地将此事告诉你的父亲，并在今天下午我们聚在一起的时候，请来牧师，宣部一场不合常规的婚姻的缔结，这是我的家门中从没发生过的大不幸。”

再也无法克制内心的烦乱，罗比娜从座位上站起来，呼喊道：

“发发慈悲，听我说！停止如此可怕的——”

“停止?！”老太太以她最严厉的愤怒的语调打断了她的话：

“如果你是我的女儿我宽恕你，而你不过是我的孙女，你这个希伯来人的侍女，巴比伦的粗野女人。但是自尊永远不会离开它的主人，除非他跌了跤——跌跤是你爸爸的好仆人——在你的教育上他完全不听我的建议；他没有把你送进基督教学校，而是从英格兰的曼彻斯特找到一位女家庭教师来教小姐——我的孙女读书，这位女教师头上插着树胶粘成的花，脸上涂着颜料，说着声调如此之高的英语，以至于马尔和莫伊达特在巴别塔含混不清的争吵在和她的声音比较时都成了理性的完美典范。”

“天哪！您怎么会犯这么奇怪的错误？”罗比娜说，情绪恢复了许多，以至于她几乎忍不住大笑起来。

“碧妮，碧妮！你可以把它叫作一个错误；但我认为这是一种耻辱和犯罪。噢，这样一个污点沾染在我这把年纪的标牌上；而且，怎么对你那可怜的病弱母亲说呢，自从你不幸地诞生那一刻起，她就再没过上一天舒服的日子。她长久地坐在坟墓的边缘上，这痛苦的一击必定会将她推入坟墓。”

“您怎么可能,”最终罗比娜完全恢复了镇定,大声说道,“把这样下流粗俗的解释加在我说过的话上?”

老太太此时心软下来,泪如泉涌,摸索着她的手帕擦去泪水;但是,惊异于罗比娜对她讲话时的坚决态度,她上身前倾时仰头望着,一只手仍放在口袋里,另一只手紧握着座椅的扶手。

“是的,”罗比娜继续说道,“您犯了一个大错误;尽管一想到您一度对我怀有这么不尊重的想法,我就感觉到屈辱,但还是禁不住对这个错误笑起来。”

不过,虽说老太太在了解到她是无端地自寻烦恼时无疑是极为高兴的,但是为了维护她认为被自己刚刚说过的话所威胁到的个人尊严,她看上去好像非要给自己的责难中找出一点儿道理。因为,接下来她又说道:“我很高兴听你这么说,碧妮。但是对我来说出现这样的误会很正常,你知道在这个盛行小说和戏剧表演的年代,谁也说不清到底会发生什么。但是,我很高兴这件事还不算糟糕透顶。但是你必须承认,你和瓦基·米尔洛基特这么偷偷摸摸地交往让人觉得非常可疑。所以,我觉得这事最好不过的结果就是促成你们俩的婚姻,正像我一直说的,先不要惹你爸心烦,先把生米煮成熟饭,到那时候,他气得撞头跺脚闹一通就会重新恢复理智,觉得咱们大家都够该谐够幽默了。”

老太太一直不停地说着这个话题，直到米尔洛基特夫人、德多姆威姆勒和他们的儿子到了。正像我们已经提到的，从个人形象来说，小米尔洛基特比詹姆斯差不了多少。他自然是真心地爱着他的表妹罗比娜，但是他还是受到了他父亲许多潜移默化的影响，所以罗比娜今后能够继承基托思顿修家业的希望无疑使他的爱情之火越发炽烈了几分。

让儿子与罗比娜缔结姻缘是他父亲长久以来热切追求的主要目标，这种热切的程度与他的小舅子瓦金肖长久以来的追求让罗比娜嫁给詹姆斯一样。看到这一梦想成为现实的希望，这位老绅士不再为儿子在城里寻找营生安身立命，而是下定决心让他务农，为的是有朝一日他能接管基托思顿修田产的管理重任。因此无须赘言，当罗比娜和她的恋人遵从了祖母的吩咐，“转移到另一个房间”之后，德多姆威姆勒以极高的兴致欣然同意参与这个用他的话讲让两个相爱的年轻人幸福美满的“计划”。但是，至于具体的细节还是放到新的一章来讲吧。

第四章

“是啊，老夫人，”老太太告诉德多姆威姆勒领主关于罗比娜钟情于他儿子的这个所谓“发现”时，领主说道，“您看还是血浓于水。我自己也不是没想过他们之间除了普通的表兄妹关系还有着更深一层的感情。但是，大伙儿常常听到我小舅子总是迫切地想要促成她和詹姆斯的婚事，我也不能动那上去横插一杠子的心思。但如果天意注定她更喜欢瓦基，我确信我和您不妨在通往这两个年轻人愉快的婚礼的道路上谨慎地轻轻推上一把。”

“我在想，”他的妻子开口说，“可能最好还是等等她父亲劝说詹姆斯的结果吧，这样才算是谨慎，也更有诚意。即便他说服了詹姆斯，这两个人也还没有举行婚礼呢，到时候罗比娜完全可以向大家宣布她更喜欢的是瓦基。”

“梅格，”老太太应答道，“你说这话像是个蠢女人——你不知道这里的事。你兄弟乔迪和他爸爸的心思一模一样，所有法律和政府的力量都不能阻止他们的打算——一旦他说服杰米顺从了他，他很快就会迫使碧妮就范，到那时还有你的瓦基什么事？——不，不，德多姆威姆勒，别听她的，她没什么见识——你和我，领主，必须在这场风浪中把稳航向——你在婚姻方面是个有经验的人，我们都知道，你已经结了三次婚了，而我是个上年纪的女人，在这世上行走了七十六年，随时都会听到‘爱情和机遇’的祝酒辞。现在，碧妮和瓦基之间的爱情不就在我们的手边吗？——毫无疑问我们两家谁也不至于完全没有能力为他们找个时间、地点，创造出一个机遇。如果是因为今天我曾经猜忌过的理由，我就不说它是什么了——这也是我派人去请个牧师或地方官过来，当场就宣布这桩非常规婚事成立的目的——虽说这场婚礼没可能会因为没有盛装礼服让咱们都心里着急、面红耳赤。领主，你是个精明、有判断力的人，你不觉得虽说咱们没有创下避免用耻辱和苦难使心灵破碎的功绩，实际上也可以做到类似的事情吗？——梅格，这么做不会有什么罪恶的，难道《圣经》里不是命令人们生育繁衍吗？而且我们要达成的就是婚姻的目的，这是充实地球、增加人类子孙的自然方式啊。”

尽管德多姆威姆勒领主迫切并虔诚地期望着如此圆满的结局，他对这件事的进展的仓促却没有多少心理准备。况且，作为一个有些圆滑世故的人物，他虽然急切地期盼着这场姻缘，却不愿因可能参与推进它而受到任何责难。因此，他没有立刻默许他岳母的建议，而是打趣地说，“慎重，慎重，老夫人。让瓦基和罗比娜亲手为他们自己筹备一个秘密婚礼可能很好，可怜的孩子们，但是您和我这样的人插手干预此事，公开举行仪式绝对不可行。我的确不反对这段姻缘，会考虑以默许的方式帮助他们求婚成功，但即刻就策划出一场婚礼来，时机还不算成熟。”

“我很高兴听你这么说，”米尔洛奇特太太插话说，“因为说真的，我妈妈好像对两家的联姻太异想天开了，这么仓促策划的事情不会有什么好结果的。依我看，要是我的丈夫参与了这种阴谋，我弟弟完全有理由埋怨我们呀。”

老太太从来都不喜欢别人对她的判断提出异议，(话又说回来了，哪位太太喜欢呢？)更不要说像她女儿这种理解力和她相比天差地别的人了（她自己就是这么认为的)。

“哎呀，梅格，”她回答说，“只有你敢这么放肆地向生了你的母猪翘起你的猪嘴。我是一个因为身体比较健壮，几乎活到了八十岁，却不能在道德行为方面分辨是非的人吗？就像那个令人愉快的加诺克的普林格博士在斋戒日那天在温德柯克布道时说的，我在你家的葡萄园里辛勤劳作的时候，你却生出叛逆之心，告诉我说我已经失去正确的判断力了！德多姆威姆勒，坐在那儿的你的妻子，她是我的女儿，我很抱歉非得说出来，但这是众所周知的事，我毫不怀疑你在吃了苦头之后才发现她是个极不讲道理、目光短浅、心胸狭隘的女人，而且小气到了极点——她凭着那些教人们制作可以击败魔鬼的奶酪葡萄酒的指导手册，和那本《凯蒂·费希尔的烹饪术》，就凭着这几本书她就想让我们相信，靠几块小宝石和一块旧马蹄铁她就能发大财——我们都知道，你也知道，领主，最可气的是，她把那豌豆扔了，用七拼八凑的几种菜做了一锅大杂烩，要不老话怎么说，细口的瓶子才攒得下东西呢。所以你我这样的人和民众的参议员们有什么必要和这么一个造物主辛苦创造出来的至极、冥顽不灵的人坐在一起商讨事情呢？异想天开，是你刚刚说过的吧？就这么随意地把这个词丢在你年迈的母亲头上？不过，我也不值得屈尊和她这样的人发火。但是，梅格·瓦金肖，或者说米尔洛基特夫人，虽然你现在是在你丈夫面前，但下次你如果还敢藐视我的理解力，我就让你知道知道亵渎自己母亲是个什么结果，所以你还是小心点免得摔跤。现在让我们回到刚才谈论的话题上——我的意思是，德多姆威姆勒，我们不应以任何理由阻挠结婚这一目的。所以，如果你不想让你的儿子去请牧师，我自己来办这件事。就像那首歌里唱的，这件事越早着手办好，我们就能越早地和碧妮的父亲订立契约，并赢得他的认可。”

领主很高兴看到老太太如此迫切而又热心地坚决要成就这桩婚事；但是他说：“您想怎么做就怎么做，老夫人——随您的便。但是我不会插手干预任何这样的计划，这件事可是您一人所为啊。”

“想必你和你那个不敬长辈、见识浅薄的愚蠢老婆，我们的梅格，不会拒绝出席这场婚礼吧？”

“说真的，老夫人，我就是个笨嘴拙舌的和事佬儿，这一点我也完全不否认。”德多姆威姆勒回答说。

“如果婚礼就在今天、在这所房子里举行，当家的，我和你都摆出一副冷漠的样子，不参加他们的婚礼，肯定是不合适的。”米尔洛基特夫人说。

“瞧，这才是句明智的话嘛，梅格，”她母亲欢欣鼓舞地高声说道，“这才是一位基督徒母亲睿智的话语。如果新郎的父亲和母亲待在这房子里，知道这里发生的一切，坐立不安地期盼着这场婚礼带给我们大家的安慰，就像你们俩这样，却坐在庆典之外的一个房间里，愁眉苦脸，双手忧伤地紧握着，这自然极像是异教徒的行为。走吧，走吧，德多姆威姆勒，你就做出这副样子吧，我可不喜欢这么世故虚伪的人。可是我们不能再耽搁时间了，因为你兄弟很快就要从坎姆拉切利村回来了，我想在他回来之前把这一切都办完。嘿，先生们！如果我们能让他出席婚礼的晚宴，却一无所知，那不是很有趣的事吗？所以我这就派女佣去请德力菲尔博士，你们都知道让新娘得到一个正统的天主教教徒的祝福是件大事。我进屋去告诉碧妮和瓦基，他们俩还得准备一下。”

“可是，他们两个成亲之后，接下来该怎么办呢？他们住在哪儿？他们指望什么过活呀？”米尔洛基特夫人忧虑地说。

“梅格，别为这样的琐事烦恼，”她母亲说，“他们可以住在我这儿，直到和父亲和解。到那时，她父亲毫无疑问会给他们一大笔生活费，所以我们不必为明天的事情自寻烦恼，今天的烦恼已经够多的了。不过听说你在德多姆威姆勒养着漂亮的大白鹅和各种家禽。那么，因为我们需要些东西把这些烦人的事情摆平，你可以就此送给我们一些尝尝。另外，既然说到这儿了，一头上了膘的猪之类的家畜我们也不拒绝；或者，如果你们碰巧宰了只羊，一扇羊足够一屋子的人吃了。至于黄油和鸡蛋，我可不是个初学者，正像伦弗鲁博士说的，对厨师来说，有面包的帮助，黄油和鸡蛋可以宴请一个省的人。”

说完这番话，老太太站起身，脸上露出了不屑一顾的神情，得意扬扬地走出了房间。

第五章

与此同时，基托思顿修——按照苏格兰习俗，我们应该这样称呼瓦金肖领主，已经到达了坎姆拉切利村。当他来到嫂子门前时，正碰上伊迪夫人在告辞，打算代表詹姆斯给她的亲戚弗雷泽先生写信。在马车渐渐驶近的时候，查尔斯夫人看到了，便请求伊迪夫人留下来。但是，经过再三考虑，她还是觉得自己不留下来为好。此外，她也应该把写给葛伦盖尔的信推迟到这次见面之后。因此，当领主下车时，她刚好走到门口。领主与她不过是略微相识，所以只是朝她躬了躬身，便继续向前走，并没有讲话。这时，伊迪夫人用她那锐利高贵的目光拦住了他，几乎没有人能禁得起这明亮眼神的搜寻。

"瓦金肖先生，"在好奇地看了他两三秒钟后，伊迪夫人说，"在你去查尔斯夫人家之前，我有话对你说。"

此处很难解释到底是什么原因促使伊迪夫人突然决定干预此事，特别是在刚刚发生的这些事情之后。不过，既然她这么做了，我们就应该继续把这件事叙述下去，而不是过分好奇地调查她的动机。

瓦金肖先生鞠了一躬以示默许，然后伊迪夫人就步履缓慢、神态庄严地朝牧师住宅走去，这位来访的客人则沉默地跟在她的身后。但她还没走出四五步远，突然转过身来，用力地拍了拍他的胳膊说："我们还是不要打扰牧师吧，到教堂后院的墓地走走，我们可以在那儿谈——那些逝者正适合做我必须要说的这些话的见证人。"

尽管基托思顿修在世俗之气的浸染下极为圆滑世故，可是伊迪夫人身上的气质如此不同寻常——她那威严的神情，打动人心的忧郁容貌，以及她声音中所带有的西顿式的庄重高贵，都让他心怀敬畏，所以此刻他只得再次深鞠一躬以示默许。于是，伊迪夫人以一贯的威严姿态朝着教堂后院走去，走过通往后院墓地的台阶，她一直走到了教堂的南边。此时太阳已驱散了晨雾，明亮地照耀在庄严的教堂、简陋的坟墓和周围竖立的单薄的墓碑上。

他们来到教堂的南门前，这里有一片空地，草皮早就在安息日被那些乡村朝圣者们的脚步磨光了。"这里吧，"她停下脚步，说道，"我们就在这儿停下吧——这里阳光温暖，教堂还能为我们遮挡住寒冷的东北风。瓦金肖先生，我很高兴在你进入那所不幸的房子之前见到了你。住在房子里的人目前无法摆脱他们的逆境：你嫂子太爱她的孩子们了，所以不会不希望他的儿子能得到你对他的提议中摆出的这些诱人的好处；她儿子又是如此宽厚善良，以至于不想违背她的意愿，甘愿为她做出更大的牺牲。所以，你有能力去左右一个到目前为止几乎一直在经历坎坷的家庭的命运。"

"我希望，夫人，"他回答说，"您不要认为我特别不想让他们幸福。因为您是知道前面发生过的事情的，您会为我说句公道话，承认没有什么能比我把自己唯一的女儿嫁给他，还搭上一份像他这样处境的人几乎想都不敢想的嫁妆更能表示出我对自己侄子的关切，也表示出我对他母亲的尊重的了。”

伊迪夫人没有立刻做出回答，而是再次用她那明亮的、富有穿透力的眼睛盯着他的脸，严厉地注视了几秒，以至于他不得不避开那难以抵挡的目光。

“先生，你的话听起来很好。但是如果你在试图使他们受益的过程中，永远地毁掉了你希望创造的幸福，而且在此之前就知道这是必然的结果。那么，某种不同于对你侄子的关心，或是对他母亲的尊重的理由一定是迫使你坚持这么做的原动力！”

虽说基托思顿修一向目标坚定，意志顽强，可是伊迪夫人的这番话不管是语气还是内容，都有什么东西让他打了个激灵，从头到脚战栗起来。

“除了关爱我还能有什么动机？”他说。

“利益，”伊迪夫人露出一副让他内心感到畏缩的神情回答说，“利益。没有任何别的东西能让一个人迫使他声称爱着的人不幸福。”

“夫人，我很遗憾你把我想得这么坏。”他冷冷地、傲慢地回答说。

“我不希望你来这里，开始我们之间的任何争吵，但只想恳求你不要过于急迫地实现你促成这桩婚姻的愿望。因为我担心你侄子出于对他母亲的爱和尊重，可能会被说服顺从此事。”

“担心！夫人——我听不懂您说这话什么意思。”

听到他说这句话，伊迪夫人朝他投来一瞥，让他明白想对她含混其词是徒劳无益的。

“瓦金肖先生，”伊迪夫人说着又停顿了很久，其间再次以犀利、猜疑的目光仔细地审视他的面庞，然后她说道，“常有人对我说，我母亲家族中的一些成员天生拥有一种辨识能力。今天早上，当我看到你从马车上下来时，我似乎感到我祖先的职责落到了我身上。这是一种神圣的、神谕般的遗传能力，受到它的神秘启示，我不敢隐瞒我的感受。你今天是来——”

“没错，夫人，”这位商人恼火地打断她说，“我来这里是有更好的目的，而不是听有关预见力的高地传说。我必须得和您说再见了。”

说着，他转过身去，准备迈步离开。这时，伊迪夫人将她的披肩猛地向身后一掀，高举起一只手，抓住他的胳膊：“站住！瓦金肖先生，这里是真相存在之地，在死亡和坟墓之中没有欺骗——活在这世上的人可能会欺骗我们，但在这里，我们站着的地方，在真诚的人——这些逝者中间——我告诉你，其实你的心里，先生，明白我告诉你的都是事实，在你那看似仁慈的、未被揭穿的动机里，没有什么关爱——没有对你侄子的爱——也没有对他母亲的尊敬，我可否坦率地说，你正在通过这些动机寻求他们的毁灭？”

伊迪夫人说这番话时，充满激情的手势和压抑的情绪赋予了这些原本很简单的话语一种可怕而神秘的效果，以至于这个受了惊吓的世俗之人用好奇和敬畏的复杂眼神注视她好一阵子。最后，他冷笑着说：“我敢保证，伊迪夫人，牧师本人布道时候的口才也不如您这么雄辩有力。你已经训斥我很长时间了，我倒想知道凭什么我要受到这番责问？”

他嘲讽的语调激起了伊迪夫人的自尊和高地血性，她向后退了一步，极其庄严地举起了右臂，在他头上挥动着说道：

“我没什么别的可说；葛伦盖尔家族的命运和查尔斯·瓦金肖夫人家族的命运紧密交织在一起；但是在你临死的那一刻你会想起我说过的话，并且颤抖着想起这个地方——想起这些坟墓，这些通往天堂裁判所的大门，还有那个太阳，那是上帝的首席哨兵的眼睛在监视着人类。”

随后她垂下了手，缓缓地从他身边走过，径直朝牧师住宅走去。直到她几乎走到家门，他才收回一直尾随着她的目光，从震惊和忧虑中缓解过来。然而，他很快在表面上稳住了情绪，甚至装出一副难以形容的轻蔑神情。但是，无论如何，伊迪夫人的神秘预言和威胁给他留下了如此难以磨灭的印象，以至于在返回查尔斯夫人家中的路上，他慢慢陷入了一种思虑重重、精神恍惚的忧郁状态。

第六章

伊迪夫人突然拦住她小叔子的举动令查尔斯·瓦金肖夫人大为吃惊。而她的儿子则因获得了一个避开叔叔的机会而大为喜悦。刚一看到他们从窗前经过，他就从家里逃了出来。当他看到他们并没有走向牧师住宅，而是转了个弯朝着教堂的后院走过去了，他赶忙跑到他上了年纪的恩师——伊迪牧师那里去寻求庇护，可能也为了顺道去看看艾伦·弗雷泽。不过，牧师住宅里发生的事不在我们的叙述范围之内，特别是当这些事本身很好理解的时候。因此我们此时只能说说心中充满好奇和期待的查尔斯夫人，坐在房间里，对她的女儿——一个温顺腼腆、从不多言多语的姑娘说，她觉得近来伊迪夫人似乎对她的高地迷信的说法特别地关注。“我觉得她近来身体状况不太好，她的神经显然处在一种激动的亢奋状态。现在正是我们急需她的建议的时候，她身体如此不适，真是太令人遗憾了。”

玛丽回答说她已经难过地注意到她们的朋友近来是

有了很大变化,她又补充说:

“艾伦说她经常在夜里走到教堂庭院里,坐在她孩子们的坟前哭泣。奇怪的是,他们已经去世这么久了,她的悲哀竟然如此出人意料地再次发泄出来。我确信牧师先生对此非常担心——因为我注意到他的脸色比从前更加苍白了,他悲伤的样子确实让人非常同情。”

就在她们说着这些的时候,瓦金肖先生走了进来,他没来得及坐下,便脱口而出:

“牧师妻子脑子正常吗?我看她有点儿精神失常。听着她莫名其妙的胡言乱语,我很难保持自己的严肃。”

查尔斯夫人出于对她朋友的尊重,对他的话缄默不语,于是她的小叔子发觉自己只得回到迫使他来到坎姆拉切利村的正题上。

“我想詹姆斯回这儿了,”他说,“他怎么样了?”

“他刚刚出去。我想他还没完全准备好和你见面。”

“他既激动,又草率,”这位叔叔接着说,“昨晚我们聊得很不愉快。我希望,既然他有时间好好想想我的话了,他的态度能有所转变。”

“我很难过,”查尔斯夫人叹了口气回答说,“竟会出此变故毁坏你的一番仁慈为他开创的美好前景。但是年轻人会很任性;他们的情感常常不受他们的理智的控制。”

“但是,”基托思顿修说,“我可以原谅他。我从来没指望在他身上发现什么和其他同龄人不同的地方。愚蠢是青春绽放的多余的花朵,当果实一旦结出来,它们就败落了。我希望他不要这么固执地坚持他要离开格拉斯哥的主张。”

“他现在似乎态度很坚决。”他母亲回答说,同时缓缓发出的一声深沉的叹息表达出那一决心是多么沉重地压在她的心上。

“那么,也许,”他叔叔说,“还是让他自己再考虑几天吧;我最好就此事不再对他说什么了。”

“我觉得,”查尔斯夫人胆怯地回答说,仿佛害怕因此会得罪自己的小叔子,“现在不必和他谈起罗比娜,一定要给他时间考虑。”她本想继续说,“这场姻缘给他带来的巨大好处”,但此时她想到了儿子坚决的态度,于是便把后半句话咽了回去,并为说得过多而懊悔不迭。

“但是,”她小叔子说,从她说话的方式中得到了些安慰,“但是,这孩子肯定不会荒唐到不再去账房了吧?”

“他谈到了要出国,”他母亲温和、羞怯地回答说。

“不可能!他没有门路。”

她于是告诉他查尔斯想去投奔他父亲的老相识,他有一艘轮船要去美国。

“要是那样的话,”他叔叔不假思索地说道,仿佛很慷慨大度似的，“我一定会担负起他的川资路费。他去看一看外面的世界也不错，等他一两年后回到我们身边时就会是个更明智、更成熟的人了。”

“先生，你的仁慈的确是不同寻常，如果能说服他从中受益，我会非常高兴；但是他的心思在军队上，而且，如果他能得到一个到印度作战的预备军官的职位，我敢肯定他会比得到其他任何差事都高兴。”

“去印度的预备军官的职位？”他叔叔大吃一惊，高喊一声，“他凭什么机遇或靠山能指望得到这样一个任命？”

“伊迪夫人的表哥，他赎回了她父亲的地产，她说他在国会有些影响，所以想写信给他，请求他关照一下詹姆斯。”

基托思顿修顿时如遭雷击般地呆住了——事情出现了他以前从来不可能想到的逆转。“你觉得，”他说，“在他昨晚忘恩负义的傲慢无礼地拒绝我的时候，是不是已经想到了这条出路？我如果知道是这样，就该从此断绝我为他尽义务的所有愿望！”

就在这紧要关头门开了，牧师伊迪先生走了进来，他们之间的谈话就此中止。在清晨普普通通的互致问候中，瓦金肖先生激烈的语气得以变得和缓下来。

“瓦金肖先生，我很难过，”这位可敬的牧师在短暂的停顿后说，“听到你们叔侄间不幸地出现了分歧。我希望这个年轻人能很快学会把事情考虑得更周全一些。”

瓦金肖先生认为伊迪先生是个非常明智的人，不由得表达出他的信心——当这个孩子看到他所有的好朋友们如何深切地谴责他的行为，如何热烈地期盼他的顺从，他就会为他的鲁莽轻率而忏悔。“但是，我们必须，”他说，“给他时间。他母亲告诉我他已经决心要去美国了。我会尽全力帮助他实现这个愿望，毫不怀疑最终会取得最快乐的结果。”

“但是在对那一计划采取任何行动之前，”牧师说，“他已经下定决心等待我让我的妻子写给她的亲戚的一封信的回音——因为他热爱军队生活胜于一切。”

“根据我的全部理解，”这位叔叔回答说，“弗雷泽先生，你们的朋友，会不遗余力地动用他的影响把查尔斯弄到印度，因为他不可能不知道我侄子身无分文的现状，一定很高兴把他从自己女儿身边带走。”

这番话里的某种敌意深深地伤害了这位母亲的心，同时也让这位牧师感到很不舒服。

“不，”牧师说，“恰恰相反，葛伦盖尔对女儿的爱会成为他的一种动力，去扫除可能妨碍她的幸福的任何障碍。如果伊迪夫人说——但是，出于很多原因，她还不准备说——她认为她的年轻朋友和艾伦相恋，我确信弗雷泽先生会千方百计地促成他的好运。”

“如果是那样的话,他只是做了和我同样的事,”这个商人带着一丝自我满足的微笑回答说，随即他很快向他的嫂子补充说,“詹姆斯会接受一个陌生人的恩惠，为的是促成和那陌生人的女儿之间的一段姻缘，而蔑视他叔叔对他的恩惠吗？”

这位痛苦的母亲已经有了答案，但是长期依赖她孤傲谨慎的小叔子,加上她与生俱来的温顺性格,使她把答案深藏在了心里。但是,这位牧师对他没有相似的感恩之心,而且在本性上更为英勇,做出了比她真实想法更为强烈的回答。

“瓦金肖先生,这两件事不能相提并论。你侄子和艾伦之间的感情是相互的，而你所希望的是让他同意一桩他本心感到厌恶的姻缘。”

“厌恶!您毫无必要地使用了过激的语言了吧!”基托思顿修气愤地反驳说。

“请你再说一遍,瓦金肖先生,”受人尊敬的圣公会牧师对如此无礼的想法感到极为恼火，不由得说道,“我对你的侄子很感兴趣——我对他目前的不幸处境深感同情。不用我提醒你也会知道,他对我来说,以及他看待我的态度,就像是我的亲生儿子一样。所以,我站在他这边你不该感到吃惊,尤其是在这样做的时候,我只是保护了一个非常高贵的年轻人宽厚大方的做人原则！”

“好了,好了,”领主焦躁地大声说道,“此刻我不必再自寻烦恼了——我还会一如既往地奉行我的职责对他友好相待;但是,根据他目前的情绪,我干预此事不会产生什么好结果。所以我要回格拉斯哥去了;另外,当伊迪夫人收到回信后,想必他善良的母亲会告诉我。”

说完他匆忙告别了他的嫂子,迅速上了马车。

“他的行为非常令人费解,”当他的马车走远后牧师说,“整件事情中他的表现超出一位叔叔单纯的关心和忧虑,特别是在他知道自己的女儿对他提议的这桩婚姻如此厌恶的情况下。我无法理解。但是来吧,瓦金肖夫人,让我们一起到我家去——詹姆斯今天要和我一起吃晚饭,我们大家聚在一起是再好不过的了;因为伊迪夫人看上去很是提不起精神,她近来的健康状况不是很好。去,玛丽,也拿上你的帽子,跟上我们。”

于是前往坎姆拉切利村的寻求婚姻之旅就这样结束了。我们现在请求谦恭有礼的读者们随我们回到格拉斯哥,是从那里我们离开了兴致高昂的老太太,当时她正派人去请牧师德尔菲尔博士来主持她孙女和外孙的婚礼。

第七章

早在基托思顿修回到格拉斯哥之前，他女儿和她表哥就已经喜结连理了。德多姆威姆勒此时正在心中窃喜，这个能够确保他儿子继承基托思顿修的万贯家财和肥田沃土的计谋就这么令人欢欣愉悦地圆满实施了。不过,偶尔也会有恐惧的雪片飘过他洒满阳光的心怀，一阵阵冰冷地落在他的心上。他的妻子不像他这么满意。她知道她弟弟曾狂热地追求着另一个目标，她尊重他作为一位父亲在处理自己女儿的终身大事时应有的考虑，她因此自然而然地惧怕他的愤怒和斥责。因此,她迫切希望米尔洛基特在她弟弟从坎姆拉切利赶回来之前陪她返回乡下去。但是,她的母亲葛瑞皮老太太对于实施了这样一个极其值得称道的计谋欢天喜地,得意扬扬,根本听不进去他们想在晚饭前就离开的想法。

“不行,你们就坐在那儿别动,”她说,“虽说你们今天来我这儿没穿婚庆礼服，但是如果不享用婚宴就回去那也太不像话了。我为今天的宴席出钱备办了一条羊腿,一只上好的小公鸡和佛罗伦萨馅饼；自从乔迪利用他在法律上的怪癖,用甜言蜜语哄骗我,和他共谋剥夺了瓦蒂叔叔合法的七情六欲,侵占了家产之后,我这里就再也没有过这样的美味了。但是我想我现在终于抓住了他的软肋：

他不敢对这场匆匆忙忙举办的婚礼说个不字，因为他知道他和我要心眼儿玩儿的那个恶作剧真是太狠毒了，否则按照公正的法律，我完全应该得到家中田产的一半收入，我为此和他结了大仇。德多姆威姆勒，我们能把这事儿办成，对你和你媳妇也是件高兴事呀。以我的经验和阅历，我肯定不会把自己的才能裹进一块餐巾里，也不会把它藏在一个没有任何装饰的茶壶里，或是登在报纸的角落里，而是要和罗宾·卡里克一道把它用于投资挣钱上。不过，话又说回来了，梅格，我死去的那天，你也许会在很久以前你在寄宿学校里为你爸爸缝制的那个漂亮的钱包里发现曾经拥有母亲的好处的证据。但是，先生们，婚礼当天不是悲伤说教的时候，所以我要跳过所有这些关于死亡或是遗产的老太太的闲扯，在那个老头子回来之前，来点儿狂欢和玩笑让你们高兴起来。因为按照惯例，我们理应这样称呼新娘的父亲，因为如今他在德尔希尔博士的祝福下，已经在适当的时候踏上了成为一位被继承人的合法道路。毫无疑问，如果新郎官是他们基托思顿修的瓦金肖家族的一个成员，他会更高兴。不过，要是人们得不到金袍子的时候，还能得到一只袖子就该心怀感恩了。”

就在老太太这样滔滔不绝地对着领主和他的妻子发表长篇大论的时候，乔治的马车停在了门前。德多姆威姆勒尽管满心欢喜，但还是一下子变了脸色。米尔洛基特夫人逃到了婚礼仪式结束后那对幸福的新人退避进去的另一个房间里，任何偶然来访的客人都不大可能见到他们。就连老太太也一时间被惊得手足无措了。好在她是第一个恢复镇定的人，在仆人宣布瓦金肖先生到来之前，她已经坐在了她常坐的那把扶手椅上，膝头放着一本《亨利马太圣经注释》，眼镜架在鼻梁上，仿佛她一直在虔诚地阅读。德多姆威姆勒坐在她的对面，显然已经沉沉地睡去了，在他小舅子进门后过了一会儿才从梦中醒来。

“那么，乔迪，”当她的儿子走进房门，老太太摘下眼镜，合上书本问道，“杰米怎么样了？你没把这个像道格拉斯悲剧里的骗子一样的家伙带回来？”

“让他见鬼去吧！”乔治回答说。

“这是句恶意的祝福，乔迪。这么说你白跑了一趟？那他们在坎姆拉切利村还好吗？”老太太回答说，“说正经的，那年轻人到底想干什么？对他这种不服管教的野马驹似的行为，他自己是怎么说的？如果他妈妈能把鞭子用得再好一些，他就不会这么任性了。还是坐下来吧，乔迪，和我说一说。不过，你最先要做的是把这个睡着了的人——德多姆威姆勒给我叫醒。我真纳闷了，这个人怎么会在这样的时分就能打鼾打得像埃尔郡的律师似的。”

不过，德多姆威姆勒没用人摇晃就自己醒来了，在这重要时刻,他打了个哈欠,伸了伸懒腰,当他突然看到他的小舅子时,立刻完全清醒了过来。

“妈妈,我的确很遗憾地告诉您,”基托思顿修继续说道,“我这次去坎姆拉切利村是无功而返。顺便说一句,伊迪牧师的妻子脑子肯定是出了毛病,她已经写信给了她在葛伦盖尔的亲戚,请求他利用自己的关系在印度为詹姆斯谋一个预备军官的职位。所以,在她得到答复之前,我准备让这小子自己拿主意。”

“太正确了,乔迪,太正确了。你表现得深谋远虑,智慧得就像所罗门,”他母亲回答说,“但是,既然他要去库帕港,就让他去吧,让他自己后悔去吧。你还是把心情平静下来,答应碧妮和瓦基的婚事吧,瓦基是个办事有条不紊的孩子,不像杰米那样被跳蚤拉着似的,就是个吵吵闹闹的固执家伙。”

德多姆威姆勒本想说声“阿门”,但是话卡在了嗓子眼儿里。这时候,看到他的小舅子宣称他宁愿抬着他女儿的头到教堂墓地,也不愿看到他们俩结合时那种决绝的架势,他也不想再做什么努力了。

“好了,好了。但是我敢说,乔迪,你不必为此事煞费苦心了,”老太太大声说道,“因为就在今天我听这孩子自己说的,这场姻缘在这世上不可能存在。”随即她意味深长地朝新郎的父亲眨了眨眼——“但是,乔迪,”她继续说道,“有件事我想弄明白。你为什么如此坚决地反对瓦基·米尔洛基特呢?我确信他也是个品貌兼优的小伙子:出身于一个好人家,和我们大家都有血缘关系,而且你和你媳妇也没有儿子,他就是基托思顿修的限定继承人。但是,我看你着急上火的,先不说这事惹你心烦了。我只是打个岔,很想知道如果碧妮在你们闹了这场矛盾之后,趁黑夜跳出窗外和某个乞丐或是一个又驼背又瞎眼的军官私奔了,或者,谁知道呢,也许是个从剧院出来的喝得醉醺醺的戏剧家,穿着颜色难看、打着补丁的丝袜,外套搭在胳膊肘上,歪戴着个帽子?乔迪,你怎么看这样的事?——这种家门不幸的事如今可不新鲜哪。”

她儿子虽然心中极为懊恼,还是勉强微笑着说:“我确实很看好碧妮的品位和感觉,她不可能做这么冒险的事。”

“我也是,”老太太回答说,“但是你知道,要是你的独生女儿的名声被一只狐狸爪子狠狠地抓了一把,你就不得不把她带回家,很有绅士风度地做出适合她的安排。”

“我想,”乔治说,“按照您想象的这种情况,绅士般的安排要比根据理智所能想象的要多一些。”

“我就是这么想的,乔治——我确信我永远都不能劝你顺从什么;但是,尽管我们都不害怕她和军官或是戏剧家私奔,但是,她很自然地会爱上某个青年,某个有着令人称道的血缘关系或行为举止的小伙子。可是你为什么因为一些你看不上眼的东西，就不让她嫁给自己的如意郎君呢？那么你要干什么,乔迪？你必须要做出安排,否则,你就是个最可怕的父亲。”

“我父亲，因为这样的行为，剥夺了查尔斯的继承权。”乔治板着脸说,他的话使德多姆威姆勒的心如同掉进冰窖里一般。

“的确是这样,乔迪,”老太太继续说道,“那件事对我们所有人都是件痛苦的事，也是你可敬的父亲后半生饱尝痛苦的缘由。但是你知道家产是限嗣继承的;当造物主乐于把你带到他身边的那天到来的时候，碧妮就会顺理成章继承你的田产。”

“不会这么肯定吧,”乔治打趣地看着德多姆威姆勒,回答说,“我妻子近来比以往更虚弱了,我如果再次成婚,生下男性继承人——”

“闭嘴吧！别说你的男性继承人和你那些让人讨厌的话题了。我就恨这些事情——它们是我这一生的害虫——没有它们这世界会更好,”老太太高声说着,接着补充道,“但我们不必为切维·切斯还没出生的孩子争吵。碧妮是个正派的小姐，毫无疑问，会对婚姻生活非常慎重。所以,此刻我唯一要对你说的就是希望你能和我们共进晚餐。的确,想想刚刚发生的事情,你今天不太愿意在餐桌上露面，因为我很遗憾地看到，乔迪，你今天不像往常那么滑稽幽默了。但是，因为我们今天要搞个小活动，我请求并希望你能和我们待在一起，帮我们切开那只雄火鸡，我常听你爸爸说，那是一只野兽，需要医生的技术，屠夫的力气和格拉斯哥地方法官的亲自指挥才能切开。”

晚餐前没再发生什么特别的事情，晚餐的时刻临近了，但是无论什么时候，婚宴都值得用一章来描述。

第八章

鉴于葛瑞皮老太太特有的幽默和个性，公正地评价一下，她和新娘父亲之间的这番对话构思得相当巧妙，但却没能在这群自感愧疚的婚礼宾客中产生出最快乐的感受。德多姆威姆勒和他的妻子都窘迫得坐立不安，而那对幸福的新人悲惨得完全像是一对心中充满愿望的、偷偷摸摸的恋人。但是他们可敬的祖母既不胆怯，也不沮丧，而是完全沉浸在胜利的喜悦之中，迫切地期待通过她巧妙的话语妥帖地完成这件大事。在她看来，她已经如此精彩地为此事开了个好头。于是，在一片欢欣自豪的气氛中，晚宴开始上菜，食物的精美让基托思顿修不由得吃了一惊，但他没说什么。在整个晚宴的上菜过程中，当他的母亲不停地喊着切肉时，他屡次问到她到底什么事让她有如此不同寻常的好心情。但她认为揭示真相的时刻还没有到来，于是继续以最快乐的心情，称赞着那些菜肴，并不停地劝说着她的客人们享用。

“这真是太少见了，碧妮，”她对那位新娘说，“看到你羞答答地坐在那儿像棵五月的含羞草一样，既然你知道我们大家都为着一个让人开心的理由聚在这里——再有，瓦基，你怎么了，比我曾经在爱丁堡国会大厦前的那个骗人的水池里看到的大理石雕像活泼不了多少？至于我们的梅格，你的母亲，她的样子，就好像是你们架在热炭上烘烤的一个肉叉，长吁短叹、悲伤哀愁。我看到她这副忧郁的样子一点儿都不觉得吃惊，但是德多姆威姆勒，你们可敬的父亲，一个有财产，有家庭，有朋友的人——这是地位高贵的绅士最重要的三个条件——却也一直耷拉个脸，一副末日审判官的悲苦模样。倒是坐在那儿的乔迪叔叔，好像正打出一张王牌的母猪似的，和你们比起来就是个容颜俊美的押沙龙。好啦，我们别为一些无足重轻的小事烦恼了，站在绝望的水井边上来回徘徊，早晚从头到脚都会湿透的——我要敬你们一杯，要不是这么个场合，我绝不会有这种想法，这杯酒你们一定都得尝尝——乔迪，我的儿子，你和我同样清楚，你姐姐和德多姆威姆勒的婚姻多么幸福——那么，德多姆威姆勒，不用我说，你已经发现了她是个迷人的帮手。当然了，梅格，米尔洛基特先生对你来说是位非常和蔼可亲的丈夫。乔迪，现在我提议作为给米尔洛基特先生和夫人的一份礼物，祝他们健康快乐，长久地享受今天获得的幸福回报。”

大家兴高采烈地将酒一饮而尽。但是，我们没有留心这群人各自显露出的特别情感，只是注意到，在我们的描述继续进行之时，老太太意味深长地朝新郎和新娘点了点头，并使了个眼色，而此时新娘的父亲正对母亲这种滑稽的古怪举动不加节制地放声大笑。

“喏，乔迪，我的男子汉，”老太太继续说道，“看到你笑得这么开心，我知道，正如我们大家都知道的，生命不过是一个纺织者的梭子，而时光就是一个纺织者，为死亡、来世和大批发商的公司工作着。当然，话虽如此，我还是深信不疑有朝一日这一切必将离我们而去——不过，那不是我们现在要忧虑的事情——乔迪，正如我说过的，我想告诉你我的一项丰功伟业。”

“我相信，”乔迪笑着说，“以前我从来没看出您能讲得这么好，——什么功绩？”

老太太没有立即回答，而是意味深长地环视了一下餐桌，并稍稍停顿了一下，接着说道：

“你知道自从亚当和夏娃偷吃了禁果，人类的寿命就变得越来越短了。对我这个已经七十六岁的老太太来说——每个月升起的月亮不过像是墙上的一片光斑——春天不过像是在清晨展开翅膀的一只蝴蝶——整个夏天不过像是一个铙钹发出的叮当声——至于深秋和冬天，它们都是死亡的阴影。这是上天的一个训诫，告诉我不能对这个世界有过多的奢望，而是要圣洁地利用我所拥有的一切，让我自己和其他人快乐——所以，乔迪和诸位，再把酒杯满上。”

又倒上了一杯酒，老太太继续说了起来，她的所有客人，除去她的儿子，都带着严肃的期待神情坐在那里。只有基托思顿修自己出于对母亲非凡的精神头儿和絮絮叨叨的口才的钦佩显得容光焕发。

“喏，乔迪，”她继续说道，“因为生命不过是一缕蒸汽，是时光茶壶的壶嘴里喷出的一股热气——让我们都能成全彼此的幸福——杰米·瓦金肖和碧妮，你的女儿没有可能结成姻缘了。我希望你能祝福她和坐在那边的瓦基，并向他们俩提供生活费，让他们过得幸福。”

乔治把他的椅子向后推了推，看上去像任何一个气恼和愤慨的绅士都可能会表现出的那样凶猛而傲慢，但他什么也没有说。

“那么，”老太太说，“如果是这样的话，不管你愿不愿意，你都得答应。你没有权利让他们不幸福。”

“妈妈，您这是什么意思？”他大声喊道。

“我这么做是有理由的；但是，除非你冷静下来，否则我今天晚上不会告诉你——而且，事实上，就此事而言，如果你不对你年迈的母亲举止再放尊重一些，让我这头发花白的人不至于带着悲哀进入坟墓的话，我是绝不会告诉你的。”

“这真是令人费解，”她儿子喊道，“以上帝的名义，您在暗指什么？——您又在抱怨什么？”

“我要抱怨的很多、很多，”老太太感伤地回答说，“如果你可敬的父亲还在眼前，你就不敢这么对我出言不逊。但现在我还能在这世上期待什么？当领主轻视老太太时，厨房里的所有仆人都会照着做。而且乔迪，你的行为不可思议，向所有人证明了昔日你曾向我扬起过蹄子。”

“天哪！”他呼喊道，“我做什么了？”

“你什么没做过？！”他母亲怒斥道，“如果不是我决心成全碧妮和瓦基的婚事——我自己的孙辈孩子，两个人多么般配，据我所知，你不是曾经许下过三重誓言，表示你永远不会答应他们的婚事？！”

“就算我这么做了——她是我的女儿，我做过的事情都是有自己的道理的。”他很有尊严地回答道。

“这样的理由也好，那样的理由也罢，”他母亲说，“我有充分的理由知道你没有权利阻止这桩婚事。来，碧妮，来，瓦基，你们两人都跪下来，像小说中描写的那样承认你们俩今天结婚了，请求你们父亲的原谅，他今天在你们的婚宴上这么开心，一定不好意思不安抚你们一下，肯定当场就给你们一笔数额可观的生活费。”

这对小夫妇按照老太太的吩咐做了，乔治盯着他们看了足有一分钟，一句话也说不出来。随后他用狂怒和憎恨的眼神环顾了一下餐桌，猛地从座位上站了起来。

“别管他，”老太太极为镇定地说，“起来，我的孩子们，回到你们的座位上去——他很快就会恢复理性的。”

“他永远不会恢复理性了——他被气疯了——他被毁了——他的生命枯萎了，他的运气被葬送了！”这位震惊不已的父亲脱口说了一连串的话。接下来，他又焦躁地追述道：“这不可能是真的不可能！妈妈，您是在玩弄我吗？罗比娜，你真能做出这样的事？！”

“没错，乔迪，此事千真万确，”他母亲回答说，“而且现在已经无法挽回了。”

“但这是要受惩罚的！”他狂怒地吼叫着，“我再也不会和你们中的任何一个人讲话了！骗取了我最宝贵的目标——骗走了我的希望——噢，你们可把我害惨了！”

“喝了杯里的酒，你就会好多了，乔迪——喝掉它，像一个举止得体、深谋远虑的绅士一样沉着镇定下来，你一直拥有这样的名声。”

他抓起酒杯,猛地砸向餐桌,摔了个粉碎。此刻除了老太太,所有人都站了起来——她独自留在座位上,保持着冷静。

“这个人发疯了,”她以最稳重的平静语气说道,“他把我上好的红木餐桌砸得坑坑洼洼的，用蜂蜡擦拭都难以补救。但是，诸位，坐下来——我预想的要比这糟得多——我对这样的平静和审慎没抱有过任何希望。真的,乔迪,看到你有着一个基督徒的谦恭和顺从,对我悲苦的内心是个安慰。”

然而,他对此回复的眼神是如此凶恶、痛苦和愠怒,以至于他母亲的内心也恐惧起来，于是立刻平息了她那自负而令人恼火的嘲讽儿子时间情感突变的企图。她跌坐在椅子里,惊恐而又焦虑,他突然转身,离开了这座宅子。

第九章

基托思顿修的瓦金肖夫人在获悉女儿仓促间举办了婚礼的消息,又看到这消息带给丈夫的极大痛苦之后,她大为震惊,而这刺激了长久以来逐渐破坏着她的健康、使她体格娇弱的疾病，当晚她的身体就出现了令人惊恐的症状。第二天,她的病情显然就急剧恶化了,连医生都直白地表达了对病情出现迅速而致命后果的忧虑。

与此同时，老太太千方百计地鼓励那对小夫妇振作精神,她不停地宣称,只要她儿子“一恢复理性”,用她的话说,“他就会出资签署一份最有绅士风度的财产转赠协议。”但是日子一天天过去,他那边没有任何心软的迹象。罗比娜,我们依旧还得这么称呼她,不仅在想到自己轻率的举止时感到沮丧，而且对这举止损害了母亲的健康感到悲哀。

然而,这群人当中,不管是谁感受到的痛苦都没有德多姆威姆勒领主大。他知道了瓦金肖夫人病情急剧恶化、情况危急的消息。因为了解了他小舅子关于男性继承人的想法,他无法让自己否认他所面临的、看到自己的儿子被剥夺基托思顿修家产继承权的危险。一想到正是他自己促成并推进了一个——若不是这场婚礼——很可能会延迟多年的重大事件,而这期间很难说会发生什么,这种忧虑所引发的痛苦就会加剧,锥心刺骨。

在坎姆拉切利村,举行这场婚礼的消息的传播,给大家带来了一种皆大欢喜的感觉。查尔斯·瓦金肖夫人从中看到的是她儿子得以从一场可能令他终生痛苦的姻缘中快乐地解脱出来的结局，同时也希望她的小叔子能依旧保持他的友谊和仁厚。

瓦金肖本人对此事比他母亲更感到高兴。他笑自己的祖母成就此事的机敏。这场婚礼带给他的自由的感受令他欢欣鼓舞，他高声说:“我们现在可以看到我叔叔的行为是否真的为了他所谓的出于对我的关爱，还是出于某种源头还没被发现的动机。”

当詹姆斯说出这句妙语时,伊迪牧师也在场,他没说什么;但他同意他这位年轻朋友的说法,这一事件很快就会让他叔叔的情感经受考验。“我对自己也无法解释,”他只是说,“为什么我们大家都莫名其妙地怀疑你叔叔的表白,并且毫无道理地——实际上有违事实依据地认为,他的行为不是由最纯洁、最善良的动机驱使的。”

“这种猜疑,”伊迪夫人神秘地说,“对我来说足以作为一条证据,说明他的表白不像他获得的声誉那样真诚。但不知为什么,我从这场婚礼和他的妻子病重这件事中,察觉到了对我们的朋友们大有好处的征兆。”

“从这场婚礼中,”这位牧师回答说,“我的确看到了让我有理由欢喜的地方;但是,我承认瓦金肖夫人病重在我看来不是什么好兆头。相反,我毫不怀疑,一旦她去世了,她丈夫不久就会拥有一位年轻妻子。”

“我没告诉过你吗?”伊迪夫人转向查尔斯夫人说,“在得到葛伦盖尔带给你和你的家人的好处之前,要有一个人死去?基托思顿修的瓦金肖夫人注定很快就要死去了。当这件事情发生之时，让我们看看时间的结果和产物吧。”

“你近来变得越来越神秘了，”她丈夫焦虑地说，“我很遗憾地看到你如此深深地沉溺于这些和迷信有关的预言之中，你应该和它们抗争。”

“我做不到，”这位仪态威严的夫人严肃地回答说，“我的精神在人世间的住所已经破碎了，来世的灯火和微光正闯入我的内心。我母亲的整个家族一直都是这样。这种天赋是我们这个家族一种古老的遗传；但是要等到尘世间的东西开始控制不住我们的情感才会获得。我感受到它是因为我确信生命之舟已经把我载到了河口。我现在很快就要通过那条河流的发源地，在它以外就是开阔的海洋——那里的岛屿无人曾经回还。”

伊迪先生叹了口气。在场所有的人都同情地看着她，因为她那和蔼亲切的面容不可思议地变得苍白了，她明亮的眼睛闪耀着超自然的光泽，她的眼神中有一种狂野而又不可言传的神情，神秘地与她这忧郁症的神谕般的热情相呼应。

就在这紧要关头，他们收到了一封信。这是葛伦盖尔就伊迪夫人关于瓦金肖的请求给出的答复，起到了扭转这场对话痛苦基调的作用。

信的内容令人感到极为满意。弗雷泽先生不仅承诺要动用他的影响力，宣称他把自己看作是这个家族利益的代理人，而且说，毫无疑问他会立刻获得这个预备军官的职位，同时说法国革命的进展和局势使法国政府可能会把扩充军队作为权宜之计。在这种情况下，对小瓦金肖的委任将很容易获得。在信的结尾处，他表示很难过听到自己的本家亲戚最近身体如此不适，催促她到葛伦盖尔城堡去和他们团聚，他们家将在这个夏天搬过去，在那里，家乡的空气也许会从根本上有助于她的康复。

"是的，"在宣读完这封信，并向瓦金肖祝贺信中展现的美好前景后，她说，"是的，我要去葛伦盖尔。我父辈的魂魄盘旋在那些寂静的山林里，栖身于那荒凉的石楠丛生之地。其中有个声音一直在告诉我，我的家在那里，从我离开的那天起，我一直是个背井离乡者。"

"我亲爱的格特鲁德，"伊迪先生说，"今天早上你真是太令我难过了。听你这么说让我痛彻心扉。这似乎在暗示你和我在一起从没幸福过。"

"我过去和你在一起很幸福，"她的话听来令人难忘，"我过去是幸福的；但随后我觉得自己年轻时的希望破灭了。这像幽灵般压在我心头的悲惨发现使我的精神枯萎了；而我两个孩子的相继离世熄灭了我对生活的爱。而且，虽说这肉体的居所在某种程度上是保持完整的，我过去的感受和现在却是不同的；但此刻大门为我的离去而敞开，我感到精神世界的风正向我吹来。当我环顾四周看我是否把房屋收拾整齐时，昔日生活中的一切出现在了一千张图画里，其中最为栩栩如生的就是我幼年时期洒满阳光的乡村景色。”

伊迪先生看出在这样的情绪下和他的妻子理论徒劳无功。瓦金肖一家人同情他为妻子极力克制自己的一腔柔情，此时詹姆斯变换了话题，向他的妹妹和艾伦提议转天他们步行去格拉斯哥，向那对年轻夫妇贺喜。

毫无疑问，这一提议的深处有点儿滑稽的成分，但也有点儿严肃的情感在其中。他想弄清罗比娜的婚事对他叔叔关于他的态度产生了什么影响，而且他想通过祖母向他叔叔转达向葛伦盖尔发出的申请的有利结果，寄希望于，如果他叔叔曾用来奉承他的、更偏爱他的表白中确有一些诚意的话，那么这次就会资助他购置去印度或参军的装备。于是，这次出行按他的提议进行了准备。但是，转天一早起来道路如此坎坷泥泞，两位女士不得不放弃与他同行，无论这带给他多么大的失望，却被老太太称赞为天赐良机，因为从婚礼那天开始，她遇到的麻烦和伤脑筋的事就在不断增加，而且目前仍没出现任何有所缓解的迹象。

第十章

“真的，”老太太在听到瓦金肖告诉她因为道路泥泞他妹妹和艾伦才没能同他一道进城的消息后说，“真的，杰米，说句真心话，虽然我看到玛丽和那位有教养的小姐，你的心上人艾伦·弗雷泽会很高兴——但我很庆幸她们今天没来——因为，除非我能很快得到些宽慰，否则我就要把碧妮和瓦基从我这房间和客厅里赶出去了，这两个不知为人着想的淫荡享乐之徒——在他们十多岁的时候，就为他们秘密举办了婚礼成了家！这足以让结婚仪式不再时兴了。”

“我想，”瓦金肖戏弄着她的情感，回答说，“他们的婚事都是您一手操办的。”

“我操办的？杰米·瓦金肖！谁敢说这种话？我像没出生的孩子一样无辜——他们确实是在这儿成的亲，但那不是我的错——我的两个孙辈孩子，谁也不会想到我会让他们在堤坝顶上举行婚礼——但是，他的父亲和母亲不是都在场，不是有福音教义为证，我难道不只是个无辜的旁观者吗？不，不，杰米，无论你听到谁谴责我做这种协助情侣前往格雷特纳格林小镇逃婚的事，都要把这火花踩灭，不要让它烧焦了我的人品。因为这个毫无恶意的玩笑，我花钱供养着他们，受他们的累赘，我受到的惩罚已经太多了！”

“可是，要不是您认可了他们的婚事，事先就表示了赞成，他们俩绝对想不到和您住到一块儿呀！”

“你这话说得也不算太走板儿，杰米。我不否认我对他们的婚事表示了赞成，可当初你要是顺头顺脑地答应了娶碧妮，我会同样为你的幸福尽心尽力的，这一切麻烦事也就都省去了。可是，赞成一桩婚事和为两个结了婚的人准备一间起居室和卧房、床铺、膳食及洗涤用品完全是两码事——所以，尽管从某种意义上可以说我插手了此事，但任何一个了解我的人都很清楚，但凡有一丁点儿可能让我知道这婚事会给我带来这么个大累赘，我是绝不会卷入这种炸药阴谋里的。总之，杰米，没有谁比我受的拖累更大了，我是唯一的受害者。‘击败魔鬼’奶酪葡萄酒不过让德多姆威姆勒付出了一只两年前他从你叔叔认识的一个牙买加船长手中得到的老番鸭，当时就已经下不了蛋了——前天我们用铁锉为它燎了毛，但是你可能宁愿用一把七股纱线做顿晚餐，因为它的肉老得就像是向彼得鸣叫的那只公鸡的祖母似的。”

“不过毫无疑问，”瓦金肖假意宽慰她说，“等我叔叔有时间冷静下来，他一定会大大方方地拿出个解决办法的。”

“一定会——不，如果他不这么做，我该怎么办？不！杰米，你叔叔为人不像你可敬的祖父，你祖父是个有着基督徒性情的圣人——当你父亲违背他和我的意愿私自成了亲，他没有在屋里不停地跺脚把房子弄得乱颤，而是在随后的主日那天，拉上我——噢！他真是天性仁慈呀——我们一起去看望他们，带上一百英镑祝你父亲和母亲幸福——那是在尽父亲的职责呀！”

“但是，尽管他如此仁慈，您知道他剥夺了我父亲的继承权，”瓦金肖严肃地回答说，“而我还在承受这一行为的后果。”

“杰米，最优秀的人，”老太太同情地说，“也不是十全十美的，至于你祖父，我从不认为他是个普通人——所以剥夺你父亲继承权这件事，我总是不大明白；因为虽说我从担任过诉讼抗辩协会会长的父亲那里学到了点儿法律的皮毛——即便爱丁堡的所有法官大人都能举证，但仍然有理由召开会议或开庭，在我看来，这就需要最高民事法庭法官的一个代表去解释说明，因此毫无疑问，如果你的曾祖父还活着，这件事就有矫正的希望。但是，让我伤心的是，上帝把他带到他身边去了，当时律师基尔列文先生跪在地上，正宣读着一份新的遗嘱和财产赠予契约。嘿！杰米，那是个动人的场面——没等我找到笔交到你奄奄一息的祖父手里在那份文件上签字，他就去了一个更美好的世界，我们曾被教导，希望那里既没有律师，也没有法律。”

“但是如果我叔叔不愿意对罗比娜做出安置，您准备怎么办？”瓦金肖笑着说。

“住嘴，别用这种没可能的事吓唬人！”老太太呵斥道，“可怜的人，他现在有别的事要走心思。你婶婶不是要被带进死亡的大门了吗？既然死神在他家中如此忙碌着，你难道希望他此时思考婚姻财产赠予和婚宴这样的事？你是个没人情味儿的东西，杰米——不过军队是最适合这样不懂人情世故的家伙待的地方了，你打算什么时候花你那一天六便士存起来的半克朗？艾伦·弗雷泽帮你扛着背包吗？嗯，我总觉得她是个能放大炮的人物，她如果能用长袜袜底的一块石头和法国人或新英格兰土包子勇猛作战我一点儿也不觉得吃惊，因为我得到极为可靠的消息说战场上士兵们的媳妇们都是这么个做派。”

当老太太在展示船夫们所说的她唠唠叨叨的口头功夫时，旁人总是很难跟上她；而瓦金肖在她处于这样的心境时，总是非常愿意待在她的身边，丝毫不想打断她。然而，为使她的话题转到另一个方向，他说道：“但是，当我接到任命之时，我希望您能给我点钱买把剑，剑才是一个士兵真正的新娘。”

“而他和这位新娘在一起会可怜地受到折磨，”老太太说，“创伤和擦伤，腐烂的溃疡，凑在一块儿让人沿街乞讨。这毫无疑问，然而，我还是要设法找出一个基尼给你。”

“不，我希望您能在上午给您的老朋友罗宾·卡里克打个电话。如果您不打的话,我是不会满意的。”

“好啊！从我出生那天起,很少听到有人这么站着和我讲话,”他的祖母高声说道,“我哪会想到,我几次三番地用两三英镑的积蓄把这个鲁莽无礼的小子送到银行学徒,最终他却寻思着对我实施这样的公路抢劫？”

“但是,”瓦金肖说,“我总听您说,在家庭中孩子们不该有亲疏之分。那么,既然您对罗比娜和瓦基这么好,却对我把钱袋扎得紧紧的，那就永远不会被认为是公平的了。”

“你是个会用甜言蜜语哄人的家伙,杰米,”老太太回答说,“毫无疑问我必须尽到职责，正如大家都知道我对所有的家庭成员一直是这么做的；但这很快就要与我无关了，如果这两条新婚的蛀虫注定要吞吃掉我的全部家当。但我要为你做一件事,这也许要比在罗宾·卡里克先生的书本里徒劳无功地搜寻强得多。我要到基托思顿修去询问一下你婶婶的病情；虽然你叔叔像头巴珊公牛似的说他再也不和我讲话了，但我要让他知道母亲讲话的分量,也许通过我的规劝,他能答应出钱购买你要的剑、手枪和其他战斗装备。因为说实话,我正想和他好好说道说道，说他对自己的女儿是怎样的不近人情；而且更卑劣的是，这份罪恶、悲伤和不公平，让我——他年迈的老母亲被两个不在乎他们烧毁的是什么，哪怕是他们自己的东西的、挥霍无度的骗子骗去手里仅有的两个小钱儿。”

但是，没等到老太太把她值得称道的打算付诸实施，她的儿媳妇已经去世了，这让德多姆威姆勒极为恐慌。在这一事件之后的一段时间里，她一直没找到机会倾诉她的怨恨，或是找到双方共同的朋友为和解铺平道路。小米尔洛基特夫人见到了自己的母亲，得到了她的临终祝福，但这是瞒着她的父亲偷偷进行的。所以总的来说，在这场葬礼期间，在整个这座皇家城市里，都不大容易找到一个更为阴郁沉闷的家庭，正如老太太对她所有的熟人强调的，瓦金肖家族和米尔洛基特家族是树根和枝杈，而她自己是那段枯萎孤独的树干。

第十一章

在为她的妯娌举行葬礼的转天，这位新鳏夫的拜访让查尔斯·瓦金肖夫人颇感惊讶。

他说："我今天来这儿的原因之一，是让我的内心从一件我不必特别暗指的事情的重压下解脱出来；其次就是证明我在詹姆斯的严厉指责面前是无辜的。他会发现我不像他那么毫无根据、毫无道理地猜想的那样怀着什么利欲熏心的想法，而且我还打算以我一向对他的慷慨态度继续资助他。另外，向伊迪夫人的朋友发出的请求结果怎样了？这里面有什么我能帮上忙的吗？”

这话出自一位不拘礼节的老于世故之人的口中，它极为明确，没留下任何质疑的空间；但即便如此，这话还是没能让这位忧虑的母亲温顺而又敏感的内心感受到它本该带给她的慰藉。

“我不知该说什么来感谢你，”她胆怯而又疑惑地回答说，“你的帮助当然对詹姆斯非常重要，因为他已经收到了国王军队的委任状，我就要陷入极大的困境中了。”

“在国王的军队里！我还以为他要去印度。”他小叔子大声说道，显然很吃惊的样子。

“开始是这么打算的；但是，”这位母亲说，“弗雷泽先生认为以欧洲现在的形势，他在正规军中抓住机遇对他更有利，所以他已经在一个很快就要扩编的军团里得到了一项任命。事实证明，他的确是个帮助很大的朋友。因为部队招募要在高地进行，他已经把詹姆斯邀请到了葛伦盖尔，要支持他在他的侍从中招募士兵。他向伊迪夫人保证说，根据这些侍从对这个家族的忠诚，他深信在这个夏天里詹姆斯就能当上连长，之后——”

这是极不寻常的友谊，这位格拉斯哥商人心想。这些高地人对友谊和亲情有着令人好奇的想法。但是，尽管如此，当事情被简化为只用金钱价格来衡量时，他们就和其他人没有区别了。“但是，”他大声说，“你觉得詹姆斯当上连长后会发生什么？”

“我想，”这位温柔的寡妇胆怯地回答说，她自己也不知是因为什么，“到那时，他就不会反对詹姆斯和艾伦的婚事了。”

“我觉得，”她小叔子说，“他应该选择去印度。如果他还想去那儿的话，我的钱包将为他敞开。”

“他无法指望在那儿能得到通过葛伦盖尔获得的这么快的提升。”查尔斯夫人有些坚定地回答说；事实上，坚定得让领主有些慌张；尽管如此，他仍保持着外在的镇定说：

“虽说这样，我仍愿意对他选取的任何道路给予资助。他现在情况如何？”

查尔斯夫人于是告诉他，收到了弗雷泽先生这封振奋人心的信件后，瓦金肖已经前去通知他父亲那位有艘货轮要开往纽约的老朋友，说明他的目的地发生了变化，并恳求得到一笔贷款帮助他添置部队需要的全套装备。

他小叔子听到这个消息咬紧了嘴唇。因为他对自己不幸的哥哥一家表现出的深厚情谊让他在朋友中赢得了不小的名望，所有那些知晓他想成就詹姆斯和他女儿的

婚姻的朋友们都对他的失望报以真诚的同情。但是,当他听说此事,某种莫名的原因让他感到烦恼,他说:

“我想詹姆斯把他的不满表现得太过分了。我当然没有伤害过他,他本可以来找我,而不是去求一个陌生人。”

“偏爱,”这位寡妇回答说,“表现出的魅力和赢得的感激都有赖于给予它们时的表达方式。詹姆斯有特别的想法,也许是因为他从你对他的讲话方式中感受到的要比从你讲话实质中感受到的要多。”

“让我们不要回到那个话题了——它会勾起让人心痛的回忆,发生的事无可挽回了。但是你觉得弗雷泽先生真会同意让他的女儿嫁给詹姆斯吗?她可是个非同一般的好女孩,而且,鉴于她的家世人脉,当然有可能变得更为出色。”

这话是以一种轻松随意的方式表达出来的,但这种方式却是虚假大于真诚。的确,这句话中有某种东西暗示着对考虑中的事物的估价,与喜爱之情全然无关,它如此令人不快地撞击着情感,以至于他纤弱的倾听者一时不知该说什么好,但是她补充说:“詹姆斯打算,只要我们做出了必要的安排之后,就动身去葛伦盖尔城堡,城堡周围住着许多老军官,从他们那里他能获取一些关于继续开展他的招募士兵工作的信息。弗雷泽先生体贴地说从城堡出发对他方便些。”

“我猜弗雷泽小姐会陪着他了？”鳏夫冷冷地回答道。

“不，”他嫂子说，“她要随后陪伊迪夫人过去，伊迪夫人准备在葛伦盖尔度过夏天。”

“这样我很高兴，她在场会干扰他的职责。”

“你指的是谁？”查尔斯夫人听了这话很吃惊，问道，“谁在场？”她微笑着补充说，“你说的是艾伦吧，你大概很难猜到我们都认为她和伊迪夫人在现场会给他很大帮助呢。伊迪夫人坚信，他们的婚姻取决于他能否招募到足够的士兵成为一位连长这一境况，她说，如果这个消息传出去，她父亲族人的儿子们会聚集在他的周围。”

“一个出于她自己的原因和她高贵的出身仍拥有这么多权利的女人思维竟衰退到如此地步，真是可悲呀！”这位商人不知对他嫂子的话如何做出更恰当的评论，感慨道。“但是，”他接着说，“不要让詹姆斯去求别人。我愿意预付他可能需要的一切。而且，既然已经决定立刻接受弗雷泽先生的邀请，让他即刻就动身去葛伦盖尔。这点，我相信，”他听上去愉快地说，只是和他内心深处的哀痛不符，“会让他和弗雷泽小姐确信，我不像他们所误解的那样是他们的敌人。”

在做完这番许诺后不久，这位鳏夫便起身告辞了。可是，尽管他这次拜访期间的全部行为表现出让人感到意想不到的友善和体贴，尽管描述他的提议时不能省去豪爽大度这一形容词——甚至用慷慨大方一词也不为过，但它依然没给这位寡妇的心中带来这些话语和保证本打算带给她的喜悦之情。相反，查尔斯夫人坐了一会儿，反复思考着刚刚发生的事；大约过了一个小时之后，一直和玛丽在长满榛树的大堤顶上散步的艾伦·弗雷泽走进了客厅，她盯着艾伦看了一会儿，没有讲话。

这次散步为艾伦的面容平添了一抹鲜明的玫瑰色的红晕。她和同伴的谈话提到了她的恋人有望在部队作战获得声誉，她心头涌起的兴奋之情闪烁在她的双眸之中，荡漾在她的面颊之上。她的双唇红润而带着笑意；她的相貌富有智慧而又纯真无邪——单纯而又优雅——快乐，活泼，调皮机敏的同时又天真烂漫，似有一个花环——如果可以这样表达的话——一个由那些不可名状的优雅编织而成的花环，美貌的魅力和神态举止的诱惑力交汇于其中，戴在她如同鲜花般绽放的高挑形体上。

在她恋人母亲的眼中，她是一个被上天装扮得如此可爱又高贵的姑娘，以至于无法想象她不是注定要进入比家境贫寒的瓦金肖家更尊贵的社会阶层。但那一刻这位母亲忘记了她自己青春岁月时的吉兆，忘记了甚至连美貌——这所有人类优点中最容易被发现的一个——都很难得到它恰当的位置，或是上天本打算让它享有的男人的尊敬。

第十二章

瓦金肖先生还未离开坎姆拉切利村许久，他的侄子就露面了。事实上在他叔叔还待在屋里时,詹姆斯就已经从格拉斯哥回来了,但当他看到停在家门口的马车时,他故意躲藏起来,直到马车走远。

他的这次短途之旅没能取得成功。他发觉当他告知父亲的老相识自己打算出国的决定时，他相当热情地询问,甚至表现出了对他的同情;但当他提及参军入伍时,这位商人的心一下子冷了。在沉吟了半晌之后,又发表了一些对放荡淫乱的军旅生活的愤愤不平的议论之后,他向詹姆斯暗示说他叔叔才是他应该求助的恰当人选。在这紧要时刻,他们的谈话被另一个来访者打断了,于是瓦金肖退了出来。

在他走回坎姆拉切利村的路上，不同的心情交替涌现:一会儿恶心,一会儿冲动,一会儿沮丧,一会儿自豪。

他想不出自己怎么会如此轻信，以至于认为自己有权利期待从他恳求的这位绅士那里获得友情资助。他感觉自己这样的行为还显露着一个男孩的青涩，他为自己的头脑简单感到羞愧。如果他父亲和这位绅士之间有着职责上的互惠交往,情况就会大不一样。他们如果有着四五十年的交情,在生意场上彼此依赖,他想:“那么也许我能有些资格提出请求，而且，毫无疑问，会有望得到答复，但是我愚蠢到把客套当作友情了。”然而，即便真正的理由像他表达得同样令人信服，他也许还是会发觉自己受到了深深的欺骗。

“至于向叔叔提出请求，这又不关他的事，”他心里说，“我不去向这个家伙寻求建议，我不过想获得一小笔钱的资助罢了。没有哪种傲慢比拒绝一个恳求，把恳求者支到别人那儿去，同时还加以审慎的告诫更能灼伤一个人的心了——要不是为避免使事情变得更糟，让乞求者见鬼去吧！”

这种勇敢的心情持续了一英里多的距离。在这段行程中，这位年轻的士兵脚步轻快地前进着，用口哨吹着英勇的曲子。他挥舞着手里的棍子，做着大砍刀的各种砍杀动作，削去了树篱的大树枝，仿佛它们是法国人的四肢，又抽打去了路边的蓟草和萱草的草头，仿佛它们是巴黎革命军士兵，那时候，英国人忠诚的内心已经对他们开始变得焦躁易怒了。

但是接下去一英里的大部分行程不再是这么生气勃勃——偶尔会有怯懦的念头透过跳动着年轻人的英雄气概的心脏苍白地闪烁着。有一两次他停住脚步，回头朝格拉斯哥方向望着，想知道在这偌大的城市里，是否会有另外一个人愿意借给他为购置装备乞求得到的一百英镑。

“没有一个人，”他说着，叹了口气，但过了一会儿，在他高喊着，“鬼才在乎呢！士兵们思前想后可不行；此刻就让他们尽到自己的职责，这就是他们需要思考的全部。我要继续沿着我选择的道路走下去，相信会有意外收获的！”之后，再次用口哨勇敢地吹起了“老高卢人的装束”这首曲子，树篱和蓟草们再次感受到了他棍棒的力量。

但是当他走近了坎姆拉切利村，他的情绪转移到了小调上，而当榛树堤岸和喜鹊巢穴隐身其中的白蜡树丛映入眼帘时，威武响亮的高地进行曲逐渐转换成了低沉幽怨的“不再是洛哈伯”，而当他发现停在母亲门前的马车时，他的勇猛更是急剧减弱为男孩的羞怯，以至于正像我们已经提到的，他躲藏了起来，直到他看到叔叔走出了他家房门，他才敢于回到了家中。

然而，当他走进家门，看到母亲和妹妹的容貌并不像他想象的那般愁苦，他心中才稍稍感觉快慰了些。于是，他得以带着相当的漠视告诉她们他这次执行使命的失败。他的母亲随即向他讲述了他叔叔前来拜访所发生的事。

这消息令瓦金肖感到困惑，这与他对叔叔如此强烈的感觉和描述相矛盾，还让他感觉到自己表现得既鲁莽又忘恩负义——但是如此不可思议的仁厚之举还是引起了一定程度的怀疑，从而减弱了他痛悔的自责。

“但是，”他以一种轻松愉快的心境说道，“我不会再给自己或他带来烦恼，正如我已经做过的那样；但至少在这件事上，他的举动是无私的，而我会愉快地利用他的资助，因为这是慷慨的——我还把它作为一种鼓励来接受——在我的失望之后，这是一个幸福的征兆。我要像一个勇敢的人接受他的赏金那样去接受它——一个来自人们熟知的‘从此以后一切就如同冰雹般落下’的幸运的许诺。”

如果他知道了他叔叔此刻的真实念头，他会有怎样的感想？他能否仅仅猜想到促使他做出了表面上如此慷慨大方的举动，如此像是对他昔日表现出的偏爱的一种可敬的动机，其实是被一个尽快将他从艾伦·弗雷泽身边拉开，从而在艾伦的爱情中取代他的位置的愿望推动着？我们不必试图去想象他的感受如何。人类对他们彼此在背后说的坏话，对他们常常带着讽刺和恶意酝酿着的，更往往是出于利益和嫉妒的动机而采取的邪恶行动知之甚少，实在是件幸事。这一好运很快就让詹姆斯恢复了轻松活泼的心性，很快就从他明亮的内心里抹去了失望的、令人消沉的情绪，这令瓦金肖欣喜万分。他没有长时间地和母亲及妹妹待在一起，而是急忙前去把这个令人振奋的消息告诉给艾伦·弗雷泽。

艾伦正站在牧师住宅前的绿地上，这时她看到詹姆斯带着胜利的狂喜挥舞着手中的帽子，一路跳跃着向她跑来。她却露出一副严肃的表情,责备地看着他,他突然停下来,问道:“怎么了？”

“看到有人行为如此荒唐,真是可笑,”她冷静而严肃地回答说。

“但是我有好的消息要告诉你,我叔叔做出了最慷慨大方的举动,一切障碍都被清除了！”

詹姆斯这话说得活泼愉快，旨在让艾伦收起她的严肃神情。根据他对她性情的了解,他猜想这只不过是种无辜的虚伪——只为戏弄他装出来的。但她依旧严肃,甚至比他预料的目的还要坚决，因为她用最责罚性的冷静回答道:

“我原以为你再也不会和你叔叔讲话了呢？”

瓦金肖觉得这句话比它原本打算的更深地刺伤了他,他的脸一下子变得通红,局促不安地说:

“是这样的！但是我没能公正地对待他;他如果不是一个最有情有义之人，绝不会继续像过去那样对我这么好了;因为我无情地对待了他。”

“你这么做好没道理，在享受了他这么久的善意之后,你竟然要将他的善意扔还给他,而这之后这么快就被迫承认你冤枉了他。”

瓦金肖低着头,越发困惑了。这句话中有太多的事实让人觉得这不是公正的指责;而且,他觉得他做出的荒唐事都是为了她,而她却如此奚落他,这不免有些冷酷无情了。但是艾伦察觉到她的玩笑有点儿开大了,便丢掉她的伪装,露出她最迷人的眼神和微笑说道:“既然我已经将你制服进入到理性的冷静之中,就让我们听听你要说些什么吧。人们在欢呼的时候绝不要和他们讲话。当你带领你的军团的时候要记住这个教训。”

接下去发生的事不适合我们东拉西扯的笔去详述。但是,当我们叙述在格拉斯哥发生的事和这一天的其他事件时,这对情侣已不知不觉地走进了牧师的花园,在那里继续进行了一场最动人、最优美的对话,但我们丢失了这段对话的记录,因为我们公正的读者和所有国王陛下的属下都没有参加,我们只能遗憾地说我们无法提供一份文字记录。但是,结果却是,当艾伦和瓦金肖分手后回到牧师住宅,她那双美丽的眼睛哭得红红的。当她告诉自己的姑姑两三天后他就准备启程去葛伦盖尔时,两大颗泪珠从眼眶滚落了出来。

第十三章

第二天,瓦金肖觉得自己不管出于什么理由,都得去一趟格拉斯哥感谢叔叔对他的慷慨资助，还要在接受资助的同时，请求叔叔原谅他的粗鲁行为。

他在账房所受到的接待完全是他所希望的；甚至比这一场合所要求的还要亲切诚恳，作为对承诺的兑现，支票交给了他，并大大超过了必要的数额。如此友善的行为使瓦金肖的胆子大了起来，他设身处地地为他的堂妹和表弟着想，更真心同情被困在自己招揽来的开支的重负下的老祖母，他冒险为他们求情，并得到了他叔叔满意的答复。

“詹姆斯，我很高兴，”他说，“你能这么关心他们。不过，你放心，虽说我被很不体面的手段利用了，不得不长久地记恨这件事，但是作为一个男人，我不应该在愤怒中沉溺得太深。因此，你替我去告诉他们一声，虽然我不打算与罗比娜和她的丈夫一块过日子，但我还是让我的法律顾问为她准备了一份财产赠予契约——对自己女儿做出安置的那种契约。”

瓦金肖在听到这句话时，觉得再也没有任何能力穿透他叔叔人性的深处，因为那一刻他的全部美德显得如此明亮耀眼——而在一个月之前，他还认为这些美德他连一个火花也不具有。因此可以很容易地想象出，詹姆斯脚步轻快、大步流星地走向他祖母家，去告诉她这个显示叔叔慷慨仁厚的好消息。但是，就在他走近大门时，他看到这位老夫人穿戴整齐地似要出行，她的女仆正走出门来，腋下夹着一个小箱子。一看到他，老夫人做了个转身回去的动作。但是，突然想起了一件事，说道：“杰米，我没有时间，因为我要到黑公牛威士忌酒厂那儿去赶格林诺克的特快马车，你可以和我一起来。”

“但是，罗比娜呢？”他喊叫着，对这个消息和这个突然的举动感到很吃惊。

他的祖母抓着他的胳膊，因狂喜而难以描述地握紧了它说：“我告诉你，这只是个玩笑。他们要用长调羹和魔鬼——或是我这样的人一起喝汤，你必须知道。我就要被他们吃得去要饭了。一个接一个的朋友前来拜访，一杯又一杯的葡萄酒从来就没断了流儿，厨房里的软木塞从早到晚地咚咚拔着，就好像他们是在小酒店里度假。我再也忍受不了了。所以昨天，当那个拿八，德多姆威姆勒，送给我们两只他的瘦母鸡，我告诉碧妮和瓦基，他们必须去感谢他们的父母，作为婚后拜访住上一两天，虽说我们都还为你的婶婶，她的母亲穿着丧服。所以今天我把他们俩打发走了，谢天谢地。我现在是要去看望一下格里诺克的詹妮·珀迪小姐，我的一个远亲。”

“天哪！这是要把可怜的碧妮和瓦基扫地出门吗？”瓦金肖高喊着。

“杰米，我的孩子，慈善起于家庭，他们从德多姆威姆勒——瓦基的合法父亲那里比我这儿更有资格得到供养；所以还是让他们依靠他去吧，直到我再把他们接回来。”

瓦金肖虽然的确感到很震惊，但不知怎么，他还是觉得这位老夫人的机敏很好笑，以至于他极为恣肆地大笑着，因此一时间无法把他作为信使捎回来的那个令人喜悦的好消息告诉她；但是当他告诉了她之后，她大声说：

“不，如果事情出现了转机，我就要暂且推迟去探望詹妮小姐；所以我们还是回去吧。因为当碧妮和瓦基到了自己的王国，他们二人都必须考虑他们在过去的五个星期里的可怕费用和花销。但是，如果他们想抵赖的话，我就要列出账单来——床铺、膳食和洗涤，一个星期二十五先令，图姆加诺的牧师遗孀斯库瑞姆皮特夫人告诉我这是个极为合理的收费。他们要是付了钱也就罢了，反正那是他们必须付的，否则我就要把他们带到律师职员办公室公开羞辱。杰米，这钱你能得到整整一半，给自己买一把漂亮的安德鲁·法拉拉大刀。不过，我对你叔叔施与的这一恩惠可谓大喜过望。因为从他睁开眼睛的那一刻起，他就有着极为贪婪自私的本性，趁他还在兴头上，我希望你能让他为你做点儿事。”

瓦金肖不仅把他叔叔做的事情告诉了她，而且以一个心胸坦荡的年轻人乐于表达对他人的好感的满腔热情，概述了叔叔对他讲的所有仁慈友善的话。

“杰米，杰米，我比你了解你叔叔乔迪，因为我是他的母亲。他不会在你们彼此起了冲突后出于宽容就把他那发了霉的便士这么大把大把地扔出来，相信我的话吧。”

“他从对我的友善中也不可能得到什么利益呀。”

“那就是说，我的孩子，你还没有一个目光敏锐的心灵去看穿它。但如果你像我一样有了阅历这第二种视觉，你就会在鸟巢里看到一条毒蛇，否则我就不是一个基督徒的姐妹，受过洗礼的格丽兹！”

这时，他们已经回到了门前，女仆打开了门锁，把箱子拿了进去。瓦金肖随着他的祖母走进了客厅，想欣赏一下她自己所说的观察世人的人生哲学。但她坐下以后，并没有恢复她滑稽的唠唠叨叨的一贯性情，而是开始深深地叹息，痛苦地抽泣。若在以往祖母这样的举止总是逗得他发笑，但这次她的情感是真挚的，让他不由得怜悯起她来。“您怎么了？”他关切地问道。但她好一阵没说出话来，而最终说道：

“你就要走了，去面对你的敌人啦，就像歌里唱的，‘远远地离开了我和洛根的山坡’，我年纪大了，可能再也见不到你了。我舍不得让你走，因为虽说你天生就不知怎么好好地尊重我，一个浑小子，可比起我其他的孙辈孩子们，我总是更疼爱你一些。但是我没有能力像你叔叔对你那样，虽说每个认识我的人都知道我有一颗非常慷慨的心——比你叔叔慷慨得多，我不会不送你个背包就和你分别的。嘿，先生们！当那个狡诈的家伙和罗宾·卡里克说起我那点儿积蓄时，我觉得他毫无诚意，但是你会得到一部分的。我要让你得到一份实实在在的祝福再走，来，拿上这把钥匙，从那张写字桌的抽屉里把那个钱袋子取来。”

瓦金肖惊呆了，但还是照祖母的吩咐做了。他把他姑姑——米尔洛基特夫人在寄宿学校绣制的钱袋交给祖母后，她把罗宾的几张期票掏了出来，查看了一遍后，给了他一张五十英镑的。

“喏，杰米·瓦金肖，”她说，“如果你像个公子哥儿似的把这钱当个钢镚儿一样花了，等你回来时就甭指望我和你说话了。但是我左寻思右琢磨，等不到你回来那一天，我可能就被深深地埋在墓园底下不再说话了。无论你快乐还是忧伤，我都看不到，也听不到了！”

这样慷慨的事例发生在他祖母身上是如此不同寻常和出乎意料，连同促使她采取如此行动的真挚情感，大大震撼了瓦金肖，一时间他不知所措，手里拿着那张期票呆呆地站在那里说不出话来。与此同时，他祖母把剩下的存单拿了起来，在翻阅它们时，看到其中一张的数额是四十九英镑，于是说：“杰米，对于一个靠听着鼓点去还债的人来说，四十九英镑和五十英镑没什么区别，所以拿去这张,把那张还给我。”

第十四章

瓦金肖此次格拉斯哥之行和他前往葛伦盖尔之间的这段时期，是坎姆拉切利村年鉴上自从伊迪牧师主管教区事务以来最繁忙的一段时期。对于那些和瓦金肖一起长大的这个小村庄的年轻人们来说,这短时间非常重要，他们中的一些人怀疑他是否不该在人们熟识他的周边地区奔走招募新兵，而要前往高地。但是那些上了年纪的人,特别是那些老夫人们,感谢上帝乐于对此事做出不同的安排。

他的母亲和妹妹,在艾伦·弗雷泽的帮助下,更为忙碌地为他打点着行装。尽管艾伦活泼愉快的天性在伙伴们的玩笑声中越发熠熠生辉，但她的内心也时而以低沉的喃喃细语应和着瓦金肖的母亲发自肺腑的忧虑的叹息。

伊迪先生并不是村子里对此事最无动于衷的人。他絮絮叨叨,没完没了地给他的学生提出各种建议,怎么也说不完,弄得瓦金肖觉得他从没有这么令人感到厌烦过。

他们长时间地散步，这位可敬的牧师不时发出的令人心烦的告诫，无非是关于这个世界的罪恶和欺骗以及军旅生活的道德风险。

但是，谁也没有——无论是导师、母亲，还是情侣——伊迪夫人看上去好像全部身心被这件事占据了，她那高贵的智慧显然是被一种既令人敬畏又超凡脱俗的迷信的美妙狂乱触动了。她多次梦到最鼓舞人心的预兆，不过梦中所有的事情都是荒诞而又哀伤的。她用比爱尔兰诗人麦克弗森的《奥西恩》更为东方化的流畅语言解释着鸟儿们的鸣叫和喜鹊们的啁啾。

就在瓦金肖前往格拉斯哥的那一天晚上，月亮的星象发生了变化。她神秘兮兮地，心怀焦虑地观察着出现的银色月牙儿。在第三天傍晚日落后不久，当她和伊迪先生坐在教堂庭院中的一块墓石上时，她发现月亮在天空中呈现出最完美的外观，位置很特别，预示着一切工作在发生变化之前都会顺利结束。

“这样它看上去，”她说，“像是一条船，它装载着旧月——这预示着一场暴风雨的到来。”

“那会是什么时候？”她丈夫叹了口气，悲哀地打算迁就她失常的想象力。

“我现在还没有能力预言，”她严肃地回答说，“但是这一迹象是个证据，表明天空中的气流要对所有受月亮影响的计划的运气起到某种可怕的媒介作用。如果这月亮最初看去只是像一枚断裂的戒指的一部分，我就会用面纱遮住我的脸，哀叹这一征兆。然而，她升起来了，月光明亮——一条银色的小船航行在蔚蓝色的天空深处，满载着一船命运向着太阳的大门驶去。”

那时候，恰好一头奶牛从教堂庭院的墙头向院里张望着，它靠近伊迪先生耳畔哞哞地叫了起来，离得很近，吓了伊迪先生一跳，他继而笑了起来。然而，他的举动并没有缓解他夫人的达尔斐情结，反而使之越发深重了。但她没说什么，虽说她的眼神表示出他的轻浮令她不快。

沉默了几分钟后她站起身朝大门走去，没有挽住他伸过来的手臂。

“我很抱歉，”他说，“惹你不开心了，可是那头奶牛的突降的确是难以抵制呀。”

“你认为，”她神秘地回答说，“聪明的埃及人出于充分理由选择了自己崇拜的这种动物，就只为了向我们发出一种含混不清的噪音吗？在我看来，这是一位先知在向我们致意。在我父亲离开葛伦盖尔去加入皇家正规军的前一天早上，我听到了同样的声音。一位年迈的老妇人，我母亲的保姆，也是她的一个亲戚，告诉我说这是个致命的兆头，因为当时的月亮是残缺的。后来我又听她说，最先看到新月的那一刻，就是一场胜利或是一场婚礼即将到来之时。”

“很奇怪,”这位牧师回答说,坦率地试图说服她,“有关这类事情的知识竟然几乎只局限于高地居民。”

“这是很奇怪,”她说,“但没人能解释其中的原因。北极的流光不会照耀在南方的天空上。”

说话间她突然战栗起来,猛地抓住了牧师的胳膊,她的目光似乎在追随着从他们身边经过的某个物体。

“你怎么了——你在看着什么?”他焦灼而又惊恐地呼喊着。

“我想那是瓦金肖的叔叔。”她深深地、沉重地叹了口气说,仿佛她的精神由于一个阴魂的附体而发出的呼吸。

“那里没有什么人,”这位牧师若有所思地回答说。

“那是他的鬼魂。”伊迪夫人说。

这句话的语调让他的血液凝固了,尽管他有着自己理解的坚定信仰,但是他不由得在内心承认,无论在天堂还是人间都有一些事情是哲学所无法解释的。于是他背诵着《哈姆雷特》中的语句,也是为了抹去他的行为不慎所留下的印象。

“我很高兴听到你认可了这么多,”伊迪夫人继续说道,“而且我想你一定承认最近我向你提供了很多证据来证明它们。我没告诉过你公鸡在我们朋友的屋顶上啼叫时,我们很快就会听到这家人命运转变的喜讯吗?结果第二天瓦金肖就从格拉斯哥带回了和他叔叔愉快分别的消息。在我收到葛伦盖尔回信之前的那个晚上，你也许还清楚地记得烛光中闪烁的火星向我们宣布了这个消息。和公鸡的啼叫、闪耀的火星那些应验了的征兆一样，我所注意到的预兆一定会被证实是重大事件的预告者。”

尽管伊迪夫人这些精神错乱的阴影和闪现对那些有充分理由敬重爱戴她的人们来说是令人悲伤的，但对她自己来说它们却给了她一种崇高而又神圣的快乐。她的思想，在这种激情持续的时间里，在其他人看来是模糊不清而又玄妙深奥的。这时的她可以被比作雾气笼罩下的月亮，被一个晕轮所环绕。她的光失去了银色光泽，为周围的景物笼罩上了一层裹尸布般的苍白和肃穆。但伊迪夫人自己却觉得她仿佛被包围在神灵所在的地方，穿行在比凡夫俗子的能力所能探索的更令人赞叹的奇迹和神秘之中。

牧师带着他的妻子来到了瓦金肖母亲的住所，她要把根据她的高地占星术判断出的月亮已经呈现出有利外观这个令人愉快的消息告诉她的朋友。但牧师对妻子病情的明显加重如此难过，以至于他没有立刻跟随进去。事实上，即使对于自己内心关于她的最微妙的暗示，他也不得不承认，她一天比一天地更加沉迷于对那些幻影的注视了。因此，在村子里转了两三圈后，他决定建议她和瓦金肖一起去葛伦盖尔，希望环境的变化以及她可能再次对年轻时的生活场景产生的兴趣，能把她的思想从她狂野奇异的想象中拉开，让她再次专注于那些人们通常认为能激发起更为严肃又同样动人的情感之上。

第十五章

伊迪先生苦苦思索之后，向瓦金肖提议将他的行程推迟一两天，直到伊迪夫人做好准备与他同行；但是伊迪夫人得知了这个提议后，坚决表示不会通过自己充满失望和悲哀的命运的介入给瓦金肖的运势增添任何麻烦。无论这种感觉出自什么情感，它无疑是被伊迪夫人的高尚豁达所支配的。因为就她来说这意味着一种牺牲；不过，他们最后做出安排，虽然瓦金肖还是按照最初商定的时间出发，但伊迪夫人会在艾伦·弗雷泽的陪同下随后尽快赶到葛伦盖尔。

这安排无疑让这对恋人感到欣喜；但是基托思顿修领主在格拉斯哥听到这个消息后，心情大为烦乱。艾伦·弗雷泽离开坎姆拉切利村前往格伦盖尔，而他侄子会在那里待上一段时间把军团的指挥部建起来，这是他没有盘算到的，更别说——这绝对是最令人讨厌的反面因素——牧师的疯老婆也和她一同前往了。

然而，就在此时发生的一件事大大缓解了他的焦虑心情：这座皇家城市的一些绅士计划搭乘阿伦·艾姆利恩的领航艇进行一次短途海上航行活动，其中一位绅士向基托思顿修发出了邀请——因为他们都是朋友，当然以最真诚的怜悯之心同情他近二十年来陪伴着半死不活、苟延时日的病弱妻子所承受的艰辛，尤其同情他女儿不明智的婚姻带给他的哀痛。乔治以他一向的谦和儒雅接受了这一邀请；于是，就在我们的朋友和老相识瓦金肖乘坐四轮大马车从这座传统的工业城市出发（我们认为历史学家吉本就这么称呼这座皇家城市），前往那座充满理性的大都市，有“当代雅典”之称的爱丁堡时，他的叔叔在格里诺克的西码头上了船。

那些来自格拉斯哥的阿尔戈号英雄们在船上都储备了什么——多少篮子酸橙，多少瓶的葡萄酒和朗姆酒，多少条甜面包，多少奶酪和培根火腿，加上少量的饼干，我们必须交与某位记叙更为详尽的历史学家去描述。对于我们和了解为他们自己的这次出行所进行的慷慨筹划的人们来说，只要知道这座皇家城市七位最为显赫的富豪一起登上当时在苏格兰西部航行最舒适、驾驶技术最高超的一艘纵帆船去享受海上的新鲜空气和随船带去的美味就足够了。他们中是否有人在航行途中遭受到了晕船的折磨，我们不得而知；但就我们自己来看，相信这样的事情很可能是有的，所以我们不会卷入到有关这一话题的争论之中。在离开艾尔莎之后不久的确有谣言说他们患上了这样那样的疾病；但这是否是由于吃了那令人食欲大开的美味塘鹅——多岩石的金字塔山区里最美味的食物——或是由于他们的胃口承受不住大海的颠簸，我们从没获得过任何满意的解释。然而，尽管如此，那些快活的、无忧无虑的、善良的人们没有谁比登上领航艇的这些人玩儿得更开心了。

他们穿过了风景如画的比特狭海峡——沿着坎泰尔的海岸航行——停靠在美丽的坎贝尔敦港——绕过地势陡峭的海角——经过吉厄岛——从左侧驶离伊斯拉岛——在朱拉岛的南岸航行——谨慎地沿着富有浪漫色彩的洛恩和阿平海岸航行——穿过马尔海峡——在鲁姆畅饮威士忌——接着，担心天空岛的人虽然热情好客，住宿和就餐条件却不行，就先在凯尔洛奇抛锚上了岸。他们接下来又做了什么，他们在沿着悬崖林立的海岸，在明奇海峡永不停息的汹涌波涛的拍打下露出永不知足的贪婪狞笑的岬角的、獠牙般的岩石继续航行，后来又到了哪些地方，我们在这里就停下不再多说了。我们只说这些就够了，他们勇敢地决定绕过拉斯角去欣赏午夜的暮光，品尝柯克沃尔走私运来的杜松子酒。寒冷地区的北极光和停靠在霍亚的泰米·汤姆森的鹅卵石船上的新鲜鳕鱼，以及大熊星座闪耀出的银色光芒，连同斯特罗姆内斯的缠链矛酒馆中的寡妇考尔德用她能讲的全部英语向她的顾客保证的美味海螺和帽贝——这些腌制过的海味味道鲜美、令人垂涎欲滴。这会儿我们最要紧的任务就是紧跟领主侄子的脚步，而不是去赘述那些没有必要的细节。我们相信，我们的读者已经觉察出我们对所有的病态赘述都怀有最值得称道的厌恶，我们将允许阿伦·艾姆利恩领航艇和他的乘客们随意前往他们喜欢去的地方，而我们则回到坎姆拉切利村。关于在那里发生的事情，我们要说的不过就是瓦金肖按照事先的安排，独自出发前往因弗内斯郡的葛伦盖尔城堡，他与母亲和妹妹分别的忧伤因为想到艾伦·弗雷泽陪伴照料着伊迪夫人很快就要跟随而来而减轻了许多。这件事为什么会给他带来特别的快乐，我们无法理解；但是，通俗地讲，当年轻人陷入爱情时，会有一些人被卷入到和他同样的情感之中。然而，就我们自己的知识而言，不知道爱情一词的含义是什么——我们因此只能谈及这一事实，同时表现出一种哲学家般的好奇来获悉它的含义，以及为什么那些十几岁的年轻绅士和女士们比那些在社会实践中学识更为渊博的要人名士更容易遭此不幸。

第十六章

一七九三年的夏天，我们有理由认为苏格兰北部地区仍基本处于编织厚绒地毯呢和用刀劈开木石的古老时代，以至于不仅国王陛下的部下都会到那里招募新兵，而且任何一个不小于六十岁的老处女，在那里都不会受到骚扰，更别说个人暴力了。因此，我们无意多愁善感地描述从坎姆拉切利村到葛伦盖尔的路上发生在我们的朋友瓦金肖身上的事来诱使我们公正的读者留下泪水，我们只是以一种附加说明的方式提一句，当他走下爱丁堡的四轮大马车来到阿伯丁郡的这座古老宁静的小镇，他有些疑惑，不知当地居民是否讲基督教徒的语言。

在那里过了一夜，又待了半天，在镇子里转了转，请客栈老板帮他雇了一个车夫和一辆轻便双轮马车，带他去葛伦盖尔城堡，他于是转向西北方向，很快就进入了他眼中的一个新的地区。伊迪夫人让瓦金肖随身携带了写给她所有亲朋好友的介绍信，于是在这一路上，这位古老的葛伦盖尔家族的女儿的推荐信成了汇聚当地民众友好善良的膳食住宿供应令。它们甚至被那些与她素不相识的人看作是天大的好事，那位命途多舛的部族首领在族人尸横遍野的库洛登战役中遇难，有关他的记忆在这个坚强勇敢的民族的后裔中依然被如此珍视和尊重。

瓦金肖的外貌和天生快乐的性格使他赢得了前往葛伦盖尔途中留宿人家的喜爱,因此,他的旅途比他预想的有所延长,且更为快乐。在离开阿伯丁郡的第五天下午,他到达了一个崎岖山谷的入口，弗雷泽先生的宅邸就坐落在这个山谷里。

上午时分，他乘马车沿着群山的山脚和一块接一块的耕田行进着，不时看到新近栽种的小簇的落叶松变换着眼前的景致,为他的旅途增添了生气。但是,随着他越来越接近葛伦盖尔的入口时，这些文明和进化的标志逐渐变得稀少。当他踏上这块曾被政府没收的土地时,这些标志完全消失了，因为将那里的荒野画成方格图案的点状绿地就像是一个曾经被灭绝或屠杀的民族的坟墓。荒野上还保留着一七四五年被坎特伯兰公爵的军队掠夺和烧毁的村舍的遗址。

向导一路上向他解释这些记载民族忠诚的遗迹,它们在这位年轻士兵心中引发的思考让他感到悲哀。当他进入通往葛伦盖尔的陡峭的隘口时，呈现在他眼前的景致,使他的情绪越发变得低落。在他看来自己似乎正在离开这个可以居住的世界，转入到一个不仅荒凉而且沉寂的不毛之地。只有谷底岩石间的几丛石楠花和蕨类植物表明这山谷不完全是一个死亡之谷。

前方出现了一些低矮的陡峭山崖，它们的峭壁散落地凸起于道路之上，仿佛某些年迈的高山已经分崩离析成了几部分，其残骸被扔到湍流里，去填充那可怕的、无声的、荒凉的孤寂，大自然在那里似乎已饥饿得形容枯槁，在贫穷和恐惧中痛苦挣扎。

但是，在这与世隔绝的峡谷中穿行了两三英里后，那些山崖渐渐向后退去，待到转过一块高耸凸出的岩石，他的耳畔响起了令人愉快的水声，这是一小股湍急的水流化作上百条小瀑布沿着周围长满桦树和榛树的山涧奔腾而下发出的声音。从那个地方开始，碧绿再次映入眼帘。因为这条小河在流淌过程中不断有其他山间小溪汇入，峡谷中的景色逐渐呈现出的面貌越发令人耳目一新。岩石再次因交缠的石楠和荆棘而变得蓬松散乱，这里开着庄重优雅的深红色毛地黄，花儿繁茂，开得漫山遍野，以至于瓦金肖——并没有意识到这是由于它们外观的影响——联想到了士兵守卫的隘口，血腥的战斗和露宿在山头身着红色军服的士兵们的哨兵。

但是很快，随着道路的突然转弯，他从这些英勇的想象中清醒了过来。出现在他眼前的是位于高高的岩石半岛顶部的一个水面平静澄澈的大湖。湖水一直延伸至葛伦盖尔的中心、围墙和塔楼。

这里与他刚刚通过的荒芜凄凉的隘口形成了鲜明对照，他觉得自己好像从没看到过如此浪漫优美的景色。从湖畔开始，山脉葱葱郁郁，绿色一直蔓延到山巅，城堡周围的几棵橡树和冷杉使得它所坐落的小海角更显得风景如画。放眼望去，太阳已从远方黑黢黢的罗丝山身后落下，但天空的云朵，在她灿烂辉煌的大片金色火焰之中，呈现出千奇百怪、绚烂多彩的形状，从它们中间，这位有着军事想象力的热情洋溢的年轻人毫不费力地就发现了堡垒、穹顶和某座虚无缥缈的巴比伦城的尖塔，城墙上有泛着光泽的马拉战车，碉堡的城墙垛上有身着黄铜盔甲的武士。

然而，这种富有诗意的虚幻景象很快就消失了。湖畔的道路在接近城堡时变得崎岖而又险峻，而且这条道路拐向半岛，通往城堡大门的地方，实际上是位于一处悬崖绝壁的飞檐之上。虽然瓦金肖为人英勇无畏，但这陡峭的地形也使他不止一次想从双轮马车上跳下来。不时会有一截残垣断壁表明这里曾经有过围墙，雨水把悬崖边缘掏空的地方，新近立起一些桩子；不过，周围弥漫着的一种衰败和疏于管理的气氛，让这位来访者的内心对该城堡的破败外观有了准备。

由于他的职业需要，弗雷泽先生很少住在那里。因为他过于渴望筹到款项赎回为购买这座城堡转让的政府公债，以至于没有什么投入用于城堡整修。因此，这里的状况和外观是孤寂而又凄凉的。不仅外墙上爬满了常春藤，而且通道的拱门也是损毁了的。城堡中主要建筑的许多窗户被粗陋地填充上了石块。废弃的塔楼楼顶已经有好几个地方石板脱落，可居住的建筑外墙新抹上的几片石灰证实了城堡主人投入维修的资金是极其微薄的。

大门之内的景色相比起来更具吸引力。围墙圈起来的空间被改建成了一个花园，在弗雷泽夫人和她的女儿们的管理下,已经用常绿植物和鲜花装点了起来。这个家庭居住的房间也经过了整体的修缮，在显而易见的精打细算中，显示出这里的居住者对瓦金肖持有好感的一种意味,这在他受到的接待中得到了证实。

弗雷泽先生，一位有着洞察一切的敏锐目光的年长绅士,走到门外迎接他,在与他亲切握手之后,带他走入了客厅，弗雷泽夫人和两个女儿——艾伦的妹妹们坐在那里。这两位年轻女士和她们的母亲甚至比这位律师先生更为坦诚地迎接了他。的确不难察觉,她们此前已经对他形成了令人愉快的好感，此时她们很高兴地从他讨人喜欢的相貌中证实了这种感觉。但是在一番初次相见的寒暄问候之后，这家人的心头因为他对他们的亲戚伊迪夫人健康状况的描述而笼上了一层阴云。但这没有持续很久，因为她可以得到艾伦日夜陪伴的消息很快就将这阴云驱散了。

第十七章

当伊迪先生发现自己不便离开他的教区，而夫人的病情要求她的行程最好从容不迫之后，瓦金肖启程后不久，牧师就安排瓦金肖的妹妹坐在马车上的空余座位上一起出发了。因此,在瓦金肖到达葛伦盖尔的转天,她们就一起出现在了这座城堡里。

在这段时间里，伊迪夫人的病情没有什么好转。相反,她越发频繁地变得神秘了,而且当她看到自己随时光流逝而变得破败、饱受战争摧残的早年间的家园后产生的悲伤的情感,更增加了她迷信的幻想。这片景物中的每一个特征都使她回想起某个古老的家族传统；每当她提到那些和她祖先的传说混杂在一起的幽灵故事时，她都借助似乎是真实启示和预言的最为高深莫测和荒诞狂野的异想天开加以细细描述。

但是尽管如此，她也享有宁静温柔的忧郁时刻。一天,当她怀着这样的心情和女士们在城堡中散步时,她突然停下来,环顾四周,放声大哭起来。

“就是在这儿,”她说,“在这个地方,我少女时期绽放的希望之花凋谢了,而且永远地散落了。”

说话间,只见一位身着高地服装,比瓦金肖年长十一二岁的绅士正朝城堡走来，这位高贵庄严的病弱之人发出一声可怕的尖叫,随即昏倒在了她的同伴们的怀抱中。听到她的尖叫,又看到她昏倒了,那位陌生人飞奔过来帮助这些女士们。

当伊迪夫人渐渐苏醒,头能微微上仰时,那位陌生人恰好站在用膝盖支撑着她的艾伦的身后。因为看不到他,在身体机能完全恢复后有好一阵子,她处于一种极为严肃和忧伤的状态。“噢,弗雷泽!”她哀婉动人地呼喊着。

“我看到他了,”她接着说,“我的日子不会长久了。”

就在此刻,那位陌生人移动了一下位置,她的目光落在了他的身上。她用震惊和敬畏的眼神看了他一眼,然后转过身去,用一种难以描述的悲哀语气对其中的一位年轻女士说:“我认错人了。”她随即站起身来,那位陌生人做了自我介绍。他正是十四年前从法国归来,被她发现是自己的昔日恋人的儿子的那个人。伊迪夫人在与他父亲分别的地方,看到他身着昔日恋人曾穿着的高地格子呢服装,于是在她那充满幻想的头脑中以为看到了他的鬼魂。

除了这些偶尔出现的幻觉,她的身体当然从故乡的空气中获取了新的活力;而且,她在城堡中的出现给她这位年轻朋友的征兵招募工作带来了必不可少的帮助。

与此同时,得知瓦金肖和艾伦彼此相爱的葛伦盖尔以极大的热情维护他的利益;而法兰西·弗雷泽(那位陌生人的名字)也在招募士兵谋求晋升。一时间,这座城堡变得人来人往,熙熙攘攘,大大干扰了这位病人受到损伤的神经。因此,为了改变一下环境,让伊迪夫人的身心在沐浴海滨的轻松气氛中愉悦起来,葛伦盖尔提议组织一次去凯思内斯郡和萨瑟兰郡的远足活动,他想顺便把这两位军官引见给他在这些地区的政界亲信们。他同时提议,在这些绅士们出访时,女士们就住在威克小镇上。

他们从葛伦盖尔出发前的一段时间里,天气一直晴朗平静,因此,前往威克镇的行程是相当轻松舒适的。然而,这一行人刚刚在镇上一所由提前打发来的一个仆人安排好食宿的房屋里歇息下来,风向就变了,天空阴云密布起来。接下来的三天里滂沱大雨下个不停;雨水倾泻如注,于是这几位绅士无法继续前行去拜亲访友,而同样被困在这所房子里。在第三天结束的时候,暴风雨停息了下来,尽管天气还是时好时坏,但他们能有机会在附近地区短途出行了。

他们参观的目标以及当地的传说和传统让他们每个人都感觉新鲜有趣。于是,他们约定好离开威克镇之前,这几位绅士要带这些女士们前往他们自己参观过的一些特别重要的景点。除了其他地方之外,格尔尼格城堡——古时凯斯内斯伯爵的王子居住地,由于在保护对其早期历史不完整的追忆过程中被恐惧和幻想所夸大的许多罪恶和黑暗的传说，完好留存的遗迹还在持续获得世人的崇敬和拜访。

伊迪夫人答应陪他们一同前往，因为居住地和那里相距不远，步行不过三四英里。可是就在他们确定出行的前一天傍晚日落时分，天气看上去完全稳定下来的时候，她看到了，或想象她看到了要她不要出行的某种可怕预兆的警示。

“我看到了，”她说，“在我和那落日之间，隐约有一只手拿着沙子即将流尽的沙漏。等我再度看去，我看到一个面孔苍白、与瓦金肖叔叔相似的幻影从我身边经过。我已经两次看到了他的鬼魂显现，我从这一征兆得知或是他的时间不多了，或是明天我们就会听到离奇的消息。”

要和她如此荒谬和不可理解的自负论断去争辩或理论是完全没用的；但是考虑到把她独自留下也不够稳妥，葛伦盖尔和弗雷泽夫人决定留在威克镇，法兰西·弗雷泽和那几位年轻女士连同瓦金肖和他的妹妹去参观格尔尼格城堡废墟，以及诺斯角的岩石、洞穴和悬崖绝壁。

在荒凉凋敝的凯斯内斯郡境内，诺斯角，无论对航海者还是陆地旅行者而言，都是当地最凶险的目标之一。从世间最初的纪元开始，大海就不断掀起狂风骇浪向它发威。从山崖断裂开来的巨大岩石，一半隐藏在海水中，看上去很像獠牙和拷问台，朝着岸边失事船只的残骸狞笑着。那里的海面从来不曾风平浪静,每每掀起的巨浪无不惊心动魄。那些喜欢在城堡废墟所在的海岸边最荒凉的悬崖和绝壁上筑巢的海鸟都会避开诺斯角，因为海洋泼洒到海角悬崖上的永远是暴雨洪水;而潮水,无论起伏涨落,向海角投掷过去的永远是吞噬一切的漩涡。对海上远方的引航员来说,它是巍峨的地标和灯塔,可是对于进入它北面或南面悬崖范围内的海湾的船只，可能就只能通过船帆上的标记或断成几截的船尾上的名字被人知晓，没有一个船员能得以生还去讲述他遭遇厄运的情形。那些痛苦的当地人也不能指望从巨浪中得不到任何战利品,漂到岸边的要么是失事船只的残骸碎片,要么是遇难船员的残肢断臂——只可能是船只的碎片和遭到彻底破坏的遗骸。

第十八章

威克镇可敬的牧师唐纳德·甘恩先生,答应担任他们前往格尔尼格的向导。日出后不久,他就来到门口,招呼这群人做好出行的准备。因为,虽然早晨阳光灿烂、天气晴朗，他早在前一天晚上就看到可能会发生一场暴风雨的迹象,他对此很是担心。“这风,”他对第一个响应他召唤的瓦金肖说,“在一年中的这一时节，经常在中午开始刮起,这时候海浪就会迅猛地扑打到岩石上,谁也不可能安逸地欣赏那些最具吸引力的观赏点的优美景象，除非冒着折断脖子,或至少是被海水冲走,永远被大海淹没的风险。”所以,瓦金肖,按他的话说,在听取了甘恩先生的汇报后,唤醒了全体成员,早早地就朝斯泰西格进发了。那位牧师走在他们前面,在途中每一处转弯的地方,他都会说:“这里编到索引里了,这是最有趣的地方。”

在他们朝那个村庄行进的途中,天气依旧是晴好的,但是这位向导察觉到偶尔从东北方向吹来的一股微风——那是吹到这海岸上的最狂野的风的风向，吹皱了在他们走过的那条道路之下的石头之间高低起伏、光亮透明的海面。大清早出现这一现象,确定无疑地表明下午暴风雨将会到来。然而,他的同伴们不熟悉那贪婪海岸的征兆,并没因为他发出了警告而感到焦虑。

早餐时分他们在斯泰西格的埃尔斯佩斯·海多的公共场所享用了牛奶、火腿、鸡蛋、一只黄道蟹和黑线鳕,接下来又继续朝格尔尼格废墟走去。在清早行进时,这位牧师注意到的偶尔传来的风的呼吸,现在越来越大,已经狂风大作了。海浪开始猛烈地拍打南面的陡峭石崖和海角,这一行人到达格尔尼格和辛克莱王室联合城堡废墟所坐落的遗址时，发现黎明时分出海的几个威克镇的渔民正忙着把他们的渔船拉上岸来，停泊在山崖南边崖壁底下的小港口里。这些游客们上前询问他们,为何在如此晴朗的夏日天气里如此谨慎。但是,他们让这位牧师注意观看空中山羊胡须般的细长云片和正朝高地飞翔的海鸟。

此时的巨浪已腾空而起,泛起白雾,直扑诺斯角的险端。塔楼上疯长的野草在风中迅疾地流动,残存城堡的窗沿发出嘶嘶的声响。太阳是明亮的,但是一道道如脉络般分布于澄澈的蔚蓝天空上的灰白色的蒸汽保持着它们的位置和险恶的外观。

然而,天空中的现象丝毫也没有引起游客们的焦虑。这群人并没有考虑即将到来的可怕的暴风雨，而是与向导在情感上产生共鸣。他们正在听向导讲述关于这荒凉城堡的悲伤传奇，虽说他着力详述了凯斯内斯郡的一位伯爵命令他的属下将那个敲诈勒索的主教投到大锅里煮了的故事，他们却为那位命运悲惨的凯思内斯伯爵少爷感到悲哀,感伤他的悲惨命运——一五七二年,他成了自己父亲嫉妒心的牺牲品。

“乔治,当时的伯爵,”这位向导说,“和他的儿子凯思内斯少爷都是雷伊勋爵的一位祖先的独生女儿尤菲米娅的爱慕者。这位小姐年轻漂亮,自然倾心于少爷;但是这位伯爵是个傲慢自负的人，就因为他的儿子是个更有竞争力的求婚者,他对儿子实施了报复,想把他监禁一段时间——不过他没有使用短剑，按照那个法制不健全的时代的习俗，这是合法的。于是，一天下午，当他们一起坐在二楼靠近那个装有窗框的窗户的大厅里时，这位愤怒的伯爵击掌三下，随即冲进来三个身着红褐色盔甲的蒙面武士，按照他们和伯爵之间约好的一个信号，抓住了这位合法继承人，把他拖入那边潮湿的地下室里关了起来。关于那间地下室，你们可以透过那栋建筑两个主体之间的裂缝，看到那个不断喊叫的、饥饿的喉咙。”

这个离奇故事的后半部分是博学多识的牧师接着讲的——好像在他儿子被监禁不久，这位伯爵必须到斯特灵市法庭出庭，所以就指派默多·麦基恩·罗伊负责监管他儿子。在伯爵离开后不久，这位囚犯便劝说默多与他合谋，帮他逃脱。不过，这个逃脱计划被伯爵的二儿子威廉发现了，他逮捕了默多，并立即处决了他。随后他来到地牢里，威胁他哥哥说，如果他再次企图收买看守，同样立即处决。这位愤怒的年轻绅士，虽然戴着手铐脚镣，还是一跃而起，狠狠朝威廉少爷撞过去，撞伤了他，威廉不久就伤重而死。当时被任命监管犯人的是大卫和因格瑞姆·辛克莱，他们趁着伯爵出门未归和威廉之死引发的混乱之机，席卷了城堡里的金银细软逃跑了，把他们的少主人留在地牢里，导致他在极度的恐惧和痛苦中活活饿死。

在此后的七年里，虽然这位伯爵对因自己的鲁莽竞争引发的致命后果追悔莫及，但他掩藏了复仇的渴望。后来，他听说带着赃物隐居到当地一处偏僻地方的因格瑞姆·辛克莱打算设盛宴为他女儿举办婚礼，就决定在这个喜庆日子实施自己的复仇计划。于是，他带上大批随从，去因格瑞姆·辛克莱家的住宅附近打猎。随后，利用向这家人恭喜道贺的时机进入了宴会大厅，在簇拥着他的客人们中间手刃了这个背信弃义之徒。

这群游客在古堡废墟的背风处听牧师讲述这段传奇故事的时候，风刮得越发猛烈，海水不断高涨，喷薄涌起的海浪裹挟着惊人的水柱和螺旋状的泡沫向南扑向视野中的整个海角。

“没错，”这位牧师说着，让他们朝着远方已经被滔天白浪席卷了的克里斯城堡废墟看，“一场热带风暴就要来了，克里斯已经披上了它的裹尸布，你们看，它就像个幽灵似的站在岸边。那里是一处鬼魂出没、不受尊崇的遗迹。”

“古时候，克里斯领主出游到了丹麦，在艾尔西诺的王宫里，凭借他英俊的相貌和雄辩的口才，整个凯思内斯郡境内最为功成名就的绅士的风度，和绅士本人的名望，骗得一位哥本哈根王子将他的女儿——一位有着旷世美貌的女子许配给了他。婚礼仪式后，他回到苏格兰准备迎接他漂亮的新娘；但是当他看到自己那座在海浪拍打下的粗陋的塔楼，又想到丹麦王宫里金碧辉煌的宫殿和栽种着洋桐枫树的花园时，他想到一位高贵的公主要住在这样阴冷荒凉的地方，自己也震惊异常，同时又想到自己的罪行将会招致她的朋友们的多大的愤怒而吓得不知所措。于是当护送他的新娘的丹麦军舰靠近海岸时，他下令沿着厄尔博斯特的悬崖峭壁亮起灯火，结果军舰的领航员迷失了方向，致使轮船被撞得粉碎。这位公主和她的侍女们，连同许多水手都溺水而亡。但是她的尸体被找到了，死后容颜依旧美丽，手上戴着戒指，耳环上佩有宝石。因为她出身高贵，被安葬在了厄尔博斯特的约翰·辛克莱爵士祖先们的墓穴中。从那时起，克里斯城堡就空无一人了，每当风从东北方向吹来，它就蒙上了一层裹尸布，仿佛在为那位丹麦少女的悲惨命运在忏悔赎罪。”

尽管这位牧师在讲述这段传说时使用的词句有些卖弄学问之嫌，但他不加修饰的真挚情感打动了听众们的心，其中几位女士不由得落下泪来。两位绅士看到后，想让她们振奋精神，于是瓦金肖提议继续前行到诺斯角，看看那里奔涌着的滔天巨浪。可是，他们刚走到距离海角大约半英里以外的地方，狂风就已太过猛烈，有好几次他们都无法抵挡它的暴怒，只能躲在岩石的洞穴里。从巨浪滔天，从浪头飞溅出来的一层层海水乘着狂风比雨水还要更强劲地向他们压了过来。

第十九章

在这段时间里，登上阿伦·艾姆利恩的领航艇的那群格拉斯哥游客一直在享受着他们的海上休闲之乐。受我们的葛伦盖尔朋友们到达威克镇之前的晴好天气的诱惑，他们一直向北航行到达了设得兰群岛的大陆地区，在那里品尝了新鲜的鳕鱼和上好的鳕鱼干，并囤积了冬季穿着的顶级精纺毛线裤之后，再次起锚，打算从朋特兰湾返回。然而，受到将弗雷泽先生和他的两位前来招募新兵的客人困在威克镇的同样的狂暴天气的袭击，他们躲进了柯克沃尔湾，耽搁时日如此之久，以至于对生意和账单的思虑开始坏了他们的兴致。

这群人中对天气造成的这一延迟最感厌烦的莫过于瓦金肖先生了，这倒是无关他生意上的忧虑，他的心思正转到艾伦·弗雷泽身上，他已经决定当他返回克莱德之后，立刻向她的父亲提出向她求婚的请求，恳求让她做他的第二任妻子。

为什么这位上了年岁的绅士竟会想到和他的侄子争夺一位女士的爱情，必须留待那些能够弄清凯思内斯伯爵对自己儿子心怀敌意的缘由的人们去解释，特别是由于为我们找不到恰当的理论去解释为什么在这座皇家城中数不清的美丽女子中他偏偏看中了艾伦·弗雷泽。作为历史书写者，我们只需陈述这一事实，讲述它引发的事件就足够了。

生意上的忧思和迅速迎娶第二任妻子的温柔意图交织在一起，让瓦金肖先生对奥克尼群岛，同时可能对他的同伴们的兴高采烈也感到厌倦，于是他决定与其留在这里继续承受变幻莫测的风浪讯息的煎熬，不如在柯克沃尔就地离开这艘领航艇，乘船去瑟索，以便从陆路回家。当时港里恰好有一艘船因逆风停泊在海湾。因此，就在威克镇的那群游客前去参观格尔尼格城堡和诺斯角的惊涛骇浪的同一天早上，他登船出发了。

离开柯克沃尔湾的一段时间里，夏季的微风吹拂着他乘坐的这艘单桅帆船顺利地绕过了摩尔角。但是在她经过考平肖大钉般尖利的岩石和小岛之前，船长觉得远远地驶向大海是明智的；因为当时微风已变得强劲冷冽了，涌动的波浪正把泡沫泼溅到罗斯尼斯和巴拉岛险峻的海岸边。

尽管这位乘客早已在领航艇上获得了一些经验，但这艘单桅帆船的颠簸还是以难以言表的恶心击垮了他。他极其痛苦地躺在甲板上，甚至冲动地说出他宁愿自己被淹死。在身旁照料他的船员，在狂风正吹向下风岸的海上听到如此渎神的愿望惶恐至极，撇开他，让他自求多福去了。

船长曾一度认为没必要收帆减速，而只是扬帆朝东北方向航行；但是当太阳快升至最高点时，狂风不断加剧，以至于他不仅发现有必要收帆，而且最终卷起了除了前桅大帆外几乎所有的船帆。虽说如此，因为当时没有阴天，没有下雨，也没有雷鸣闪电，这位晕船的格拉斯哥商人还是没有预料到可能会有什么危险。

“也许，”当领主碰巧从他在甲板上的俯卧姿势仰起头来，那位船员随口说了一句，“你很快就会从那个邪恶的愿望中迅速恢复过来的。”

他那种冷漠的神情和严肃的语气立刻让瓦金肖先生恢复了精神。他奋力站起身，环顾四周，吃惊地看到船帆收起来了。当他的目光转移到下风方向时，他极度惊恐地看到，大海狂暴地沸腾着，浪花溅沫犹如蒸汽一般。

“海上刮起可怕的狂风了？”他问船长。

“是的。”船长语气坚定地回答说。

“我希望别有什么危险吧。”这商人惊恐地喊叫着，将身子蜷缩在左舷下方。

船长在右舷船首焦虑地注视着远方泛起泡沫白雾的海浪形成一座巨塔的邓肯斯比角，回答：

“我希望我们能闯过诺斯角。”

“如果我们闯不过去，”瓦金肖先生说，“那该怎么办？”

“那你就被淹死了！”坐在他同伴左边的那位船上服务生大声说，他那强烈的责备语气刺痛了这位傲慢商人的伤口——但他没说什么；不过此时他的恐惧已被完全唤醒，带着一种难以名状的惊恐看到船员们急切而悲哀地凝视着咆哮海浪拍打下的凯斯内斯郡的悬崖绝壁。

尽管如此，船长还是勇敢地掌着舵，这艘船缓慢地向大海深处驶去。随着它逐渐在风中打转，吃水线以上的船帮越来越贴近海面，有一两次它的甲板被扑上来的海水从头到脚洗刷了一遍。

“这太可怕了，船长。”瓦金肖先生说。

“是的。”就是他得到的全部回答。

“就没有一处港口能让我们避一避吗？”

“没有。”

“天哪！船长，要是这种天气持续到夜里？”

船长看了他一眼，打了个寒战说：

“如果是那样的话，先生，我们就再也见不到夜晚了。”

“你会被淹死的。”那个小男孩补充道，从他同伴的身后投来一道愤怒的目光。

“万能的主啊！我们一定不会处于如此危险的境地吧？”这位被吓坏了的商人呼喊着。

“闭上你的嘴吧！”男孩再次喊道。

瓦金肖先生听到他的话，一时间目瞪口呆，因为这一命令不是傲慢地，而是严肃地发出的。

只听一声“握紧！”与此同时，在片刻的停顿之后，一股海水冲上前甲板，可怕地拍击下来，沿甲板冲刷而去。亲自掌舵的船长，猝不及防地被海水冲下船去，舵柄也断了。

“我们完了！”小男孩一边喊，一边抖落着夹克上的海水，接着爬向桅杆，在桅杆脚下坐了下来，因为失去舵柄，加上船舵所遭受的重创，使这艘船变得无法掌控，只能在肆虐的狂风推动下随波逐流，听天由命。

“真的没有希望了？”瓦金肖先生对一个紧紧抓住船的横桅索的水手喊道。

“要是我们进入辛克莱海湾就好了，那里有一片沙滩。”这位水手回答说。

“我们如果进入不了呢？”这位乘客用绝望的腔调喊叫着。

“那我们就都要被淹死。”男孩闷闷不乐地扫了他一眼回答道，他坐在桅杆脚下，把头缩在他的双膝之间。

“我们进不了辛克莱湾，”这位水手坚定地说，“但是我们可能经过诺斯角。”

“你这么认为吗？”瓦金肖先生说，似乎从这位水手沉着坚毅的回答中抓住了一些希望和勇气。

又一声“握紧！”让他对随后到来的新一轮海水冲击有所防范，他倒在甲板上，抓住了一个吊环螺钉，他一直保持着这一姿势，尽管船身随波涛上下起伏。与此同时，那位坚定的水手，沉重镇定地环顾了周围一圈之后，从左舷到右舷牢牢扎上了好几道桅梯绳，当这艘船飞快地驶向诺斯角时，他把后背倚在了这几道绳索上。

第二十章

根据我们前面的描述，来自葛伦盖尔的那群被迫在岩石背后躲避狂风的游客站在那里静静地注视着眼前的景象。天空万里无云——但周围的空气却几乎像是水蒸气般，透过这空气照进来的阳光如此苍白，以至于即使听不到嘶嘶的风声或是大海的狂怒，也没有哪处隐蔽之所能阻止这些观众意识到某种不同寻常的暴力搅动并扰乱了整个大气。每一棵灌木和每一丛荆棘都不仅被风吹得弯了腰，而且可以说它们的枝条几乎是在疾风中招展。就在这群人站立的地方附近，有一股急流奔向大海，但是狂风在它下落形成大瀑布之时拦截住了水流，并将它们吹到山坡上，宛如环状的液体喷雾。几棵生长在这条河流流经的幽谷边缘的桦树在微风的吹拂下，树叶落了一地。在这场暴风雨的持续急流的冲击下，树叶的银色背面纷纷翻转过来,看上去像是覆盖了一层白霜。没有一只蜜蜂在荒野上飞舞，海鸟们都盘旋或蜷缩在岩石的背风处——一只试图从一块花岗岩背后飞出来的黑雁,被狂风卷走，发出凄厉的叫声，被无法抵御的强大冲击力抛掷到这几位游客藏身其后的角落的一块峭壁上，当场被撞得粉身碎骨。在朦胧的阳光照耀下,这里的风景是明亮的。但是绵羊们躲藏在地洞里，无法承受这场横扫一切的枯燥乏味的狂风暴雨，这片山区呈现出一片死气沉沉的凄楚景象。

海上的景象是可怕的。原因并不是海上掀起的波浪比这群人此前任何时候看到的都要大，涛声震天如同尼亚加拉大瀑布的咆哮,海浪愤怒地、猛烈地撞击诺斯角钢铁般坚硬的悬崖峭壁；而是当整个海面都被飞溅的浪花覆盖,只偶尔露出条缝隙时,一条船突然映入了他们的眼帘。起初人们以为船是驶向威克湾的,但过了不久,它又出现了,好像无人掌控,只是完全被变幻莫测的风操纵着方向,朝着辛克莱湾漂去,到达了基斯城堡对面的锚地。

艾伦·弗雷泽是第一个谈起这艘单桅帆船不可避免的命运的。“太可怕了,”她说,“我们站在这安全的地方,就像观看一场悲剧一般，看着那条不幸的帆船毫无希望地冲向毁灭。我们试试看能不能走到岸边——船可能会被吹到岸上，如果有人能得以逃生的话，我们也许能帮助那些可怜的遇难者。”

所以，他们奋力到达海滨。不过，在他们与狂风搏击，还没能走完一半路程的时候，他们看到那艘船不可能驶入辛克莱湾，它获得拯救的唯一机会就在于它能否闯过正在迅速靠近的诺斯角了。因此，他们改变了方向，朝诺斯角的方向走去。可是，他们到了地势更高的地方时，发现根本不可能为船上的人提供任何帮助。于是他们收住脚步，躲在一块凸出的岩石之下，看这艘船是否能够闯过这可怕的岬角。他们藏身的地方朝着海水的迎风面，掀起的海浪像狂怒的大瀑布拍击着这个海角；在距离许多里格远的海上，可以看到海水以渐渐涌起的金字塔形的泡沫，淹没了格尔尼格城堡以外的大部分陆地。艾伦·弗雷泽手中恰巧有一个他们随身带来的小望远镜，当他们有了隐身之处以后，她把望远镜拿到了眼前。

“水手们，”她说，“好像都已经万念俱灰了——我看到两名水手趴在甲板上。有一个站在横桅索上，好像想在船撞向山崖时跳到岩石上去。有条狗待在船头桅杆的顶上——我能看到的只有这些了。”

随即她把那个望远镜交给玛丽，自己退后一小段距离，坐在一块石头上，用手帕遮住脸，再也抑制不住流淌的泪水。这时，那艘船迅速地漂向岩石群，船帮冲着波浪。

"我想,"玛丽说,"这船一定没有舵了,就没人待在船舵附近。他们没有希望了——其中一个倒在甲板上的人站了起来——他正把自己绑在横桅索上——桅杆脚下有一个男孩,蜷缩着坐在甲板上,用手抱着头。"

瓦金肖没说什么,从他妹妹手中接过望远镜,玛丽走过去,静静地坐在艾伦身边。此时,这艘船已随波涛漂荡得越发近了,以至于甲板上的一切单凭肉眼也能看得真切了。

"甲板上的那个人,"瓦金肖用望远镜观看了约莫一分钟后说,"不是一个水手——他穿着长衫,看上去像个绅士,很可能是位乘客。那个可怜的小男孩捂着耳朵,显然是想把等待着他的死神的咆哮声阻挡在外。横桅索上的那个小伙子是多么勇敢沉着啊!如果冷静和勇气能挽救他的话,他是安全的。"

就在这时,玛丽发出的一声尖叫唤醒了艾伦,她们一起跑到瓦金肖站着的地方,一个巨浪如同一张泡沫裹尸布般盖在了这艘船上,在它退去之前,这艘船就被吞噬在愤怒地扑打着这个岬角的惊涛骇浪中了。

"这船完了!"瓦金肖说着,拉起妹妹和艾伦的手,"咱们赶紧走吧,别再看这些恐怖的景象了。"但是这两位女士浑身抖作一团,根本无法迈开脚步;艾伦更是一阵眩晕,被迫坐在了地上,她的恋人见状忙拿起他的帽子跑去寻找些清水帮她苏醒过来。然而他离开没有几分钟,他妹妹的另一声尖叫又将他唤回,只见一条大狗,浑身湿漉漉地滴着水,带着最可怜、最无助的表情呻吟呜咽着蜷伏在两位女士脚边。这就是他们在船首桅杆上看到的那条狗,他们毫不怀疑它的命运是完美的。但是,三个接连不断的巨浪打来,用源自波罗的海的日耳曼海的全部力量,涌进了这个海湾。巨浪撞碎在这群人所站立的山崖上发出的轰鸣声吸引了瓦金肖的注意力,甚至一时之间都顾不上艾伦了。令他感到吃惊的是,这巨浪在席卷而来的过程中,将那艘船也拉进了海湾,此时它正沿着陡峭的崖壁向他们驶来,如果没有被撞成碎片的话,就会从距离他们站立的地方仅有几码的地方经过。船头的桅杆已经被撞飞了,显示出它曾多么侥幸地逃脱过被摧毁的命运。

这一新情况再次唤起了那两位女士急切而焦灼的同情心,她们跟随瓦金肖尽力走近这个山崖的边缘——到达了这狂暴的海水以磅礴气势从岬角进入海湾时掀起泛着泡沫的波峰所经过的那片山崖的边缘。随后,他们就看到另一个可怕的巨浪在远处掀起,随着它翻滚得越来越近,它吞噬了所有小的浪头。当它到达那艘船的近前时,它裹挟着那艘船紧贴着那些岩石向前推移,靠得太近了,以至于瓦金肖下意识地喊叫了起来。那条狗也狂吠着跑到了悬崖边上,船上所有的人都在一时之间注入了新的活力，那个小男孩站直了身子，当那艘船随着涌起的波浪再次升至浪尖时，横桅索上的那个水手，看到瓦金肖和那两个女士，勇敢地喊道："现在还不行！"但是，钦佩他的观众们的注意力突然转移到了那个绅士身上。"天哪！"艾伦·弗雷泽喊叫道，"那是你叔叔！"

果真如此。瓦金肖先生抬起头向上张望时，看到并认出了他们，于是猛地从甲板上跳起来，以一种丑陋并且可怕的狂怒挥舞着向上举起的手臂。然而，这情形只持续了片刻，夹带着那艘船前行的波浪的一侧撞上了一块凸出的岩石，这一剧变让船偏离开很大一段距离。

横桅索上的那个水手还在坚定地站立着。又一个浪头，比前一个更可怕，再次把这艘船向悬崖裹挟。那条狗，预料到将要发生什么，跑向它可能发生撞击的地方。这个巨浪几乎把船甩到了悬崖顶上，这水手从横桅索上一跃而起，抓住了一块凸出的岩石，狗抓住了他的夹克帮助他上去，但这贪婪的大海不愿失去它的猎物。就在这时这个浪头拍击在悬崖上，这艘船被再次从岩石边抛开，飞溅过来的可怕的碎浪把那个水手和那条忠诚的狗拽了下来。几乎就在此时，又一个巨浪打来，终止了这艘船的命运。当它呼啸着涌来时，裹住了船帮，将它狠狠撞击在了悬崖的一角上，船在瞬间就碎成了上万片，距离那几个被吓呆了的观众所站的地方不过二百码。就算这艘船是玻璃制成的，它的毁坏和破碎程度也不过如此。船的碎片像谷糠一样漂在水面上，四五秒钟之后，它们随之上下起伏的泡沫有几处被鲜血染红了。

第二十一章

在凯斯内斯海岸被证明致命的同一场狂风，促使格拉斯哥的那群游客很快回了家。

在他们到达之前，瓦金肖先生遇难的消息就已经传到了这座城市里，于是德多姆威姆勒和他的儿子完全像法定继承人和遗嘱执行人那样接管了他的财产——除了他们已知的基托思顿修的田产，别的财产数量远远超出了他们最乐观的预期。可是，当他们向律师皮特文诺克先生提出办理接收这片田产的产权转让申请时，却听他说仔细阅读过田产限嗣继承契约之后，发现罗比娜无权继承这份家业。而我们的朋友瓦金肖才是合法继承人，这让他们的内心大为焦虑。

不过，因为当时的世人和他们自己一致认为老葛瑞皮剥夺了他长子的继承权，所以他们和律师达成协议，对这一重要发现闭口不提。瓦基和罗比娜就像模像样地正式接手了她父亲的宅邸。他们对家业的继承权没受到任何的质疑，他们以最为排场的葬礼仪式表达了他们对突遭不测的父亲的哀悼，以最得体的礼仪接受了前来吊唁的朋友们的慰问。说句对这位女士公道的话，她流淌的泪水是出自内心的；因为虽说她的父亲有着与生俱来的聚敛财富的癖好，他还拥有许多令人尊敬的家庭美德，在世人眼中是个公平可敬的人。关于她，还要提及一点，她并没有从她丈夫或公爹那里获悉基托思顿修的限定继承权问题，因此，无论他们扮演的角色应该受到什么样的责备，她在这一骗局中是无辜的。

对瓦金肖的母亲来说，她小叔子的亡故是件极为不幸的事，因为随着他的离去，她每年五十英镑的年金也没了着落。不过，她仍抱有希望罗比娜会继续给她这笔钱。可是，因不公正地强占这片田产的意识所引发的感受对米尔洛基特的思想产生了极端的影响，以至于使他突然变得极其贪婪吝啬，吝惜每一笔必要的开销。他的妻子，虽然为他带来了巨大财富，却不得享有一个基尼。总之，从皮特文诺克告诉他罗比娜无权继承家产的那天起，他就被最吝啬的激情和恐惧以异乎寻常的方式吞噬了。

儿子突然死去的消息沉重地打击了葛瑞皮老太太，很长一段时间里她都深感哀痛，她的悲哀要比人们可能从她的性格中预料到的要更为真挚。在这期间她邀请查尔斯夫人来给她做了几个星期的伴儿，查尔斯夫人年金的中断和如何及何时恢复年金的推测不时成为她们谈话的主题。

“依我看，”老太太总是说，“碧妮会保证继续给你这笔年金——但是因为有瓦基这个拿八，毫无疑问碧妮必须得动点脑子才能设法得到他的同意。但是，既然他们把全部家产都据为己有了，我和他们说话也就不用拐弯抹角了。哎呀！他们俩得到了这笔好买卖，一想到你的杰米没有这运气，我这心里就不好受，那个性情讨人喜欢的小伙子——正像一只小猫随老猫一样，他很像他的祖父，我曾经的朋友——唯一的区别是杰米有些傻乎乎的，还有点儿贪玩儿。”

在老太太发表这样的言论之后不久，她就有机会向她那两个孙辈说起这个话题。不久后的一天，他们正好来探望她，她就趁这个机会提醒他们，他们结婚的时候她曾对他们多么关爱，同时提醒他们，要不是她从中斡旋，这婚事可能永远不会成为现实。

“现在，”她说，“有一件事我要和你们俩说说，虽然我一直希望你们在摆平自己账上的麻烦之余，能把我曾经的投入和开销以一份适当的礼物的形式还给我。但是这敬意就像是法老战车的轮子，迟迟还没有启动，我也就不能再对你们欲言又止了。不过呢，瓦基和碧妮，我心里有个计划，一个明智的想法供你们考虑，它的本质和《神圣盟约》一样。如果你们同意根据法律每年给贝儿·法泽兰斯五十英镑的年金——这笔钱一直是这么称呼的，我就把你们欠我的住宿、膳食和洗涤费用一笔勾销，那可是一大笔钱呀！”

“您认为我们每年从哪里可以得到五十英镑？”米尔洛基特喊叫着，“五十英镑一年！”

“瓦基，就从你得到了基托思顿修田产和两万三千英镑现金，碧妮丰厚的嫁妆的地方，”老太太回答说，“虽说你的名字不是哈巴谷，我还是觉得你是个很精明的人物，却给了我这么不爽气的一个回答。”

“我向您保证，老太太，”他说，“如果这件事在我的能力范围之内，不用您说我也会对查尔斯夫人大大方方的。但是孩子的负担很快就要压到我们身上了，所以还是有必要，不，有责任考虑慈善起于家庭。”

“那她和她的女儿怎么生活呢?!上帝引导我们!难道要让这个谦卑贫穷之人走上法庭吗？因为我也帮不了她。”

“我现在唯一要说的就是，”他回答道，“我们每年绝对挤不出五十英镑这么一大笔钱。”

“那么我可以告诉你，瓦基，我今天就要做出计算，我要把从你这头卑鄙、吝惜的猪身上勒索出被你算计走的每一个法寻，全部转交给她，就为了让你这颗下作的心感到痛苦。”

“如果您对我有什么合法的索赔要求,我当然不得不付给您。”

“如果我有什么合法的索赔要求?你这个骗人的哥利亚——如果我有什么合法的索赔要求?我是不会对你们讲的——我要开出一份账单来——更何况基督教界没有法律阻止我索要我喜欢的东西——只要我活在这世上,我的鹅就会下出金蛋来。你这个压迫人的独角兽,和我讲法律,法律对你太好了——但是你会得到法律的,你会拥有法律的——我要合法地抓住你,把你的角截了,书记员和印章来执行。”

“如果您想把您那点儿恩惠变成一笔债务,没人能阻止您;但是我不会付出多于我理应支付的钱。”

老太太没作回答,但她的眼神中闪现出一些难以形容的东西。她以那种不悦的强势姿态坐了一会儿后,转向罗比娜,以最打动人心的同情声调说:

“嘿,碧妮!可怜的姑娘!你可是把自己的绵羊带到了一个愚蠢的集市上。一个在水里瞎扑腾的东西竟然为了他理应支付的钱来训斥我!但是,不管我是该叫他鳄鱼还是哇哇叫的恶魔,他会得到他应得的东西的。基托思顿修的米尔洛基特先生,因为现在的人们已经不时兴在法律抗辩中求助于内战来讲究客套。如果你能不辞辛苦走出我的房门，也许你能找着比这间屋更令人愉快的地方；而我要通过律师写一封关于——你知道，米尔洛基特先生，在你身无分文时，为了让你和你的妻子免受饥饿之苦的那段日子里欠下我的食宿和洗涤费的那点儿小事，我得写封短信——所以离开我的屋子，别再玷污我的地方，你这个长了螃蟹大爪般的嗜财如命、贪得无厌的卑鄙小人！”

在听到她温和的暗示后——老太太后来这样描述她这番话，米尔洛基特和罗比娜遵照她的命令，匆匆回到了他们的马车上；但是还没等到家，刚刚受到的威胁让米尔洛基特觉得有必要去听取一下他的律师皮特文诺克先生的建议。但是，几件无关紧要的小事让他没能立刻驾车赶赴律师的办公室。结果是，从不允许青草挡路的老太太，赶在他前头到了那里。

第二十二章

“皮特文诺克先生，”老太太在被领进她所说的“他那间无底洞般的办公室”后说道，当时这位律师先生正独自在写着什么，“见到我很吃惊吧，你可能会觉得我今天这么大老远赶来要花不小的工夫，的确如此。因为这风湿病一直让我腿脚不便,上个礼拜整整一礼拜的时间,我比痛苦女神也好不了多少,我的骨头疼得像被迫击炮击中,射到了西班牙一样。不过,你必须知道并理解,我打算在一场官司的抗辩过程中碰碰运气。”

“是这样啊！”这位律师问道,“出什么事了？”

“唉!皮特文诺克先生,你很可能要追问根源。不过是我那两个忘恩负义的孙辈孩子,我为他们的婚礼出了这么大力,他们对我却像比对待一个耶利哥城信奉天主教的犹太人还要糟糕。我只想以我文明谨慎的举止,语气柔和地提醒他们回忆一下他们在食宿和洗涤上没和我结清的花销;米尔洛基特听了,就好像要从这所房子开阔的一面飞出去似的,一口咬定他连半法寻的十分之一都不欠我的,还威胁说要把我带到法官大人面前,说我是个迦南女人,是个敲诈者。喏,你不认为这是个很好的理由,正像我那可敬的父亲过去常说的,会让爱丁堡的十五位法官大人听上去都很感兴趣吗？”

“米尔洛基特先生,当然,”这位律师说,“绝不会拒不服从如此公正的一个要求。要多少钱？”

“但是,首先,”老太太回答说,“在我们提到起诉书之前,我应该把案情陈述一下。而且,皮特文诺克先生,你必须清楚我对和法律相关的事情有些了解,因为我父亲在法律事务方面非常优秀;因此不用我多说,他在世的时候对我了解这些知识是极有帮助的。因为皮特文诺克先生，正像我说的那样，米尔洛基特直截了当地就拒绝给予你的诉讼委托人——(这是个法律用词,皮特文诺克先生)——你的诉讼委托人赠予我儿媳妇的每年五十英镑的年金,我对他说他要按法律规定付给我食宿和洗涤费。你怎么看,皮特文诺克先生?他用一句理应支付的来答复我,但是我要让他偿还欠我的钱。虽说,他如果表现得平静、有教养的话,我可能找他要十英镑就算了;但是,因为他张牙舞爪地像头扑起的狮子似的,我开出的一千英镑,一法寻也不能少。这笔钱按照商人们的利息,就够我支付这笔年金的了。所以,我们得到这笔钱后,你必须帮我找到愿意签署可继承契约借走这笔钱的人。"

"我觉得您不能指望得到一千英镑这么一大笔钱。如果我没记错的话，米尔洛基特先生和夫人只在您那儿住了六个星期。"这位律师说。

"时间,"老太太回答说,"你知道,正像我常听我父亲讲的,不是法律上的一项条款;除非法律裁决中有关于流浪或是野蛮的地方治安管理的规定，否则毫无疑问我有权按自己的想法为我的房子、佣人和花费定价,这是我打这场官司的有力依据。所以,你立刻就给基托思顿修的米尔洛基特先生写封信,向他索要一千英镑的合法债务,一笔他理应付给我的钱,现在不用对细节详加说明,因为损坏的地方可以过过再说，等我们收到当事人的钱再进行鉴定，这样大家一定承认我的提议非常慷慨。”

皮特文诺克先生在听取他的诉讼委托人的指示时，费了不少劲才使自己保持住得体的严肃姿态；否则，这位律师会在他自己的“无底洞”里大笑起来。然而，他却说道：

“毫无疑问，瓦金肖夫人，您提出的这一诉讼理由非常正当；但是如果您愿意把这件事情提交仲裁的话，我也许能对它进行一个友好的调解。”

“仲裁？皮特文诺克先生！”老太太喊叫道。“永远不要向我做出这样的提议；因为我曾经常听我父亲说，仲裁是自人们在阿玛菲发现了司法公正以来设计出的司法程序的最大杀手。不，不——我还没傻到用仲裁这种华而不实的镶板来裁决我的案子。所以，法律是我唯一的解决办法，我希望你能不遗余力，直到你能牵着米尔洛基特先生的鼻子走到石磨边。为了帮你把他控制在那儿，我带来了一张五英镑的钞票作为礼物来祝你好运。这是我独立完成的第一桩法律交易；因为你知道在裁决我儿子瓦蒂智力是否正常的那次庭审中，我想出庭作证，但被他们拦住了，不得靠前；但是对当前这一场合中的这位对话者来说，就不需要法庭做出什么最后判决了。”

老太太以这样清晰博学的方式做出指示后，离开了这间办公室，不久，米尔洛基特也被领进了这个“无底洞”,他把事情的原委描述了一番,有些区别,但可能也没能接近事实真相多少。然而,令他吃惊匪浅的是,原告已先他一步到达那里,并对诉讼程序进行了指示。不过,最令他感到惊慌失措、深受打击的是皮特文诺克先生建议在这件事情上做出妥协。

“听从我的建议,米尔洛基特先生,”他说,“把这件事悄悄地解决了吧——很难说它会引发什么样的诉讼案；而且,考虑到你现在拥有了这片田产的形势,不要弄出大动静,以免吵醒熟睡的狗。让我们用二三百英镑安抚住老太太吧。”

“二三百英镑,用来支付六个星期的忍饥挨饿！这件事,皮特文诺克先生,不是太荒唐了吗？”

“是的,先生,”这位律师回答说,“但另一方面那份限定继承契约的情形你也应该考虑一下。如果她愿意接受几百英镑就该感到庆幸。”

“喏,如果您建议我那么做的话,我别无选择,必须服从。”

“你立刻答应下来是明智的。”皮特文诺克说;接着又说了些意思大体相同的话，皮特文诺克给了他一张两百英镑的支票,嘟嘟囔囔地走了。

事情如此迅速而又幸运地得到了解决令这位律师非

常高兴，待米尔洛基特一离开他的办公室，他立刻就来到老太太家，兴奋之情溢于言表。

“二百英镑！”她说，“不过是我的一千英镑的五分之一！我绝不会接受这样的还款的。你把它拿回去还给米尔洛基特先生，对他说他该偿还的债务一分钱都不能少；此外，如果他不把这钱向我一次付清的话，他即刻就会陷入窘境。”

“我向您保证，”这位律师回答说，“这是个大大超出希望的结果——您绝不能对它说个没完；因为您一定非常清楚他不欠您这么一大笔钱。您自己说过十英镑就能让您满意了。”

“本来是这样——但那是在我和他打官司之前的事了，”老太太喊叫道，“再说现在你看我在这场抗辩中的形势是多么有利呀，只要他猪嘴上的皮还是好好的，我就能得到我的一千英镑。还有什么证据比他竟然害怕得立刻就把二百英镑拿出来了更能说明我的要求是正当的？我向我父亲学习过七年的法律，即使他打赢了官司，他也会自己掏腰包。所以，有了你获得的这么显著的成功做参考标准，我再不坚持到底就真是傻疯了。你到他那儿去，拿不到一千英镑就不要回来见我——一法寻也不能少，皮特文诺克先生——你自己的诉讼费除外。或者，如果你拿不到这钱的话，也许我就再找个律师，更得力地替我做事——话说，在打官司这样极其窘迫的境地中，人们总是指望不上靠朋友。要是基尔列文先生如今在眼前的话，我就不必被迫独自做出决断了。但是，这个诚实的人哪，他已经不在了。不过，有一个叫托马斯·威特莱特的，在我这位已经去世的朋友起草财产转让契约时担任过他的书记员——而且我听说他很有胆魄。所以，如果今天下午你不能为我要回那一千英镑的话，我就提出申请要他做我的代理人。”

皮特文诺克先生听了，什么也没说，就离开了这座房子，跑到黑公牛客栈，订了一辆驿车，几乎和他的诉讼委托人前后脚到达了基托思顿修。一段简短的对话便平息了此事——基尔列文的一个老书记员，很可能熟知此事的前因后果的托马斯·威特莱特就值五千英镑。结果，在比老太太预料的短得多的时间里，她果然就一次性收到了她索要的一千英镑。但是，她并没有表现出任何成功的喜悦，相反，让她觉得遗憾的是她索要的价钱还是太过适度，相信如果她再坚持一下的话，这个官司会给她带来双倍的收益。

第二十三章

皮特文诺克先生得到指示把这笔钱投资出去，百分之五的利息用于支付查尔斯夫人的年金；他的一个书记员对威特莱特先生办公室的一个同伴说起了此事。结果他引见了一个人申请这笔贷款，此人是这附近的一个乡村绅士，在租金收入有了显著增加后，正打算扩建房屋，改进家居风格，这在当时非常普遍，改良的影响在当时已经开始初显了。不过，正像老太太在另一个场合说过的，此刻这和我们没什么关系。

提供的保证书无懈可击，双方很快就达成了协议，有关这笔钱的一份可继承契约也准备了出来。因为贷款方住得离城里有段距离，威特莱特先生便打发他手下的一个年轻人前去让当事人把契约签署了，再送到老太太那儿去。碰巧被派去执行这一公务的年轻人对老太太有些了解，知道她那种异想天开的幽默，当他把契约送到老太太家里时他停住了脚步，和她聊起他认识的瓦金肖来。

“我一定要让他的母亲给他写信，”老太太说，“告诉他我赢得了一场多么大的胜利。因为你一定知道，威利·开科，在这场论战中我战胜了各公国和强国。有谁听到过像我这样因为提供了六个星期的食宿和洗涤就得到了上千英镑？但这是对那个拿八米尔洛基特的公正裁判，这辈子我再也不会和他讲话了,恐怕下辈子也不会,除非他改正了他的行为。他断然拒绝继续为杰米的母亲提供年金,我这才和他打起官司,为六个星期的食宿和洗涤,向他索要一千英镑。而且关于这个案子的一个千真万确的事实是,威利,你正被培养成为执法人员。你应该知道,他在一个司法人员的逼迫下当场就把钱付给了我。”

威利被老太太描述的她所获得的迅速的司法裁决——用她的话说,就凭她自己用“很好的理由”和“有力的依据”向皮特文诺克先生作了指示——逗得如此开心,他忍不住把这番谈话告诉了他的主人。

威特莱特先生也觉得这件事很可笑,但听起来又太过怪异和难以解释,以至于索要的金额及付款的迅速让他思考再三,还是觉得此事不同寻常。转过天来他要到爱丁堡处理公务——弗雷泽先生已经从葛伦盖尔回到了那里,他碰巧被邀请包括弗雷泽先生在内、主要由律师组成的一个团体一起就餐——这些宴会都是在当代雅典举行的——他把这个有关老太太具备的法律知识的故事当作一个笑话讲给了在座的人们。

葛伦盖尔出于对被他留在城堡里的年轻朋友瓦金肖的关心,特别仔细地询问了一下基托思顿修家族的历史,与其他宾客一样,对促使一个像米尔洛基特这样性格的人这样迅速地应允一个如此荒谬的要求的动机,表示出了吃惊和猜疑。

一件事扯出了另一件，威特莱特先生又回忆起了他在基尔列文先生办公室工作时准备那份契约的一些情形，以及老葛瑞皮如何在履行这份契约之前就离开了人世。随后众人又讨论了这份契约的目的，此时，葛伦盖尔的脑海中浮现出一个想法——这份契约也许和那份限定继承契约有某种联系。于是，他更为细致地询问了那份极不寻常的财产赠予契约的条款，对其中竟没有一条规定与女继承人成亲者必须姓瓦金肖表示惊讶，而根据各方面的说法，这位老人对此一直是牵肠挂肚、寝食难安的。整件事情似乎越深入思考越觉得神秘，于是，弗雷泽先生敏锐的头脑中得出结论：米尔洛基特如此悄无声息地止住了老太太的呼声无疑有着某种强有力的理由。

此刻他想到的是，罗比娜的父亲留下了一份遗嘱，对他嫂子的一家人做出了某种慷慨的规定；而米尔洛基特急于依仗和他有关系的那些条款以阻止这一家人中的任何一个——现在瓦金肖已经离开了格拉斯哥——过于迫切地询问他岳父的事态。但是，他没说出心中的想法，而是设法让他的几位法律界同仁发表了自己的意见。他们中的一些人与他的想法一致。然而，在场有一位狡猾精明的老律师，一直沉默不语，但是弗雷泽先生注意到他极为认真迫切地保持着言语的谨慎，实际上，几乎实施着促使他引发这场交谈的同一种策略。

皮莱治先生——人们这样称呼这位律师——凭借他发现蛰伏的权利和合法继承人的本领，已经在国会大厦获取了不小的一笔财富和相当大的名望；弗雷泽先生通过他对基托思顿修家族这个故事流露出的显而易见的兴趣，毫不怀疑他很快就会采取一些措施来查明致使米尔洛基特在老太太的这起诉讼案中表现得与他平时的性格如此前后矛盾的真正动机。因此,出于这种考虑,当他看到他的严肃认真时,并没有感到不快。但是他常听人说，皮莱治先生习惯于和那些他答应使其蛰伏的权利得到认可的当事人讨价还价，并得到暗示说他的财富主要是靠这种手段积聚起来的——而他作为律师的普通业务实际上非常有限；弗雷泽先生决心监视他的举动以保护他年轻的朋友。

对皮莱治的这种看法不是没有根据的。因为当天晚上宴会结束之后，他在陪威特莱特前往他住宿的宾馆的路上又重新提起了关于老葛瑞皮那份奇特的限定继承契约的话题。这位格拉斯哥律师敏锐地觉察到,皮莱治律师对一个与自己无关的案子表现出如此异乎寻常的兴趣，不可能仅仅是受到了他故意表现出的惊讶和好奇的影响。但是,因为不了解皮莱治的人品,他把他的疑问和猜测归因于被一起非凡的案件扰乱了的律师职业感受。

然而第二天早上他碰巧有机会和弗雷泽先生一起参加一个商讨会，弗雷泽先生抽空又重提了前一天下午令他们如此关注的那个话题，提醒他小心提防皮莱治，暗示因为瓦金肖的缘故，威特莱特可能会发现如果他能真正查明驱使基托思顿修田产的拥有者做出如此举动的秘密原因和动机对他自己是有好处的。

“不会让你太为难的，”他说，“到政府土地登记处，看看这份限定继承契约原件的条款；因为尽管剥夺了长子的继承权，正像我一直听说的那样，是不可更改的，但和女儿相关的继承方面可能会有漏洞。”

这条和诉讼无关的建议没有虚掷。商讨会一结束，威特莱特立刻就赶往了政府土地登记处，在那里他吃惊地发现皮莱治，正像弗雷泽已经猜到的那样，已经在阅读着那份经过登记注册的限定继承契约了。接着两人简短地交谈了几句，威特莱特坦言他也是为同样的目的而来。

“那么，”皮莱治说，“让我们联手吧，因为在我看来这家儿子们的嗣女在继承顺序上不会排在任何一个女儿的嗣子之前；因此，米尔洛基特的权利要比他妻子的权利得到优先考虑，如果这家的长子没有留下一个儿子的话。”

“但是这家的长子留下了一个儿子。”威特莱特回答说。

“如果是那样的话，”皮莱治说，“我们可以和他一起把这件事变成一件好事。我将向他提出签订一份能换取一半田租的协定，负责为他争取土地所有权，倘若成功的话，我们可以平分这一收益。”

“你还是省去自己的麻烦吧，”威特莱特冷冷地回答说，“因为我要给他写信，并交给第一班邮差寄出去——同时告诉你，弗雷泽先生已经委托我做他的代理人了。”

“弗雷泽！他怎么能委托你？”皮莱治不满地说。

“他自己最清楚；但是既然长子儿子的权利如此明确，那也就没什么进行诉讼的必要了。”

“你这么想就错了，”皮莱治急不可待地回答说，“我还没看到过哪份契约不能让我把一辆马车赶过去，而且，我也要想到米尔洛基特不会傻到不挣扎一番就把这份田产拱手相让。但是既然你做了限定继承嗣子的代理人，我就提出帮被告打这个官司。我想你说过他很富有，除了这份可继承的家产之外。”

威特莱特一下子终止了这番谨慎的交谈，立刻去见弗雷泽先生，汇报刚刚取得的这一重大发现——瓦金肖是这份田产的限定继承人。他还提到了和皮莱治先生之间的部分谈话，根据他对米尔洛基特在格拉斯哥的律师皮特文诺克的了解，表示出他对皮莱治在皮特文诺克的帮助下，可能会把继承人拉扯进昂贵的诉讼程序中的忧虑。

弗雷泽先生熟悉议会大厦中深奥玄妙的心思谋虑，知道无论多么明确无疑的权利在那里依旧有被争议的可能性，因此他建议立刻采取一些措施使米尔洛基特马上放弃对这份财产的所有权；但是，就在他们进行这番谈话时，皮莱治已经踏上了前往格拉斯哥的道路去通知米尔洛基特即刻降临的危险，建议他背水一战。

第二十四章

根据米尔洛基特和罗比娜在他们新婚时和老太太待在一起的情形，皮莱治到达格拉斯哥后落脚的那家客栈的门房认为，他们一定是住在老太太的家里，于是就把他引到了那里。但是，他来到大门口后，看到在一块黄铜门牌上——当然没有当时国王陛下仁慈地到访古老的王国中这个遵纪守法、能人辈出的大都市时，这座皇家城市的市长大人所炫耀的那块门牌那么大——刻着瓦金肖夫人的名字，他决定和她说说话，目的不大容易说，也许不只是他根据对她性格的耳闻所想到的——她也许在预计到来的诉讼中能够有所帮助。因此，他叩响了门环，被领进一个房间，老太太独自坐在里面，正在纺线。

“我想，”他说，“您就是已故的深受尊敬的、常被人们称作葛瑞皮的克劳德·瓦金肖先生的夫人吧？”

“他们是这么称呼我来着，找不到更好的称呼了，”老太太回答说，同时停下了她手中的纺车，抬头看着他问道，“你是谁，来干什么？”

“我叫皮莱治，是律师协会的一名律师，我是来找基托思顿修的米尔洛基特先生，关于一件重要的事。”他未经邀请就坐下了。听他这么说，老太太竖起了耳朵，因为此刻她还在为自己的法律知识而感到欢欣鼓舞，按照她所认为的，依靠这些知识，她最近获得了如此巨大的一个胜利。她因此急于知道这件重要的事会是什么，就回答道：

“毫无疑问，是关于他因为财产卷入的那个官司吧。”

米尔洛基特并没有卷入到任何法律诉讼之中，但这是她催这位爱丁堡律师快跑所采用的办法，并且她补充说：

“你认为他的官司会怎么发展？法官大人有可能就原告的诉状做出判决吗？”

鉴于这话出自一位老妇之口，它确实听起来很像是议会大厦的语言，以至于皮莱治被唬住了，他的思绪跑到了那份限定继承契约上，他立刻就猜想她暗指了和它有关的某件事情，于是说：“我想，老夫人，您的证据将对这个案子极为重要，我这次从爱丁堡来主要是建议他设好防线。”

“毫无疑问，先生，我可以提供证据，并就法庭强制执行的优点进行指导，”她对法律知识很精通似的说，“但是我还一直没能正确理解关于被告抗议诉状中罗列出的不同的‘如上述所言’。喏，如果你能很好地解释给我，我会非常感激，我也许因此能做出判断。”

这位律师协会的律师从没听到过比这更清晰的论辩，无论是做律师时，还是做法官时，因此他回答说：

“事实上，老夫人，这件事只涉及一个很小的范围。现在看来您长子的嗣子是这份限定继承田产的合法继承人；但是这份财产赠予契约中难以理解的地方实在太多了，若是法庭把这份契约搁置一旁，不予理睬，我一点儿都不觉得奇怪。如果是那样的话，米尔洛基特夫人仍将作为她父亲的法定继承人，保持对这块土地的所有权。”

我们必须允许读者去设想当老太太听到这个消息时是什么心情；但是，尽管它让人感觉新奇而又美好，老太太仍然保持着她的司法严肃，说道：

“你说得很对，先生，我长子的嗣子是个儿子，我很容易地就能理解法律的这一要点。但是你能告诉我她父亲，也就是米尔洛基特夫人的父亲的法定继承人怎么会是一个女儿呢？既然我那逝去的朋友，立遗嘱人的意图和目的一直是只为男继承人预先做好准备，可怜的人啊，他的心在这一点上显然是偏向的。但是，我想这一点在对证人的预审中要考虑进去。”

“当然，老夫人，”这位律师回答说，“没有什么比您丈夫希望他的财产能首先传给他的儿子们的男性继承人的意图更清楚的了，首先传给二儿子沃尔特的儿子；如果沃尔特没有儿子，就传给三儿子乔治的儿子；如果乔治也没有儿子，就回过头来传给长子查尔斯的儿子；如果查尔斯也没有儿子，就传给您女儿玛格丽特的继承人。所以，再清楚不过的是，因为米尔洛基特夫人，正如你正确地提到的，是个女儿，所以这份家产，根据这一财产赠予契约的条款，就要越过她传给限定财产继承人，也就是您长子的儿子。”

“这一点我非常清楚，”老太太说，“清楚得像一根矛柄一样，我那个军官杰米，是合法继承人；而我不明白瓦基·米尔洛基特或是他的妻子碧妮，也就是罗比娜，如何能根据法律，通过法庭的最终判决，把他排斥在他的财产之外呢。可怜的孩子！”

“老夫人，您这么说很自然。但是这个案子有其他要点，特别是因为限定财产继承人在部队服役，我当然不建议米尔洛基特先生让步。”

“但是他也许会得到更好的建议。”老太太继续说道，心中对刚刚取得的这一发现充满欢喜。她急于打发走这位来访者，以便能够立刻采取行动：“如果你愿意接受我的建议的话，你不要接了别人的钱就为难自己的嘴唇。皮特文诺克先生正像爱丁堡议会大厦那个无底洞中的任何一个律师一样，对打官司精明得像是恶魔的婴儿；而且既然你告诉了我你都做了些什么，我也要让你知道我要做什么才对。到目前为止我只打过一场官司，我认为在我自己的调解之下，很快就取得了胜利；但用不了多久我就又能取得一个胜利了，因为如果米尔洛基特明天早上不同意放弃基托思顿修的话，他很快就会再次发现和一个有着我这样经验的女人打官司意味着什么了。”

皮莱治惊呆了，他看到自己已经被老太太攥在了手心里，他被完全欺骗了。但尽管如此，他依然下定决心只要力所能及就绝不无功而返。因此他在下午时分向老太太告辞，回到客栈，雇了辆轻便马车，赶往基托思顿修。

他刚一告退，老太太就命人准备斗篷和软帽，穿戴整齐，在女佣的搀扶下——因为风湿病的缘故，她走路还是一瘸一拐的，直奔皮特文诺克的办公室，决意要采取行动。

然而，他在她所谓的那个了不起的食宿官司中表现得不是完全令她满意；因为她觉得如果他把这个案子中她的权利像她自己一样看得那么重的话，并且为她提出更好的建议，她拿到手的可能要比一千英镑多得多。因此，她下定决心，只要皮特文诺克在执行她“强制性的命令时”有些许怠慢，她就立刻前往威特莱特先生的办公室，任命他做自己的代理人。至于她是如何偶然想到她有权对米尔洛基特提起诉讼从而恢复瓦金肖对这份家产的所有权，听了我们对商讨会上发生的事情的叙述，就能完全明白了。

第二十五章

“这对我来说是件高兴事，皮特文诺克先生，”老太太在他的内室落座后说，“一件高兴的事，真的，那就是我有一位父亲，一位清清楚楚地了解法律规定的权利的父亲。所以，可以说我是在迦玛列的脚下被抚养长大的。但是皮特文诺克先生，那个被你如此看轻、并想让我通过仲裁做出牺牲的食宿官司和现在我手里的这个案子相比不过是个小孩把戏。那么，你必须知道我脑海里产生了一种怀疑，那就是米尔洛基特——魔鬼欺骗了他让他对我做出了那样的事——没有正当理由、以一种错误的方式拥有了我丈夫的基托思顿修房地产。当然，皮特文诺克先生，你可能会朝我瞪眼；但我的意图和目的就是通过法律程序让他自行放弃这份家产。这样他就会明白和一个有着我这样的法律头脑的女人打交道会是什么后果。总之，皮特文诺克先生，我要让他发现我是一部法律总汇。因为，正像我以前说过的，这一千英镑不过是小试牛刀，是对长时间打官司的一个初步尝试，皮特文诺克先生。”

“您让我吃惊，夫人，我不明白您的意思。”这位惊呆了的律师回答说。

“你的吃惊和不明白，皮特文诺克先生，在我看来，是你没资格代理我的案子的一种表现。但是，在我去托马斯·威特莱特那儿之前——正如我从可靠渠道获悉的，他是一个有着非常了不起的才能的人，我想要先测试一下你的判断力和法律常识；如果我发现你对这两者具备得足够多，我就给你个优先权，因为你是我上一个案子的代理人。”

“但是，夫人，”这位吃惊的律师说，“您怎么会想象到米尔洛基特先生，凭借他妻子的权利，没有恰当地继承这份家产呢？”

“因为她不是一个男性继承人——法律条款中有规定——她只是一个女人。你有什么要说的吗？这难道不是一个很好的理由和行动的依据吗？喏，你不必看起来如此呆滞，皮特文诺克先生，因为玛格丽特，我女儿的继承人比乔治，我的三儿子也是老儿子的法定继承人的权利要大，因为那同样是个女继承人。”

“以上帝的名义，夫人，您是从哪儿搜罗到这些东西的？”

“东西？皮特文诺克先生，这就是你称呼我的法律知识的方式吗？然而，既然你吃惊成这样，我就心平气和地坦白对你说吧。真是些东西！我想威特莱特先生是我的代理人了。”

“请您原谅，瓦金肖夫人，但是我希望您说得再明确些，把话说到要点上。”

“我难道没有说到要点上吗，关于男性继承人？”

“不错，夫人，”这位律师说，“但即便如此，就算您这番话完全正确，米尔洛基特先生也有他自己的权利，因为您知道这财产要传给他母亲的继承人，而不是传给他夫人自己。”

“你不必告诉我这些。你认为他作为他母亲唯一的孩子，我不知道他是她的继承人？我只能说，你低估我的理解力了，皮特文诺克先生。但是，他妻子不是男性继承人，没有权利继承家产；而他作为一个继承人，根据这起诉讼案的法律规定，不能继承财产，这些难道不是明摆着的吗？皮特文诺克先生，这当然没有什么可争辩的吧？所以，我坚持认为他受法律约束得放弃这份财产，明天早上，如果有市政官员在格拉斯哥的话，他就必须行动了。”

“但是夫人，您没有任何权利这样做。”这位律师困惑地高声说道。

“我！我是个男性继承人吗？一个上了年纪的女人，而且是一位祖母！皮特文诺克先生，你受过的教育一定大多都被荒废了，以至于对自然法则和国家法律如此孤陋寡闻。不，这位男性继承人是个年轻人，是这家里的长子的唯一儿子。”

当老太太继续说下去的时候，他开始为自己的诉讼委托人紧张得颤抖起来：“因为你知道这份限定继承契约规定首先传给二儿子沃尔特；他没有男性继承人的话，就传给乔治和他的男性继承人；他如果还是没有男性继承人的话，就回到长子查尔斯和他的男性继承人；如果这个国家有法律的话，他唯一的儿子应该是一位男性继承人，排在只是一个独生女的米尔洛基特妻子的前面。”

“是威特莱特先生把这一切灌输到您头脑里的吗？他是被基尔列文培养起来的，基尔列文起草了这份契约。”这份律师严肃地说，对于老太太突然奇迹般地对这份限定继承契约的条款如此熟悉大为震惊。

“我不需要威特莱特先生，或其他类似的人在法律方面对我进行指导——因为我从我可敬的父亲那里得到了关于法律全部九大要点的暗示和直觉，他自学成才当上了辩护律师，到他去世之前，他曾接手过的案子比卡里克、科伊尔和坎宁安的另外三位领主都要多。但我不是自吹自擂——皮特文诺克先生，你只需以一种礼貌的方式给米尔洛基特寄去一封命令书——记住我的话，并且以同样礼貌的方式告诉他如果他愿意把基托思顿修的房地产让给它的继承人——他的表哥詹姆斯·瓦金肖，我将非常感激；否则，如果不答应的话，你就说我已经任命你为和他谈判的代表，而且你可以从个人角度给他一点儿暗示——基本上是以一种规劝的口气——说你建议他服从，因为你已经从可靠渠道获悉我因为不满打算动用全部法律手段起诉他。”

“您的孙子听说这件不同寻常的事情了吗？”皮特文诺克问道。但是老太太避开他的提问说：“那不是我们现在要谈论的；但是我要问问你，你是否认为我打这个官司是缺乏公正性的？”

“实际上，夫人，和您说实话，如果正义在您这边我不会感到吃惊；但是没必要态度这么强硬嘛——这件事也可通过友好协商来解决。”

“友好协商有什么用？法律不就是法律吗？为了友好协商这样死气沉沉的行为我当然不会来找律师了——不，皮特文诺克先生，你亲眼看到我对这一案件涉及的权利做出了裁决，因此——因为你和我说起什么友好协商，我必须对你长话短说——你省点力气，别白费口舌了。我所盼望的是，瓦金肖·米尔洛基特明天早上将会采取行动——以法律的方式——当时当地——将财产处置并转让给已故的拉纳克郡的基托思顿修领主、格拉斯哥市和埃尔市教会会议成员克劳德·瓦金肖的男性继承人——根据我们的国王陛下统治期间制定并颁布的一项法案的规定,转让所有的房产和地产。你瞧,皮特文诺克先生,我不是一只披着借来的羽毛的寒鸦,坐等米尔洛基特家人这样的无耻之徒像过去那样把它们拔光。"

老太太如此这般地对她的律师做了指示之后,和他告辞,在她女佣的搀扶之下、自我感觉良好地回了家,丝毫也不怀疑一个我们必须礼貌地称之为她的第二次诉讼的司法进程会以一个有利结果告终。

第二十六章

基托思顿修的第三位领主遭遇的海难在葛伦盖尔全体游客的心中都留下了可怕的印象,他们在这场灾难之后,立刻回到了城堡。对伊迪夫人来说,这起海难极其有力地证实了她已经继承了她母系家族启发灵感的精神力量,那些令她自己感到高兴的、有着最能鼓舞人心的预兆的梦境和幻象,出现得越发频繁,她的语言也越发神秘和充满隐喻。

"死神，"她说，"已经完成了他的任务——天上的风和大海的波浪已经执行了命令，而且月亮已经证实了她对人类命运的影响。但是那本有着黄铜按扣的书还没有打开——几百年来载入史册的人类智慧还没有显现出来——古董和知识还静静地待在它们的壁龛里，并且它们的脸上蒙着面纱。"

即使在她情绪最平静的时候，和她争辩这样完全受梦游症的支配会带来的致命结果也是无济于事。她的朋友们面带一种庄严的同情倾听着她的话语，只希望在这个夏天里，她的健康能出现起色，她的神经系统时而出现的那种极度兴奋能够得到缓解——这种兴奋对这位世所罕见、天赋异禀的头脑产生的影响实在令人悲伤。怀着对她病情好转的希望，这群人约定好，当弗雷泽先生被调到爱丁堡执行公务时——我们在前面已经提到了，他们就一直留在葛伦盖尔陪伴她，一直到年底。

与此同时，瓦金肖和法兰西·弗雷泽继续他们的征兵工作。不久之后，这群人都清楚地看到法兰西·弗雷泽对玛丽暗生情愫，爱上了她。第一个谈到这事儿的是伊迪夫人，虽说她不一定是头一个看出来的。只是她没有使用上了一定年纪的女士们在这样的事情上通常会用的那种口吻，而是用措辞神秘如同预言一般高雅的诗歌预告了他们的婚宴。瓦金肖和艾伦的命运在这一新主题的神秘预感中不见了踪影，直到弗雷泽先生来信宣布对于那份限定继承契约内容的新发现，并要求他的年轻朋友立刻到爱丁堡来。“那本合着的古书，”伊迪夫人说，“现在打开了。谁能质疑命运的神谕？”

不过，虽然她有着超凡的预见力，她也无法看到这些信件到达葛伦盖尔城堡的同一天下午发生在基托思顿修发生的事情。

读者一定还记得，那天皮莱治先生和老太太会面之后，立刻乘坐一辆驿站马车去见米尔洛基特。他为人精明专业，不会因为缺少职业自信而感到窘迫，所以他很快就解释清楚了自己此行的目的。米尔洛基特知道这一发现之后，大惊失色，无须详加描述读者也能想象得出来。但是，当皮莱治提出只要以不到这份财产一半的租金收入就能使这份限定契约失效，或是将这场官司无限期地拖延下去，米尔洛基特又觉得远方有一线希望和愉悦在闪烁。

就在他们正在详细讨论这一话题，米尔洛基特坦诚地向这位爱丁堡律师表述自己的观点时——仆人通报说皮特文诺克先生到了，正如这么晚才接到通知的他理应被预料到的。就像那句谚语所说的，鸟以群分。天性所致，他和皮莱治先生以前就常有联系，所以短短的几句解释就使这个仨人同盟完全明白了彼此的想法。

“但是，”皮特文诺克说，“老太太要求我立刻采取行动，确立财产限定继承人的权利。”

“那就更好了，”皮莱治回答说，“这件事就不可能交给更有本事的人了。你可以用让你的诉讼委托人最满意的方式为她办事，而米尔洛基特先生会委托我为他起诉，如果我们双方都不是很卖力气的话，事情会很难办。”

皮特文诺克先生也这么认为，接下来他非常滑稽地描述了从老太太那里得到的、要求在接下去的一天里转让财产并承认继承人的指示，逗得二人哈哈大笑。同样地，皮莱治也以他乏味而狡猾的风格叙述了他自己和这位聪明机智、令人敬畏的老夫人的会面情况。这些玩笑和滑稽的描述让他们开心到了极点，米尔洛基特叫来了葡萄酒，他们仨人尽情说笑，这时仆人送来了一封信——这封信是威特莱特先生在弗雷泽先生的建议下写的。那天，在政府土地登记处与皮莱治分手后，他立刻把这一发现告诉了弗雷泽先生。信中简要地宣布已采取措施帮助瓦金肖继承这份家业，建议出于对各方之间关系的考虑，最好还是通过对这一所有权的承认来排除对已经实施的欺诈行为的揭露或启动令人不快的诉讼程序的必要性。

米尔洛基特在读这封信的时候哆嗦了起来，皮特文诺克一脸惊骇，因为他意识到他自己在这场交易中的行为可能被审查过了；而皮莱治，预见到继续留在这里没有什么好处，便拿上帽子，悄悄地溜走了，留下他们二人独自思考。

“这是一场可怕的灾难。”这是米尔洛基特在沉默了几分钟之后说出的第一句话。

“这真是一个非常不幸的发现。”皮特文诺克说。

“还是揭露真相的威胁。”他的委托人回应道。

“我的人品也陷入了危机！”这位律师喊叫道。

“难道不是你轻率地建议我，”米尔洛基特说，“我一刻也不必用来考虑该怎样保住这份财产？”

“你父亲和你自己，先生，”这位律师反驳道，“认为如果这事可以做，它就应该能做得到；作为你们的律师，我对你们如此热切渴望的事情提出建议，只不过是尽了我的义务而已。”

“事实根本不是你说的这样，先生！”米尔洛基特厉声回答道。随后，他们二人之间的对话演变得越发粗鲁激烈，最后这些过激言辞所积累的愤怒以武力的形式宣泄了出来——这位律师和他的委托人像两头斗牛犬一样冲向了对方。就在这危急时刻，门突然开了，老太太看了看屋里，说道：

“好好教训他，皮特文诺克先生，他如果不服从的话，我劝你强迫他服从！”

这两位斗士的怒气立刻就平息了，他们站在那儿，脸色苍白，一副被打垮了的样子，浑身颤抖。

原来，老太太从皮特文诺克的办公室回到家之后，罗比娜乘马车前来探望，希望如果可能的话，和她达成和解。她的丈夫指派她来做这件事，其原因不言自明。所以，她按照自己所想象的，本着友好相处的态度，带着老太太来到了基托思顿修。而老太太呢，虽说当时对自己几乎能同时具备渊博的法律知识和外交官般的灵活手腕深感自豪，却假装以将所有伤害全都忘得一干二净的态度接待了她的孙女。

“碧妮，我的孩子，你知道，”她说，“我是一个上了年纪的人，虽说在这个荒僻的旷野中，我剩下的不幸时日已经为数不多了，但是我很自然地想和我的孙辈孩子们取得和解。我希望，孩子们都能彼此和睦相处——每个人得到自己的权利，因为打官司是件痛苦的事，尽管我设法了解到我们这个家族中有些人对法律知识的九大要点的了解比他们曾学到的要多——所以碧妮，我看到你真的很高兴，如果你愿意用马车捎上我一程，晚上把我送到你家去，我会非常感激，我不会反对和你同行去询问一下你的丈夫，我对他是非常尊重的，虽说他觉得我索要的适度的食宿费用不太合理。”

但实际情况是，老太太从罗比娜进屋的那一刻起，内心就一直充满着对米尔洛基特如何对待财产所有权的好奇的渴望，于是就以这种奇怪的方式，设计将她自己带到了事发现场。

第二十七章

老太太突然到来使米尔洛基特和他的律师双双恢复了理智，他们看到双方的利益和人品及这一发现的后果联系极为密切，根本不容他们疏忽，以免招致消息公开曝光的危险。皮特文诺克首先恢复了镇定，他极为聪明地突然转变了立场，对老太太说：

"虽说我们就此事争吵了几句，最后米尔洛基特先生还是很明智地意识到他毫无理由扣留这份财产，而不转让给它的限定继承人。他只要一接到归还的要求，就会立刻将财产放弃。"

"那么，我现在就提出要求，"老太太高声说道，"离开这座房子，这儿过去就是我自己的，我要等到杰米·瓦金肖，这房子合法的男性继承人来把它接管后，我再离开。瓦基·米尔洛基特，像你这样重新处置这份美好的家产，并使它卷入到法律纠纷之中，这种做法极像犹太人的习惯和名声。我可想不到，将来你怎样才能擦得掉因为如此故意缩小男性继承人和女性继承人之间的办案依据的差别而给自己人品抹上的锅底黑！”

米尔洛基特看到他妻子走进了屋，急于让此事尽可能有个愉快的结局，便请求皮特文诺克随他进入另一个房间；他们立刻退了下去，将两位女士单独留在房间。

“碧妮，”老太太带着最为难以形容的自我满足的镇定说道，“我希望你能做好准备平静地听我讲我注定要告诉你的这件痛苦的事情。唉，碧妮！诚实是个美好的东西，我不否认你的丈夫、我自己的外孙是个应该受到报应的家伙——法律、律师和我都知道这报应几乎就是一条绞索。但是，尽管如此，他毕竟是我们的亲友，碧妮——我们必须闪退一旁，不要让飞来的泥点溅在身上。所以，我建议你们赶快收拾东西，以最快的速度转移你们的营房。很难说，一旦杰米·瓦金肖来到这里，知道了我大获全胜的这次战斗，这个以朝人打枪为行当的粗暴军官会说些什么、做些什么。”

米尔洛基特夫人完全不知晓她身处的形势，或是周围发生的事情，听到这番话，不由得胆战心惊，她意识到祖母了解让她的丈夫和皮特文诺克发生激烈争执的那件事情的底细，他们当时怒火冲天，马车还没到大门口就能听到他们的争吵声了。

“出什么事了?！”她惊恐、焦急地喊叫道。

“只是在律师公会里取得的一个发现，那就是女儿不是男性继承人。所以你只是这个家庭的第三个儿子乔治的女性继承人，按照自然规律这份财产要回到这个家庭的长子查尔斯的儿子那里——根据这项法案规定，他是一个男性继承人，而你的丈夫瓦金肖·米尔洛基特，作为这个家庭的女儿玛格丽特的继承人，就其法律意义来说，根本不是财产继承人。这就是你堂兄要来这里接管财产，而你和米尔洛基特要卷起铺盖卷儿，搬到其他地方去住的原因。因为基托思顿修这里不是你们的长久居住地，碧妮，我的孩子，我为你感到非常难过。我因此被迫放弃到山上欣赏美景，而只能以这样沉重的心情和同情的目光告诉你这个痛苦的消息。”

“那么也就是说，”罗比娜用有些令老太太感到吃惊的镇静语气回答说，“已经发现我伯父查尔斯一家并没有被完全剥夺继承权，而是由詹姆斯继承这份家产了？真遗憾，我们住到这里之前能早些得到这个消息就好了。”

“这是句老话，碧妮，也是句很有道理的话，正像我从自己的经历中感悟到的，那就是法律是一条持久耐用的拴绳；所以你一点儿也不必惊讶，考虑到你父亲不过去世这么短的时间，陪审团没能更早地做出裁决。实际上，如果不是通过我采用的手段，以及我向皮特文诺克发出的实施诉讼的指示，很难说这个案子要在法官大人们面前被拖延多长时间。”

就在老太太以这种方式宣布她对所谓的黑暗法律的判决时，皮特文诺克和米尔洛基特回到了这间屋里。皮特文诺克对老太太说："我很高兴地向您报告，老夫人，米尔洛基特先生做出了最为慷慨大度的举动。他欣然同意他的表哥，瓦金肖先生，成为这份限定继承财产的真正继承人，并准备立刻放弃这份财产。"

"皮特文诺克先生，我没有向你证明过吗？他没有一条腿能在法律方面立足，可你还不相信我的判断。"老太太兴高采烈地回答说。

"但是，"这位律师继续说道，"鉴于他答应立刻放弃财产的这种难能可贵的品质，我已经向他保证您会将那一千英镑退还给他，您老人家心里一定明镜似的，这个价钱相对于在您的房子里住上六个星期的费用来说实在是太离谱了！"

"的确，你这话有几分道理，皮特文诺克先生。这是个很荒唐的数字；因为，如果我坚持到底的话，我本可以得到两千，甚至更多。但我无法理解的是，你怎么想到我会无缘无故地舍弃掉我的合法所得呢？——放弃这份财产给男性继承人和我有什么关系？我从中一分一毛都得不到，除非杰米以小费的形式给我一点礼物，感谢我向你提出建议，启动了预审工作，让他得到了本属于他的权利。不，不，一个法寻我都不会舍弃。"

“那么,老夫人,我将以此为职责建议米尔洛基特先生再度唤醒这一有争议的问题,以错误为理由将此事告上法庭。”

“告去吧,告去吧,如果那样让你们觉得高兴的话;没有什么比你们的这种行为更让我兴奋的了;但是我想你应该知道,米尔洛基特也应该懂得,无论是通过食宿和洗涤,还是通过男性继承人,靠和我争斗来解决法律问题意味着什么。”

这位律师和他的诉讼委托人交换了一下眼色:而老太太自顾自地继续说道:

“可是,皮特文诺克先生,我确信这件事情没有错误;因为你应该记得你向我提出二百英镑,被我拒绝了,随后你为我带回了我应得的钱。这一点就可以解决您说的这个法律问题,相信我的话吧。”

“恐怕,”皮特文诺克对他悔恨不已的委托人说,“没有机会了——”

“确实没有了,皮特文诺克先生,”老太太回答说,“无论是原告还是被告在这场官司中从我这儿都得不到什么机会;所以,你们俩还是咬咬耳朵,再次躺下吧。你们的叫声在法官大人们面前只会像泼在地上的水一样;因为现在这笔钱已经作为一笔可继承贷款贷出去了,贷款契约就在我手里;这是打这个官司的有力证据,有机会你们亲眼看看。”

皮特文诺克很难再保持他的庄重，而可怜的米尔洛基特,发现他的野心勃勃让他遭遇如此的惨败,说道：

“好了,但是当您立遗嘱的时候,我相信并希望您那时会考虑我曾多么头脑简单地把钱交给了您。”

“立我的遗嘱！这对一个上了年纪的女人来说是个敏感的提示。我不会忘记的,至于你在支付食宿和洗涤这些你应该支付的费用方面的头脑简单，难道不是每一英镑都是凭借法律的程序和力量像从你嘴里拔出的一颗牙似的得到的吗？”

“实际上,老太太,”皮特文诺克说,“我们大家都是朋友,还是让我们坦率地把事情说开吧。我建议米尔洛基特先生付给您钱,而不要去冒被质疑的危险,因为这很可能引起人们对那份限定继承契约规定的关注。但是现在既然整件事情已经有了结果，您一定知道他丢了这份财产的损失已经够大了,所以您应该把这笔钱还给他。”

老太太静静地坐了几分钟,显然在思考一个答案,之后她抬起眼睛,对皮特文诺克说：

“我能看穿一座里程碑，而你能看穿一块杉木板,也许我可以考虑对你提起一场损害赔偿的诉讼，针对你在王权监督下的一场诉讼中，显然共同合谋并单独实施了一场阴谋策划和中伤诽谤行为。也许我为此可能要付出不少于一千英镑的诉讼金,——所以,皮特文诺克先生,如果可能的话,把你的脖子从和我打官司这片林子里缩回去吧。因为在法律公务方面,我和你的关系已经了结了;而且,威特莱特先生一来到家里,我就会明白我是不是应该提起诉讼,指控你参与了这一千英镑费用的阴谋。”

米尔洛基特看到这个惊雷在律师头顶上炸响后他的惊愕神情,不由得大笑了起来。这位律师无法承受这一荒谬的威胁,又对这一企图将给他的名誉带来的后果惊恐不已,便匆忙退去了。

第二十八章

老太太如此快乐地让她的第二场官司以胜利告终,又对第三场实施了恐吓后,仍然意犹未尽,觉得这胜利要等到她获得了世人的喝彩声后才算圆满,而她决定第一个强行征集喝彩的人自然便是瓦金肖的母亲。

皮特文诺克一离开这座宅子,她就劝说米尔洛基特派马车去接查尔斯夫人,并命令车夫对这里发生的事情只字不提,因为她要亲自享受把这个令人高兴的喜讯告诉她的快乐。他毫不犹豫地答应了下来,因为虽说他对老太太这么轻易地就抢走了他这么一大笔钱心存怨恨，但他又确实感到这一发现的结果使他的内心得到了解脱。也许，在服从的时候，他对老太太的遗嘱还怀有某种阴险的觊觎——对获得他那一千英镑的某种遥远的憧憬。

查尔斯夫人接到立刻前往基托思顿修的消息后吃惊匪浅。她天性胆怯而温和，因为从车夫那里得知老太太也在那里，预感到她的儿子可能遭遇了某种不幸。她独自坐在马车上，恐惧让她心神不宁。怀着令人忧郁的不祥预感，往昔笼罩在她过去人生路上的大片阴影如今又被一一记起，同时因为傍晚时分的暮色已经完全消失在了黑夜里，她从时间上捕捉到了令人伤感的不祥预感，叹息她的悲哀没有尽头。

此时已进入了九月时节，虽然空气是纯净的，但黑暗的公路，寂静的田野，和马蹄踩踏石块儿偶尔闪烁出的火星，唤起了怀疑、焦虑和危险的联想；但是，这平静安详的壮丽星空又激发起她的希望，包罗万象的天空在她看来就是上帝在这宇宙中的翅膀，在以无数只眼睛守卫、保护着她。

然而这种想象中的虔诚的热情不过是她习以为常的苍白的思维定式瞬间发出的光亮而已。她看到，在她的余生中，伸展在她面前的依然是那条她已经走了很久的道路——那是一条穿过贫瘠荒野的艰难小路，严酷而又布满荆棘，阴冷而又荒凉寂寞。

即使是精神最顽强坚韧之人，在时运黯然失色的时候也常常会如此。他们忘记了自己的人生态度是如何突然在昔日最黑暗的时刻发生了变化，他们屈服于当时的形势，心怀怨气、急躁焦虑地发出了失去信仰和意气消沉的抱怨。

因此，让我们不要将其归咎于一种有失尊严的软弱——一个在人生中连续不断地经历着失望和屈辱的纤弱温顺的寡妇会在这样一个时刻，出于作为母亲的情感而畏缩，疑惑到几乎违反教规的地步，想弄清为什么上帝这样恒久不变地让她承受悲伤。但是她命运的午夜现在已经过去了，而黎明很快就要带着一个明亮欢乐的清晨的全部喜庆特征在她的命途上空出现——虽然我们的朋友，老太太没有像我们所希望的那样干脆利索地把这一转变告诉她。

马车返回基托思顿修的时候，老太太正独自一人坐在客厅里。当这位吓得浑身颤抖的母亲被带到屋里时，她用自己能装出的一张最悲戚的面孔接待了她。

“过来，贝儿·法泽兰斯，”她说，“过来，快坐下。噢，这真是一个变化无常的世界——这世上没有什么是一成不变的。风会吹——水会流——草会长——雪会落——白昼飞到了大海最高的地方，而黑夜把她的头藏在了清晨的云朵里，永远地消失了。我们得到了许多教训——许多警告来思考上面提到的这些东西；但就在火星飞扬的时候，我们却总在下沉，下沉，下沉。贝儿，贝儿，我们都像是炒菜锅底下正在燃烧爆裂的荆棘呀。”

“出什么事了？”查尔斯夫人大声说，“我求您立刻告诉我！”

“我会告诉你的，这得等你被安抚下来，心境虔诚，能以一个基督徒的平静心情听我诉说的时候，因为我必须要讲的是——虽然这是我自己说的——一件非常重要的事情。”

“看在仁慈悲悯的上帝分儿上，我请求您继续说下去吧。——唉，米尔洛基特先生在哪儿？罗比娜在哪儿？”

“今晚你不必指望见到他们了，”老太太回答说，“可怜的人啊，他们的手头堆满了麻烦事。噢，贝儿，贝儿——每当我想起此事——这是一种评判——这是一种评判，贝儿·法泽兰斯，关于人类的能力！的确，当我想到我是如何指挥了此事——并且完全依靠我自己的技巧、知识、智慧和理解——实在是不可思议。我那可敬的父亲如果今天还健在，看到他的女儿通过她自己的谈判就赢得了这么美好的一份家产会怎么说？而且你的公爹会怎么说？那时他总是吹嘘他征服了他家的祖产基托思顿修——这耗费了他一生的心血——如果他看到我只用一扫帚的机敏,不丁点儿的法律知识,在不到两个小时的时间里就为你的儿子詹姆斯·瓦金肖实现了和他一模一样的征服?”

“您让我震惊!您在暗示什么?我感到吃惊了,而且开始被搞糊涂了。”查尔斯夫人说。

“这实在不足为奇,”老太太回答说,“因为有谁会想得到呢,我,一个上了年纪的文盲的祖母,竟用一个很好的理由哄骗了一个爱丁堡律师,找到了以干预王权监督下的四个诉讼案之一为罪名,向那个狐狸般的皮特文诺克的破坏行为提起诉讼的依据?如果我从前就有如今的见识,瓦蒂可能还活在我们身边,完全拥有他合法的七种感觉——因为,我虽然是个女人,但我本可以在那个决定瓦蒂的精神是否正常的裁决会议上做我自己的律师、法律顾问和执行人——结果我被如此卑鄙地骗走了我正当的希望和期待。但是皮特文诺克很快就会感受到被他的卑劣行径所唤醒的我内心中的狮子按在爪下的滋味了!”

查尔斯夫人被老太太详细讲述她在那场食宿官司中取得的功绩时得意扬扬的样子逗得非常开心，意识到她已经取得了某个同样不可思议的新胜利，感觉自己的焦虑减弱为了好奇；现在她可以勉强算是自己情感的主人了,她再次问起发生了什么事。

“我这就告诉你,”老太太说,“当然了,你这个当妈的知道此事,是合情合理的,喏,通过我的运作,已经发现你的儿子是法定男性继承人了！”

“这不可能！”这位大喜过望的母亲喊叫道，整个事件立刻在她心头真相大白了。

“唉，我本该想到会是这样——一位先知在自己的国家里从未得到过荣誉；所以我的辛苦所换回的全部感谢就是一句不可能！”老太太生气地说，误解了这句感叹的含义。“但它确实是可能的；而且米尔洛基特已经同意对财产的裁定了——所以你明白你是如何通过我的手段变得尊贵而富有了吧。首先，通过这个食宿费用官司，我找到了一个办法恢复了你的年金；其次，我已经找到了诽谤证据，那就是，碧妮，作为一个女儿，是一名女性继承人，根据法律惯例，必须放弃这份财产。”

“这的确是最不同寻常的消息，”查尔斯夫人回答道，“这么多年我一直认为我可怜的孩子们都是一贫如洗的。”她幸福得泪如泉涌，内心倍感宽慰。

“但是，贝儿·法泽兰斯，”老太太继续说道，“趁泪水还在你的眼里，我要对你说，因为你和杰米一定要清楚，要不是我眼光敏锐，这件了不起的事情永远不可能实现。我希望你们娘儿俩一起商量一下我在瓦蒂叔叔那件事情上遭受的损失，从租金里给我一个合理的补偿，现在的租金，据我从可靠渠道获悉，每年要多于一千五百镑，是指合法的耶稣纪元年——一件小事会令人非常满意。”

“那是自然，”查尔斯夫人说，“詹姆斯欠您的很多，您这么慷慨地给他那张存单的仁爱之心，我知道，在他的心里留下了非常深刻的印象。”

“他永远都是那么快活友善的样子，”老太太大声说着，擦了擦眼睛，仿佛一滴泪水真的注入了眼眶，“就算没有继承权，等我死了他的境遇也不会差到哪儿去的。因为我要告诉你一个秘密——我打算立一份遗嘱，并且取消米尔洛基特的继承权，为了他在食宿费用这个问题上做出的极其讨厌的地位低下之人的卑劣之举。喏，就这个问题而言，只要有你自己儿子的爱，现在没有任何年金你也可以生活得很好了。但我有着博大的胸襟，我还是会把这年金给你的——这是我自愿的——以免我的女儿梅格被米尔洛基特父子俩用甜言蜜语把我哄骗成你们的对手，我要把这一千英镑的可继承契约留给你的玛丽做嫁妆。我做得够有风度吧？我猜没有几个家庭像你们这样有我这样一个祖母做他们的祖先。”

意思相同的对话又继续进行了一阵，在查尔斯夫人看来，米尔洛基特企图实施的非正义行为因他愿意承认她儿子的权利而大大减轻了罪责。因为，虽说老太太得意扬扬、长篇大论，用了很多法律行业的措辞，她也毫不费力就明白了这一诉讼事件的真实情况。

第二十九章

在所有最明智的评论家心目中,《伊利亚特》以赫克托尔之死来结尾;但是,因为荷马为我们讲述了特洛伊人的哀悼,英雄的葬礼这些有意思的故事,我们在目前这种情况下,最好的办法莫过于采用这一伟大范例的规则。因为尽管我们所有的读者对此一定是心明眼亮的——葛瑞皮老太太在她的第二个诉讼案件中的胜利,通过让继承人——虽然中间有羊皮纸文稿和皮特文诺克的种种手段和策略的阻挠,拥有了他祖先留下的家业,从而自然地为《限定继承权》这部无疑要比《伊利亚特》的生命力更为持久的作品收了尾。不过,此后还发生了很多事情,如果不分一点笔墨逐一介绍,我们的故事将很难做到完美。

那么,首先是瓦金肖,在接到弗雷泽先生的来信,得知了有关限定继承契约中的具体条款的发现后,立刻回到了爱丁堡。两天前他的朋友已经收到了格拉斯哥律师威特莱特先生的来信,获悉米尔洛基特没有提出异议,同意放弃这份财产。瓦金肖接到这一消息后,立刻正式宣布了他对艾伦的爱慕之情,并得到了她父亲的欣然同意。他们的婚礼将在必要的准备之后在葛伦盖尔举行。

对法兰西·弗雷泽来说,这位亲如兄弟的军官的好运气同样起着决定性的作用,因为他出于自己的经济状况而对和玛丽相爱产生的种种顾虑都被瓦金肖的承诺一扫而光。他保证,他会给玛丽和他的母亲提供一份优厚的生活费。在他返回爱丁堡的路上书写的家信中,他提到了自己的婚事，同时恳求他的母亲同意玛丽接受弗雷泽的求婚。

在伊迪夫人身上，她的幻觉和预言的实现——她自己的用词,产生了最令人伤心的作用。她的整个精神都沉溺于最模糊和神秘的一些想法之中，很快人们就清楚地看到,一场不可挽回的毁灭降临到这个最高贵的灵魂上。因此,我们要为她人生最后的日子拉上面纱,作为她在风云多变的历史上起到的微小作用的总结，我们只提一下她再也没回到坎姆拉切利村去，而是被埋葬在她父母偏僻的墓地里,沉睡在幻想中他们赐予的祝福中。

她的丈夫,如今已是一位可敬的老人,仍然像以往一样,安心住在他的教区里。当我们最后一次拜访他时,在他朴素的屋舍里，他告诉我们他已经默许了长老们的意愿,同意接收一名助手兼当地的牧师继任者。因此,到目前为止,就这个被剥夺了继承权的家庭最好的,最始终如一的，以及最善良的朋友们来说，我们的任务已经完成了。但是关于老太太和米尔洛基特一家,我们还有很多事情要说，其中一些故事我们必须留到时间充裕时专门写一个有着无可比拟的幽默和伤感的故事。

与此同时，我们必须继续往下讲，老太太发现已经毫无必要继续提起诉讼，将米尔洛基特夫妇赶出基托思顿修，因为他们找到了一所合适的房子后，已经主动搬走了。于是，她就回到了她在这座皇家城市中的住所，重新在织布机前过起了节俭的日子来。她已经决定暂停对皮特文诺克提起损害赔偿的诉讼，直到见到她那尚未举行婚礼的、让她日思夜想的孙子。

"因为，"正像她在咨询了威特莱特先生，并陈述了她的诉讼理由后对他母亲说的，"这个案子不像我那个了不起的食宿官司那么清楚——而且威特莱特先生有些疑问，不知皮特文诺克是该通过我的手段被送去受审，还是通过杰米的——他的话非常有道理——因为他的确是个有着很强的判断力的人——他说像我这样一个上了年纪、靠丈夫留下的遗产过着拮据生活的老夫人很难承担起这样一个诉讼案，因为从道德角度讲被告一定会请律师辩护，特别是在她的孙子支付这笔费用的能力比她强得多的情况下。他的意见让我坐下来重新考虑我当前的决定，因为我要打这场官司的唯一目的就是从中挣钱。但是，如果你能说服杰米把打这场损害赔偿金官司的经济支配权交给我的话，估计大约一千英镑，我就让威特莱特先生着手起诉了。"

"我敢说，"查尔斯夫人回答说，"詹姆斯会非常乐意向您放弃他所有的权利，但是皮特文诺克先生已经改正了他的错误，我们还是既往不咎吧。”

“贝儿·法泽兰斯，我就知道，我不必和你这样的人多说这些富有智慧的话，把我这么宝贵的明珠扔到暗处。事实上，当我想到你是如何一直像坟墓上的雕像似的坐在那里，双手一模一样地放在两边，死亡的迹象就写在你的衣服和双腿上，真觉得可怕。你就不知道动动你的腿，那才是你该做的——不要让你的孩子们被那该隐和亚伯——米尔洛基特家的那两个骗子骗去他们的权利。因为我确信，要不是我把证据抓在手里，你恐怕一直还在唱着‘沃利，沃利，上岸吧；沃利，沃利，下山吧，’整天待在你那临时居住的小屋里。”

她的儿媳承认，她和她的全家的确承受了老太太最大的恩惠，要不是她欣喜地发现了那个律师来格拉斯哥要完成的差事，十有八九他们的权利可能还被隐瞒着呢。

在这样的谈话中，时光在格拉斯哥流逝着，而瓦金肖和艾伦的婚礼准备工作在葛伦盖尔紧锣密鼓地进行着。婚礼仪式结束之后，这对幸福的情侣在玛丽的陪伴下回到了爱丁堡。他们决定在那里举办玛丽和法兰西·弗雷泽的婚礼，查尔斯夫人和老太太都渴望出席。

然而，作为忠实的历史学家，如果我们给读者留下这样一个印象，即老太太此次出访这座守法的大都市完全是被她对孙子孙女们的慈爱之心所支配，我们就算不上公正地对待我们自己。她有着更高并更为公务性的目的，事实上，配得上她如此成功地完成了她的诉讼案所依赖的精神。但以她性格中如此令人瞩目的那种非凡的精明，她没让任何人识破她此行的真正动机——也就是，获取一些刑法知识，因为她父亲没有，正像她说过的，“注意那座法院，他那古怪的本性，”和她一样，“对最高民事法院的礼仪更加入迷。”

她之所以想到要参与这门学科的学习，是因为她经常有必要，用她的话讲，让她的仆人去“走地毯”；或者，换句话说，去顺从地接受那种在所有优秀的家务管理者心目中，仆人们如此频繁而又如此正当地有权接受的祝福。她曾想到过，说不定什么时候，她也许就有必要把一个犯了过失的女佣带到地方治安法官面前，甚至是法官大人面前。的确，在第一次出现违法行为的时候，她就决心这么做了，因此，她自然渴望对议会大厦里最完善的诉讼程序有所见识，这样，按她自己的话讲，她就可以学会指挥她的法律顾问如何起诉了。

瓦金肖，单是答应采取她自己能够采取的每一个司法步骤来对付皮特文诺克，她认为，已经表现出了对她的判断力值得称赞的高度尊重，所以他比以往更受她的钟爱。因此，他被指派护送她去议会大厦，以便她可以听到诉讼程序;但他误将她带到了剧场这个罪恶的泥沼,当时正上映着《奥赛罗》。按照她所宣称的,她在那里学到了她想学习的全部刑法知识,它清楚地表明,任何一个偷餐巾的女人都应该受到最严厉的指控。但她的法律知识学习很快就被婚宴打断了;等她回到格拉斯哥,唉!她已经没有多少时间专心于她的法律起诉了,因为结合在一起的各种原因夺去了我们无与伦比的女主人公的世界。对于她从时间、法律和医学这一顶顶帐篷中令人悲伤的退场的叙述是我们现在忧伤的职责,我们将努力运用所有那些好脾气的哀婉动人的词句去履行这些职责,要知道,我们是如此卓越而又理所应当地以擅长这些词句而著称的。如果没人说我们是如此卓越的,我们必须谦虚地自己说出来,因为从来没搞明白过为什么一个议会候选人或声望追逐者可以比任何一个故事和小说的写作者更起劲地吹嘘自己的美德。

第三十章

我们被可信地告知,因为老太太会这么说,婚宴是比葬礼更古老的东西;瓦金肖和他妹妹的婚宴上,那些依照惯例的庆祝活动应有尽有。在爱丁堡举办的婚宴当然有各色精致美食和高水平的演讲，使这座充满智慧的大都市里的娱乐活动不时变得充满活力和与众不同。但这位领主和他的新娘回到他祖传家业所在地后举办的格拉斯哥的“流水席”——老太太这么称呼它们，在她看来，才是最上乘的，她以同样的快乐和热情享用了它们。

“感谢上帝，”从那些堆堆叠叠、价格昂贵的食物中抽身返回家中之后，她说，“我终于活着看到了在我的家里举行的一场真正像样的婚礼。查尔斯和贝儿·法泽兰斯的婚礼是个冰冷的物件，预示着匮乏贫穷，结果真的就是这样；瓦蒂的婚礼是一场盛大且荒唐的愚蠢行为，结果真的就是这样；乔迪的婚礼比葬礼仪式好不了多少，宾客努力地做出假笑，结果真的就是这样；至于梅格和德多姆威姆勒的婚礼，这已经是他的第三场婚礼了，不过就是把冷菜加热一下而已；而碧妮和瓦基的婚礼是场格雷特纳格林小镇婚礼，像演员在演戏，床铺、膳食和洗涤，见证了他们有过一个什么样的婚礼。但是詹姆斯婚礼上这些有意思的聚会配得上婚礼这种场合。现在，谁也别对我说，格拉斯哥的三个 P 代表着包裹、酒桶和辫子，因为我已经看见并知道它们可能在一个旁注里被解释为盛况、潘趣酒和充足。的确，爱丁堡人里谁都不缺教养——在这方面他们一定有一种优越感。但是我猜他们苦于得不到好酒，可怜的人们——他们尝试了这么多种不同的瓶装酒，可没有一个像轻薄透明的大碗里盛着的潘趣酒。所以,请代我向我们自己的乡下致意,用肥牛犊宴请宾客的伯沙撒国王,让爱丁堡人用他们法老的瘦骨嶙峋的牛和格兰茨酒和弗雷泽酒来讲究客套吧!”

然而,当心脏因狂喜而跳动加快时,当“内心的主在他的宝座上坐不安稳时,”这往往是悲哀降至的前兆。就在这场精神的狂欢之后的当天晚上,老太太患上了一场致命的感冒,原因是教堂主持夫人穿木屐的时候挡住了她的去路,于是她站在门口吹了风。第二天早上,她感觉极为不适,不得不请来辛尼医生为她诊断。辛尼医生认为,鉴于她的七十六岁高龄,如果不见恢复的话恐怕就有麻烦了。这话传到了她的朋友们的耳朵里,他们就开始为她准备起后事来。

她的女儿,德多姆威姆勒夫人,从乡下赶来无微不至地照顾着她。在她丈夫的建议下,她有一两次流露出一丝焦虑,探问她母亲是否立下了遗嘱;但是老太太打断了她的话,说道:

“这和你有什么关系,梅格?我确信我还没死呢,你就惦记起我那点家当了?”

德多姆威姆勒自己每天以最为恭敬顺从的样子驾车来到格拉斯哥;但是,从他妻子关于老太太的事情的讲述中得不到什么满意的结果,他当然为她的身体状况深深

地担忧。有一次,他以最富同情心的举止坐在她的床边,用一种深情又温和的语气说道:

“我希望你能够很快地好起来;但是,如果注定天命难违的话,我相信你会给你的女儿留下点儿小念想,这样她也就可以被写进遗嘱里了。”

“不错,”老太太靠在几个枕头上,呼吸急促地回答说,“我不会忘记的——因为你可以放心,当我想死的时候,我会用我自己的双手来执行死刑。”

“是的,是的,”这位可怜的领主回答道,“我一直是这么认为的,在您老临终的时刻您会扮好母亲的角色的。”

这次老太太没作回答;但是不经意间咳嗽的时候喷在他脸上的口水多了点儿,他不由得起身离座,不久便告退了。

他离去后不久,米尔洛基特和罗比娜就进来了,双双流露出最真挚的情感。在最亲切的问候之后,他们也希望她在离开这个世界之时对世人交代清楚,以便当她前往一个更美好的世界的时候,在仍旧活着的朋友中不要引起什么争执。

“我确信,”罗比娜说,“我们都会非常想念您的。如果您愿意从您收藏的东西里给我留个小物件,只要是那把银茶壶就行,我会非常高兴的。”

“我现在还不能给你,碧妮,我的孩子,因为你知道,我身体允许的时候，还得要为领主和艾伦·弗雷泽举办一个茶宴。但是等我死了，因为我们的生死由天定，如果你比我的命长，你会发现我曾经是一位祖母。”

“我很高兴听到，”米尔洛基特说，“您在心里对自己的健康如此满意；但是我希望您别生气，我也想得到我外祖父的一件纪念品。如果您愿意给我的话，我想要您那块老式金表，因为它是我外祖父的，他戴过了这么长时间。”

“是啊，瓦基，我纳闷儿你怎么不想要我留念呢，因为我被他拥有的时间更长。孩子们，孩子们，我决心要活过我的遗嘱，所以我奉劝你们保持冷静，不要喧哗。”

他们认为这句话暗示着她已经在遗嘱里对他们有所交代；虽然没能立刻达到目标，感到有些失望，但他们是以任何像他们这样情感真挚的孙辈儿女离开临终老人床前的那种完全平静的心情退下去的。

接着进来的是瓦金肖的母亲。

“过来，贝儿·法泽兰斯，”老太太说，“坐到我身边来。”她慈爱地拉着她的手。“米尔洛基特一家，大大小小，在我这里比墓穴中的蠕虫和蠹虫还要贪婪，因为蠕虫和蠹虫只吞吃死尸；而这几只贪婪的毛虫要在我大限来临之前剥光我的枝叶。先是德多姆威姆勒假意同情我，为的是问出梅格能从我的遗嘱里得到什么。接着来了碧妮，和他们是一丘之貉，就像赞美诗作者说的，假笑着，眼眯成了一条缝，要我的银茶壶。之后，能被她丈夫利用的手段就只有一本正经地用甜言蜜语骗取那块老金表。但我也会假意同情他们，朝他们假笑，用甜言蜜语哄骗他们。嘿，拿上我的钥匙，去把写字桌抽屉打开，你会在靠近窗户的那个小窟窿里找到一个漂亮的绣花钱袋，把它拿给我。”

查尔斯夫人照她的吩咐做了；当钱袋拿到她面前时，老太太解开了它，拿出她的一张罗宾·卡里克——她给她的存单起的名字，说道：

“给我拿一支能写字的笔来，我要把这一百英镑送给你，贝儿，算是额外的赠予；你把钱收好后，去招呼杰米和玛丽来见我，我要把那块老金表送给杰米，那把银茶壶送给玛丽，算是对假意同情的、假笑的和用甜言蜜语哄骗我的米尔洛基特一家人的回报。这是咱娘儿俩之间说，贝儿，我现在和你们在一起的时间已经不多了。我已经觉出死神像泥土一样冰冷的手指抓住了我的脚，所以等我把这尘世间的事情安排妥当，你就去请德利菲尔博士，因为我不想独自登上荣誉战车，而没有一位正统教友的帮助。”

老太太要求的一切都如期完成。她又在人世间流连了几天。不过，从她生病那天开始，一星期以后，她就合上了眼睛。在为她举行葬礼之后，她去世的消息根据苏格兰的习俗，被记载在《格拉斯哥通讯》中，这份文件如今虽然陈旧还被忠实地、状况良好地保存着，上面记载说，老太太的离世“令所有在世的朋友感到极其遗憾。”

第三十一章

我们经常为众多可敬的人们在立遗嘱时付出的代价和苦心而悲叹，却从不享受阅读这些遗嘱时发生的事情带给我们的快乐。在我们出席这种感人仪式的各种不同场合里，颇有启发意义的是会看到悲痛是如何被恰当地分配到遗产中的。那些享有遗产最多之人总是那些感受丧亲之痛最深之人，他们的泪水，通过某种共鸣，恰好根据这一笔笔金钱的数额或他们被指定接受的动产的价值而流淌。

但是，能让我们对这一发现的真实存在感触如此之深的场合，莫过于在护送老太太的遗体去家族墓地之后，我们的老相识德多姆威姆勒邀请我们回到老太太的住宅，以便能出席这一庄重仪式的那次经历了。考虑到我们温柔的情感和我们对人类公开承认的真诚的尊敬程度，也许，为公正地对待我们自己起见，知道我们实在难以忍受这种死后仪式的凄惨的哀伤，我们本应该回避我们叹息连连、悲伤难抑的朋友的邀请。

然而，我们却被一点好奇心所诱惑，和他手挽手地离开葬礼现场，在路上向他提及每一个适合这种场合的基督教教义中给人以慰藉的话题，因为我们能觉察出他是多么迫切地需要这一切。

当我们走进那间曾经常被它逝去的女主人诙谐的性情变得欢乐起来的客厅时，我们承认我们的情感相比起我们的刚毅几乎过于强大，而且正像我们使德多姆威姆勒领主确信的，我们的情感被触动了，费了九牛二虎之力才压抑住我们歇斯底里的抽泣，他也表现出了完全可以相信的同样的真诚。唉！这样的画面在这种世事变迁中的短暂场景中实在是太常见了。

看到我们大家是多么需要一瓶葡萄酒，德多姆威姆勒，头脑灵活(这很明显就是他的天性)，建议他的夫人吩咐仆人送几瓶酒来，并且再来点儿酥饼，这样才能使我们大家伙儿的内心坚韧起来，去完成我们必须完成的这项令人悲伤的任务和职责。

于是，仆人把葡萄酒送了进来，倒进了酒杯里，接着所有在场的人彼此叹息着作为一种沉默中的美好愿望的交换。

后来这种悲伤被按下了暂停键——省略了一小段的悲痛——悲哀之情暂时昏迷了，这是老太太自己常说的话，如果她还活着，见证了我们大家的感受的话，一定会这样说的。但是她走了——她已经撒手归西，做完了，用德多姆威姆勒的话说，这一生中我们都注定要做的事。所以，去想象宣读她的遗嘱时她如果在场会怎么行动或感受如何，此时已经无关紧要了。总之，在这篇关于哀悼的随笔中出现了这一间断之后，小米尔洛基特提议，打开老太太的写字桌，查看一下里面的东西。

这群悲伤的、聚集在一起的朋友们当中没有任何人提出反对意见——正相反，他们都表现出那种最自然的焦虑，表现得所有恰当合法的事情都应该去做。“这只是显示出我们对离去的她的记忆的尊重，”德多姆威姆勒说，“去看看她让自己的事情处于一种什么样的形势之下——不是因为我对这事情有什么特别的兴趣，而只是因为考虑到她和我们家这么近的关系，正因为所有这些关系，她对她的财产的分配才应该在家人中间公布出来。如果她的生命再延长些，那会让所有知道她的价值的人都感到快乐和舒心的一件事情；但是，唉！她自己无能为力。她在这世上的时间已经根据自然规律走到了尽头，而且谁都不应该违背上帝的法令。媳妇，你有这写字桌的钥匙吗？”

米尔洛基特夫人，他的妻子，倾听这段富有高度同情心的谈话的时候，手帕一直捂在眼睛上。这时她也没有将它移去，只是把手伸进口袋里，掏出了一串钥匙，摸索着边上的一把，找到后，她把它递给她的丈夫，叹息了一声，说道：“就是这把。”

他把它拿在手里，走近了那张写字桌，却吃惊地发现写字桌贴上了封条。

“怎么会是这样?! ”德多姆威姆勒用一种和演奏这场悲哀的音乐会的基调不大和谐的声调喊叫道。

“我想，”瓦金肖领主回答说，“这再正常不过了，从我祖母去世的时候，直到我们聚在一起，就像我们现在这样被聚在一起，她的桌子和抽屉应该被封上以免——”

“以免什么？”德多姆威姆勒就要说出我们想象中的话来；但是，他突然克制住了自己，并且再度击打着悲哀的音符，以完美的和谐，他回答说：

“完全正确，领主，所有事情都按次序完成，就谁都没有理由抱怨了。”

德多姆威姆勒随即揭去封条，把钥匙对准锁眼，打开了书桌抽屉，在里面发现了那个和其他东西夹杂在一起的、我们读者如此熟悉的绣花钱袋。一看到这个钱袋，她夫人的眼泪就开始流淌下来，可是在查看里面的钱物时，发现里面原有的一百英镑罗宾·卡里克不见了，她的眼泪流淌得更快了——她从前隐约知道它的存在，她和自己最恭敬顺从的丈夫确实在和老太太的最后一次深情谈话中曾对它发起过猛烈攻击，结果是什么读者已经知道了。

接着就是搜寻那一千英镑的可继承契约，但是查尔斯·瓦金肖夫人让我们大家都大吃一惊，重新陷入极度的悲痛之中——当她弄清这次搜寻的目标时，她告诉我们这份契约已经送给她的女儿做嫁妆了，米尔洛基特一家人觉得这简直太莫名其妙了。

这时候，一份有关这张写字桌的存货清单适时而恰当地罗列了出来，事实上我们自己以最完整的方式记下了所有的细节。抽屉、文件、盒子、箱子，甚至老太太临终前穿过的衣服的口袋里都遭到了搜查，但无论是银茶壶，还是老金表都不见了踪影。然而，查尔斯·瓦金肖夫人再次做出了解释，这一解释产生了最快乐的效果，对我们来说也在很大程度上减轻了米尔洛基特全家人陷入的极度悲伤。

但是，最后还是没找到任何遗嘱，德多姆威姆勒迫不及待马上就要宣布死者离世时没留下任何遗嘱，他的妻子——她的女儿，理应继承她留下的全部财产。不料，就在他准备开口讲话时，小米尔洛基特夫人的目光恰好扫到了写字桌头上的一个文件格，大家在那里找到了一份以最正规的方式用红带子系着的遗嘱。——我们不打算说德多姆威姆勒以前看到过这份遗嘱，但毫无疑问他看上去很是吃惊，可以说遗嘱就在他眼皮底下，几乎触手可得，而他这么长时间都没有注意到它，这也给了我们一个启示，建议人们在立遗嘱的时候一定要用红带子把它们扎起来，这样在葬礼之后清点财物的时候，就没有哪个继承人、遗嘱执行人，或受让人，会犯下忽视它们的过失，以致过后由他们自己被错误地撕毁或烧掉。

第三十二章

根据这份遗嘱，老太太好像除了把几件不值得考虑的遗产给了其他的家人，另有一件微不足道的纪念品给了我们的朋友瓦金肖之外，把所有的财产都遗赠给了她的女儿。为此这位女士，以最为得体的方式，为她慈爱的母亲号啕大哭，而她的丈夫德多姆威姆勒也悲痛得难以自持，几乎无法读完这份感人的文件。然而，在他慢慢控制了自己的情感之后，很快就开始同情起毫无疑问感到极度失望的查尔斯·瓦金肖夫人来，安慰她说毕竟这只是预料之中的事情。因为老太太，作为一位最慈爱的母亲，自然把自己的女儿看作是所有亲戚朋友里最亲最近的了。

就在这样一种场景下，我们碰巧在无意中朝瓦金肖看了一眼，吃惊匪浅地注意到他眼中闪烁的一丝轻浮，与这样一个悲伤的场合极不相称，而且更令我们感到不快的是看到了他的无礼行为，他显然在笑着向德多姆威姆勒询问这份遗嘱的日期。

结果发现这份遗嘱是几年前立下的，那是可怜的沃尔特去世后不久。

“是啊！”狡猾的瓦金肖说，“这个事实非常重要，因为我碰巧有另一份遗嘱装在我的口袋里，是在老太太出席我婚礼的时候在爱丁堡立下的，内容有点儿不同啊。”

德多姆威姆勒夫人的眼泪立刻就干涸了，最敏感的领主本人看上去非常吃惊，同时他声音有些颤抖地请求宣读一下这份新遗嘱。

我们很遗憾地说，在宣读遗嘱的时候，瓦金肖可没怎么被感动，他甚至边读边咯咯地笑了起来。毫无疑问，这是因为他不得不感到悲伤的理由太小了，一份五基尼的遗产，去买一枚戒指，是老太太遗赠给他的全部财产。

第二份遗嘱，虽然语句结构非常清晰，但却显然是老太太自己的口述。因为它首先宣布，经过她最严肃的考虑，通过已被她任命为遗嘱执行人的、她的私人法律顾问葛伦盖尔的弗雷泽先生的建议，她已经决定立下遗嘱。在其他的正规程序之后，又以几乎同样的语气，她表示要把她的各种遗产赠给她的几个孙子孙女，——首先是，正如我们已经提到的，给瓦金肖的五基尼，作为她特别宠爱的一种象征，因为他已不需要任何其他遗产，而且因为她睿智机敏地帮他夺回了家产,他将永永远远欠着她的情。接着列举了一些小物件儿和几张罗宾·卡里克,它们将被交予玛丽,他的妹妹,由她拥有和享用。接下来是一个声明:她的女儿玛格丽特,德多姆威姆勒的妻子,有权享用她来自终生租赁的大部分积蓄,但要等到领主,她的丈夫撒手西去,离开这个世界;如果上述遗产受赠人没能活过她的丈夫,那么这份遗产将转到查尔斯·瓦金肖夫人,女遗赠人的儿媳妇名下。"至于我的两个使人快慰的孙辈儿女,瓦金肖·米尔洛基特和他的妻子罗比娜,"老太太继续着口述这份遗嘱时的心情说,"我赠给他们和他们世世代代的继承人因为床铺、膳食和洗涤仍欠着我的所有那一大笔钱,那笔债他们只还了不起眼的一千英镑。"

在这一重要规定之后就只剩下验证条款了,但是这份遗嘱在各方面都是完整的,并且预期效果也是完整的,小米尔洛基特和他的妻子罗比娜立刻起身离去了,德多姆威姆勒和他的夫人也准备退场,似乎谁也不想就这个话题再多说什么。

我们的故事就这样顺理成章地结束了;但也许读者希望我们说说瓦金肖后来的故事,特别是当他的妻子为他生了九个儿子的时候。"可都是男性继承人啊,"德多姆威姆勒经常这么叹息着说道,每当他想到他的儿子和罗比娜为这个人口不断壮大的王国增添的只是女儿的时候，都会发出这样的叹息。但是瓦金肖的军旅生涯属于一个更为灿烂辉煌的主题，只要我们收到一个恰当的暗示，得到一万英镑的预付，我们就计划开始写作，因为他在最近一次的英法战争中取得了最辉煌的战绩。然而，他在早期战役中的表现并不出色；不过，在那场伟大战争的前几年里，和他那些手持武器的战友们一样，他始终感到即使在许多灾难的冲击之下，不列颠精神中不可置疑的英雄主义也从未被削弱，而且他们仍然注定要证明他们自古以来就比法兰西更加优秀。

不过，这些英勇的瞬间不属于我们国内的故事。因此，我们必须要补充说明的是，每次他度假归来重返祖传的家园时，他都感到受到这座皇家城市里他的朋友们的宴请几乎和他以武力镇压他的敌人一样困难。自从战争结束之后，他带着所有那些让他激动得满面通红的、沉甸甸的荣誉最终在基托思顿修定居了下来，市长大人和治安法官们从未错过他们权限内的任何机会，为了他所取得的这一切荣誉而款待他。作为一个市政当局的官员，他们是理所应当为此庆祝的。事实上，几乎没有哪个城市比格拉斯哥有着更少的排斥情绪，也没有哪个城市的市民比格拉斯哥的同胞给予为一个为国家创建了功勋的人更大的荣誉。所以我们最后说一句——

祝格拉斯哥繁荣兴旺！